D i a m o n d   L o v e r

克拉恋人

李 捷／著

作家出版社

序

电视剧《克拉恋人》在 2015 年的夏天掀起一股"克拉风潮",并迅速从电视荧屏弥漫到网络。很多年轻人甚至捧着手机、平板电脑,随时随地地追看电视剧。不断突破的收视率和播放量,让《克拉恋人》成为现象级作品,引起全民热议。这里,我想感谢美女作家李捷,是她把众多社会性话题融入在一部剧中,呈现出来,并以通灵珠宝作为故事背景进行创作,最终呈现出这样一个新颖独特,励志又不失温暖的艺术作品。

美女作家李捷是位 85 后。小小的她拥有一颗非常强大的大脑,想象力丰富,这些绝妙的构思在她笔下变成米朵的成长故事,让观众沉迷其中。

霸道总裁与阳光暖男的对决;屌丝逆袭与灰姑娘的成长蜕变;办公室政治与豪门恩怨;多角恋与无奈的蜗居爱情。这些元素,无论以哪一个来创作剧本,都能成为社会热议的作品,而《克拉恋人》包罗了所有,并将它们充分诠释,加上中韩顶级艺人演绎、超高颜值、唯美画面,这些,都是《克拉恋人》成功的必然原因。

李捷最初为了剧本创作收集原始素材,曾特地探访通灵珠宝,并向我咨询有关钻石行业的专业知识。观众通过观看《克拉恋人》,不仅能感同身受地体会到现实生活中面临的职场、感情问题,还能体验到别具一格的钻石文化。我也非常感谢李捷小姐,她的作品让更多观众得以了解通灵珠宝的品牌故事和钻石行业的内幕。

在《克拉恋人》中,曾经的"丑小鸭"米美丽遭遇车祸,在好友的帮助下,破茧成蝶,成为米朵。米朵在追逐爱情的过程中,不仅坚定了自己的梦想——成为通灵珠宝的设计师，更收获了难能可贵的友谊和爱情。在电视剧拍摄期间，我被唐嫣小姐（米朵的扮演者）的敬业精神及演技所打动，并和她结下友情。她身上所体现出的奋斗精神和如同钻石般璀璨的人生经历，与通灵珠宝的企业文化高度融合，因此，我诚邀她出任通灵珠宝的品牌代言人。她被媒体称为"钻石嫣"。

2015年7月，我赴比利时接受"利奥波德军官级国王勋章"，这是比利时王室首次将该级别勋章授予华人。期间，唐嫣小姐也在现场见证了这一令我骄傲的时刻。

在电视剧制作过程中，我也有幸结识了张闻君、刘阳、卢真等主创人员，他们的敬业精神让我敬佩，我们也因而成为好友。这一切，都是因为《克拉恋人》所结下的缘分。

《克拉恋人》原本拍摄了90集，但考虑到故事的紧凑性及作为电视作品的特殊性，主创团队忍痛割爱，将其删减至68集。在被删节的22集内容中，不乏大量精彩情节。因此，这本小说的诞生将会弥补电视剧情节缺失的遗憾，同时，"克拉迷"们也将有机会看到更多，甚至全新的情节。希望"克拉迷"们能喜欢《克拉恋人》这本小说！也希望读者通过本书，进一步了解通灵珠宝，成为我们的朋友！

通灵珠宝CEO，法国乐朗葡萄酒酒庄庄主：沈东军

目录

01 — 胖子就不能有喜欢的资格吗 …………………………………………… 001

02 — 给我一个杠杆，我要撬动整座冰山 …………………………… 015

03 — 爱和喷嚏一样无法隐藏 ……………………………………………… 034

04 — 你的眼睛，像天上的星星 …………………………………………… 052

05 — 我在你心里，有没有一点点特别 ……………………………… 070

06 — 恋爱合同？恋爱还可以有合同！ ……………………………… 086

07 — 为一个人，摘一颗"星" ……………………………………………… 100

08 — 我曾是你的软肋，也会是你的盔甲 ………………………… 113

09 — 你在我遥远的身边 …………………………………………………… 124

10 — 即使失去所有，也要孤独地奋斗下去 …………………… 136

11 — 永不醒来的梦 …………………………………………………………… 147

12 — 私奔的兔子和熊 ………………………………………………………… 165

13 — 小充电池，给我充电吧 ……………………………………………… 176

14 — 越过谎言去拥抱你 …………………………………………………… 193

15 — 命运是一个圆，绕得再远也会有相见的一天 ……………………… 205

16 — 放不下的过去，忘不掉的爱人 …………………………………… 220

17 — 一爱成痴，一念成魔 ……………………………………………… 246

18 — 就算你不原谅我，也请你一定要原谅你自己 …………………… 258

19 — 我深爱的人，请你一定要幸福 …………………………………… 276

20 — 分离是为了更好的重逢 …………………………………………… 292

SPECIAL 01 — 雷奕明：有的人就是喜欢胖子啊 ………………………… 295

SPECIAL 02 — 高　雯：没了爱情，还是我高雯吗 ……………………… 301

SPECIAL 03 — 刘思源：即使在地狱，也会有曼陀罗盛开 ……………… 305

比利时当地时间 2015 年 7 月 1 日，通灵珠宝 CEO 沈东军被比利时王室授予"利奥波德军官级国王勋章"，以表彰其在中比两国钻石文化交流中作出的卓越贡献，唐嫣小姐陪同见证了这一刻。

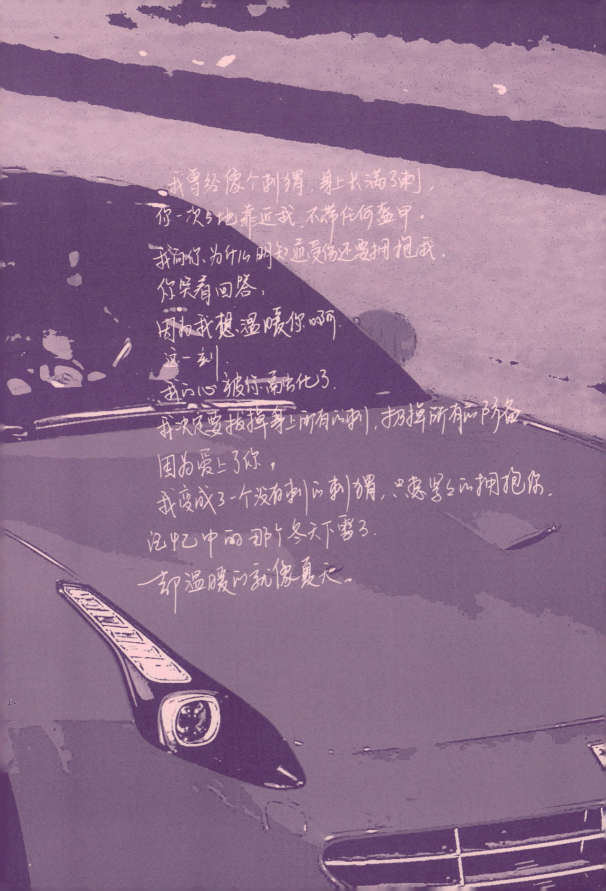

我曾经像个刺猬，身上长满了刺，
你一次又地靠近我，不带任何盔甲，
我问你，为什么明知道受伤还要拥抱我，
你笑着回答，
因为我想温暖你啊，
这一刻，
我的心被你融化了，
我决定要拔掉身上所有的刺，扔掉所有的防备，
因为爱上了你，
我变成了一个没有刺的刺猬，只为紧紧地拥抱你，
记忆中的那个冬天下雪了，
却温暖的就像夏天。

霓虹灯灭，舞伏更迭，黑暗中，我站在他的身后，
迟疑着该不该伸手挽留。

灯光亮起，你站在我面前，我流着泪问，为什么是你。
你坚定地拉住我的手，说，傻子，走，我们回家。

多年后再回想，我才明白，比起爱情，我还是输给了你。

回忆是褪色的老照片，

爱过她青春无暇的脸，

后来的诀别，

终是把拥抱变成了擦肩。

你不会,知道我要经历多少痛苦才能靠近你.

虽然有一些累.

可那犹像咖啡些微而苦.

可乐刺激舌尖轻微而痛,

对我来说,都是甜蜜的

如果离开了你,

即只剩下苦和痛了.

梦里.

我穿着洁白的婚纱，挽着你的手.

走在布满鲜花的教堂。

我 笑着醒来，才发现这是一场梦.

而脸上还挂着昨夜未干的泪.

我在想,,

如果能一直在梦里该多好，这样你就不会离开,

我就能骗自己说你，一直都在，

在梦里的人都是不愿清醒的傻子.

隔着空想,,紧紧拥抱着一个相爱的假象.

我一直以为自己无往不胜.
直到遇见你,
才知道
贪恋上你的温暖的我.
竟然,可以如此的卑微.卑微.

钻石多面,

晦暗和光明,

固执与亲情,

决胜千里而商界计算,

也算不过彼此守护所爱之人而决心.

胖子就不能有喜欢的资格吗

01

壹

据说，每个女人的一生都代表着一部童话。有人的童话是睡美人，孤独了几十年只为等一个吻醒她的人；有人的童话是海的女儿，为了爱的人不顾一切，最后却沦为了他生命中的炮灰；还有人像白雪公主，高贵漂亮、人见人爱，仿佛全世界的王子都围着她转。

但这些都跟我没关系，我的童话是丑小鸭，而且还是很胖的那种。

身为一个胖子，我每天的生活就好像背着脂肪负重越野，不管干什么都要比别人更卖力：挤公车，我得鼓鼓劲儿才能爬上去；等电梯，我要看人少才能上，因为超载了就是我的责任；就连我平时走路都要比别人难，因为胖了就容易喘。对我来说，王子、爱情，甚至连当炮灰都是很遥远的事。

但这丝毫不影响我当一个开心的胖子。

每天醒来，我的人生都有两大乐趣：吃和工作。别人的早餐是去一家吃，我的早餐是吃一条街：小笼包、红烧蹄髈、糖醋排骨、饭后甜点……对我来说，只要有美食，人生就没有过不去的坎儿；至于工作，我在一家广告公司任策划，是一个不折不扣的工作迷。自入职以来，我已经写出无数份成功的广告案，堪称全公司最努力的职员。对我来说，长得漂亮已经不可能了，我唯一能做的是让自己活得漂亮。

而今天，就是决定我能不能活得更漂亮的一天。

珠宝业巨头通灵珠宝即将举行新品发布，他们的广告合作方正是我们L广告公司。

作为这次发布会的主要策划人,我一到现场就遭到了总监 Tina 的炮轰:"米美丽你干吗去了?知不知道全世界都在等你!"

我当然知道,Tina 虽然是我们的部门总监,她手里的工作却基本都是由我负责的。现在我一露头,同事们都像见到救星般扑上来,找我帮忙、问我问题,甚至还有人找我帮忙搬道具……当然了,胖子总是比普通人更有战斗力。

就在我忙得焦头烂额时,通灵珠宝忽然下达了一个紧急消息:他们的总裁要过来。

现场顿时炸开了锅。

"通灵珠宝总裁萧亮,珠宝界炙手可热的青年才俊,年纪轻轻便坐拥通灵珠宝——这个庞大的珠宝帝国。他被授予比利时国家最高荣誉'利奥波德军官级国王勋章',这还是第一次有华人获得这个授勋。在国内,他是中国珠宝玉石首饰行业协会副会长,几度上过《人物周刊》。不仅如此,他还充满着人生情趣,在欧洲拥有他的葡萄酒庄园,是法国乐朗葡萄酒酒庄庄主……"

一个同事惊叹地将他的传奇履历讲给我们听,小心翼翼地拿出《人物周刊》来欣赏。看到上面那张丰神俊朗的脸、睿智深邃的眼神,我的心瞬间被揪住了,上帝在造就他的时候,那个装着恩赐的袋子一定漏了个洞,才会把一切美好毫不留情地倾倒在他身上。

——但对于当下来说,最重要的是他即将过来参加发布会,据说他从没有在公众场合露过面,更别说屈尊来参加这种发布会,因此现场根本就没有为萧亮安排位置,也没有更完备的安保措施,众人陷入了一片混乱。

"立刻为萧总安排位置,重新排定现场座次!"

"萧总要上台吗?要不要改发布会流程?"

"加大保安力度,务必要保证萧总的安全。"

与此同时,我忽然想起一个更为严重的问题:通灵珠宝的员工都在忙,他们的珠宝谁管?

如果我知道后来发生的一切,当时肯定不会多管闲事。可有些时候,很多会影响人一生的抉择就是在瞬间发生的。我凭着体型优势挤出会场,火急火燎地赶回了化妆间。

果然,化妆间内空无一人,发布会要用的珠宝静静地陈列在柜台上。

我松了一口气,决定临时帮他们公司看管珠宝。其实我这么做有很大一部分理由是出于私心——从小到大,我都对珠宝有一种天生的痴迷。学生时代,我一度梦想着要当一名珠宝设计师,甚至还跑到了珠宝学院蹭课。有同学很是不屑地问我:"你这么胖还想当设计师啊?奢侈品行业对外表可是很苛刻的。"

我于是放弃了。

时至今日,我虽然已经放弃了梦想,可对珠宝行业的憧憬却从未淡去。尤其是此刻,看到这么多光芒璀璨的钻饰摆在眼前,我脑海中不禁闪过了一个大胆的想法:等我自己买钻戒是不太可能了,那试一试应该没事吧?

我小心翼翼地拿出其中一枚,慢慢套在了自己的手指上。

钻戒在灯光下反射出璀璨的光，像是一滴象征着幸福的眼泪。我对着镜子臭美地摆了几个 pose，重新把钻戒摘下来。

可这一摘就发生了问题——钻戒卡住了。

我用尽办法往下摘它，却不料钻戒越卡越紧，最后简直像长在了手上。正当我急得手足无措时，通灵珠宝的负责人闻讯赶了过来："发布会马上就开始了，叫人去拿新的根本来不及，现在我们怎么办？"

我一边道歉一边找同事帮忙，用尽办法却始终没能把它摘下来。随着开场时间慢慢逼近，后台的形势也越来越乱，直到有人大喊一声："萧总来了！"

我一抬头，看见有个高大的身影走了进来。

那是我第一次见萧亮，他长着一双极好看的眼睛，不大，却有一种慑人的光芒。我几乎在第一时间就生出一种感觉：完了。

大客户第一次出场，我却犯下如此严重的错误，估计他连杀我的心都有了吧？我把头埋在胸口，小声说："萧总，对不起。"

他看了我手上的戒指一眼，淡淡地说："手都充血了，先别摘了。"

我一怔，他不是应该骂我吗？

一旁的负责人擦着汗解释："萧总，这枚戒指是本季度的主打设计，一会儿是要压轴出场的。如果不能把它摘下来的话……"

萧亮似乎并不着急，只是皱眉打量我一眼："既然没有其他的办法，就让她上台当模特好了。"

"啊？"

不只是我，全场同事都一副惊呆的表情望着萧亮。让我一个胖子当模特，他不会是被我气疯了吧？

可萧亮清清楚楚地说："钻石是设计给所有人戴的，普通人一样有爱美的权利。对消费者而言，她的宣传效果比外面那些模特好得多，"他说完，轻飘飘地下了结论，"就这么办吧。"

现场一片鸦雀无声。

十五分钟后，当我化了妆、换了衣服，以模特的身份站在 T 台前的时候，还觉得仿佛是活在梦里。一个其貌不扬的胖子，怎么可能跟在一群专业模特身后入场，又怎么能通过一群时尚界 boss 们的审视？

可这个娄子是我捅出来的，这是我唯一能弥补错误的方式。

就在我脑海中上演天人交战的同时，所有的模特都已完成展示，最后一束光射到了我面前。

怎么办，逃跑还是坚持？

管它呢，先迈出第一步再说！

我深吸一口气走向前台，观众席里传来了一片哗然。由于太过紧张，我本能地低下头看向四周，却望见了无数惊讶、嘲讽还有鄙视的表情。

只有一个人不同。

萧亮在人群之中笃定地望着我，仿佛在鼓励我继续走下去。在他的眼神中，我已经不再是那个不起眼的胖子，而是一个吸引所有人注目的明星。难道这就是丑小鸭变天鹅的感觉吗？

一瞬间，我心中仿佛涌出了无尽的勇气，昂起头向着 T 台前方走去。灯光在我的眼前交织成一片璀璨，周围的议论声渐渐淡下来，取而代之的是众人认真而尊敬的眼神。

对啊，每个人都有追求美的权利。

凭着这种莫名的自信，我踏着并不标准的猫步走完了第一圈。向观众展示完手上的钻戒后，我潇洒地转过身往回走去——可就在这时，我忽然感到脚下一动，紧接着便不受控制地向一旁栽去——

我把舞台压垮了。

伴随着观众的尖叫声，我从塌陷的 T 台上摔下来，结结实实地来了个狗吃屎。周围先是瞬间的安静，紧接着就传来了记者按动快门的响声，还有无数低低的议论。

我连想死的心都有了，可又不能找个地缝钻进去。经过刚才一摔，我手上的钻戒终于褪下来，就落在了不远处的地上。我顶着众人的目光伸出手，正要把钻戒捡起来时，有人却忽然走到我面前，先我一步拿起了它。

我顺着那人抬起头，逆着光看清了他的脸。

一直到很久以后，我还经常想起那一幕，萧亮弯下腰对我伸出手，问："你没事儿吧？"

我涨红着脸对他摇摇头，愧疚地说："对不起……我又搞砸了。"

这已经是我第二次跟他说对不起了，可萧亮依然没有生气："舞台出问题，应该是我们的责任才对。"他转头吩咐助理，"叫人送她去医院检查一下。"

我当然不好意思再麻烦他，忍着伤一瘸一拐地离开了会场。

捅出这么大的娄子，我的第一反应是去找雷奕明。这厮是我的发小，也是我在上海唯一的亲人。他在小学时代曾经转学去我老家，从此跟我建立了长达二十年的友谊。后来雷奕明跟爸妈搬回上海，我便也追随着他的脚步跟了过来。如今雷奕明在医院妇产科当医生，我每次见他都要跟一群孕妇排队。

雷奕明看我被摔成这样，二话不说就骂了我一顿："你一个姑娘家的不知道小心点儿啊，万一留点儿疤怎么办！"

从小到大，也就他还把我当姑娘了。我把发布会上的事说了一遍，又怀着愧意解释道："其实这事儿都怪我，人家萧总没追究责任已经很客气了。"

雷奕明瞥了我一眼："你干吗对这个萧总这么客气啊，人不就安慰了你两句吗？"

"那不一样，除了他，还没有哪个客户对我这么客气呢，"我眼前又出现萧亮对我俯下身的样子，"等以后合作起来，我一定得加倍报答他们公司。"

雷奕明无奈地摇摇头，继续帮我包扎伤口了。

第二天，我一进公司便遭到Tina的一顿臭骂。我这才知道，昨天发布会，萧亮发现身为负责人的Tina对项目一无所知，而是将所有责任和问题都推给了我。他很生气，要我们做一份新的宣传方案。如果合适的话他才再考虑跟我们合作。

说来惭愧，虽然我以前为公司做了不少策划，Tina却始终把我当新人，总是抢走我的署名权。这次不一样，经历了发布会上的一切，我想为自己争取一次，就像萧亮说的，每个人都有佩戴钻石的权利，我为什么不能跟别人一起竞争？

果然，Tina迟疑片刻后点点头："好吧，只要你能把策划案做出来。"

我的机会终于来了。

接下来的几天，我留在公司加班加点，绞尽脑汁地思索着新策划的方案。功夫不负有心人，经历无数次尝试、修改和讨论后，我终于确定了最终的版本——当然了，还差最后一步。

晚上十点钟，我来到了雷奕明最常去的酒吧。

这小子工作起来六亲不认，私下里却是个不折不扣的花花公子。他经常对人自诩为"妇女之友"，号称"不光了解女人的身体，还特别了解女人的心理"。现在我的方案需要一份女性消费者的意见，唯一能帮忙的人当然非雷奕明莫属。

我挤开人群来到酒吧最热闹的角落，两天不见，雷奕明身边的姑娘果然又换了人。正当他们俩打得火热时，我凑到雷奕明身边轻轻地拉了他一把："哎。"

他们俩同时一回头，被我吓得双双往后一缩。雷奕明也顾不得打情骂俏了，拉起我就要往外走："我不是说过不准来这种地方找我吗？这酒吧可乱着呢，走走走，我先带你出去。"

他女朋友顿时不高兴地看着我："这胖子谁啊？"

这下轮到雷奕明不高兴了："怎么说话呢，这是我朋友！"

我看气氛不妙，连忙打圆场："咳，我们以前不是没见过吗，以后熟悉了就好了。"我暗中拉了雷奕明一把，又从包里拿出一份调查表，"时间紧急，我就不跟你多解释了。这儿有份最新的策划案，我想让你帮忙提提意见，几分钟就好。"

雷奕明疑惑地接过去一看，皱眉道："这消费者不都是女性吗，你让我提什么意见啊？"

当着他女朋友，我笑而不语。

凭着多年的默契，雷奕明顿时明白了，连忙拉着我走到了一旁："我现在忙着呢，没空跟你玩儿这些。这样吧，我帮你找别人过来。"

我解释："可是我需要各个职业各个层次的消费者，除了你，还有谁这么了解女人啊？"

他满不在乎道："这还不简单吗，我直接给你找一群女人不就得了！"

他说着，当即从手机中调出一份名为"前女友小分队"的联系人列表，然后开始挨个给人打电话。整整十分钟，我眼睁睁地看着雷奕明约出了将近二十多个人。

他挂掉手机对我一笑："妥了，你就到隔壁咖啡厅等她们吧，我先撤，免得她们撞见我打起来。"

他拍拍屁股带着女朋友走了。

说实话，要不是因为关系太铁，我真想替全人类的女性除了这个祸害。

在雷奕明的帮助下，我如愿得到了一份既详细又全面的意见反馈，当晚便熬夜对方案进行了最后的调整——而第二天，就是向通灵珠宝递交方案的截止日。

我一进公司，便感觉到气氛有些不同寻常。女同事们个个手忙脚乱，化妆的化妆，整理衣服的整衣服，一副集体参加相亲会的架势。出什么事儿了？

一名同事解开了我的疑惑："通灵珠宝的萧总马上就到了，听说他要亲自负责这个项目！"她一边说一边掏出吹风机对着头发一阵猛折腾，"如果能趁这个机会给他留下一个深刻的印象，那……"

在她意犹未尽的语气中，我顿时明白过来：像萧亮这种超级钻石王老五，大家当然都想得到他的注意。

当然了，像我这种没希望的人除外。

想到这里，我心中忽然升起了一种莫名的失落感。但很快，这种感觉就被 Tina 的催促打断了："米美丽，你的方案呢？"

差点把正事儿忘了！

我匆忙走进 Tina 的办公间，用最快的速度把方案向她解释了一遍。说完以后，我试着提醒她："您不是答应给我署名吗，那这次的提案会……我能不能参加啊？"

Tina 扫视了一下我，轻轻笑了："米美丽，我们可是广告公司，最看重的东西就是形象。"她再次用轻蔑的目光打量我，"你觉得，你的形象适合出现在客户面前吗？"

我顿时一怔，心中不禁有些受伤。可如果这么轻易就放弃的话，我又怎么能对得起自己的努力呢？

我顶着 Tina 高压电般的目光坚持着："可我当了这么久策划，还没跟您开过一次会呢。这个案子我熬了好几个通宵……"

其实，我做的每一份方案都不容易。可这一次跟以往不同，这一次……有萧亮。他不光两次帮过我，还是第一个相信我的人。我想让他知道，我没有辜负他的信任。

可 Tina 已经不耐烦跟我解释，她一扔策划道："出去！"

我迟疑片刻，不情愿地转身离开。

很快，萧亮带领的项目团队来到了我们公司。我坐在办公间望着他远远走入，西装笔挺，气质卓然，在众人的簇拥下进了会议室。

我觉得更失落了。

隔着会议室的玻璃，可以看到 Tina 已经开始讲解方案。她的声音不时地飘散出来：

"我构思的主题叫作'磨砺与蜕变'，将钻石和女人融合在一起……"

她一字不差地用了我的方案。

正当我郁闷地对着会议室发呆时，Tina的秘书走了出来："会议室没水了，有人能过来帮忙换水吗？"

这种苦哈哈的力气活，办公室里当然没人爱做。我一马当先地站起身："我！"

就算不能参加会议，进去旁听一下也是好的。

我扛着一桶水稳稳地走进会议室，Tina的讲解正到精彩处。我尽量不引人注意地沿着墙角溜入，可没等动手，一旁就传来了萧亮的声音："到目前为止，你一直在讲这份方案的理念，难道不觉得太空洞了吗？我要的是一份有诚意的作品，一个可以打动我的创意，还有你当初创作它的思路，这些，你可以直接说出来吗？"

萧亮突如其来的发难让Tina目瞪口呆，她支吾道："这……我……"

萧亮霍然起身，冷冷道："既然你们没有足够的创意来说服我，那我就没必要再浪费时间了。"

说着，萧亮起身就要向外走去。Tina连同一众同事急得脸色通红，却没有人能找一个理由留住他。

眼见项目要黄了，我硬着头皮冲上前，一个箭步拦住了萧亮："请问，通灵珠宝是否拥有自己的钻石加工厂？"

众人一愣，萧亮也被我问得一时摸不着头脑。我镇定地解释道："行业中大部分的珠宝钻石企业，都只是中间商或者首饰镶嵌商，很少能够拥有自己的原石加工工场。而通灵珠宝，却拥有国内最大的原石加工工厂。只有你们才能见证一颗不起眼的原石，如何磨砺成为闪闪发光的钻石。"

萧亮微微颔首，示意我继续说下去。

有了他的鼓励，我勇气顿生："我认为，这是通灵珠宝最能打动消费者的地方，也是这个创意的来源。"

Tina气急败坏地打断我："你胡说八道什么呢？"

萧亮终于开口了："没关系，你继续说。"

"我们之所以用钻石来比喻女人，就是想把钻石生产和女人的成长结合起来，让所有人都能感受到通灵珠宝的诚意。以前，钻石广告都是跟漂亮的女人联系在一起的，可是世界上还有一些不够漂亮、却梦想着要变得更好的女人，她们也需要一颗属于自己的钻石，不是吗？"不知道是想到自己还是过于投入，我的声音里有了一丝美好的憧憬。

萧亮点点头："如果我没记错，上次发布会的事也是你负责的吧？看得出来，这个方案你很用心。"

此言一出，Tina的脸色顿时更难看了。很明显，萧亮已经看出我才是这个方案的原作者。我有些害羞地低下头："谢谢萧总。"

Tina连忙截住我的话："哦，您误会了，她——她是来参加方案演示的，"她目光犀利地剜了我一眼，不满道，"你怎么把我的方案内容提前泄露了呢？还不去做准备？"

准备？

不等我发问，Tina的秘书拉着我走了下去。

蹲在黑漆漆的演示道具中，我郁闷了。

为了挽回萧亮，Tina临时决定要来一场"拟人化演示"，让我蹲在一个巨大的人造蚕茧中表演"破茧成蝶"。隔着道具，我听见了Tina的声音清晰地传进来："接下来，我向各位粗略地演示一下将来的广告画面。既然我们的主题叫做'蜕变'，那我们就来以破茧成蝶的过程作为广告的主要情节，"说着，外面传来两声击掌声，"来，请破茧！"

头顶上的蚕茧"啵"的打开，我从里面钻出来，对着众人绽放了一个灿烂的笑容。

只要能拿下项目，拼了！

全场一片哄笑，萧亮也惊讶地看向我。我昂首挺胸、努力让自己的身姿更挺拔一些。

"蚕茧里的虫，好比这个形象粗糙、其貌不扬的女孩，要提升自己，就要经受化蝶的痛苦过程……"

考虑到Tina说的毕竟是现实，我只好忍住尴尬强装笑意配合着她的讲解。在众人的哄笑中，我时而扭动着做出虫子钻出蚕茧的动作，时而像蝴蝶一样转圈，蹦跶着表现自己要飞起来的雄姿。

可饶是我这么卖力，萧亮仍旧一脸严肃不悦。不等Tina讲完，他出声了："不用再讲了。"

众人顿时一静。

萧亮说道："方案的创意很好，其他的细节可以跟我助理详谈，"他转向我，温和地说道，"你出来吧。"

我心里不禁暗自感动，难道他是在故意帮我吗？

心里涌出一种莫名的温暖，我乐滋滋地打开蚕茧，迫不及待地从里面钻出来——可那句话怎么说的来着？祸不单行。

我从蚕茧里钻出来时用力过猛，只听见"刺啦"一声，我的裤裆裂了。

不活了。

会议室里传来死一般的寂静，我卡在蚕茧中央，恨不得当场一闭眼死过去。可是裤子还裂着，我只能一边捂着裤裆后退一边在内心默念："你们没看见我，你们没看见我……"

Tina在一旁压低声线："还不快出去！

我以一种别扭的姿势向外挪动，窘迫得就差哭出来了。就在这时，萧亮忽然起身脱下外套，将它一把披在了我身上。

在他靠近我的瞬间，我仿佛感到心脏猛地一沉，紧接着便开始疯狂地跳动起来。

我心跳了。

我呆若木鸡地望着他，在感动和惊讶之余竟连一句感谢的话都说不出来。萧亮淡淡地转向 Tina："这个方案做得不错，但是刚才的演示太拙劣了。无论是谁，都没有权利因为外表而去嘲笑一个人。我欣赏有实力的人，就这点而言，我觉得她比你要优秀得多。"

说完，他转身帮我打开门："走吧。"

事后，我把这段经历一字不落地告诉雷奕明，问道："怎么样，我和他的故事是不是很特别？"

雷奕明一脸嫌弃："对，是挺特别的，一个是跨国珠宝集团总裁，一个是……你，第一回见面压垮了 T 台，第二回见面撕裤裆，就这也值得你高兴成这样？"

我没反驳，乐颠颠地喝了口啤酒。可想到裤裆……我恨得用脑袋磕桌子："为什么我的裤子会崩开？为什么，为什么！"

雷奕明连忙拉住我："哎哎哎，干吗呢干吗呢，出了问题就爱撞墙，桌子磕坏了不得花钱买吗？"

我醉醺醺地打了一个酒嗝，悲催地捂着脸。

雷奕明正色道："才认识几天就值得你高兴成这样，你不会是喜欢上人家了吧？"

我顿时紧张，说话也开始结巴："你……你说什么呢？我、我怎么会喜欢他！"

雷奕明不信："咱俩七岁认识，八拜之交，没有爱情也有友情，没有友情还有交情，没有交情还有感应呢。你心里在想什么，难道我会看不出来吗？"

"我、我就是没遇见过有男人对我这么温柔，而且他还那么帮我……你知道吗雷奕明，这是我的策划第一次被人表扬，也是第一次有人不看我的外表，只是因为我的实力就肯定我！我觉得太有动力了，现在简直对全世界都充满了希望！"

雷奕明打了一个寒战："行了，你也别怪我打击你。胖子，虽然咱性格善良，工作认真，文能做策划，武能扛麻袋，我也承认你是个好姑娘，但是咱离人家跨国总裁还是有点儿远——"

我果断地打断他的"但是"："这点自知之明我还是有的，放心吧，我没想跟萧亮怎么着，"我一把抓起眼前的猪蹄，"比起那些不切实际的幻想，眼前的这个猪蹄更吸引我。"

雷奕明释然了。

但就算我们不可能发生什么，我做做梦总可以吧？

因为项目合作进展顺利，萧亮决定举行一场庆功 party，邀请了所有项目组人员一同参加。估计因为上次的会议室事件，这次 Tina 没再为难我："今晚九点，记得准时过来。"

我兴奋地点了点头。

当天下午一下班，我立刻赶回家捣饬自己。俗话说，爱美之心人皆有之，虽然我胖，却从来没有对自己的形象松懈过。就算不能像别人一样打扮得性感可人，至少能让自己穿得清清爽爽。

准备好一切后，我提前半小时向着 party 地点赶去。

可没想到，我刚到酒店大堂，就撞见了说说笑笑准备离场的同事。他们惊讶地迎上来："米美丽，你怎么才来啊，party 都结束了！"

我懵了："不是九点才开始吗？"

"谁说的九点开始的？六点就开始了！"同事拍拍我的肩膀，惋惜地笑了笑便转身走了。

我明白了，是 Tina。她故意告诉我错误的时间，就是不想让我出现在萧亮面前。也是，如果被萧亮知道策划案是我一手完成，Tina 的地位肯定会受威胁吧？

事已至此，我再懊恼也没用了。只是萧亮之前借给我的外套还没有还，我打算进酒店还给他。正当我准备进酒店寻找萧亮时，却见他醉醺醺地走了出来。我抱着衣服袋子迎上前。

"萧总好，我是 L 广告的米美丽，您之前帮过我的。"我把西装递到他面前，"这是您的西装，现在还给您，谢谢！"

萧亮微微皱眉，似乎很是难受："车呢？"

"车？"我扭头向外面看了一眼，并未找到萧亮的车，"我没看见车啊……"

没等我说完，萧亮忽然猛地一晃，直冲着我栽了下来。我一个眼疾手快扶住他，却发现萧亮已经睡过去了。

得，这下只能我来扛了。

由于不知道萧亮家住哪儿，我直接把他送到了楼上的酒店房间。他喝醉后似乎十分痛苦，迷糊地撕扯着自己脖子上的领带。我犹豫片刻，小心翼翼地凑上前帮他。

可我忘了，我根本就不会解领带。

帮着萧亮解了半天，手中的领带却反而越勒越紧，我急得汗都下来了："你、你忍忍啊，我马上就好……"

萧亮似乎听到了我的声音，竟然醉意蒙眬地睁开了眼。他眯眼盯着我看了片刻，忽然笑了："你帮我解一辈子领带好不好？"

我懵了。

我敢确定肯定以及一定，萧亮说话的对象绝对不会是我。可他此刻就靠在我面前不到五厘米的地方，就算我是神仙，也没有定力能一把推开他。

就在我发愣的时候，萧亮忽然一个翻身压住了我。我不可置信地瞪大眼望着他，萧亮慢慢低头，我们之间的距离越来越近……

我情不自禁地闭上了眼。

上帝啊，哪怕只有一个吻也好，给我一个靠近他的机会。

怀着这个美好而不切实际的幻想，我闭着眼睛左等右等，却迟迟不见萧亮有动静。等我再睁开眼时，他已经靠在我肩膀上睡了过去。

算了，认命吧。

我勉强推开萧亮爬起身，准备离开房间。前脚刚踏出门口，身后忽然传来了萧亮的干呕声。

看来今晚是注定走不了了。

第二天一早，我一睁眼就看见萧亮近在咫尺的脸。

我做梦了？

正疑惑时，对面的萧亮也迷迷糊糊地醒了过来。他睁开眼看到我，顿时一个激灵坐了起来："你怎么会在这儿？"

我这才想到昨晚的事，连忙解释道："你别误会！昨晚你喝醉了，我送你上房间，你吐了自己一身，后来我帮你换了衣服，然后……"

然后我因为劳累过度，就靠在他的床头睡了。只是不知道我为什么会跑到床上来。

萧亮转过身，面对窗外平定着情绪："我的衣服是你脱的？你还对我干了什么？"

我想起昨晚那个进行了一半的吻，连忙低头："没有没有，我不是故意要亲你的！"

他震怒："你还亲我了？"他扭头一指门口，"给我出去。"

我委屈地欲解释："你是不是误会了……"

萧亮大吼一声："出去！"

在他的眼神里，我看到了一种无比熟悉的神色：厌恶。

原来，他也跟所有人一样嫌弃我。

我遮遮掩掩地爬下床，看到床边的纸袋，把它递给萧亮："萧总，您的衣服，谢谢您当时借给我。"

萧亮不愿看我，冷冷地命令："扔掉，别再让我看到你第二次。"

说完，他转身走出了房间。

我发呆片刻，终于反应过来，抱着他的西装蹲在地上无声地哭起来。

我抱着萧亮的西装站起身，突然看到浴室里的镜子，镜子里映射出那个臃肿不堪失魂落魄的我，我含着泪朝镜子笑了笑："对呀，你是胖子，萧亮怎么会喜欢你呢？醒醒吧米美丽，就当是做了一场梦吧。"

我擦干眼泪，咧开嘴朝镜子大笑了两声，眼泪却不争气地又一次夺眶而出。

我知道你不会喜欢上我，可是为什么你要这么讨厌我？难道喜欢你也是一种错吗？为什么喜欢上一个人会这么痛？明明我只是想默默地喜欢你啊。

强打精神回到公司，我毫无意外又一次遭到了 Tina 的批判。望着她精致的红唇一张一翕，可我却和她似乎隔了一个世界，根本不知道她在说什么。

Tina 愤怒地道："迟到上瘾了是吧？"

我还没反应过来，顺从地回答："是。"

"你说什么？米美丽，反了你了？"

我连忙回过神："没有，我……我身体有点不舒服，走神了。"

Tina 白了我一眼，没有继续追究："通灵珠宝的项目你不用再参与了，负责别的案子吧。"

关于工作，我向来反应很快："方案不是已经通过了吗？为什么又不让我参加了？"

"这是高管的决定，至于策划案是属于我们整个部门的，我会以部门的名义署名。"

我隐忍片刻，终于忍不住愤怒了。这么久以来，我一直都在忍受着 Tina 的压制，而今天经历了萧亮的事也让我的情绪到达了临界点："你凭什么拿走我的创意，还不让我署名？这明明就是剽窃！"

Tina 顾忌地压低声音："你嚷嚷什么呢，不想干了？不想干就给我出去！"

我看着她，一字一句地回答："你没有权利拿走我的作品！你要给我一个交代！"

Tina 大概想不到向来唯唯诺诺的我会回击，她脸色一变，忽然决绝地说道："好啊，我宣布，你从现在开始就不是我们公司的人了，立刻收拾东西出去，公司不需要你！"

我既愤怒又难过，走就走！我宁肯离开这家公司，也不会让别人再肆意践踏我的骄傲和自尊！

冲出办公间收好自己的物品，我头也不回地离开了 L 广告。

外面的天空分外压抑，暴雨将至未至。我仰头看了一眼天空，似乎老天爷都在哀怜我的凄凉。

这时，手机响起，雷奕明来电。

"胖子，昨晚打你电话一宿关机，跑哪儿去了？"

我抽泣："雷奕明，我好难过……我昨晚跟萧亮睡在一起了……"

"胖子，咱不至于为了一个梦难过吧……"

我一跺脚，辩驳道："不是梦，是真的。"可我多么希望这个梦是假的啊，至少，在他心里我还不是一个讨人厌的胖子。说到痛处，我"哇"地一下哭了起来。

雷奕明急了："胖子，发生了什么事？他怎么你了？"

对着雷奕明，我终于能把心里所有的委屈和难过发泄出来："我们什么都没有发生过，只是睡在一张床上，但是他好像误解了，还特别讨厌我。雷奕明，我只是希望能远远地看着他，默默地喜欢他，可是他说他恶心心，我成了一个让他讨厌的人。我从来没有奢望过他会喜欢我，可我难道连喜欢他的资格都不能有吗？"

他有些慌乱地安慰我："胖子，你先别哭……"

胖子？对，我是胖子，可胖子就不能有喜欢人的资格吗？为什么我的人生会这么失败，难道我就只能一直这样悲哀地活着吗？

我抽泣着："雷奕明，你今天能请我吃饭吗？不过我现在真的很伤心，我要吃好多好多好吃的……"

他笑了："没问题，胖子你等着，我现在就过去接你。"

我擦了一把眼泪，觉得心情瞬间好转了不少："也是，这个世界上还有你，还有好吃的，还有这么多有意义的东西在等着我，我怎么能绝望呢？没人爱就没人爱吧，我要继续做一个乐观坚强的胖子！"

挂掉电话后，我充满干劲地向着约定的方向走去。路边开始扬起大风，卷住我纸箱里的文件纸飞了起来，瞬间散落了一地。

不行，这可是我通宵达旦熬出来的方案，我得去把它们捡回来！

我匆忙跑到马路边，伸手欲捡起地上的方案。就在这时，耳边忽然传来尖锐的喇叭声，我一抬头，看到一辆重型卡车迎面而来。

时间仿佛停下了。

然后世界一片空白。

昏沉中，我仿佛听到了无数的轰鸣与尖叫声在耳边响起，远处一道明亮的光不断闪烁，仿佛在吸引着我向它走近。在一片混乱、疲惫和彻底的绝望中，我依稀听到了一个声音：

"胖子，醒醒。"

原本空荡荡的心被瞬间填满，爸、妈、我生活过的世界、经历的每一次喜怒哀乐都呼啸而来，瞬间把我拉回了现实世界。

我艰难地睁开眼，看见雷奕明站在我床前。

我张了张嘴，很想说一句："我就知道是你。"

可我浑身的肌肉都叫嚣着疼痛，整张脸都已经失去了知觉。

雷奕明的眼里含着泪，却对我笑了："胖子，你终于醒了。"

我张了张嘴："疼……"

他脸上闪过一抹沉痛，几次欲言又止。

我问："怎么了？"

他终于哑着嗓子开口："你被车撞伤了脸，毁容了。"

我的心一沉，向着无边的黑暗坠去。毁容？不，不可能，我怎么会……

雷奕明似乎看出我的情绪，轻轻地按住了我："不过没关系，医生说是有治疗办法的，只要你做完整容手术，就可以恢复正常的样子……"

呵，手术。

我摇头："不，我不要整容……"

我要我自己的样子，我要以前的我！

"听我说，胖子，这是你唯一的办法，"在悲痛之余，他的眼神却也出奇的坚定，"我会帮你联系最好的医生，我一定会治好你。"

我绝望地闭上眼。

　　我从来没有想过，手术台原来是一个很冷的地方。躺在上面，我仿佛已经丧失了所有知觉，可所有的感觉又仿佛变得格外清晰。医生的每一次下刀、穿针、磨骨……我觉得那个完整的自己已经被彻底打碎，又重新被人一片片缝合起来。

　　而在这千刀万剐的折磨中，我眼前却浮现出了萧亮的脸。他缓缓走到我面前伸出手："你没事儿吧？"

　　不，我有事儿，我很疼。我要疼死了。

　　可在这所有的伤口中，最疼的那一个就是你。

　　等结束这一切，我要彻底忘掉你。

　　再见萧亮，再见米美丽。

　　结束了整容手术，我的生活就变得格外简单。每天被捆成木乃伊一样躺在床上，靠着麻醉剂睡上两个小时，然后就开始一整天的疼痛和忍耐。不能出声，不能流泪，有时候甚至连自己是否活着都不清楚。对我来说，唯一的支撑就只剩下了雷奕明。

　　为了避免让家人担心，他并没有把我出车祸的事告诉家里。自从我完成手术，雷奕明就承担了所有照顾我的任务。他白天在医院上班，晚上就来病房陪我，我闷了他跟我聊天，我疼了他陪我失眠。短短两星期下来，他已经彻底瘦了一圈。

　　当然，瘦得更厉害的人是我。

　　每天靠着一点流食维持营养，还要忍受着术后疼痛的折磨，恐怕就算想不瘦也难。等我勉强能自己吃饭的时候，已经是一个月以后的事。我见身上的大伤都已经恢复，于是做出了一个重要的决定：减肥。

　　作为胖子活了这么久，如今我已经换了一张脸。虽然不知道未来的自己长什么样，可是我知道，她一定不想再重复以前的生活。

　　我要重生，要去尝试以前从未体验过的生活，要像阳光一样灿烂而美好地活下去。

　　得知我的想法后，雷奕明立刻帮我制定了一份减肥计划表。由于我的伤还没有彻底恢复，一开始只能做简单的复健动作，但几个月下来就能彻底恢复健康。虽然脑袋还被绷带缠着，我却已经进入地狱式减肥模式。

　　每天清晨五点，我定时被雷奕明喊醒跑步——当然，跑步的人只有我，雷奕明只负责在我旁边开车跟着。我跑不动了，他就打开窗户冲我吆喝两声："跟上跟上！"

　　我再颠颠地追上去。

　　整容后的伤口依然疼痛着，午夜梦回，我也依然做着同一个噩梦：医生在手术台上划开我的血肉，然后我就哭着醒来。可是在这所有的艰辛、痛苦和无助背后，有一种力量却仿佛超越一切，支撑着我第二天笑着睁开眼，督促我更努力地运动，也赋予我无数对未来的美好幻想。

　　我想，这种力量的名字叫做友情。

給我一个杠杆，我要撬动整座冰山

02

—

贰

　　天空蓝得好像从来不会下雨，无数只风筝在天空悠闲地飞着，一只五彩斑斓的大蝴蝶飞得又高又稳，让其他的风筝相形见绌。幼时的我躺在草地上，孤单地看着天上的风筝。我太胖了，拿着风筝连跑都跑不动，没有人愿意和我玩。

　　突然，那个蝴蝶风筝的线被人狠狠拽下，躲在学院后院偷偷放风筝的陌生小男孩被围攻了。

　　几个男生将他堵在大树下，叱喝着："哪里来的啊？谁让你在这放风筝的？"

　　小男孩不服气地回答："我是从上海来的！"

　　"那就回上海去！不许你在我们这儿放风筝。"

　　小孩们起哄叫他回去，小男孩愤怒地站起身，推开为首的霸道男孩，两人厮打在一起。众孩子一拥而上，把那小男孩按倒，有几个凶巴巴地踩烂了他的风筝。

　　我看不下去，脚步笨拙地冲了上去，他们一个个都像猴子一样瘦弱，一下子被我撞倒在地，哀号着逃离。

　　面对这突然急转的局面，小男孩吓得目瞪口呆，他捡起已经破成碎片的风筝，眼泪簌簌地落了下来，这是他回上海工作的爸爸给他留下来的礼物。我叹口气："你放心，他们不敢再欺负你了，以后我会永远保护你的。"

　　阳光透过大树的间隙洒下一地斑驳的光影，我冲他开心地微笑。

　　他叫雷奕明，我叫米美丽。

命运大概在我们相识的时候，就将我们的设定完全弄反，所以从此我倒成了雷奕明的"护草使者"，而他就是那棵拈花惹草的草。

他抢别人女朋友时，我挺身向前，帮他挡了报复的棍棒。

他与异性分手时，我挺身而出，那些啤酒饮料齐齐泼在我脸上。

不知不觉，我们俩越长越高，他毫无预兆地告诉我，他要离开，要去他爸妈工作的城市工作，他转身离开，我忙追上去："雷奕明你别走！"他转过身来，居然是萧亮的脸，萧亮厌恶地看着我："你让我觉得恶心。永远别再出现在我面前，滚！"

所有的梦境戛然而止，我猛然惊醒，四周的白墙告诉我，我还在医院。

病房里，医生正在给我做检查，我的伤口有些发痒，医生扶了扶眼镜："恢复得非常好，身体和脸部已经彻底消肿了，可以拆绷带了。"

我眼神激动地望向雷奕明，他伸了一个懒腰："你折磨我的日子终于结束了，我终于可以和我的女朋友们约会去了，可算是熬出头了。"

他虽然说得不经意，可是脸上的神情却是掩饰不住的高兴，我拜托他把绷带拆下来。我希望我最重要的朋友，来见证我最重要的一刻。

雷奕明小心翼翼地开始拆绷带，一圈一圈的缠绕从我脸上解除，我的额头、鼻子、脸颊、嘴巴……都慢慢感觉到了空气中的凉意。雷奕明原本不动声色的脸上，露出了惊诧的表情。我慌张地摸脸："还不行吗？"

雷奕明移开视线，将我带到镜子前："你自己看。"

我惊讶地盯着镜子中的自己，还是那双眼睛，可是整体的气质完全不一样了，高挺的鼻子，小巧的下巴，即使笑起来眼睛也是弯弯的月牙状，再不是被肉挤成一条缝了。我兴奋地站起身，一把抱住雷奕明，欢呼着："我真的变漂亮了！我真的变漂亮了！你觉得我美吗？"

雷奕明眼里是少有的认真："美。"

我大笑着，医生连忙上前托住我的下巴。

"你刚恢复好，还不能大笑，小心下巴！记住，以后尽量少做太夸张的表情。"

我紧张地收起笑容，表情僵硬。但我忍不住再次拿起镜子，望向里面的自己，面带微笑。我照着照着镜子，突然哭了起来。

雷奕明连忙哄道："怎么了？怎么突然哭了？伤口还疼吗？"

我摇头："不是，我是太高兴了……"我没有想到镜子里这个好看的女孩真的是我，她不管是哭泣还是微笑，都让我再也不会因为以前的那个样子受人欺负了。

突然，一个蝴蝶钻石挂坠落在我的颈部，挂坠在灯光下泛起美丽的光芒，我惊讶地接过挂坠。

雷奕明笑嘻嘻地说："当当当当，胖子，祝贺你破茧成蝶，重生快乐。"

我哥们儿式地拍拍雷奕明的肩膀："谢谢你一直陪着我，我终于变漂亮了！"

雷奕明愣了一下，也哥们儿式地拍了拍我的肩："咱俩谁和谁啊，我们是好哥们儿嘛。"

我冲他感激地点点头，看着脖子上的蝴蝶吊坠，水晶镶嵌的翅膀栩栩如生，就像我被黑暗压抑太久的心展翅欲飞。我走到窗台，今天的太阳格外耀眼，就像是特地为我升起来的一样。

为了庆祝我大难不死，雷奕明将我带到了酒吧，说是要我适应一下美女的身份。酒吧里耀眼的灯光、震耳的音乐、一群疯狂扭动的男女，有的男人见到我之后轻佻地吹起了口哨……吓得我直往后缩。

我反复向雷奕明确认我的妆容、我的着装，他不住地点头肯定，这都是他按照现在最流行的美女的装扮帮我弄的，我看着超短裙下细瘦的腿，这梦寐以求的小细腿真的属于我吗？我忍不住地张开又并拢，玩得不亦乐乎，雷奕明瞪了我一眼，教训我不能再像以前那样因为胖而叉着腿，要像一个美女一样骄矜地并腿而坐，可我一旦面对别人看过来的眼神，就怯弱得不敢抬头。

雷奕明端起酒杯："来，胖子，祝贺你成功变身为大美女！"

我们干杯，但是很快雷奕明就被酒吧里熟悉的美女围绕住。他左揽右抱春风得意，美女们被他逗得咯咯直乐。我孤零零地坐在卡座里，气呼呼地瞪着雷亦明，一口气将一杯橙汁喝完了。

"刚刚还说来这是为了给我庆祝，这个重色轻友的骗子！"我闷闷不乐，突然有人端着酒杯向我示意，我看着那个眯着眼笑嘻嘻的男人，吓了一跳，这难道就是——传说中的被搭讪？

我正想着怎么回复人家，雷奕明突然走到我面前，一把搂住我。

"对不起宝贝儿，我来晚了。"他的声音腻歪得我起了一身的鸡皮疙瘩。

搭讪的男人识趣地离开，我挣脱雷亦明："谁是你宝贝儿啊！"

雷奕明一本正经地说："胖子，你听着。来这儿的男人没一个好东西，他们喜欢你就是为了泡你，以前你长得很安全，我可以不告诉你这些，可是现在不一样了，你要学会保护自己知道吗？"

我听话地点点头，雷奕明满意地笑了，突然，迎面走来了一个美女，雷奕明一回头，笑容凝固了。

我挥手打了个招呼，那是雷奕明的女朋友，之一——婷婷。

雷奕明尴尬地笑："婷婷，这么巧啊？"

"你不是跟我说，你今天要加班吗？"婷婷一脸怒气。

"她……她就是我的病人啊。"雷亦明指着我支支吾吾地解释，他女朋友看我的眼光充满了敌意，她已经不能把我和以前的那个胖子联系到一块了，旁边和雷奕明跳过舞的女生们纷纷过来拉他上去，婷婷气呼呼地将桌子上的酒往雷奕明脸上一泼。

"雷奕明，你这个骗子！"婷婷哭泣着跑了出去。

雷奕明愣在了原地，我催促他赶紧去追，这样的画面，从小到大我不知道看了多少次，以至于我能条件反射地立即做出决定。

雷亦明慌忙起身，回头叮嘱我："那我先走了，你也早点回家，这里色狼可多着呢，不安全。"

我冲他笑："最大的色狼就是你，你走了就安全了，赶紧麻利地滚吧。"

雷奕明连忙跑出去追婷婷，我百无聊赖地喝橙汁，环视酒吧，总感觉有人在看我，我望过去，正好和一双熟悉的视线对上，我吓得将嘴里的橙汁喷了出来。

我明明喝的是橙汁，怎么会像醉酒了一样看到萧亮呢？我忐忑地抬起头望向萧亮的方向，那个人真的是萧亮，他似乎正在和客户谈着什么。我的心脏开始不受控制地扑通跳动，他认真的样子是那样迷人，彩灯照射在他的脸上，即使是在这样喧嚣的地方，他也有一股别样的气质。

我真是没出息，即使他曾经那样厌恶我，我还是无法抑制地喜欢他。

我发着呆偷偷看着萧亮，没留意到旁边空位上一个剪着飞机头的陌生男人坐了下来，他一脸猥琐地将我浑身上下打探了一遍："我注意你好久了，一个人？"

我惊慌地站起身："我……我要回家了。"

飞机头拉住我："别啊，陪我喝几杯吧。"

我挣扎着呼喊："我有朋友，他马上就来了！"我张望着四周，雷奕明去哄婷婷，恐怕不会回来找我了，我该怎么摆脱这个人呢？我急得满头大汗。

"朋友？没看见啊，你别紧张嘛，认识认识，我们也能成为朋友。"

飞机头喋喋不休地说着，并伸出手臂把我抱在他胸前。

我急中生智，低头咬了一口飞机头的手臂，飞机头大叫一声，甩开我："你敢咬我？"他扬起手欲扇我，我害怕地低下头，半天没动静，我怯怯地抬起头，发现萧亮正站在我面前，抓住了飞机头的手。

萧亮冷冷地说："我的朋友说了不想喝酒，你听不懂吗？"

我的内心被他的突然出现惊起了一场海啸，耳膜呼呼作响，一切美好得像一场梦，我眨眨眼睛，他确实是真实的萧亮。"萧——"他的名字就在我的嘴边，我突然想起，我已经改头换面了，不再是以前的米美丽了，可他会认出我来吗？我连忙低下头不再看萧亮。

萧亮一把将我拽起来："走。"

飞机头带着朋友们围过来，挑衅地举起一瓶酒，望向萧亮："等等！你们想走也行，把这瓶酒干了！"

我鼓起勇气："我喝！"

没想到萧亮一把夺过瓶子，用力地往桌子上一放，瓶子轰然碎裂，清脆的声音震慑住所有在场的人。

他淡淡扫视了一下混混们，走出酒吧，我犹豫了一会儿，连忙跟了上去。

"刚刚谢谢你帮了我……"我怯怯地说，还是不敢抬头，怕他认出我。

萧亮无所谓地回答："我只是不喜欢看到有人动手打女人。"

鲜血滴在地上，我发现他的手竟然流血了，惊叫道："萧总，你的手流血了！"

他停下，转身望向我："你刚刚喊我什么？"

我意识到失言，急忙低下头。萧亮打量我，继续追问："你认识我？"

"不认识，我……只是在杂志上见过你。"

萧亮怀疑地看了看我，恢复冷漠："穿成这样来这种地方，不是每次都会有人帮你。"

"我……"都是雷奕明要我这样穿的，那个始作俑者不仅让我穿成这样，还把我一个人扔酒吧里，简直是见色忘义，我愤愤不平地想着。

这时，萧亮的司机开车过来，萧亮头也没回地上车，扬长而去。

我回想着萧亮帮自己的一幕，自顾自地傻笑。走到家门口，正准备掏钥匙开门，突然看到门口站着一个熟悉的背影。

居然是 Tina，我连忙低下头，偷偷收起手中的钥匙。

Tina 好不容易看到来了一个人，急忙询问我："我刚刚敲过门，米美丽不在家，你是她的朋友？"

我低着头闷声说："嗯，对……"

Tina 满脸焦急："你能不能帮我找到米美丽？我有很重要的事要找她！"

"我……我也找不到她的……"

Tina 继续争取："那你能不能帮我转告她，现在公司面临很大的困境，她之前策划的钻石广告需要更换，我需要她回来……不，你就跟她说，公司需要她回来，条件她随便开！"

我猛地抬头："钻石广告？是通灵珠宝吗？"

Tina 盯着我的脸，疑惑地看着我："你怎么知道？"

我又急忙低下头，遮掩地说："米美丽跟我提起过。"

"她这都跟你说过？你跟她关系很好吗？"她打量着我，"我和她同事三年了，我怎么不知道她除了那个医生还有别的朋友？"

我害怕地将头低得更低，为了不让 Tina 继续猜疑我的身份，我连忙引开话题，询问 Tina 广告到底出现了什么问题。Tina 琢磨了一下："说是定位要创新，展示出钻石的内涵，而不是浮于表面。哎呀，反正和你说也说不清，总之就麻烦你了，一定要让米美丽赶快联系我，谢谢了！"

看来是广告策划后期出现了很大的问题，我初次递交的文案只是大致的规划，后续还有详实的落地方案没有写进去，我离开了公司，他们根本没有办法给出相应的后续策划留住通灵珠宝这个客户。

Tina 离开，临走时怀疑地又看了眼我，我并没有着急开门，隐隐的，我听到她对着电话那头的人说，明天开始过来监视，一定要找米美丽回去完成策划。我心中一惊，这个家，看来是不能住下去了。

我慌慌忙忙地跑到雷奕明家，在老地方拿到他家钥匙。

十二点多了，雷奕明竟然还没回家。我困得不行，干脆关了灯躺在沙发上等雷奕明，竟不由得睡过去了。

迷糊中，客厅的灯亮起来，悉悉索索的声音之后，客厅里传来一阵娇喘声。

"亲爱的婷婷，我向你保证，接下来的一秒钟、一个小时、一晚上，都不会有人打扰我们……"是雷奕明的声音。

天啊，我不会刚好遇到他们做什么少儿不宜的事情吧。我动了动，绝望地意识到，我一旦站起来，就会被他们俩发现，我干脆以不变应万变，蒙住毯子继续挺尸。

突然间，两个身躯紧紧抱着跌在我身上，婷婷掀开我的被子，触电一样跳起。

婷婷愤怒地说："雷奕明，你不是说这是你的病人吗？你看病还看到家里来了？"

雷奕明无语地看了我一眼，继续道："宝贝儿，你听我解释，真的不是你想的那样……你怎么来我家了？"他瞪我一眼。

可惜怒火中的女人是不会听任何解释的。

"你整天跟着那个死胖子混在一起也就算了，想想你也不会看上她，但这女的算怎么回事？你今天必须给我说清楚了！还有你！你到底是谁？整天黏着别人的男人，你就不知道害臊吗？"婷婷愤怒地哭诉着。

我哑口无言。雷奕明一阵无力地解释后，婷婷还是摔门而出。

我看追不上她，想偷偷地逃开战场，雷奕明凶巴巴地叫住我："我上辈子是不是欠了你的啊！不是叫你回家吗，你来我家干吗？还不打招呼就来！"

我只好将 Tina 的事情说给雷奕明听，我不想再回到那家公司，更不想回到那个懦弱无能的米美丽，当初如果不是我自卑、懦弱，就不会发生那么多事，也不会有这场车祸。

我鼓起勇气，抬头看着雷奕明："所以，我想用一个全新的米美丽，打败那个懦弱的米美丽。不仅是样子变了，还要慢慢打磨我的内心。有一天，我一定能够坦然地面对这一切。"

雷奕明的眼光有些迷离，在我一番软硬兼施的攻势下，他终于答应我住在他家，不过我要肩负他家里所有的家务。我一边给他修着马桶，一边愤愤不已，当初我为了保护他，用一身的肥肉帮他挨了不少揍，没想到关键时刻向他求救，他还给我增加这么多附加条件，真是救了一只白眼狼。

可是没有多久，我在梦中惊醒，噩梦搅得我冷汗直下，不得不去敲这只白眼狼的门。

雷亦明抱着被子气呼呼地看着我："死胖子！你干吗呢？"

我支吾地说："雷奕明，我害怕，你和我说一会儿话好不好。"

雷奕明烦躁不已："你睡我家还不够，大晚上还得让我给你陪聊？你有没有点矜持和节操？害怕又不是什么疑难杂症，你还能反复感染啊！"

我沮丧地坐到他的床边："我没反复感染，我已经不害怕 Tina 了，可我害怕以后。"

"什么以后？"

"万一以后新认识的人发现我的过去怎么办？"

雷亦明想了想："也是，你连名字都还没改呢……这样吧，我改天陪你去派出所把名字换了，彻彻底底地告别过去，这样就再也没人知道你就是过去的那个你了。"

我顿时醒悟："对啊，我怎么没想到改名字呢！"

雷亦明挥挥手："这回你可以回去安心睡觉了。"

雷亦明躺下，我在他门口看了一会儿，最终还是走了出去。

我怎么能告诉雷奕明，那场车祸，一直在我的梦里等着我，尤其换了陌生的环境，那种撞击感似乎更加强烈。看来我明天应该把自己房间里的东西搬一些过来，尤其是我每晚必须抱着睡觉的那只熊。

我推开门走出去，雷奕明突然走了出来。

我像是终于找到一根浮木一般看着他，雷奕明无奈地叹口气："别发愣了，我知道你刚来一个新环境会害怕，为免你胡思乱想，我守着你睡觉还不行吗？"

我点点头，冲他露出一个感激的笑。

雷奕明揉了揉他乱糟糟的头发，朝我愤恨地抗议："就忍你这一次啊，下不为例！"我暗自腹诽，明天把家里的东西带过来我就不会睡不着了，他想我来，我还不干呢。

我偷偷地笑了，这就叫最佳损友。

从公安局拿着我的新身份证出来，我忍不住左看看右看看，我的证件照终于不再是塞得满满一个屏幕的肉脸了，我现在的脸部情况，不管是客观还是主观分析，那都是个标准的巴掌脸美女。我满意地收起身份证，清了清嗓子，"下面我宣布，我全新的生活，即将以米朵的身份出现，她会像花朵一样灿烂美好。"我欢呼雀跃，雷奕明在一旁提醒我小心下巴，我赶紧换成笑不露齿状。雷奕明看着我一脸的小心，幸灾乐祸地哈哈大笑。

他嘲笑我的结果，当然是被我用一身蛮劲儿将到商场陪我逛街，以前的衣服都已经不适合我的体型，我必须开始大采购。我穿着新买的裙子，手里拎着好几个购物袋。路人总是扭头看着我，我一脸不自在，拼命地拉裙子。

雷亦明看不下去，将我拽到一边："别拉了，再拉你的裙子就要掉下来了！"

"好多人都看着我，我的腿是不是太胖了？"我惊魂未定。

雷亦明肯定地说："他们看你是因为你漂亮！米朵，你是米朵，你能不能自信一点？真正的美女不光是拥有漂亮的外表，还要有一颗自信的心！"他指着大屏幕，"看看！那才是真正的美女！"

硕大的 LED 屏幕上，显示着当红明星高雯千娇百媚的微笑特写，她连吹动的发丝里，似乎都带着自信的色彩。

台下人潮涌动，粉丝疯狂地叫着："高雯！高雯！我爱你！"

摄影机包围着她，闪光灯一直亮个不停。

高雯属于娱乐圈最特立独行的新生代明星：她放肆，敢跟前辈叫板；她嚣张，对经纪人助理动辄吼叫；她任性，上千万的代理广告不愿去就敢不去；她直率，即便是资方大佬，只要对她稍有绮念，她都直接给白眼……

可就这么一个任性妄为的娱乐明星，却偏偏接了众多代言，粉丝对她也是狂热坚定。

我作为同性，有时候也会沉醉在她那种锋芒毕露的美丽之中。

没有人可以拥有像她那样嚣张到极致的美丽，真是落入凡间的妖精！

雷奕明见我一直看着屏幕，不悦地咳嗽几声，将我手里的购物纸袋全部拿到自己手上，催促着我回家做饭。

他家的客房被我用作临时的根据地，我将新买的衣服挂进了柜子中，不小心又看到了萧亮的西装。

那一晚的心动和悲伤再次在我的记忆中浮现。我抚摸着西装，想起从 Tina 那听到的关于萧亮的事情。

"现在公司面临很大的困境，她之前策划的钻石广告需要更换，我需要她回来……"

如果 L 公司拿不出广告案的话，他会不会很困扰？他最近过得怎么样呢？

我打开电脑，再次关注起了通灵珠宝的情况。

萧亮新官上任，大刀阔斧地改革，短短时间就炒掉了通灵珠宝很多元老级的人物，并且还在月度例会中撂下话，如果下一个季度还不顺利扭转颓势，销售额提升 20%，他将引咎辞职。

一个季度提高 20%，可能是整个珠宝界都前所未有的业绩吧！

会议照片里的萧亮冷峻而坚定，好像认定了他不会输掉这场战役。

我关掉员工内部论坛，返回到官网首页。官网首页跨栏大图广告赫然是璀璨的戒指新品——骑士，上面的介绍说是设计师的灵感应是源自于萧亮之前获得珠宝界骑士勋章。

我放下西装，走到书桌前打开电脑，找出之前的"通灵珠宝广告策划案"，开始重新编写。我参加过类似的广告项目，要提高 20%，我这个策划方案是远远不够的，不管怎样，这个项目是我负责的，我应该给它一个完整的句号。

月色渐浓。

我揉了揉疲惫的双眼，继续检查着我的稿件。

次日，我把写好的策划案带去通灵珠宝，前台推说我没有预约萧亮，无法见他。大堂人来人往，萧亮和他的助理正走进来，我吓了一跳，匆匆往角落躲去。大厅的小姐连忙叫住萧亮，告诉他刚才有位小姐找他，萧亮回头张望。我躲在大厅内一张巨大的人形广告牌后，张牙舞爪地模仿着广告牌上的动作，仿佛我是被 P 上去的图形，一直都存在于这个海报上。我忐忑地等待着时间过去——

千万不能露出马脚，不然我手术台上的努力就白费了，现在我已经不是他记忆中讨厌的米美丽了！

正出神时，一个人拍了我的肩头，我低头看到一双锃亮的皮鞋，我误以为身后的人是萧亮，紧张回头时墨镜掉在了地上。

"对……对不起。"我慌慌张张地道歉。

我看了一下他胸前工作证上写着：设计部总监林子良。

林子良弯腰，帮我捡起了墨镜，他打量着我："吓到你了？不好意思。"

"没关系。"我看向萧亮的方向，连忙将手里的策划案拿出来："对了，我是广告公司来送策划案的，你能帮我把它交给萧总吗？"

"萧总？当然可以。"说到萧总的时候，他的嘴边带着一丝笑意，并没有感到丝毫的尊敬，让我很不舒服。我转念一想，萧亮为人那么好，公司上下肯定都奉他为偶像，我应该是看错了。

我收回思绪，恭敬地双手递出："那就拜托你了！"

送完策划书，我安心地回到家，上楼时，我顺便把信箱里的报纸带了上来。

娱乐版头条"高雯签约通灵珠宝，成为代言人"的新闻冲击而来。

也只有这么性感独特的高雯才配代言通灵珠宝的广告吧。不过，能说服眼高于顶的高雯签下通灵珠宝的代言，萧亮也必定是花了不少心血吧。想想也是，这个世界，也只有我的男神才能把我的女神搞定，不过太过完美的两个人，往往都不适合在一起。

我开心地扬起了微笑，把锅里的菜翻了翻，今天多做了几个菜，不然雷奕明又要以蹭住蹭网蹭吃蹭喝的理由赶我出去了。

我打开电视，想听点什么解闷，结果开头第一句话，就让我目瞪口呆。

"当红女星高雯被爆出与富二代企业家、通灵珠宝总裁萧亮恋爱，绯闻已经席卷各大媒体……"娱乐频道突然播出这则新闻，我神经敏锐地捕捉到这个魂牵梦萦的名字。

我匆忙跑向客厅，电视中正播放着萧亮和高雯约会被偷拍的场面。

"据悉，高雯是因为与通灵珠宝的代言合作而与萧亮结缘，两人频繁出入各个场合，姿态亲密，形影不离，应该已经秘密恋爱，虽然目前双方都还没有给出正式答复，但是……"

主播字正腔圆的声音越来越远，我震惊不已，炒锅顺着身体滑到地上，"哐啷"一声。

西红柿打翻在地，像一颗独自暗恋的心脏，还来不及表明心意，一切却已经成了定局。

雷奕明回来的时候，家里已经被我弄得一片狼藉，地上到处都是我的衣服。我浑浑噩噩地从卧室走出来，不留神把睡衣都穿反了。雷奕明期待着和我一起好好吃顿饭，可是我将汤锅端上桌才发现，锅里面只是一片清汤，飘着两个囫囵的西红柿，周边散布着鸡蛋壳。

我眼神飘忽地向雷奕明解释："这西红柿鸡蛋汤，我没胃口，就不吃了。"

"就这汤，我也没胃口。你什么时候学会黑暗料理了，这是西红柿鸡蛋汤吗？这是西红柿跟鸡蛋抱头自杀吧？"

我疑惑地看向汤，有些懊恼。空气里传来的糊味儿刺激着我迟钝的神经。

我一个箭步冲进厨房，打开电饭锅，里面的米饭成了黑爆米花，"砰"的一声全爆出来，我尖叫一声，捂着脑袋蹲在地上。

雷奕明上前，一把拉起我："你没事儿吧，伤到哪儿了？"

"没，没受伤。"

"你到底怎么回事，做顿饭都能把自己做伤了，你胡思乱想什么呢！"

"没什么……要不我再重新给你做吧，这次我小心点儿。"

我找到围裙打算重新做饭，雷奕明却制止了我。

"你不用做，做了我也没心情吃。胖子，你到底在想什么呢，你实话告诉我，难道我们之间还有什么不能说的吗？"

我心下一凉，要是雷奕明知道我到现在都还放不下萧亮，肯定会对我很失望吧。我微笑地看着他："我真的没事儿啊，你就别瞎猜了。"

雷奕明生气地打断我："别以为我不知道你在想什么，萧亮恋爱了，你难受，你根本就没忘记他是吧？"

我一怔，继而否认："我没有，我早就把他放下了，我根本就没想过他。"

雷奕明见我还是不肯说实话，气冲冲地走到我的卧室，找到萧亮的衣服，人证物证俱在，我的暗恋便无处遁形了。

雷奕明难过地看着我："胖子，别再自欺欺人了，你就是喜欢萧亮，你放不下他，明知道没希望还惦记人家是不是？你到底要迷恋他到什么时候，难道你受的伤还不够吗？"

我红了眼眶，倔强地扬起脖子："对，我就是迷恋他，我忘不了他，因为他是我第一个喜欢的人，因为他，我第一次明白了什么叫做心动！受伤怎么了？谁就能保证可以在爱情里全身而退？"

"一次受伤是你犯傻，两次受伤就是你犯贱！你不是忘不了他吗，没关系，有我呢，我帮你忘了他！"

雷奕明喊完，拿起萧亮的西装，气冲冲地走向窗口。

我紧张地追过去："雷亦明，你要干吗？"

雷奕明打开窗，把衣服扔了出去。

我被气哭了，这是我第一次感觉到自己的心动，第一次从一个陌生人那里感觉到温暖。我怒不可遏地斥责他："谁让你扔的，那是他唯一留给我的东西！"

"这是我家，我想扔就扔。"雷奕明一脑袋的强盗逻辑，我不想和他多说，拉开门走了出去。

我失魂落魄地走在街上，一对情侣经过，亲昵地边走边打闹着，我望着两人，既羡慕又心酸。

半夜，我蜷缩在雷奕明家外的走廊里。

终究还是回到了这个熟悉的地方，我身无分文，就算是有，也没有任何一个地方比得上这里温暖。身后似乎响起了脚步声，伴随着谁轻微的叹息。

雷奕明回来了，我可怜巴巴地望着他。

"雷奕明，除了你，我找不到其他能去的地方。"

雷奕明似乎松了一口气，他半是无奈半是开心地说："死胖子，回家怎么不告诉我啊！"

他打算拉我进房间，我突然开口道："雷奕明，和我下去找衣服吧。"

于是，小区的垃圾站就出现了两个打着手电翻衣服的人。

雷奕明烦躁地扔开一件脏毛衣："我要疯了我！我真后悔扔了那孙子的西装！为什么我失着恋还要给你翻垃圾堆！"

我拿着手电狠狠照向雷奕明，他立刻闭嘴。

"要不是你把萧亮的西装扔掉，我会半夜叫你起来和我一起找吗？"

半晌，雷奕明不耐烦道："要不，咱回去吧？赶明儿我帮你去通灵珠宝偷一件怎么样？"

我不搭理雷奕明，更加疯狂地翻找着，由于动作过快，一不小心手指被碎玻璃拉开了道口子，痛！

雷奕明走过去："怎么了？我看看，都流血了！碰什么了吗？"

"没事，就一点玻璃碴子。"我打算继续翻垃圾。雷奕明看不下去了，主动要帮我找。

大概半个小时后，他把一件脏兮兮的西装扔在我脚下，我像获得失而复得的珍宝一样，迫不及待地抱起了衣服。

"胖子，你说你弄了一晚上找到这衣服又管什么用？"

我摸了摸西装，苦笑一声，难过地说："我知道没用，其实，留着它只不过想留下一个梦，每个女孩都会做的一个美梦。萧亮和我不是一个世界的人，哪怕我变漂亮了，他也看不见我。"

我哽住，忍着不让眼泪落下来。

雷奕明心软地拍打着我肩头："胖子，执着地爱着一个人咱不丢人。"

悲伤一旦得到安慰，坚强便会瓦解，眼泪控制不住地汹涌而出。

静夜长空，月明星稀。

我喜欢的那颗星星，不会在我悲伤的夜晚出现安慰我。

我失恋了，在我还没有恋爱的时候。

然而，事情在一天下午发生了巨大的转机。

电视里播放新闻，说高雯和萧亮的恋爱不过是绯闻，高雯已经亲口承认，两人只是合作关系。

我叉腰一阵狂笑："看见没有？他们的恋爱消息是假的，是绯闻！这个消息对我来说实在太振奋了，可以媲美人类首次登月、萨马兰奇宣布 08 奥运会城市是北京，还有楼下的红烧蹄髈买一送一！从今天开始我要重启追随萧亮模式！耶！"

雷奕明不解，想站起身反驳，我按住雷奕明的肩膀，直直地看着他的眼睛："今天通灵珠宝人事部给我电话，让我去应聘总裁秘书！惊喜吧？"

他腾地跳起来："他们怎么会专门给你打电话，不会是个圈套吧？"

"得了吧，像我这种小角色还用得着圈套？给个圈就套住了。我上次去给他们递了个策划方案，他们按照上面的电话打来的。这证明，他们很看重我的才华。天啊，能进通灵珠宝工作，这是我毕生的梦想，梦想！"我在家里挥舞着手臂，已经陷入了未来的遐想中，如果能够进入通灵珠宝，我不就可以进一步地看到萧亮了吗？我一定会锲而不舍，创造很多浪漫回忆。

雷奕明泼冷水道："你知道有多少个女秘书不能转正，最后只能郊区别墅生一两个孩子，孤独终老？我怕你最后沦为豪门妾侍，被正室殴打，推你下楼，你慎重考虑过吗胖子？"

我突然变得严肃："你肮脏的思想，不要玷污我小女子纯洁的感情。你老说你是情场杀手，其实真的懂爱情吗？"

雷奕明一下子被问得哑口无言。

于是，在我严密的逻辑辩驳下，他缴械投降，大力支持我去应聘。

面试，刷的就是颜值，雷奕明说，这是我发挥优势的最好时刻。

雷奕明毛遂自荐当了我的职场面试形象造型师，我穿着他推荐的衣服，画着他指导下的妆容，美美地站在面试间外，此时已经排起了长长的一列队，队伍一直延伸到了面试间门口，而我恰好是即将进入面试间的一位，我双颊发红，不停地拍打着脸，深呼吸——

忽然，面试间门打开，一个女面试者哭着跑了出来。

她边哭边委屈地说着："太过份了！"

我心里顿时咯噔了一下，这时，里面的人开始叫我的名字进去。

我提起一口气，随着门慢慢打开，我看到了坐在最中间的萧亮。他正低头评分，我盯着他，情不自禁地陷入花痴状态，脚步发飘地走入，同时，萧亮慢慢抬起头，一切仿佛都变成了慢动作，莫名的微风吹向我，我听见了自己"扑通扑通"的心跳声。

萧亮似乎并没有认出我，平静地说："开始吧。"

我一回神，看向众面试官，最旁边的那个面试官我见过，就是上次我委托他送策划稿，设计部的总监林子良。

我结巴地说："各、各位老师好，我、我是……"

众面试官都被逗笑，只有萧亮一脸冷淡地扫视我。

　　我刚说完一些基础的资料，就被萧亮打断："这些我们都知道了，直接开始面试吧。你已经毕业几年了，履历表却还是空的，能解释一下吗？"

　　"因为我之前待过的都是小公司，没什么值得写的，所以……"

　　"你连自己工作过的公司都无法认可，我凭什么相信你会认可我们？"萧亮似乎就是不肯放过我。我的笑容一僵，紧张地沉默片刻，众考官都认真地看向我。

　　"因为通灵珠宝是第一家让我心动的公司，还因为我为了它努力了很久。虽然我的履历表是空的，但我希望将来能在上面填上通灵珠宝的名字，而且是只有你们的名字。"

　　众面试官纷纷满意点头。

　　萧亮神色不变："米小姐，方便问你一个私人问题吗？"

　　"您请说。"

　　"这次面试，你准备专业知识用了多久，准备化妆和衣服用了多久，钻石的专业知识，你能说出多少？"

　　我愣住，哑口无言。

　　萧亮在我的履历上画下了一个巨大的"叉"："抱歉，我需要的是一名秘书，不是一个花瓶。你回去吧。"

　　我委屈地看了他们一眼，郁郁寡欢地走出了会议室。

　　没想到精心准备的面试服装，居然成了萧亮发难的理由。不是每一个人都可以有资格精心去准备一场面试的，换成以前的米美丽，恐怕只会被认为是丑人多作怪，我已经努力地变得好看了，可是他为什么还是不屑于看我一眼？

　　面前的空酒瓶一大堆，我已在醉意中彻底迷糊了意识。

　　"凭什么那样说我？有什么了不起的，不就是总裁嘛！大街上一个广告牌砸下来，砸死十个里面八个是总裁！"

　　雷奕明欲夺我手中的酒瓶："对！就要这种目空一切的霸气！不过看来，这萧亮也不是传说中的好色之徒啊。"

　　我推开雷奕明，吐槽道："都是你！都是你说通灵珠宝对女秘书的外表要求特别高，让我穿成那样去面试！结果被萧亮说我是花瓶！我是花瓶，他就很好吗？对呀，萧亮有什么好的？不就长得帅点。雷奕明你还长得帅呢！"

　　"哟，难得你夸我啊，还把我跟你的男神放在一个高度。那你说说，我哪儿帅了？"他坐在一旁凑过来问我。

　　我指着雷奕明的五官，醉醺醺地夸道："你的眼睛特别漂亮，眼睫毛比女孩的还长，鼻子又高又挺……"

　　哎，这不是萧亮吗？他怎么来我这里了？他还对我笑？我迷醉地看着他，突然想亲他一口。

　　我猛地吻住了他的嘴唇。下一秒后，胃突然一阵翻滚，我就地吐了起来。

在睡意席卷的刹那，听到一声怒吼："死胖子——"

雷奕明别吵，别把我的萧亮吓跑。我迷迷糊糊地吐着，陷入了昏睡。

阳光从窗户照进房间。

我悠悠醒转。我和雷奕明横七竖八地一个躺在沙发上，一个躺在地上。哦，我的脚竟然还搭在他的头上，意识清醒的我赶紧隐藏罪行，收回了脚，去拿手机，没想到一脚踩到了雷奕明的头上，雷奕　明惊呼着醒来。

"啊——"

"抱歉抱歉，下错脚了。"

"你——"雷奕明正想数落我，可是看着我，他突然眼神躲闪，整个眼睛红红的，一夜没睡好的样子，我询问他是怎么回事。

雷奕明挠了挠头发，咋咋呼呼地说："还能怎么回事，做了一晚上的噩梦，梦见被一头猪强吻，吓得失眠了！"

我哈哈大笑起来："雷奕明，你现在口味越来越重了。"我还没有说完，手机就激烈地震动起来，居然是通灵珠宝人事部的电话！我战战兢兢地接通，本以为会是噩耗，没想到他们居然通知我被录取了！这简直是意料之外的好消息，一通电话，让我从地球跳到了天堂！

雷奕明惊喜地一把拉住我的手："真的？那太好了！"

"对呀！我终于可以天天见到萧亮了！"

雷奕明突然松开手，表情变得不自然："死胖子，我警告你，你以后不准再喝酒了，尤其是在我不在的时候！"

"为什么啊，我都这么大了，你凭什么不让我喝，小时候你还偷偷分我点呢。"

他似乎有些走神，恼羞成怒："不为什么！反正就是不准！"砰地关上门，他走进了他自己的卧室。

我一脸疑惑，梦到被猪亲了一晚上的人就是不一样。

我来到通灵珠宝，看到具体的工作情况，有一些诧异。本是应聘总裁助理，没想到最后却被人事部分派到了设计部。

直接上司居然是圈中正火的设计师刘思源。她妆容精致，大方干练，带着我大踏步走进了设计部，我谦虚地跟在后面。

"思源姐好。"同事们对她似乎很有礼貌，但没人理睬我。

"这位是我们设计部新来的助理，米朵。"刘思源向大家介绍着我。

"大家好，我是米朵，请多多指点！"

几个男同事上下打量了我一眼，一起起哄："我们设计部终于有福利了啊，来了个大美女啊！"

"美女，以后有什么需要帮忙的尽管开口，随叫随到！"

"米朵，朋友圈互粉一下？"

我内心叫惨，只怕和女同事们结下了梁子，果然女同事都不爽地望着我。

刘思源冷冷地看了眼我："好了！都回去工作去吧。"

她转身要走，我急忙叫住她："思源姐，您是设计部最棒的设计师，我想多跟您学习，有什么需要我做的就尽量吩咐好了。"

新人多学习总归是没错的，没想到我的积极只得到了刘思源一个冰冷的眼神。

一上午无所事事，她没有派工作给我。下午我主动帮大家买咖啡，又帮忙接送了几摞资料，同事们都傻眼了。

我干劲十足，继续问："还有谁需要搬东西的？"

众人纷纷低头忙碌着，不再理会我，我搬着资料走向自己的格子间。

下午茶时间。我走到茶水间里倒水，正好遇到思源和几个女设计师在休息聊天，"哎，思源，你这是 LV 限量款吧？"

"嗯，男朋友送的。"

"真好，这一个手镯怎么说也得好几万了吧？我要是你啊，找到这么有钱又大方的男朋友，就回家做阔太太享福去了，还在这里上什么班啊？"

"他是想让我别上班了，说要养着我，我跟他不知道吵过多少回了，我又不是那种靠男人养的女人。"

我装好了水，转身正准备离开，突然听到他们说起我。

"思源，新来的那个助理不错呀，够会来事儿的，才第一天就知道搞关系了。人长得倒是挺漂亮，穿得也花枝招展，不过身上穿的可都是便宜货。"

我低头望着自己身上的衣服，尴尬地扯了扯衣角。

刘思源平静一笑："像这种既没有学历又没有经验，还没家底的小姑娘，当然得懂得讨好人，关系做不好，怎么可能被招进我们部门？"

"听说她是林副总亲自招过来的，还专门和人事部门打招呼说要思源姐带。她什么都不懂，带着她干吗啊？"

"当个花瓶呗，摆设用。"

众人都轻蔑地笑了。

我僵在原地，躲在角落里，满心难过。没想到我能进设计部竟然是托了林子良的关系，可我从没想过要走后门。

我一抬头，林子良竟然站在我面前，手里拿着一份文件。

我慌忙鞠躬："林副总好！多谢林副总的知遇之恩。"

林子良显得很关心我，嘱咐我送一份文件到萧亮办公室。我两眼放光，几乎是飘着敲开了萧亮的门。

"萧总，这是新的设计图。"

萧亮头也不抬，继续处理文件："嗯，放在桌上吧。"

我将文件放在萧亮面前，激动地望着工作中的萧亮，不愿离去，可总得想一个留下的理由啊。

"萧总，您的水杯空了，我帮您加点水吧。"

我拿起他的空杯，一边倒水一边看着萧亮，结果被热水烫到，手一松，杯子哗啦啦地碎在了地上。

他烦躁地抬起头："怎么回事？倒杯水都不会吗？"

我噤若寒蝉，仰起头歉疚地看着萧亮，他看到我，眼里神色一变。

"你怎么在这儿？"

"我是来给您送设计图的，我是设计部新来的员工，我叫米……"

他猛然起身，推开椅子，朝我走来："我不在乎你叫什么，我只想问你，你接近我到底有什么目的？这一切都是你计划好的吧？"

我一怔，闪过一丝心虚。这的确是一场预谋，不过只是一场飞蛾扑火的预谋。

他步步逼近，盯着我："别以为你换了个样子，我就认不出你。那天面试我就已经知道你是谁了！"

我往后退了几步，害怕得瑟瑟发抖。他已经认出我来了吗？他将那个胖子和我联系到一起了吗？

萧亮步步紧逼，继续说道："那天在酒吧就不应该帮你，没想到你居然纠缠到这里来了！"

我猛地抬头："什么？酒吧里的女人？"随即又松了口气，还以为他认出了我之前是胖子的身份呢！

"萧总，您真的误会我了！我进通灵珠宝真的只是凑巧，我之前一直在找工作。后来林总录取了我，让我在设计部学习。"

萧亮听到这个名字后脸色一变，冷冷说："林副总？我不管你和林副总有什么关系，这里不是你能待的地方，通灵珠宝需要的是有实力的人才，别奢望得到不属于你的东西，你最好还是主动辞职。"

都以为我靠林子良的关系才获得机会，我脸上就写着"花瓶"二字吗？我僵在原地，倍受打击。

我失望地转身离开，趁着关门的时候，瞄了萧亮一眼，他看向我的目光怀疑且审视。他提出的几点疑惑句句属实，我不知道如何向他解释，或许，只有通过我加倍的努力去证明吧。

快下班的时候，雷奕明打了电话过来问上班状态。我吐槽自己被当花瓶了。他安慰道，不是每个人都够格当花瓶的。挂掉电话，我的心情好了很多，对啊，以前的我哪里能当花瓶啊，当个水缸还差不多。想起萧亮白天的话，我自愿加班，找些资料，把珠宝的专业知识给补上来。

整个设计部只有我的电脑闪烁着蓝光。九点多，办公室的灯光突然齐刷刷地打开，照得小小的办公室亮堂堂的。雷奕明带着盒饭出现在我的面前，他给我送夜宵来了，饿得饥肠辘辘的我狠狠地感动了一把。

我们吃完夜宵一起回家的时候，突然在路边大排档里看到了刘思源和一个男人坐在一起，他们行为亲昵，应该是男女朋友。男生将一串烧烤递给她，她摇头，神情疲惫地看着远处。男生自顾自地吃起来，乱蓬蓬的头发，吊儿郎当地穿着一双塑料拖鞋，完全不像同事口中的精英大款。

我甩甩头，骂了自己一句肤浅。难道大款非得挂个金项链在脖子上吗？

工作中的刘思源非常认真负责，交代完当天的工作之后，她好意地提醒各位，今晚有台风，大家提前下班。同事们一阵欢呼，我看着设计的专业书看得正入迷，她敲了敲我的桌子，再次提醒我台风的事情。我点头，她将我手中的书抽走，看了看，嘴角露出一丝轻蔑的微笑。

我心虚地低下头，刚进公司的我，不懂专业，不懂设计，只能如海绵一般汲取专业知识。

"这种专业的书，你看得懂吗？"

"我在努力学……"

刘思源轻蔑地笑了："有些东西讲究天赋，不是努力就可以学会的。你连真正的珠宝都没有接触过，凭什么设计珠宝？"

我心中一顿，确实是这样，我什么样的珠宝都没有见过，所谓的设计珠宝，确实有些天方夜谭。

刘思源打算离开，我拦着她："思源姐，我能问你一个问题吗？"

刘思源不耐烦地："说。"

我顿了顿，抬头看着她，问出了一直以来的一个疑惑："你为什么讨厌我？"

刘思源一怔，冷冷地说："因为你总是拼命想挤进不属于你的圈子，你不觉得累吗？"

我的眼睛里闪过一丝受伤，她的话像针一样带来细细密密让人喘不过气来的疼痛，我不需要任何的圈子，我只想要靠在离萧亮更近一点的地方。在他还没有找到生命伴侣之前，我还能用尽我全部的能量去努力。

夜幕降临，大风刮得窗户摇晃起来。我放下书本，我该回家了，不然雷奕明要担心我了。

我走到楼层门口，却发现电梯停了，楼道的大门被锁了。

我喊："有人在吗？我还没走呢！"

无人应答，我有些着急。

"不会吧，偌大一个公司，难道把我锁在里面了？"

周围仍然一片寂静，突然一个闪电，走廊的灯忽明忽灭，我顿时慌了。

我大声地喊着："有人吗，来人啊！"

这时，身后传来一阵脚步声。

"是保安吗？"

对方没有回答，我有些害怕。

"谁、谁啊？说句话！"

对方仍然沉默着，脚步声却越来越近，我吓得六神无主，掏出手机欲拨雷奕明的电话，结果手机摔在地上黑屏了。

我大喊："啊！救命！来人啊，救救我！"

一只手忽然拍上我的肩膀，我惊恐回头，闭上眼睛用力挥拳砸向对方，我的手被对方一把抓住。

"你在这儿喊什么？"我眼前一亮，这是我再心动不过的声音，世界上唯一让我激动的声音。

我急忙睁开眼睛："萧总？"

他的脸色很难看："不然呢，你以为是谁？"

我望着萧亮的手，他意识到什么，急忙松开，我暗自窃喜地摸着自己刚刚被他握过的手。

"电梯停了，门也被锁住了，灯还坏了。"我和他一一上报目前的情况。

萧亮掏出手机，让保安部的负责人来开门。

我松了口气："还好有萧总你在，要不然我今晚就惨了。"

萧亮放下手机，并不打算和我多说："保安一会儿就到，你在办公室等着吧。"

萧亮转身离开。

我慌张起来："你、你要去哪儿啊，别扔下我，我一个人害怕！"

萧亮没说话，转身离开，我连忙跟上，他走到办公室，发现我跟到了门口。

我小心翼翼地问："你能开着门吗，我就在门口待着，绝对不打扰你。"

他没搭理我，走了回去，片刻后，他无奈地走到门口："你进来吧，但不许说话，不许乱动，不许打扰我，否则我就把你轰出去。"

我开心地点头："谢谢萧总！"

我进入办公室，坐在沙发上。

萧亮坐在桌前翻看广告案，我一脸深情地凝视着他，萧亮无意间抬头正好撞见我的视线，他皱着眉头："我不是说了吗，不许打扰我。"

"我没有说话也没有乱动呀。"

萧亮瞪了我一眼："也不许看着我！"

我低下头，只好盯着桌子上的广告方案，拿起来看了看："这是新一期的广告案吗？"

没想到这一个问题点燃了萧亮最后的防线，他忍无可忍地站起来："你可以出去了。"

我马上捂住嘴巴，可没过多久，我还是忍不住拿着广告策划走到萧亮面前："我觉得如果把广告的覆盖面扩展出去的话，效果会更好。"我小声闷闷地说。

萧亮抬头望向我，我急忙捂住嘴："我这次绝对不说话了。"

萧亮放下笔，看着我手里的策划，沉声道："你接着说。"

一讲到我擅长的工作，我顿时神采奕奕："如果拍成微电影的话，我们可以做成两个微电影的版本，一个是精简版，放到网络、电视台等主流媒体播放，一个是完整剪辑版，投放到各个公共设施，比如地铁、公交车啊，做成小故事的形式，一辑一辑地播放，这样会引起观众的好奇心，也会增加各行各业的受众群，宣传范围会比传统方式要更广泛，内容的趣味性也会增强。"

萧亮望着我专业认真的一面，若有所思。

我小心翼翼地补充着最后一句："这只是我的个人想法，还不成熟。"

他随意地向我招了下手："你过来。"

我疑惑地指着自己："我？"我没有听错吧？

萧亮点头，将策划案递给我，要我给他更多的建议。

我走到萧亮面前坐下，一边看广告案一边说，萧亮不时点头并做记录。

窗外的风雨声敲打着窗棂，偌大的通灵珠宝，只有我们这间小小的办公室里还亮着灯，我含情脉脉地偷看萧亮，无法掩饰地露出幸福的神色。我面前的这个人是萧亮呢，这简直就是我日思夜想的场景片段。

萧亮放下笔，赞赏地看着我："这么好的创意，为什么一早不提出来？"

我脱口而出："我之前有写过一份策划案的，交给了……"

看来之前林副总根本没有把我的策划案交给萧亮。他为什么要这么做呢？算了，雷奕明说过，千万别掉进别人的圈套里，就当不知道好了。于是连忙转移话题："萧总，您真的觉得我的创意好啊？我太开心了！"

他没再深究，问我有没有兴趣去策划部。

我急忙摇头："我不能以一个小助理的身份离开设计部，一旦我走了，就等于在跟这份工作认输。我不想轻易放弃。"

萧亮突然恍神了，似乎透过我，回忆到曾经的某个故事。

这时，保安通知电梯已经正常运行，我心里竟然有些难过，就像十二点的钟声敲响之后，灰姑娘没有再留下的资格一样，我也没有继续逗留的理由。我恋恋不舍地站起身。

萧亮突然问我："等等。你叫什么名字？"

我意外又欣喜地回答："我叫米朵。"

萧亮皱着眉，重复念了一遍："米朵……。"

这两个字被他磁性低沉的声音念出来，像在空气里开出了花朵。

我曾经叫米美丽，现在我叫米朵。

这一次，希望你能记得我。

爱和喷嚏一样无法隐藏

03

—

叁

下过大雨的街道潮湿阴冷，夜色里仿佛弥漫着氤氲的雾气。我将围巾系紧，呆呆地看着萧亮的车离去的方向，心中溢满了欣喜和感动。萧亮居然亲自送我回家了！虽然他在车上一直询问我关于广告方案的策划细节，表现得礼貌疏离，但对于我来说，这简直是梦想照进现实的第一缕阳光。

我满心欢喜地回到家，迫不及待地想和雷奕明分享这段奇迹般的经历，这也算是他这段时间教导有方的成效。我兴致勃勃地打开门，家里却是黑漆漆的一片，雷奕明这么晚出去玩了吗？我在雷奕明的房间等他，不知不觉睡了过去。

半夜，雷奕明回来，他没开灯直接往床上一躺，正好压到我，他吓了一跳，猛得弹起来。打开灯，我揉着眼睛从床上坐起来，迷迷糊糊地问他："你怎么才回来呀？"

雷奕明气呼呼地看着我："这话应该我问你吧，你干吗睡在我的床上？"

我想起自己是要来向他报告和萧亮的进展，顿时脑袋清醒了不少，刚开口说了萧亮两个字，他就兴致缺缺地走出卧室，去到洗手间，拿毛巾洗脸。我也跟在雷奕明身后，一边走一边继续絮叨着。

"雷奕明，今天萧亮主动关心我了，他还和我一起加班，就在刚才，是他亲自开车送我回家的！"

我刻意做出夸张的表情，雷奕明不理不睬，开始擦湿漉漉的头发。

我陶醉在刚才梦境一般的回忆里："今晚萧亮看我的眼神都变了，他以前从来没这样过，雷奕明，我又觉得自己有希望了！"

雷奕明生气地扔下毛巾："你能不能不要在一个失恋没多久的人面前秀恩爱啊？我已经累一天了，没心情当你的妇女之友，你赶紧回房间睡觉去吧！"

我被雷奕明推搡着赶出他的房间，一脸难过。原来雷奕明还没有从失恋的阴影里走出来，可是他以前不是分手之后很快又找新的了吗？我摇摇头，看来我的问题得自己去解决了。

次日一早，我回到公司，本想着昨天的策划案我把该说的都说得差不多了，萧亮已经没有再来找我的理由了，没想到，却意外地得到了他批准我去钻石原厂参观的机会。在萧亮的车上，我一直忍不住偷偷地瞄他，好几次欲言又止。

萧亮叹了口气："你有什么想问的就直接说吧。"我这才壮着胆问他为什么给我这个去钻石原厂参观的机会。

萧亮斜睨了我一眼："那天不是你信誓旦旦地告诉我，你要留在设计部吗？不是你跟我说，你没接触过珠宝，不知道该怎么去设计珠宝吗？"

我一怔，倏然而至的欣喜簇拥着我，我目瞪口呆地看着他。他对我的反应很不悦，冷着脸说："你要是不愿意去，现在可以下车。"

我急忙摇头："我愿意我愿意！我只是没想到我说过的话，你还记得这么清楚，我太感动了！"

我一脸兴奋和激动，萧亮尴尬地咳嗽一声，一脸的不自在。前面开车的齐宇从后视镜看到这一幕，忍不住噗嗤一声笑了。

这个笑容似乎引爆了萧亮的怒火，他沉声要求停车。齐宇脸色一变，踩下刹车，车停在郊区一条荒僻的路上，我莫名其妙地看着萧亮和齐宇。

萧亮指了指我："你，下车！"

我一头雾水："为什么啊？我们不是要去加工厂吗？"

"我现在不想带你去了。"

"可是我想去……"我着急地脱口而出，又羞怕地低下头。

萧亮不为所动，继续叫我下车。

我委屈地看了眼萧亮，他丝毫没有要收回成命的样子，我只好垂头丧气地走下车，眼巴巴地看着萧亮的车开走，扬起的灰尘蒙了我一脸。我瘪着嘴自我检讨到底是哪里得罪他了，他真的就打算把我一个人抛在这个荒郊野岭了吗？我又害怕又委屈地待在原地，一阵引擎声响，萧亮的车又开了回来，我控制不住地露出了开心的微笑。

萧亮打开车门，脸上还是那副冷冰冰的面孔："我事先提醒你，不许再偷看我，不许再问我问题，不许乱说话，不然你就自己回去！"

我拼命点头，生怕萧亮反悔，嗖的一下蹿上车。

钻石加工厂，一切井然有序地进行着，并没有因为萧亮的造访而受到影响。我克制着自己的兴奋，好奇地打量着周围的一切。工人们穿着工作服，整齐地坐在一排排的流水线上，有的人在打磨原石，有的在挑选钻石，有的在做镶嵌工艺，有的在用机器清洗钻石。一个称作陈伯的老人和萧亮似乎关系不错，他看我好奇的样子，便带我来到钻石打磨开采的地方看看，一个工人正戴着面具反复敲打着一块石头，一旁摆放着几个形状各异大小不一的石头。

陈伯向我介绍："这些就是原石，钻石都是从这里面开采出来的。"

我指着一块巨大的原石疑惑地问："可是完全看不出来里面有钻石啊。"

陈伯笑了笑："这需要专业的眼光去挑选、挖掘，当然也包含着运气与博弈。一块不大的原石里也许能开采出巨大珍稀的钻石，也许只有一些普通的碎料，就像与人相处一样，不能光靠表面去判定。钻石和人一样都要经过打磨才能发光。"

我看着这个钻石的世界，深深地被触动。曾经我看起来高贵遥远的钻石，原来也曾灰头土脸地存在于这个世界，璀璨和闪耀都是广为人知的，而饱经打磨的过程和貌不惊人的原石，是不足为外人道的过去。我暗自警醒，真希望自己也能拥有钻石般的人生。

陈伯带我来到镶嵌工艺处，工人们正对着一张张设计图加工钻石。

我观察着成品，与设计图比对着欣赏，陈伯告诉我，现代钻石的美是通过设计细节与工艺所展现出来的。一颗好的钻石如果有了好的设计去包装，就会大大地提升它的价值。

我羡慕地看着设计师的画稿，如果有一天我也能画出这么好的设计稿，让钻石在我的设计里更完美地展现就好了，似乎自己也和钻石一样，变得更美好起来。

我正遐想着，萧亮突然走到我的附近视察工作，他的表情不再严肃，甚至挂着亲切的笑容，并不时拍拍工人肩膀鼓励他们。看着这样温和的他，我的目光也变得柔和起来。

日暮降临，我告别陈伯，和萧亮一起离开。我恋恋不舍地看着钻石工厂，热情不减地和萧亮介绍："萧总，你知道吗，陈伯带着我参观了所有的加工程序，我现在才知道原来一颗钻石的成形有这么不容易，而且钻石还有不同的特质，它们……"

萧亮烦躁地打断我："你觉得我会不知道这些吗？"

"我知道啊，可是我想跟你分享这种开心的感觉！"我托住腮，憧憬着，"现在的我也像加工线上的原石一样，只有经过无数次的筛选和打磨，才会变成一颗璀璨的钻石！总有一天，我会成为一名优秀的设计师的！"

我兴奋地说完，一扭头，萧亮正用手撑着额头，一脸忍耐。

"还记得来的路上我说过什么吗？"

我顿时心虚："当然，你说不许问你问题，不许乱说话……"

我说着说着，声音低了下去，萧亮眼神严厉，我只好缩回另一边，沉默。车里恢复安静。

萧亮下午还有一个会议，齐宇赶着回公司加速开车，弯曲而狭窄的车道上，不停有经过的车辆飞速经过，我顿时有些害怕，缩向里侧，却不小心靠到了萧亮身上，正在这时，响起了一阵尖锐的鸣笛声，我一扭头看向前面，迎面一辆大货车直冲我所在的车而来，我眼前忽然闪过曾经车祸的场景：刺耳的鸣笛声，闪烁的车灯，还有剧烈的撞击……眼见大货车要撞上萧亮的车，齐宇拼命转弯。

我缩住身子用力抱着自己的脑袋，忍不住尖叫："啊——"

一声剧烈的刹车声，车停住，我还在抱着自己瑟瑟发抖。

萧亮担心地看着我："你怎么了？"

我一惊，慌乱地制止他："不要过来，别过来！"我捂住自己的脸，"别看我，别看我的脸！"

萧亮上前拉住我："你怕什么？车已经停住了。"

我甩开萧亮，歇斯底里地大喊着："别过来，别看我的脸，不要看我的脸！"

萧亮慢慢地收回手，惊讶地望着我，我发抖，紧紧地抱着自己。

过了好久，我终于缓和了下来，萧亮询问我原因，我只能敷衍过去，我车祸整容的过去是我不能告诉他的秘密。我慌忙回到家，用带着哭意的声音呼喊着雷奕明。他从床上爬起来问我怎么了，我一把抱住他："我撞车了，我好害怕。"

雷奕明慌张松开我，震惊地到处看着："撞车了？撞哪儿了，伤得重吗？"

"没有真的撞上，可是我真的好害怕，我怕它会伤到我的脸，怕被萧亮看见，雷奕明，我好像又回到了车祸那天晚上！"

我瑟瑟发抖，雷奕明将我拉到客厅，让我坐下。

"胖子，你实话告诉我，你是不是一直都没把车祸的事忘掉？"

我摇摇头："我也想忘，可是我真的忘不掉，我记得那辆车撞上我，还有那场整容手术。雷奕明，我到现在还经常做梦，梦见我又回到了手术台，医生拿着刀划开我的脸，我还能听到刀在骨头上刮过的声音，我永远都忘不了那个声音！"

雷奕明捂住我的耳朵："嘘，嘘，别怕，没事儿了，都过去了。别怕。"

"可是萧亮都看到了，我一直在捂着脸躲着他，雷奕明，他不会觉得我疯了吧？"

"别想萧亮了，胖子，不管是那场车祸，还是整容手术，现在都已经过去了，不会再有人伤害你的。"

"雷奕明，幸亏还有你，你真是我最好的朋友。"

雷奕明迟疑片刻，伸出手拍了拍我的后背："对啊，我们是最好的朋友。"

我擦眼泪，还好在这个城市有他，让我不至于一个人扛起这一段痛苦的经历。

雷奕明笑了："看，你现在连哭都这么漂亮。胖子，以后不要随便在别的男人面前哭，也不要在别的男人面前笑，因为他会爱上你的。"

他的眼底有不易察觉的认真，但很快露出他招牌式的戏谑微笑。

雷奕明回去睡觉，我受了惊吓睡不着，干脆躺在沙发上看书。从书桌上掉出一本雷奕明病例，难道雷奕明生病了？我好奇地打开，他今天居然去了精神科就诊，难道雷奕明得了精神病了吗？我好奇地看着医生的诊断书，上面写着一段话：

　　人不能隐藏三样东西，贫穷、咳嗽，和爱情。如果你爱上一个人，会情不自禁地思念她，难以自拔地关心她，看到她时紧张，离开时又会失落，仿佛全世界都只是这个人的影子一样。爱情的症状，是用任何药物和方法都无法控制住的。

　　雷奕明这是得相思病了？可他怎么不和我说呢，平时他那些女朋友我一个不落地都听他给我说起过。还是说，这只是雷奕明的医生同事和他开的一个玩笑？

　　我正想找雷奕明问问清楚，同事的电话突然打过来。原来最近公司的品牌营销会上，萧亮决定采取我和他提及的微电影宣传方案，并且让我进入微电影拍摄的项目组。

　　我打开公司内部 OA 邮箱，通知邮件列出了详细的方案与参与人员，项目组执行组长是萧亮，副组长是刘思源。

　　刘思源对于我这个花瓶般的新人获得这个机会很不满意，去林子良处状告我与萧总走得太近，对公司的影响不好，而林子良反而很维护我。我进入林子良办公室和他见面，他告诉我，当初我委托他交给萧亮的那份策划案，他并没有交给萧亮，但是因为那份策划案，他看到了我的才华，决定给我一个机会。要我以后将这样有效的想法直接联系他。

　　看着他一脸认可的目光，还有他搭在我肩头的手，我总觉得有些隐隐的奇怪。这个林副总，给我的感觉极其不舒服，但我还是很感谢他同意让我去微电影的拍摄组。回到办公室，刘思源看我的眼神很是憎恶，可我们设计部直属归林子良管理，刘思源再恃才傲物，也不敢和他对着来。

　　听说这个微电影是由高雯主演，萧亮亲自负责，那务必会经常去现场，我就能争取到不少和萧亮相处的时间了。我兴奋地将这个消息告诉雷奕明，但是没想到电话那头的雷奕明语气不善地打断我的话："又是因为萧亮是吧，胖子，你能不能给我点儿个人空间，让我平静平静行吗？我忙着拯救妇女呢，没时间听你闲聊！"

　　他一通咆哮后，挂掉了手机。我愣神听着电话里的嘟嘟声，心里有些难过。以前从来没有听到雷奕明这样的语气说话，我又想起他病历本上的那段医生诊疗建议，看来雷奕明这次的失恋是挺严重的，我不该这样自私地一次又一次去打扰他，还和他分享我和萧亮的事情。我给他写了张留言，把这些心里话写在里面，收拾好行李进驻剧组拍摄。

　　拍摄场地外。

　　众多记者正拥堵着，等待着。

　　萧亮的豪车和高雯的保姆车先后驶入，萧亮下车，上前为高雯开车门并搀扶她走下。众记者顿时沸腾了。

　　记者高高地举着话筒："高雯，你在通灵珠宝的每次活动都有萧总陪同，请问你们的绯闻到底是真的，还是只是一场炒作？"

"如果你们没有恋爱，请问你们之间有发展的可能性吗？"

"高小姐，请正面回答我们的问题！"

萧亮为高雯阻挡记者，高雯风情万种地摆手，露出堪称完美的笑容，脖子上以及指尖的通灵珠宝熠熠生辉。

她的脸上是魅惑的笑容，美得像是一朵盛开的罂粟花，连声音都是那么美丽妖娆："谢谢大家关心，不过我和萧总真的只是单纯的合作关系。是吧，萧总？"她回眸看着萧亮，萧亮露出了温和的笑容，可能是对着镜头的缘故，他的温和中带着些疏离。

"还是请各位多期待我们的作品。谢谢。"

萧亮说罢，护送着高雯往前走，众保镖上前隔出一条安全防线，两人一同走向拍摄场地内。

我回过神来，慌忙抱着手里的衣服往内场走去，剧组正在准备拍摄，各个部门忙碌的准备着。我和思源负责高雯的珠宝和服装，我将衣服一一摆好。萧亮走进来，媒体已经被隔绝在外，我心中一动，偷偷地走过去看他。萧亮突然站住，做了一个请的姿势，高雯在他身后走出，两人一同并肩走入，宛如一对璧人，我心中酸苦。我默默地安慰自己，虽然我永远都不可能有高雯那么耀眼，但至少我能有资格站在离萧亮稍微近一点的地方了，我应该感觉到高兴才是。

刘思源放下清单问我："高雯要用的服装和珠宝都准备好了吗？"

我仍然在盯着萧亮和高雯的方向，高雯在经纪人Jason的带领下来到一旁化妆，导演则上前对萧亮问好，两人边说话边走来我的方向。

刘思源看向我，不悦地说："问你话怎么不回答，发什么愣呢？"

我连忙回神："哦，对不起，思源姐。"

她斜眼看着我："米朵，就算是萧总让你来的，你的身份也只是我的助理，可别忘了自己的位置！"

我连忙点头："是，我下次会注意。"

我一抬头，发现萧亮走向我，顿时心跳加速，刚才被人训斥的样子，被他看到了吧。

刘思源上前，对萧亮客气地说："萧总，您来了？"

萧亮语气淡淡地问："你准备的怎么样？"

他看着我，我一怔："啊？我？我准备什么？"

"你是这个方案的策划人之一，当然要准备好跟进拍摄，有任何不恰当的地方，你也可以提出建议。"

我受宠若惊地抬起头："真的吗，谢谢萧总！"

萧亮略微勾起了唇角，随即又恢复严肃："公司不会浪费任何一个有价值的人才，你要借这个机会好好努力。"

我连连点头，更加殷勤地工作起来。刘思源看我什么活儿都抢着干，也就不说什么了。

这时，高雯已经换上了新造型，在场地中摆出各种姿势，仿佛一只展翅欲飞的孔雀一般，骄傲而华美，各种设备和人员都围绕着她，议论着她，高雯始终自信十足，旁若无人。

导演一拍板："Cut！换衣服！"

刘思源大声地说："米朵，过来！"

我连忙回到工作场地，拿过大堆的衣服和珠宝，匆匆跑向思源和高雯的位置。刘思源从中翻出一件衣服，拿上珠宝，来到高雯面前，化妆师正在给高雯补妆。

Jason连忙接过衣服并翻看着，他翘着兰花指拈起衣服的包装袋，细声细气地说："这些衣服都没被别人碰过吧？"

刘思源随口说道："应该没有。"

高雯看向思源，顿时不悦："应该？我从来不穿别人碰过的衣服，这你不会不知道吧？"

刘思源挺直了脊背："我是公司的珠宝设计师，只负责设计和造型，不负责保管服装，所以不太清楚。"

高雯失笑："我要你拿一件干净的衣服给我，不是要听你这么多牢骚。如果做不好就立刻换人，别在这儿耽误我拍摄！"

高雯的训斥声引发众人注意，刘思源尴尬不已，我连忙上前。

"高小姐，我看资料里标注着您有洁癖，所以在拍摄之前就检查过所有的服装，绝对没有被人碰过，您可以放心穿。"

刘思源有些诧异地看向我，我一脸恳切看着高雯，希望她不要继续为难我们。

高雯的脸色有所缓和，随意地说："那以后就由你过来负责我的服装吧。"

我一愣："可我只是一个新人，思源姐才是专业的设计师——"

"不管新人旧人，认真的就是专业的。我说过的话不喜欢重复第二遍，就这么定了。"她似笑非笑地看了思源一脸，像一只拖着华丽尾羽的孔雀，端然离去。

我和刘思源面面相觑，不知如何是好。刘思源气愤地走开，我连忙跟上去。

"思源姐，您先别生气！"

刘思源愤愤地说："她不是让你负责吗，你去吧！"

我看着她削瘦的身影，有些心疼。作为一个助理顶替了她的工作，她的心里一定很难过。

等回到拍摄场地，大家都在紧锣密鼓地进行着开拍前的准备。

刘思源正在清点珠宝。我打量她的脸色，心中一阵愧疚。

刘思源看了我一眼，一脸平静地笑笑："齐宇都跟我讲清楚了，你只负责把服装交给高雯，至于珠宝和其他的部分，还是由我主导。正好我也不想再接触她，你去就你去吧。"

"谢谢！"

"不用谢，这个广告案本来就是我的项目，我当然要负责到底，这些跟你没关系。"她很快恢复了一名职场女性的淡定和专业，我安心地笑了笑。旁边有人走进，我像是有第六感一般，瞬间在人群里看到了萧亮。我又一次心跳加速起来，我想过去为他昨晚的鼓励说声谢谢，可是萧亮看到我，立刻冷漠地转开了眼神。

刘思源拿出单子："单子我已经签名了，你去交给负责人吧。"

我回神，连忙道："好。"

我拿着单子走向负责人，这时，一名场工在固定灯柱，灯柱向着萧亮的方向晃动了两下。

导演大声地喊着："灯光，灯光到位了没有？"

场工回头："哎，马上就好！"

就在这时，场工手里扶着的灯柱忽然歪倒，向着萧亮砸去。

我大喊："萧总小心！"

我话还没有说完，人已经不由自主地跑到了萧亮身边，一片寂静，我不顾一切地抱住他，他身上冷冽清新的味道瞬间充斥着我的嗅觉神经，美好得像一个梦境。只不过灯柱狠狠砸到头上带来的疼痛提醒着我这是现实。

萧亮望着我，他如星芒一般的眼睛里满是疑惑和诧异，我剧烈喘息着，灯柱在我的脚边落下，我松了一口气："萧总你没受伤吧？"

萧亮闷声说："我没事——"

一滴血滴上萧亮的额头，他看向我，这才发现有血顺着我的额角流下，越来越快地滴落下来，他呆住了。

我笑了笑："你没事就好。"

我说完，虚弱地昏过去，趴在了萧亮怀中。

耳边响起导演招牌的大嗓门："快，有人受伤了，快去准备车！"

混沌中，我虚弱地靠着萧亮，眼神涣散。他一直抱起我，他的手掌坚定有力，他说米朵，你放心，我不会让你有事的。我安心地陷入了昏沉。

医院雪白的窗帘被风吹起。

初冬的太阳带着浅黄的光，透过病床的窗户，暖洋洋地斜洒进来，雪白的床单也染上了几丝暖意。

我缓缓地睁开眼，正好看到萧亮趴在我的床头，劳累地打着瞌睡。那一簇金黄的阳光，刚好照在他紧密的睫毛上，在俊朗的脸上投下一片温和的扇形阴影，一直抿紧着的嘴露出孩子气般上扬的弧度，他整个人变得格外的柔和。

我浅浅地笑了笑，艰难地抬起手，想触碰萧亮的脸，但就在我即将碰上时，萧亮忽然睁眼，我连忙缩回手。

"你醒了？感觉怎么样？"他的神情又恢复了冷静。

"没什么，就是头有些疼……"

"医生已经给你包扎过了，伤口疼痛就是开始恢复的标志。"

"那你呢，你一直在这里陪我吗？"

萧亮不自在地扭过头，我开心地笑了。

萧亮皱着眉问我："为什么要救我？因为我用了你的方案？还是我让你进了剧组？即使这样，也不值得你拿生命去冒险吧？"

"我救你跟那些没关系。"

"那是因为什么？"他追问。

"因为我——"

我愣住了，那几个字哽在喉头，苦涩不已，我闭上眼睛，不想它泄露我的心意。我突然想起雷奕明那本病例上写的那段话：人不能隐藏三样东西，贫穷、咳嗽，和爱情。我一旦说出口，萧亮就再也不会理会我了吧。

我移开目光，淡淡地说："因为我刚好经过你身边啊，当然应该去救你。"

萧亮咄咄逼人地追问："人的一切行为都是出于利益交换，我不相信有人会无缘无故拿最宝贵的生命去冒险，你会这么做，一定是为了更大的利益，你究竟想要得到什么？"

我笑了："如果我还有时间去想要得到什么的话，就没有时间救你了。萧总，世界上还有很多东西是利益所不能交换的。"

萧亮面露疑惑，若有所思地离开。我苦笑，就让他觉得我是一个匪夷所思的女人好了，我的喜欢只会是不自量力的打扰，我又怎么能把心里话说给他听呢？

医生给我换完绷带，我执意让他别再给我包扎了，耽误了好几天的工作，刘思源一个人肯定忙不过来。雷奕明将我送到拍摄场地，他好像怕我再次受伤似的，一定要在门口看着我走进去。

我被他的执拗逗乐了。走入拍摄场地，却发现现场一片混乱，原来导演和高雯正在因为拍摄的理念不一致吵架，没有人敢上前劝解。

高雯大喊着："不行不行！我演不出来，我觉得在这种情况下我遇到男主角内心肯定很复杂，不可能像你说的那样疯了一般兴奋！疯了一般亲上去！"

"可是这样才能表现你的爱，镜头才饱满。"导演红了脸，歇斯底里。

高雯寸步不让："合同规定我有权对拍摄提出意见，我对这场戏不满意，我不拍了！"

高雯转身离开，几名剧组人员连忙跟上。

导演愤怒地大吼："让她走，走了就别再回来！"

我着急："怎么办，高雯好像真的要走！不行，我得立刻联系萧总！"

刘思源拦住我拿手机的手："放心吧，就算她再任性，也不敢扔下剧组离开。"

她拿起一串钻石项链欣赏着，"估计一会儿就和好了，我先把下一场要用的项链给高雯送过去吧。"她转身走到高雯的化妆间。

没想到刘思源估计错了，高雯真的敢扔下剧组离开。她换了一身便装，低压着帽檐走了出去。我在后面怎么追也追不上，一堆记者围绕着她，她匆匆上了一辆车就离开了。

拍摄现场，剧组所有的人员都在等高雯回来，萧亮的车缓缓开入。

我眼神一亮："萧总来了！"

剧组人员也纷纷跟上前。萧亮下车，扫视了一下周边。

众人吵吵嚷嚷，萧亮皱眉，淡淡地说："只不过少了一个女主角而已，所有工作继续。"

众人安静，看向萧亮。

萧亮面无表情地看向导演："拍摄组重新研究拍摄计划，先完成那些没有高雯的场次；Jason，你继续联系高雯。总之，不管出现任何问题，都不能影响我之前做出的决定和安排！"

大家都被萧亮的话鼓动，重新回到各自的岗位商讨对策。

我没想到，导演组临时修改的拍摄计划，竟然是找一个和高雯身材相仿的人做替身，而我不幸被拍摄组的人拉了出来。

我追上前拉住导演："我只是一个小助理而已，怎么能替高雯出演女主角呢？"

导演没耐心地甩开我的手，大声说："立刻去化妆准备！"

导演不再理会我，我情急之下找到萧亮求救。

我焦急地说："萧总，我真的不会演戏啊，您可以帮我跟导演解释解释吗？"

萧亮平静地看着我："每一个女主角都曾经是小人物，现在的你也可以成为未来的女主角。"

萧亮紧绷的嘴露出一丝暖意："我相信你。"

这几个字从他嘴里说出来，简直是我的魔咒。我的手脚像失去控制一般走到了化妆间任凭他们摆布。

拍摄场地内，工作人员看到我已经站到了场内，连忙喊着："来了来了……"

镜头、聚光灯、以及无数的视线突然都集中到了我的身上，我别扭地看向人群，萧亮也抬起头，我隔着人群与萧亮瞬间对视，对他露出了一个微笑，走入场地中央。

导演拍板："Action！"

我一脸紧张，慢慢走向男演员，男演员深情凝视着我，我们两人擦肩而过，他抓住我的手，一把抱起我，俯身，慢慢地亲过来，我脑海中战鼓擂动，万马齐喑，再也坚持不下去，紧张地躲了过去。再来一遍，我还是在紧要关头泄了气。

导演站起来："Cut！不行不行，替身，我跟你说过几次了，他亲上去的时候你不要躲，勇敢地迎上去！又不拍你的脸，紧张什么啊。"

我连忙鞠躬："对不起，麻烦大家了。"

"行行行，再给你一次机会，快开始吧！来，1,2,3，action！"

我和男演员再次上演之前的场面，男演员抱着我，低头欲亲过来，我连忙往后退，男演员顿时不悦，当即松手，我被摔到了地上。

男演员一甩手，走向场外："不拍了！我又不是真亲她，她至于吗！一个镜头都快拍一下午了，我不拍了！"

男演员离开，我一脸愧疚地对剧组鞠躬："导演，对不起，各位，对不起……"

导演恼怒不已："姑奶奶，我叫你姑奶奶行吗？你告诉我，你到底怎么才能不紧张，你跟男演员不行，那你跟谁行啊！"

我愧疚地低头，绞着衣角不说话。

导演叹了一口气，询问着："现场有跟她熟悉的男同事吗？"

所有的人都往后退，坐在椅子上看着监视器的萧亮突然站了起来。

……

拍摄场地内，我看着站在前面的萧亮，脚步像灌了铅一样的沉重，早知道会换成萧亮，还不如之前男演员的时候豁出去一把试试呢。而且，萧亮出来拍摄这种亲密的画面，高雯知道了不会生气吗？还是说，他们的绯闻不是真的？

我脑袋里胡思乱想着，又一次NG，我结结巴巴地对萧亮说："萧、萧总，对不起……"

萧亮的声音里没有半分气恼，反而出奇的平和："不要再跟所有的人说对不起，先跟你自己说加油。开始吧。"

他说完，静静地等待着我，萧亮一向看重时间和效率，可是这一刻，他居然没有对我生气，我闭上眼睛，集中精力，将剧本的剧情在脑子里过了一遍，再次睁开，笃定地看着他："再来一次吧。"

我将自己代入剧情，慢慢走向萧亮，萧亮深情凝视着我，擦肩而过时，萧亮一把抱过我，俯身亲过来，我回抱住萧亮，四目相对间，恍若电光火石般的初见，全场一片寂静。

萧亮俯身靠向我，我慢慢闭上眼，明明知道是借位拍摄，可我还是一脸幸福地面对着萧亮，这一刻我就是剧本里，那个痴情的女人。萧亮的手莫名地有一丝颤抖，我险些跌落，慌忙抱紧萧亮，我们俩向彼此一靠，意外亲到了一起，我们都吃惊地怔住了。

导演一拍板子，开心地说："Cut！好，非常好，太棒了！"

我长长地松了一口气，心跳得快要崩裂了，不好意思地看着萧亮，他避开我的视线，一脸淡然地走去和导演商议接下来的工作，我失落地笑笑，戏剧散场了，我应该回到现实生活中米朵的位置。在萧亮的说服下，一旁的工作人员发短信给高雯道歉，最后通知大家，明天高雯将顺利回来工作。

清晨的太阳洒出温和的光芒，照在高雯正在化妆的脸上，显得她的脸越发精致。高雯那边的造型师过来问我们为什么还没有把今天拍摄的钻石项链送过去，刘思源愣住了，这条项链她昨天就已经送到了高雯的化妆间。

钻石项链不翼而飞了？

剧组所有人都聚了过来，我忙乱地翻看清单，刘思源在向导演解释，高雯在一旁黑着脸等待着。

刘思源辩解着："是真的，我昨天真的把项链送给高雯了，就在她离开剧组之前。当时很多工作人员都在，大家都能证明我去找过她……"

高雯霸气十足地说："我最后说一遍，我没拿过什么项链。如果有人看见我拿了，现在就可以站出来。"

大家纷纷摇头，各自议论。

"她这不是污蔑雯姐吗？"

"对啊，对啊……"

大家以异样的目光看向刘思源，刘思源万分难堪地左顾右盼着。

我鼓起勇气上前，喝住大家议论的声音："我能证明，我看见思源姐去给高小姐送项链了，而且单子上也有记录。"

高雯不悦地瞄了我一眼："照你这么说，我就是那个小偷喽？"

我认真地看着她："我不是这个意思，我们只是怀疑项链被弄丢了，所以想请您去检查检查……"

高雯冷哼一声："我没时间在这儿纠缠。导演，我回去休息了。"

导演赔笑："别呀，你今天要是再走了，我们怎么跟萧总交代啊？"导演转向刘思源和我，愤怒地说，"弄丢了道具还找借口，你们想拖死我啊？我不管你们怎么解决，现在立刻去找条一样的项链！"

刘思源沉声说："这条钻石项链是孤品，根本就没有第二条，而且它的价值非常高，如果失窃了，我们是要追究责任的。"

高雯目光冷艳地打量着思源："其实我想说很久了，你戴的那副香奈儿的耳环，他们家根本就没出过这一款。在我跟你之间，谁更像是会去偷项链的人？"

刘思源涨红了脸："你……"

在众人议论纷纷中，刘思源一脸屈辱，眼里涌起泪水，却拼命忍住了。

我生气地反驳："思源是我们公司的珠宝负责人，她每天都在经手贵重珠宝，怎么可能会监守自盗呢？"

高雯似笑非笑地说："她没有，那你呢？你不也是负责人吗？"

我理直气壮地说："我当然没拿！"

高雯轻飘飘地问："谁能证明？"

我顿时哽住，大家怀疑地看着我，刘思源为难地低下头。

正在我无处可退的时候，入口处的光被一个高大挺拔的身影遮住了，萧亮西装笔挺地踏光而来，每一次他出现的时候，空气中仿佛有三月的春风吹起，徐徐吹皱一湖涟漪。

他冷冷地问："怎么回事？"

刘思源连忙上前："萧总，我们公司的一条项链不见了，我明明已经给了高雯——"

萧亮打断："我不是来听你解释的。"

刘思源一怔，难堪地低下头，攥紧双拳。

萧亮转向剧组："拍摄工作继续，替代用的项链会很快送来。"他转身关切地问着高雯，满目温和，"你没事吧？"

高雯冷冷地盯着刘思源："没什么。"

我再次忍不住走向前："萧总，思源姐真的没拿项链，我可以证明——"

"闭嘴，我当然相信高小姐。"他看向高雯的眼睛里，没有一丝的怀疑。

我委屈地低下头，高雯若有所思地看了我一眼，像个骄傲而高贵的女王一般转身离开，无数的人连忙跟上。

导演指挥着："哎继续继续，拍下一场！"

众人纷纷离开。

萧亮走向刘思源，轻启嘴唇，下达了一个冰冷的决定："你是珠宝负责人，应该很清楚公司规定，回设计部办离职手续吧。"

刘思源还想说什么，再次被萧亮打断。

"……还有，在离开前把项链找回来，否则公司会向你追究法律责任。"

我再次欲上前解释，萧亮警告地看了我一眼，我只好缩了回来。刘思源一脸无助。周围通灵珠宝的同事窃窃私语，一脸鄙视地看着刘思源。

我上前安慰她："别担心，我会帮你把项链找回来的。"

刘思源倔强地瞪了我一眼："不用你可怜我！"

刘思源转身离开，匆匆走向高雯的化妆室，我一脸担忧地跟过去。

化妆间内，刘思源将化妆台检查了一遍，我从一堆衣服的角落爬出来，狼狈地冲她做了一个没有找到的手势。

刘思源别过脸："你跟过来做什么，我的笑话还没看够吗？"

我边翻找边："我不是说了吗？我会帮你找项链。"

"你真的相信我没拿？"

"当然了，我怎么可能怀疑你呢？我们一起找吧，我负责这边！"

刘思源愣了一会儿，突然说："米朵……谢谢你！"

我开心一笑，重新投入到寻找中。我努力地伸手摸索角落的位置，空间逼仄，我不小心碰到了鼻子，吓得我紧张地捂住脸，天啊，我的鼻子可是按照黄金比例整得这么高挺的，刚才这一下不会把我的鼻子撞歪了吧。偷偷对着镜子检查了一下，确信没问题之后，才松了一口气，继续找了起来。

拍摄场地，我拿着项链的照片向工作人员打听情况，工作人员纷纷摇头，我挫败不已。

夜，保安室内，我和刘思源在查看录像，几小时后，她和我都开始劳累地揉搓眼睛，困倦不已。窗外深沉的夜色露出了鱼肚白，刘思源已经睡了过去，我打起精神看着屏幕。看着看着，我忽然发现了什么。我将画面定格，是高雯拿着包离开剧组的场面，画面放大，包里似乎露出一小截钻石项链。

来到高雯的化妆间，我将视频放给高雯看。

Jason 不可置信地瞪着画面，扭头打量着高雯。

高雯笑："看我干吗，我没拿就是没拿。这不是 P 的吧？"

我淡然地说："要是能 P 的话，我昨天就给你 P 一个了！"

高雯打量我："你倒是挺会巴结人的，三番两次都护着那个思源。她给你什么好处了？"

"这跟好处没关系，我既然看见了，就当然应该帮思源姐证明清白。"

高雯脸上是不屑的笑容："哼，帮她。昨天你为了她当众得罪我，我怀疑你偷项链的时候，她怎么没站出来帮你呀？"

"她没站出来是因为她自己也慌了，我不用她帮我。现在证据也有了，你能帮我找项链了吗？"

高雯看向我的眼神中闪过一丝认真，她忽然站起身，逼视我，我有些心虚。正在这时，高雯转身，从卧室里拿出装过项链的包，当着我的面把东西全部倒在了桌子上。

"自己找吧。"

我真诚地说："你们放心吧，我从来没怀疑过高雯，这一次只是一场误会，我不会把这件事说出去的。"

高雯傲娇地笑："你倒是挺相信我，眼光不错呀。"

我有些好笑，低头重新寻找项链，但不管我怎么找，都没有项链的痕迹。高雯也觉得很疑惑。她喃喃地回想着，最后告诉我，她有可能把钻石项链，落在她在路边随便搭的一辆车里面了。

Jason 似乎还是第一次听到这件事，他惊呼着担心高雯会被陌生的车主曝出绯闻。高雯肯定地说，那个人不会出卖她，一边说着，脸上还露出饶有兴趣的微笑。可是她却连那个车主的联系方式都没有，我正在发愁怎么联系，高雯突然想出了一个办法，去问狗仔要照片，照片上有车主的车牌号码。

听到这个主意，我眼神一亮："谢谢你高雯，你真是太聪明了！"

高雯受用地一笑，骄傲地扬起精致的下巴："别人通常都夸我漂亮。"

高雯通知 Jason 帮我联系狗仔，剧组外，娱记将一叠照片递给我，我翻看照片，那里面的车和车牌号，不正是雷奕明的吗？我拿出了手机——

雷奕明的车快速驶入，来到我面前急刹车，停住。雷奕明刚打开车门打算下车，我却抢先坐上副驾驶，开始四处寻找。

雷奕明一头雾水地看着我："怎么了，十万火急地叫我过来，还慌里慌张的？"

我闷头找东西没有理会他，拍摄就要开始了，我快一步找到钻石，刘思源被留下来的机遇就大一分。

我边说着边四处翻找摸索，斜过身翻找脚下，无意间靠在了雷奕明腿上。

雷奕明别扭地闪到一边："哎干吗呢干吗呢，光天化日，伤风败俗！"

我转身翻找后座，疑惑地说："哎，怎么不在呢？"

雷奕明也探身转向后座的位置："你到底要找——"

我一回头，恰好与雷奕明脸对脸，险些贴上，雷奕明盯着我，呆住了。我没有说话，手越往后伸，人就越贴近雷奕明，雷奕明突然闭上了眼睛，呼吸有些急促，我觉得莫名其妙，我又不会吃了他。

终于伸手够着项链，我从他身后的位置抽回手，举着项链在他眼前晃了晃。

我开心地说："果然在这儿！"

雷奕明睁开眼，疑惑地问我："什么啊？你什么时候放上的？"

"不是我放的，是——算了算了，路上跟你说。我公司还有急事呢，你先送我回去！"

"你要见我就是为了这个啊？"

我疑惑地问："不然呢？"

雷奕明忍下一口气，负气地把钥匙一拧，发动车，准备出发。忽然，他又探身到我面前，认真地为我系上了安全带。

车似乎因为加载了他的闷气，跑得更快。

一下车，我来不及和雷奕明说再见，冲上萧亮的办公室，告诉他项链找到了。但具体也没告诉他是怎么找到的。

他点点头，看了我一眼："你脸色很差，眼睛都红了，不会一晚没睡吧？你今天不用上班了，回去休息吧。"

我心下一暖："谢谢萧总！对了，萧总，既然问题已经解决了，您就不会再追究思源姐了吧？毕竟项链不是她拿的。"

萧亮轻描淡写："失职就是失职，跟能不能找回项链没关系。公司会按规定开除她。如果每个犯错的人都要我原谅，公司还用设立人事部吗？"

我僵在原地："可是如果你赶走思源姐，大家就都会以为她是小偷，是因为害怕被追究才把项链交出来。那思源姐以后怎么做人？她会被整个行业排斥的！"

"这跟我有关系吗？"他骨子里的冷漠让我瞬间怔然。

我望着萧亮，不知如何辩解。他不再理我，我讪讪起身，打算离开。

可心里一份不甘呼之欲出，不行，不能就这么放弃！

我深吸一口气，转过了身："萧总，也许你从来都没有卑微过，所以才不会去在乎一个小职员的感觉。哪怕是你身边最不起眼的职位，也可能是某个人曾经梦寐以求的希望，你赶走我们只需要说一句话，可我们想要留在这里，就要付出比你多几倍，

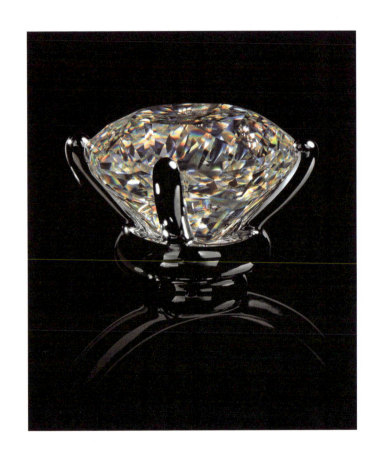

新一代钻石蓝色火焰

那些美丽的事物

就好似一团蓝色火焰

你用生命滋养它们越烧越旺

直到那些梦中的华丽魅影

都开始幻化成真

甚至几十倍的努力。萧总，对一个那么努力的人，你只要说一句'相信你'，也许她就会觉得整个人生都有希望了。违反原则去原谅一个人，不是比毁掉她的希望要好很多吗？"

萧亮认真地盯着我，片刻后，又恢复了平时冷漠的样子。

"说完了吗？"

"说完了。"

"说完了出去。"他冷漠如初。

我既生气又无奈，在萧亮的逼视下，只好走了出去。

周二，本来是例行的高管会议，但其中议程涉及微电影拍摄项目，于是我们也被会务叫进了会议室。萧亮看了我一眼，眉头一皱。

"销售额只上升了 5%。"销售总监艰难地开口。

林子良开口道："好像没能达到您要求的 20 个点……"

他一开口，萧亮冷冷看了他一眼。

连我都察觉到他们之间的暗涌汹腾，萧总用总裁的职务作为赌注，打算在如此短的时间内将公司销售业务提高 20%，谈何容易呢。

众人议论纷纷，交头接耳。

萧亮自信地一笑："离季度 KPI 考核还差一段时间，我既然做出了承诺，当然不会只把它当成一个预期。新一轮的广告宣传马上就会投入市场，形势随时可能发生变化，各个部门都不要松懈。"

"但就算要投放新的广告，一支广告怎么可能拉动这么多呢？萧总，您这种想法可能太过乐观了吧？"林子良嘲弄地微笑。

"林总不要一味地否定！你要是有建议可以直接提出来。"萧亮反将一军。

林子良略尴尬，众人小声议论。萧亮看向我，眼神变得严肃。

"另外，关于设计部的珠宝失窃问题——"

林子良急忙道："萧总，我已经决定了，开除责任人刘思源。"

我坚定地握住了已经害怕到颤抖的刘思源的手："萧总，就请您再给思源一个机会吧！她真的没有偷项链。"

林子良提醒我："米助理，注意自己的身份。"

我为难地低下了头。

萧亮沉默一会儿，淡淡地说："既然项链找到了，剩下的工作就照常进行吧。"

我惊讶又兴奋地看向萧亮。

众人讶异地议论："萧总今天是怎么了……这样不像他平时的做事风格啊！"

萧亮冷冷起身，道："下不为例。"

萧亮离开办公室，我连忙追了出去。

地下车库空旷的走道上，看我追上来，他停下来不耐烦地说："只是一句话而已，你大惊小怪追来干吗？"

我走上前去，感激地看着他："也许那对你来说只是一句话，可是对我来说有着特别重要的意义，这说明我之前坚持的都是对的，人跟人之间并不是只有利益，不是吗？"

萧亮靠近我，咄咄逼人："你的坚持是什么？你每次出现都要发生问题，每次都把事情搅得一团乱，从来都不肯按规则办事。你知不知道我最讨厌改变我原则的人，任何人都别想影响我、改变我！"

我被逼到车门旁，怯怯地抬头："你……后悔了吗？"

萧亮烦躁地说："对，后悔了！我今天根本就不应该相信你！我应该直接辞了她。"

萧亮拉开车门，一踩油门，疾驰而去。

被人改变有这么难以接受吗？我们好不容易改善的关系，好像就因为这一句话，退回了各自的位置。

晚上我们整个参与广告项目的同事聚餐，萧亮也在，像是故意惩罚我一般，全程没有用正眼看我一下。我只好默默地在一旁喝饮料，刘思源被一直信任的林副总在会议上公然舍弃，心情不好，多喝了几杯，疲惫地靠在了我的身上。聚餐结束，我扶着她走出酒店。

我拦住一辆出租车，送她坐了上去。

她挣扎着欲下车："不行，我不能坐出租车，太贵了，我要坐地铁……"

我一愣，原来吃穿用度都颇为讲究的刘思源平时这么节省。

"你醉了，坐地铁不方便。你家地址在哪儿？我让师傅送你过去。"

她嘟囔："我家……我家在郊区，青浦郊区平房区……"她说完，有些懊恼地看了我一眼。

我记下出租车的车牌号，道："师傅，麻烦了。"

我目送刘思源离开，半天还没等到下一趟出租车，萧亮却走了出来，我一脸期待地看着他，他淡淡地看了我一眼，转过身又向酒店内走去，他的背影看起来有些心事重重。

最近萧亮的压力很重，那次高雯上了雷奕明的车，两人居然堂而皇之地在大街小巷玩了一天，一些媒体利用拍到的照片大做文章，甚至怀疑萧亮不过是借助高雯进行绯闻炒作，这给通灵珠宝造成了不好的影响，现在正值销售业绩提高的关键时期，萧亮肯定承受了很多。

我担忧地想拨电话过去，可随即一想，我算什么呢？而且这么晚他还往酒店里走，是还有人要过来和他洽谈业务吗？

次日一早，我正准备去萧亮办公室商量宣传方案的后续工作，一群记者蜂拥而至，冲进了萧亮的总裁办公室。

"萧总，萧总能接受下采访吗？"

我被这突如其来的局面弄得莫名其妙，萧亮淡定地站起来控制住场面。

"我知道各位记者朋友在门外等了很久，特别辛苦，既然各位都进来了，来者是客，就一起喝杯茶，当作是一个临时的记者会吧。"

记者们单刀直入地追问着："萧先生，昨晚你和高雯深夜约会酒店，你有什么要说的吗？"

"这不是你们第一次闹出绯闻，请问你们恋爱多久了？"

……

我震惊地看向萧亮，慢慢站起了身。众多闪光灯、话筒包围着他，办公室内一片此起彼伏的快门声。

萧亮微笑："关于我们之间的绯闻，以及我和高雯的关系，我们将会于明天下午对大家做出一份正式的公开说明，届时会有一场晚宴招待各位，请明天准时来参加通灵珠宝正式的媒体招待会。谢谢。"

萧亮对众记者鞠躬，他的眼神扫过拥堵的记者人群，无意间落在了我身上，随即眼神一滞。

我与他隔着人群遥遥相望。我是多么希望他说，这只是一场误会啊！

但很快，他重新面向镜头露出自然的微笑，在记者的拥堵下离开了办公室。

我仿佛听到耳边嗡嗡一片，眼前的画面也仿佛晃动起来，声音渐渐远去，拥挤的人群都消失了……

你的眼睛，像天上的星星

04

——

肆

傍晚金色的阳光洒在宴会场外。

全国各大的媒体记者整装待发，在入口的各个位置等待着。

墨黑的豪华轿车，踏着金色的阳光远远驶来，像一座华贵的马车一般，载着王子和公主来参加盛大的晚会。轿车分毫不差地停在长长的地毯前。萧亮扶着高雯下车，她低胸的礼裙露出优雅精致的锁骨，脖颈上缀着通灵珠宝限量版的"红毯"钻石项链，在阳光下散发出高贵典雅的光辉，更加衬托得她肌肤如雪。她轻眯了下眼睛，眉目间顾盼生辉，她轻轻一笑，冲人群挥了挥手，整个外场开始沸腾，闪光灯一如暴雨将至的夜晚般席卷全场。

我被疯狂的记者和粉丝挤到了外层，红毯上的高雯被萧亮保护着，好像呵护着稀世珍宝一般，目不斜视地往大堂内走去。

萧亮拿起话筒，原本看着高雯还有些温和的脸，突然严肃起来："谢谢各位来到我们记者招待会。今天，我和高雯要正式向大家宣布一个消息——我们恋爱了。"

场内一片哗然。

萧亮看了一眼高雯，继续说道："首先，很感谢各位给予我们的关心和祝福，希望以后，大家也能一如既往地支持高雯，支持我们的恋情。我和高雯是因为钻石结缘，也希望我们能拥有一份钻石般的爱情，永恒、纯粹。恋爱快乐。"

萧亮拿出还没有上市的一款定制钻石项链为高雯戴上，小心翼翼的动作，专注的神情，都狠狠击破我一直靠幻想努力保护着的心。

宴会下半场是舞会，现场伴奏的音乐悠扬，众宾客正在跳舞。高挑的萧亮和高雯在舞池中旋转，顿时成为了众人的焦点，我站在角落，眼神追随着萧亮的身影，像在看一个可望而不可即的梦。

几曲终了，萧亮几次更换舞伴，我在舞池下，一直凝望着他。休息间隙，一名男宾客上前邀请我跳舞。

我连忙摇头："不用了，我……"

男宾客彬彬有礼地再次做了一个"请"的姿势，我犹豫片刻，将手放在了他的手心。步入舞池配合地跳了起来。我心不在焉，在舞动的人群中不断寻找萧亮的身影。人影交错，他像是我的磁场一般，不管我怎么转，我都会并情不自禁地接近他的身旁。

跳着跳着，我发现萧亮似乎在舞池中消失了，我焦急地四处张望，这时音乐声一变，舞池内众人开始交换舞伴，男宾客松开我，我被甩出，顿时惊慌失措，正在我即将跌倒时，手忽然被一只手握住了，我顺着手臂抬头一看，握住我的人正是萧亮。我一如死灰的心就在一瞬间的对视里开出了满园的蔷薇，萧亮一把将我拉进怀里。

他与我共舞，我紧张得四肢僵硬，不小心踩上了萧亮的脚。

"对不起，对不起。"我忙不迭地道歉。

萧亮沉声说："你怎么会在这里？"

我故意躲避萧亮的眼神，强颜欢笑："我？我当然是来祝福你们的。"

萧亮低头观察我："是吗？你的表情可不太像是祝福。"

我一愣，我们的动作也慢了下来。

萧亮皱眉："我一直觉得很奇怪，你为什么总是出现在我面前？"

我难过却掩饰着："你不是已经猜到原因了吗？"

萧亮皱眉看着我："我不喜欢猜，我想让你亲口告诉我为什么。"

我深吸一口气，眼中含泪，微笑地看着他："因为我喜欢你啊。"

萧亮一怔，眼底是深沉的夜色，带着致命的诱惑。

这可能是我最后一次这么近距离地看他的脸了吧，我缓缓地开口，像给自己下一份判决书："你一定觉得我很不自量力吧？我们明明不是一个世界的人，我还是一直在拼命努力，努力想接近你，想让你也能注意我一次。"我说着，眼泪控制不住地流下来，我努力让声音听起来坚强一点，"不过今天，我终于可以放弃了。"

萧亮和我共舞的动作停住。

果然，这就是他想要的答案吧。我难过一笑："你放心吧，我以后都不会再打扰你了。萧亮……祝你幸福。"

终于讲完了最后一句，这个怀抱的温暖、这个手掌的温度，都不属于我。再沉溺下去，我就要溃不成军了。我含泪抽出自己的手，迅速转身离开。还没走几步，全场灯光忽然一暗，我愣住，在黑暗中环视四周。

无尽的黑暗里，传来了主持人的声音："游戏环节！全场熄灯十秒，让黑暗帮你选择命运的舞伴！来，大家跟我一起倒数！"

大家一起喊着："10、9、8、7、6、5、4——"

我在黑暗中摸索，被人连连撞到，顿时更加慌乱。就在这时，倒计时结束，全场灯光忽然亮起，我眯着眼，震惊地愣在了原地。明亮的灯光下，雷奕明正静静地站在我面前，我满脸是泪。雷奕明上前两步，温柔地抱住我。

他拿出纸巾细心地擦去我脸上的泪痕，声音温暖得像午后四点的阳光："就知道你会忍不住过来这里，走，我带你回家。"

我趴在他的肩膀上，像小时候被人欺负了一样哭起来："雷奕明！我失恋了！"

清晨，我迷迷糊糊地睁开了眼。头发凌乱，昨晚一回家就把自己一个人关在房间里，没有卸妆，脸上的妆容花得不忍直视。我无意间看到桌子上的闹钟，时间已经指向十点半，顿时一惊，一骨碌爬了起来。

"完了完了，上班迟到了！"

我慌张冲出卧室，雷奕明正在将一堆衣服扔进洗衣机。

我边慌张地翻找东西边嚷嚷："我闹钟没响，一下子就睡过了，现在可怎么办啊！"

雷奕明慢条斯理地按下洗衣机电源，走向厨房："别着急，闹钟是我关的，假我也帮你请了，你今天就安心在家休息吧。"

我动作一定："什么？你还帮我请假，你疯了！"

雷奕明走进厨房，拿出面包和果酱，开始给我做三明治，我跟进厨房。

"我不给你请假，就以你昨晚的状态，以你现在的处境，还能工作得下去吗，你还有勇气面对萧亮吗？"

我想到萧亮，眼神一黯，情绪也变得有些低落。

"可萧亮是萧亮，工作是工作。在我还是米美丽的时候，已经因为萧亮丢过一次工作了，这一次，我不想再跟那个大胖子一样懦弱。"

我走到雷奕明面前，坚定不已地说："我都想好了，我要回通灵珠宝继续努力，我要变得坚强起来！"

雷奕明狐疑地看着我："等等，你这话的意思，不会是还对萧亮贼心不死吧？"

"不，这次是为了我自己。我喜欢钻石，喜欢这份工作，还希望将来能变成一名设计师。对我来说，通灵珠宝已经不只有萧亮了，它还是我的梦想。就算得不到萧亮的爱情，我也不会轻易放弃自己的梦想。"我一脸认真。

可是雷奕明不为所动，他已经做好了万全之策，将我的工作服也洗了，他也向医院请了假，就在家陪我治疗失恋的痛苦，我气恼他的擅作主张，但也只能随着他去。我赌气地把包一放，听天由命地窝进了沙发里。

我和雷奕明吵吵闹闹地在客厅里看电视，我抱着大堆零食，毫无形象地把腿搭在他身上，雷奕明忍无可忍把我的腿推开，吼叫："要注意素质！形象！你以为女神是一天练成的？罗马是一天建的？"

我嘟囔道："管他罗马还是女神，反正萧亮也不喜欢我。"

正斗着嘴，我的电话突然响了，是刘思源打来的，她突然问我今天怎么没上班，之前萧总来到设计部，发现我的位置是空的，特意问了一句。

挂掉电话后，我兴奋地说："你今天不让我上班真是太对了，萧亮看我没在公司，竟然跟同事问起我了！雷奕明，他竟然关心我了！"

"哦，是吗？那是好事啊……"雷奕明漫不经心地回答。

我腾地一声站起身，兴冲冲地："不行，我明天就要回去上班！"

"不就问了你一句吗，也值得你激动成这样？"他嘲弄地看着我，继续说道，"从心理学上说，从喜欢一个人到对他失去感觉，至少需要六个月的隔离时间。你才一天没见萧亮，离六个月且远着呢。"

于是我又请了一天假。

第三天，刘思源再次打电话过来，我实在抵不住压力，回到了公司，谁知雷奕明再次教给我一招，假装辞职。

萧亮办公室门口，我拿着辞职信来回徘徊，上前两步，又退回，犹豫着是否要进去。

这时，萧亮走出来，他平静地看了我一眼："进来吧。"

我低头跟随萧亮走入，偷偷地把辞职信收到包里。

他开门见山地说："身体不舒服就请假，你把公司当什么地方了？这是工作场合，不是让你随便进出的菜市场！这是你最后一次因为个人原因无故旷工，下不为例。"

我对萧亮劈头盖脸的指责既失望又生气，从包里翻出辞职信，放在萧亮面前："不好意思，萧总，我是回来辞职的，请您批准。"

萧亮冷着脸，一言不发地拿起辞职信，拆开看了一眼，扔给我："重写，你没交代清楚辞职理由。我不接受这种草草了事的辞职信。"

他明明知道我辞职的理由，却这样逼迫我，我哽住了。

"如果你是真的不喜欢这份工作，想离开公司，我可以允许你辞职。至于别的理由，我一概不接受。回去工作吧。"他随意地挥了挥手示意我离开。

我赌气地拿过辞职信："那我回去改改，再交给您。"

我愤愤离开，都怪雷奕明出的烂招，说什么欲擒故纵。估计现在萧亮真的想开了我。但既然已经说要辞职了，那肯定得演下这场作死的戏。

第二天上午我在停车场逮住了萧亮，递上了修改后的辞职信。

萧亮不悦道："你倒是挺执着的啊。"

我低头不语。

"去交给人事部，我不管这种东西。"

他转身上车，发动车离开，我孤零零地站在车库，觉得自己好可笑。

萧亮真的要辞掉我吗？雷奕明，你害死我了！就算没有萧亮，能在通灵珠宝工作，也是我梦想的机会啊，我悲愤地在内心大叫。

这时候，萧亮忽然开车倒回，我不可思议地看着再次出现的他，他冷着脸下车："辞职信呢？"

我赶紧恭敬地递上辞职信。他看了一眼信封，接过来，顺手撕碎，他狠狠一扔，雪白的信纸飘飘扬扬地落了下来。趁着我发愣的瞬间，他一步步靠近，把我逼在一隅，仔细地打量着我。

我的心脏再一次猛烈地跳动起来，他急促的鼻息喷在我的耳边，像一簇火苗一样烧光了我的外厉内荏，我很肯定我整个脸已经红到了耳根。

他眼神嘲弄："谁和我说要当设计师的？还说什么坚持？说什么做不好就不走？这是说来给我听的吗？你的辞职信，我不通过！"

我呆立，失去反应。

"还有，不准你再请假，明天我要在公司准时看到你。"

他说完这句话，毫不犹豫地再次发动汽车，扬长而去。

我怔怔地望着萧亮的车，突然反应过来。我欣喜若狂，在他的身后大喊着："萧总放心，明天我一定不迟到！"

我斗志昂扬地回到公司上班，办公室里，我感谢思源这几次给我打电话提醒，项链丢失事件之后，我们已经隐隐地成为了朋友，这让我很高兴。刚和她说完，戴着大墨镜的高雯与我擦肩而过。

现在整个办公楼都知道她就是通灵珠宝的女主人，员工见她无不点头问好。我酸涩地想，她应该是刚从萧亮办公室出来吧？

我无法做到面对她这样的大号情敌还神色自如，心想着她也不会记得我，于是低头走过。

她突然拉住我："是你？"

我一脸诧异："你还记得我？"

高雯一笑："我又不是每天都在丢钻石项链。"

我笑了笑，考虑到刘思源还在，我连忙提醒她别再说这事儿了，她见我一惊一乍，也只是笑笑，强行在我办公室把我拉走，邀请我吃午餐。

我一头雾水地被她拉着到了吃饭的地方，本以为又是那种高档的餐厅，没想到居然是一家温馨的小店，我们一起吃着糯米排骨，聊天中得知我们都不是上海本地人，于是便各自讲述着家乡的小事，莫名地亲切起来。

高雯大大咧咧地说："我这人就是这样，喜欢一个人藏不住。你到现在还帮我瞒着项链的事，挺讲义气的，还单纯，我就是喜欢这种人。"哪怕是赞美，她都透着一种浓浓的自信。她和我以为的明星完全不一样，我对她也莫名地产生了好感，只是在想起萧亮的时候，我上扬的嘴角又落了下去。

"你和萧总在一起幸福吗？"喝下一杯清酒，我壮着胆子问她。

高雯随意地笑笑："幸福？我和萧亮？"高雯露出一丝微笑，"幸福是两个相爱的人的事情。"

我困惑不解。两个相爱的人？难道她和萧亮不相爱吗？

高雯喝了一口酒，漂亮的眼睛里流露出一丝痛楚："有的人在心里存在过，就像一种治不好的病一样，不管你面子上多么的健康、漂亮，那种病都会在夜里隐隐作痛，一旦染上了这种病，就会痛一辈子。"她的眼睛里蕴满了大海般深邃的情感，像经历过一场海啸，有着不符合她的美丽的悲伤。

高雯心里，应该还有没放下的那个人吧。

我被她的情绪感染着，忍不住皱紧了眉头。我好想告诉她，我懂她的难过，因为我也染上了这种病，而存在我心口的那个人，就是她现在的绯闻男友。

她伸出莹白纤长的手指，抚摸着我紧皱的眉心，突然笑起来："米朵，你不错哦，居然在问我的八卦，这可是全国最厉害的娱乐记者都没有扒出来的呢。"

高雯的表情瞬间一变，又开心地微笑起来，好像刚才那个悲伤的她只是我的幻觉。我心中纳闷，但是如果不是真的感情，又怎么能够穿透人心呢？

分别的时候，高雯递给我一张入场券，是去参加她朋友的圈内 party。我只有在电视里才见识过这样的明星晚会。回到家，雷奕明对我拿到这张券非常满意。我对高雯赞不绝口，她简直是完美的女人。

雷奕明鼓励我："胖子，别一见高雯就犯怯，重要的根本不是谁身价高、卖相好，而是看谁笑到最后。你懂吗？"

我一知半解地点头："好像懂了……"

"现在知道怎么处理这张邀请卡了吗？"

我点头："知道，把它挂在墙上，每天鞭策自己，要变得比现在更好！"

"错，拿着它去参加 party，继续跟高雯交朋友。"

Party 现场，锦衣华服，觥筹交错，美人如云。

会场上一杯一碟，无一不透露着精美。

我惊奇地打量着 Party 现场，那些熟悉的面孔，都是只在电视上才能看到的明星人物，我在心底感慨了一番。

服务生端着红酒经过示意我端一杯，我忙摆摆手拒绝。雷奕明交代说不能喝酒，喝酒会坏事。

就在这时，人群中传来一阵骚动，有人低低呼着："高雯来了……"

此时，高雯挽着萧亮的手臂走入宴会中央，两人如同金童玉女，珠联璧合。我看到萧亮，顿时一怔，连忙转身欲逃。

高雯眼尖，看到了我，忙喊："米朵！"

我勉强扯出一个微笑，转身，僵硬地打了声招呼。

高雯松开萧亮，拉着我道："你这件衣服真漂亮，太适合你了！"

我开心道谢，心想雷奕明的眼光真不错，这可是被时尚大咖高雯点名表扬了呢，回去必须好好感谢他。

高雯又转身对萧亮道："米朵跟我可是朋友，你在公司多照顾着她点儿。"她朝我笑，妩媚中竟然带着少女般的爽朗，她似乎知道自己很美，并且能将自己的美一分一毫地控制好，以最完美的形式展示出来，让人无法忘记。

萧亮环视周围的宾客，好像我并不存在一般，询问着高雯："你不是要带我见朋友吗？"

高雯松开我，随手给我一杯酒，拉着萧亮离开了。我在场内手足无措，虽然穿着好看的礼服，但始终是一个局外人，唯有默默地在一旁吃东西，才能消解我的尴尬。有一款饮料正合我的胃口，我不禁喝多了点。不知什么时候，萧亮突然走过来。我看到他，紧张地放下了杯子。

萧亮看了一眼我的空酒杯，问："你喝了多少酒？"

我一愣："我，我没喝酒……"

萧亮拿过我手中的空杯子，似笑非笑："这不是汽水，这种香槟后劲大。"

我看着空杯子，无奈地笑笑，亡羊补牢已经来不及了。

萧亮想到了什么，他突然脸色肃穆，冷冷地说："你居然和高雯做了朋友，你这么处心积虑地接近她，是为了我吗？我不管你们之间的事，但是我讨厌怀着目的接近我的女人。不管你有什么目的，我奉劝你最好别不自量力。"

我委屈地看着他："我没有！"

为什么我所有的行为在他看来都是具有目的呢，酒吧遇到也是，认识高雯也是，而我怎么解释只是巧合，在他眼里都是欲盖弥彰。

酒劲儿上来，我有些头晕，后退两步，低下头难过地道歉："对不起，我不应该来这里。"

"你是她的客人，跟我没关系。"萧亮说完，转身就离开了。

心里的难过再也掩饰不住，我连远远地看着他的资格，他都要剥夺走吗？我挑着面前色彩艳丽的酒，一杯一杯喝下去。

我不要清醒，我不要看清，这样只会让我更加意识到自己的狼狈和失意。

浅浅的音乐声在空气中流转，不知过来了多久，周围的人影变得模糊，脑海里有有一个声音在告诉我，米朵，你该回家了。

宴会厅外面的夜风很凉，吹得我一个激灵，我似乎看到齐宇在附近，他走出车门正在接电话，可是那辆车上微闪的光，不是出租车的标志吗？我迷迷糊糊地打开车门，坐了进去："师傅，开车。"

我瘫睡在后座上，这个出租车后座可真舒服，比我家床还要舒服。我蹭了一个舒服的位置，脑袋一空就忘记了一切。

汽车不知道什么时候发动的，车一直在平稳地前行。

我勉强睁开眼，看了一眼开车的人，司机后背宽阔挺拔，我安心地继续入睡。

突然车颠簸一下，停了下来，我被磕醒，我迷迷糊糊地爬起来："咦，到家了？"我闭着眼睛，掏出一百块伸向前座。

"谢谢师傅，服务很好，不用找了！"

司机回过头来："你怎么在我车上？"

这个师傅怎么长得那么像萧亮呢，还是我又出现错觉了？我憨憨地笑了笑，又昏睡了过去。

一股大力将我扔到了沙发上，我迷糊地看了前面的人影，打了个翻身继续睡。

入耳是一阵淅淅沥沥地下雨般的水声，酒意渐消，意识还是有些混沌。

我翻身醒过来，一下子没想起自己在哪里，疑惑地看着四周。

忽然，洗手间的水声停住，门打开，萧亮围着浴巾走出。

我惊呆了，冲到萧亮面前："我怎么会在萧亮家呢？哇，原来我真的在做梦，还是春梦！萧亮，我真的梦到你了！"

我从来不敢奢望可以这么近距离地靠近他，这个梦是上天来安慰我的失意的吗？我终于可以不要再克制自己的喜欢了，我像观赏宝物一样，小心地摸上他的脸："你的眼睛，好像天上的星星！还有你的鼻子，长得真挺，还有你的皮肤……"我轻佻地撩了一下梦里萧亮的下巴，"你的皮肤真的好滑啊！还有你的肌肉，哇，你还有肌肉！"我戳向萧亮的肌肉，"这是真的吗，会动吗？"

萧亮忍无可忍地拉开我的手："你够了。"

我反而双手紧紧握住萧亮的手："你竟然主动牵我的手，你知道我有多想跟你牵手吗？太好了，我的美梦都实现了！"

萧亮用力甩开我，我不防而被甩开，颤颤巍巍地晃动着。萧亮连忙上前拉我，慌乱间，我们跌进沙发，萧亮把我压在了下面，面对面近距离接触，我愣住了，这个梦怎么这么真实，连皮肤的温度都要高几度，两个人的心脏更是激烈地跳动。

萧亮盯着我，神情渐渐变得认真，他慢慢低头，我们双唇的距离越来越近，我忽然打了一个酒嗝，萧亮立刻站起身。

萧亮指向门外："立刻给我出去。"

我猛地从沙发上站起来："你看看我，你看我漂亮吗？"

萧亮没有回答，别过眼。

我忽然变得认真："你知道吗，我之所以变得这么漂亮，其实都是因为你。可是你还是让我走。"

我委屈得眼中含泪，为什么到了梦里他还是这样冰冷。

"你打住啊，别哭！我最讨厌喝醉酒哭哭啼啼的女人！"他黑着脸，又小心地看过来。

我"哇"的一声大哭起来。

"我为什么不能哭，我又不是招财猫，你凭什么天天让我笑，招财猫还有断电的时候呢！呜呜，萧亮，你这个混蛋，混蛋，混蛋！"

我边说边拽起萧亮身上的浴巾，擤鼻涕。

萧亮拉过浴巾，紧紧地住自己唯一的遮蔽："够了，再哭我真把你赶出去！"

我瞬间哽住，开始抽泣，萧亮松了一口气。

"我让保安过来接你。"

萧亮欲拨打保安号码，刚拿起话筒，却发现我已经闯进了卧室，萧亮连忙放下话筒，跟着走进来。

我惊讶地感叹："原来这就是你的卧室，还有你的床！"

我想也没想地就爬上床。

萧亮大吼着："你给我下来！"

我在床上蹦了起来，还抱着枕头、被褥闻了又闻："太好了，我终于睡到你的床上来了！太好了！"

萧亮忍无可忍上前，正欲拉下我，我却一个趔趄栽下，危急之下，萧亮快步上前，一下子接住了我，我们旋转一圈才站稳。萧亮低头看向我，我再也克制不住困意，靠在他胸前睡了过去。我从来没有做过这么美好的梦，就让我放肆地梦得再深一点，再也不要醒过来。

不屈不挠的来电铃声叫醒了我，我翻了个身关掉手机。

"别吵，让我再睡一会儿。"我刚说完，忽然想到什么，猛地一抬头，这不是在我自己的房间。我慌忙坐了起来掀开棉被看了自己的衣服一眼，安心。接着开始不可置信地环视卧室。

"这是哪儿啊，有人吗？有人吗？"

无人应答，我挣扎着爬下床，被自己身上的酒味儿刺得挥了挥手，走出卧室。

我找遍了所有房间，都没有见到人，正在我疑惑时，忽然在无意间看到了陈设的照片，里面无一例外的都是萧亮。

"难道这是……萧亮家！"

我一惊，慌乱地摸向自己的头发和脸，接着转身冲进洗手间，镜子里，我的妆容一塌糊涂，头发凌乱。

我抓狂："怎么办，我怎么会在这儿，萧亮肯定看到我这副样子了！"

我捂住脑袋在原地转圈："我怎么会跑到这里来，我为什么会睡在萧亮的床上，完了，我要被开除了，他一定会把我开掉的！"

我双手扒在门上，一下接一下地磕着自己的脑袋，发出一阵咚、咚的声音。清醒，我一定要清醒。正在这时，手机铃声再次响起，我一惊，奔向卧室，抓起手机，显示雷奕明来电。我接通。

"喂，雷奕明，我出大事了！"

雷奕明咆哮："胖子，你在哪里！"

……

我身着皱巴巴的礼服，一脸糊掉的妆容，遮着脸鬼鬼祟祟地溜到公司外。看到雷奕明的车，我忙不迭打开车后门冲进去。

"你昨晚跑哪儿去了，看看你这衣服，还有脸，你半夜被人丢垃圾站里了吧？"他没好气地质问。

我喝得醉里糊涂的，哪能一五一十把经过交代清楚？但我很明白地知道自己醒来的最终地方——萧亮床上。

雷奕明的声音飙升了八度："床上？！"

我兴奋地点头，可想到早上的邋遢样，又泄气了，一早起来萧亮就不见人，他应该是被我吓跑了。

他长长地松了一口气，但以免今后再也找不到我，他在我的手机上设置了位置追踪。他拿过我手机，顺便将换穿的工作装甩给我，鄙视地说："醒醒吧，大白天就别做梦了！"

我推了推他："给我拉下后背拉链。"这礼服做工太不人性化了！

雷奕明沉默了一会儿，忽然猛地推了我一把："自己拉去！"说完，猛地下车摔上了门。

我嘟囔着。喂喂，我又没把你当男人，你也没有把我当女人，你最近怎么回事？奇奇怪怪的。

我抱着资料踏入总裁办公室，齐宇正在和萧亮汇报工作。

萧亮一脸疲乏，似乎没有睡好。

我敲开他的门。萧亮一见我，表情僵了一会儿，我没察觉，把资料和茶水放下后，还眷恋着不愿走开。

我偷偷瞄一下报表，销售 KPI 指标全线飘红，在承诺的时间节点里实现提升 20%的增长率应该不难。

萧亮实在是忍无可忍，一扔笔："你还想说什么？"

我自顾自地痴笑："今天早上醒来，你都已经走了，你怎么没叫我呢？要是我早点醒的话，还可以给你做早餐……"

萧亮抓狂了："做早餐？！你是疯了还是在给我装傻？"

"啊，难道不是你把我带回家吗？还让我睡上你的床。"

萧亮被打败了，大声解释着，后来意识到自己声音太大，于是又压低声音愤愤道："我就没见过你这么不矜持的女人！"

"我昨晚没对你做什么过分的事吧？"我弱弱地问。

萧亮做了个制止的手势："何止是过分？那种事我经历一次就够了，不想再陪你回忆一遍。"

我羞愧得直挠脸，难道我把他给扑倒了吗？天啊，我以后还有什么脸面去见高雯！

我回到家，越想越心慌意乱。干脆面对着墙壁，一下接一下地磕着自己的脑袋，发出一声接一声的咚、咚声。

雷奕明上前拉住我："唉，磕多久了，就算你不累，让咱家墙歇会儿行吗？"

我欲哭无泪，更加用力地撞着墙壁："我没脸再活下去了，干脆活活磕死我吧，让我去死！"

我用力过度，咚的一声沉闷巨响，撞得一懵，倒了过去。

雷奕明大喊一声："胖子！"

我躺在沙发上抹着药膏，顺便将萧亮的反应讲给雷奕明听，雷奕明听完我的叙述，笑得前俯后仰。

"哈哈哈……对，胖子，你昨晚表现得太好了，以后就那么干，我再也不用担心你出门喝酒了！"

我愁眉苦脸，幸灾乐祸的家伙，我在萧亮心中的形象已经碎成渣了好不好！再加上今天在公司得知他要和高雯要去韩国参加国际珠宝年展，今后他每天和高雯那样的顶级美女在一起，会议的间隙两人一起四处去旅游散心……天啊天啊，没办法再脑补下去了！可是想想那个画面，还真是好配呢。

我叹了口气："雷奕明，我觉得萧亮跟高雯在一起挺好的，我是女生，都很喜欢高雯，更何况是萧亮呢。"

雷奕明拍拍我的肩膀："胖子，要不然我们也出去旅游吧？"

我心不在焉地："去哪儿？"

雷奕明幽幽地说出了一个地名——周庄。

"中国第一水乡，自驾游当天去当天回……"我越听雷奕明介绍，头就埋得越低。性价比这么高，一点都不浪漫。雷奕明清了清嗓子，"胖子，我还有一个非常大的秘密没有告诉你，你知道吗？周庄万三蹄髈国有名，绝对会是你吃过的最好吃的蹄髈！"

我的眼睛突然亮了起来。对呀，虽然萧亮有高雯了，但我还有我的大蹄髈啊！

我兴奋地与雷奕明击掌："好哒，就这么定了！周庄大蹄髈，走起！"

……

没想到这个周庄一日游计划很快就破产了，高雯的工作团队正在放假，她缺一个临时的助理，她向萧亮提到了我，齐宇次日就通知我要准备一下陪同去韩国——当高雯助理！

同事听完议论纷纷，纳闷我怎么和高雯扯上了关系，林子良甚至还叫我去办公室询问具体的情况，要我注意萧亮的行程，我不知道他为什么这么关心萧亮的情况，只好含糊地糊弄过去。

飞机穿越云层，稳稳地降落在首尔机场。

韩国风情果然独树一帜。我坐在副驾座上，兴奋地看着周围的一切。

"有那么好看吗？看把你开心的。"高雯笑问。

"这是韩国，说不定还能遇到我最喜欢的男明星呢！欧巴！撒浪嘿！"

萧亮不悦道："吵死了！"

高雯笑笑："明星也不过是被镜头和演技包装起来的普通人而已，如果你要犯花痴，还不如找个现实中的男人呢。"

我心虚，不自觉地在后视镜中看向萧亮。而这时，萧亮恰好也在后视镜里看了我一眼，我们目光交接，我立刻低下了头。

后视镜中，萧亮和高雯并肩而坐的亲密让我黯然神伤，我别过头，努力让自己欣赏窗外风景。

与韩国东道主的宴会很是简约，但简约中见精致。我坐在尾席，尽量不去看萧亮亲密地为高雯夹菜倒饮料的场景。

席间，萧亮一口流利的韩语讲得让场内人震惊，几个韩国人过去和萧亮击掌，好像是许久未见的朋友一般。

席间发生了一场意外，高雯的衣服不小心被侍者倒了一些红酒。我赶紧陪她去卫生间处理，这可怎么办，她下面还有和合作公司的见面会呢，我低头看着自己的衣服。

"要不……要不我们把衣服换过来吧，你穿我的！我们差不多高，我还做过你的替身呢！"

高雯有些迟疑。

"对了，我忘了你有洁癖，不喜欢穿别人穿过的衣服。要不……我现在出去给你买新的？"我匆匆忙忙地走出去。高雯拉住了我，明眸中竟然涌起一些感动："不用了，我真高兴，一直以来我都没有什么朋友，认识你真好，能和朋友交换衣服的感觉真好。"

褪去了镜头前的美艳与放肆，她竟然那么孤独。我突然有些心疼眼前的高雯。

宴会结束后，一些得知她造访韩国的粉丝在门口把她围得水泄不通，萧亮拥着高雯走入了车内，迅速地离开了这里，我被人群挤在门外。

韩国的气候有些干冷，我穿着湿漉漉的晚礼服在过道门口冻得哆哆嗦嗦。我望着来来往往的车，在想我该怎么回酒店。

突然，一个高大的黑影跨在我前面。

我抬头，是萧亮。

他脱下外套递给我御寒，一张俊脸始终板着："以后不准一个人乱跑，你又不懂外语，走丢了怎么办？"

"我没有乱跑啊，明明是你们先扔下我的……"

"那是因为刚才情况紧急！刚才你怎么回事，上车的时候跑哪儿去了，为什么没跟紧我？"

我心情复杂地说："对不起。"

萧亮把我塞进车里，对司机说了一句韩语，很快，我前面的暖气就开始热起来。我明白这是萧亮的意思，窃喜地看了他一眼。

这时，萧亮的手机响起，他看到号码，脸色变得认真起来。

萧亮沉声："是我。她现在还在店里吗……好，我马上过去。还有，这件事别让她察觉，我不想让她看见我。好。"

他挂机，神色间多了几丝深意。

酒店到了，萧亮嘱咐我："高雯已经到了酒店，我还有事，她要是需要人陪你先去照顾她。"

我点头，刚一下车，他就匆匆离开了。我拨打电话给高雯，电话那头的她语气爽朗，好像正在和什么人说话。当我询问她要不要过来陪伴时，她连连拒绝，我想了想，准备回自己的房间。掏房卡的时候，我突然发现，萧亮给我御寒的上衣里，还有他的钱包，我赶紧追上去，叫他已经开车走了。我立马打的尾随跟上。

萧亮的车在一家烧烤店停了下来。

不会是有什么秘密约会吧？难道萧亮除了高雯还有其他的绯闻女友？那我必须得告诉高雯。我各种猜想着。跟还是不跟？脑海里突然想起出发前林子良对我说的话：

"你替我注意一下萧总的行程，如果有什么重要事项，你记得随时向我汇报。这个任务是我们上下属之间的私事，不需要让萧总知道，你能明白我的意思吧？"

我甩甩头，从脑海驱逐出这个声音。

萧亮在烧烤店对面驻足凝视许久，却没有进去。

这时候，对面有个中年妇女走出烧烤店，放下垃圾又进去了。萧亮想过马路跟上去，却又迟疑地退了回来。

我满心迷惑。

这时手机响起，我一惊，是雷奕明来电。

我小声地接起电话，他在那边得意地要我猜他在哪儿，我正紧张地跟踪着萧亮，急忙打断他："我忙着呢，一会儿再说！"

一抬头，萧亮竟然已经开车走了！这家烧烤店对于萧亮来说，绝对是一个特殊的存在，我张望了一圈，确定没有其他人注意到我，于是探头探脑地走了进去。

店里装修简洁，一个气质温婉的老板娘正在收拾桌椅，我怯怯地向前。正想着该怎么和人家说话时候，我惊喜地发现，老板娘竟然会中文。

老板娘温和地笑着，她的五官极其精致，虽然已到中年，但眉目间的神韵犹在，年轻时一定是一个让人印象深刻的美人。她笑着告诉我："我会中文，我以前在中国待过很久。请问，你要点些什么？"

我对着她那双真诚而美丽的眼睛，竟然编不出任何借口来。

"不，我不是来吃饭的。我想问问，您认识一个叫萧亮的人吗？"

提到萧亮，老板娘神色一变："你是……？"

"我是他的朋友，是跟他一起来韩国出差的，刚才……"本想说刚才萧亮在烧烤店驻足很久，店家急切打断我："萧亮来韩国了？他人呢，在哪里？"

"您是……"我迟疑地问。

她露出一个悲伤的笑容，眸中饱含着无奈与哀楚："我是萧亮的妈妈。"

……

布置高雅的餐厅，餐桌上新鲜的红玫瑰娇艳欲滴。

桌上摆着三份精致的西餐，高雯的座位空着，萧亮皱眉不悦。

"你回酒店看到高雯了吗？"他问我。

我掩饰地说："没有啊，我一直在房间休息，没有听到她叫我，我去问问她。"

我连忙拨打高雯的电话，那头传来了喧闹的音乐声，我告诉高雯，萧亮正在等她，高雯似乎和朋友玩得正开心，她告诉我，来了一个特别好的朋友，比和萧亮在一起有意思，要我瞒住秘密，拖住萧亮。而我清晰地听到，电话那头是一个男声正和她说着干杯。

我脑海中有惊雷闪过，我想起上次高雯一脸迷蒙地告诉我，幸福是两个相爱的人之间的事情，我不禁猜疑起来。

萧亮担忧地看着我："你怎么了，脸色不大好，高雯和你说什么了？"

我支支吾吾地告诉萧亮，高雯水土不服在房间休息，就不来了。萧亮没有多问，只是叫侍应生将她那一份晚餐撤了。

怎么办？这件事到底要不要告诉萧亮呢？这时，我脑子又回想起高雯说要跟我做朋友的场景。不行不行，作为朋友我一定要帮高雯保守好秘密，可是这样一来不就等于欺骗萧亮了吗，要是萧亮知道高雯现在和别的男人在一起会不会伤心？

我心事重重地拿起刀叉，可是我无心吃饭，不停地偷偷瞄向萧亮，试探地问："萧总，你这次来韩国，除了出席设计年展，还有其他的行程吗？"

"你问这个干吗？"

"没有，我看您好像会说韩语，参加宴会的时候还认识很多韩国人……你以前在这儿待过吗？"

萧亮平淡地说："都是公事而已。"

萧亮为自己倒酒，一饮而尽，我欲言又止。

他今天的情绪很低落，没留神喝了太多的酒，和我说了几句莫名其妙的话。离席的时候，脚步有些踉跄，我连忙扶住他。他皱眉："怎么又是你。"我一头雾水，我一直都在和你一起吃饭啊萧总，虽然我没有高雯好看，但好歹也是一个大活人吧。我在心底闷闷不已。

我气喘吁吁地扶着萧亮回去，晕乎乎的萧亮认错了房间，正要敲门，我一看那正是高雯的房间，想起高雯嘱咐我拖住萧亮，我连忙一把抱住萧亮，将他带入他的房间，将他放上床，累得坐在了床边，把高跟鞋甩到了一旁。

我上气不接下气地说："幸亏，幸亏我长得胖，有力气……"

我给萧亮脱下鞋子，解开领带，并为他盖上棉被，又抱起萧亮，为他垫上枕头，萧亮皱眉，靠向了我的怀里，我顿时一怔，紧张得大气都不敢出。

我轻声喊着："萧总，萧总？"

萧亮毫无反应，我呆呆地看着萧亮，凝视他。他的脸如雕像般俊美无俦，微抿的嘴唇像花瓣一样漂亮，也不知哪里来的胆子，我轻轻俯下身，情不自禁地想靠近他的嘴，但就在我即将亲上时，我忽然一个激灵，松开萧亮，跳到了一旁。

我捂住自己的脸："我是怎么了，着魔了吗？我怎么能有这种想法！"我拍打着自己的脸恢复理智，"米朵，你不可以这样！"

我看了一眼萧亮，他睡觉的样子比平时板着脸训人可爱多了，我拧暗灯光，昏暗中，静静地凝视着他。

我要的并不多，就是在旁边这样偷偷地看着你，如果你能一直醉下去就好了……

不知过了多久，我不小心趴在萧亮的床边睡了，我看到时间已经到了清晨，赶紧蹑手蹑脚地离开他的房间，轻轻关上了房门。

就在这个时候，对面的门突然打开，雷奕明顶着一头乱发，猫着腰走出房门。

我们俩在走道上对视着，天，他怎么来韩国了？而且，这不是高雯的房间吗？

还没待我开口，他反倒抓到先机质问我："你怎么在这儿？这不是萧亮的房间吗？"他声音越来越大。突然，高雯打开了房门，带着醉意的脸冲雷奕明直笑。

"雷奕明，你怎么偷偷出来了。"她突然指着我，"你们两个，认识？"

我正要回答，雷奕明连忙摆手，后退了几步距离我远一点。

雷奕明着急地说："不认识，我找人问个路，你快进去睡觉吧。"他说着，将倚在门口的高雯推了进去，高雯不依不饶地说："如果你明天陪我出去玩，我就放你回去睡觉。"雷奕明连连允诺："好好好，你快点进去吧。"高雯满意一笑，冲我们俩送了一个飞吻，关上了门。

雷奕明脸色一变，一把捂住我的嘴，拉着我走向我的房门，迅速把门关上了。

他凶巴巴地瞪着我："说，半夜三更你在萧亮的房间干什么？"

我踹他一脚，不甘示弱："我还想问你呢，半夜三更你在高雯的房间干什么？你不是应该好好待在医院吗？怎么转眼间就跑到了韩国啊？"

"你早段时间不是打电话给我说你想我了吗？然后我也想体验一下韩国美眉的妖娆嘛，于是就请假咯。怎么样，感动吗？"我看着雷奕明期待的目光，无奈地点了点头。

想起刚才的乌龙，我疑惑地问他："你干吗告诉高雯我们不认识啊，这样明天出去多不方便。”

雷奕明一脸神秘地说："我有一个惊天的大秘密要告诉你，我觉得高雯和萧亮谈恋爱这事儿是假的，高雯根本就不喜欢萧亮，她今天喝醉酒的时候，喊的是一个什么彬的名字，而且她和萧亮之间连电话短信都是他们助理之间联系的，这太不像是正常人谈恋爱的节奏了。"

我摇摇头："你不懂，这放在萧亮和高雯身上很正常，他们本来就有点不像个正常人，呃……我的意思是……他们不是普通人。"

雷奕明思索着："按照我多年的恋爱经验，他们俩绝对有问题，豪门富二代和女明星的绯闻多了去了，几个当得了真的，我打算好好查查，这之前你先别告诉她我们俩的朋友关系，我这是打入敌人内部，帮你探听虚实。"

我看着雷奕明一脸肯定的样子，想起之前高雯喝酒时和我说起的"那个人"。

我犹豫地说："可是高雯是我的好朋友，我不想瞒着她……"

"死胖子，你减肥把脑子也减了？哪有跟情敌做好朋友的？"

"可是……"

"好了，别可是可是的了，你就听我的，准没错！"

雷奕明审讯般地看着我："现在轮到我来问你了，我以前是怎么告诉你的，男人都是禽兽，禽兽对轻易到手的猎物是不会珍惜的！你的原则呢，你的理智呢！你居然和他发展得这么快，你这样辜负了我对你的期望你知道吗？"

我连忙解释："我们真的不是你想的那样，我只是看萧亮太难过了，我心疼他……"

雷奕明泫然若泣地说："你还心疼他，那谁来心疼我啊！我辛辛苦苦地陪你长这么大，每天苦口婆心地教你谈恋爱，还为了帮你追萧亮专门跑到韩国来，你知不知道我有多担心你？"

我感动而愧疚地看着他："对不起，我不知道你会这么失望。"

"知道我失望你以后就别随便找他，知不知道男女关系发展太快是会有危险的！这才出国头一天你就睡到萧亮房间，那以后——"

我忽然想到什么："不对啊，你昨晚不也睡到高雯房间去了吗？你们还是第二次见面呢，比我和萧亮快多了！"

雷奕明心虚地清清嗓子："我跟高雯不一样，我们昨晚是喝醉了——"

"你还喝酒！你都跟我说多少次了，不能随便跟陌生异性喝酒，你把自己的话都当耳旁风了！高雯还是我的朋友呢，你昨晚都对她做什么了！"

"我能对她做什么啊，我们刚进卧室就睡下了……"

我瞪大眼睛，拿起枕头揍雷奕明："你还跟她睡在一起！你这个禽兽，不对，是禽兽不如！"

雷奕明连连躲闪："停，打住！我有喜欢的女人了！不是真心喜欢的女人我根本就不会碰的！"

我一愣："真的？你喜欢的女人是谁啊，怎么没听你提起过？"

雷奕明看着我，突然避开了视线："……你不认识她的。"

我看他好像不大想说，拿起桌子上的水喝起来。

"你昨天几点到的，怎么没联系我呢？"

雷奕明愤怒地看着我："我都联系几十回了，不全被你给挂了吗？要不是遇到高雯，我都快在你们酒店门口站成望夫石了。"

"对啊，我当时在烧烤店。"对！烧烤店！我突然想到了萧亮的妈妈，还有我在烧烤店对她的承诺，赶紧坐了起来：

"今天我有事还得再去一趟。雷奕明，你自己好好逛逛吧。你玩开心点啊。"

雷奕明不满了："不行！想过河拆桥，没门！我就在酒店等你，你什么时候忙完什么时候陪我出去玩，反正我赖上你了！"

我故作嫌弃地看了他一眼："脸皮可真够厚的。"心想着等这事儿忙完了，我和雷奕明单独出去逛逛也不错。。

中午，我把萧亮约了出来。

萧亮心事重重："不是说有话要告诉我吗？说吧。"

"我饿了，我们边吃边谈吧，我知道一个很好吃的店。"

我在副驾座指路，慢慢地引导他前往烧烤店。在烧烤店不远处，他露出警惕的神情，不再往前开了。

"怎么停下来了？还没到呢。"我着急了。

"你说的店是哪家？"

我指着烧烤店："就是那家。"

"你怎么知道这家店？"

我嘿嘿笑着，想着怎么混过去："我查韩国美食攻略时搜到的……"

萧亮逼视着我："你一点方向感都没有，也不懂韩语，你怎么找到这家店的？别在我面前耍小聪明。"

我低下头，无奈地说出了事情缘由："昨天你落了钱包在西装里，我原本是想给你送钱包过去，可是后来，看见你走到这家店门口怪怪的，一时好奇就……对不起。"

他的眼光更犀利尖锐："你都知道什么了？"

我急切地解释："我见过你妈了，她真的很想见你，她一听说你来过就哭了，求我帮忙带你过来！"

萧亮的愤怒彻底爆发了："你以为你是谁，凭什么干涉我的私事？"

"对不起，可是她实在太可怜了……而且，萧总，难道你就不想念她吗？既然你会来偷偷看她，证明你很想念她。不管你们之间发生了什么事情，她都是你的妈妈，你应该勇敢一点，直接面对她，问清楚她啊。"

"用不着你来管我的家事！你最好搞清楚自己的位置，我留你在公司，带你来韩国，都是因为你对我有利用价值，你只是我雇佣的一个工具而已。听清楚了吗？你在我眼里就只是一个工具！"

一句话像尖刀一样扎进我的心窝里，我讷讷不再回话。

萧亮厌烦地看了我一眼，冷语："下车。"

心脏处的伤口淌出血来，我呆坐在座位上没动。

他走下车，打开车门，粗暴地将我拽下车，狠狠地瞪了我一眼，扬长而去。

风卷起了我的长发，视野一片迷蒙。

那天萧妈妈告诉我，她当初执意和萧董事长离婚，瞒着幼小的萧亮一个人回到了韩国，是因为她觉得萧亮在萧董事长身边，能够生活得更好，却没有想到给萧亮造成了这么大的心理创伤。我希望萧亮能和萧妈妈见一面，她其实一直都在关注着他的成长，从来没有遗弃过他。

可是我似乎触碰到萧亮的逆鳞了，我苦笑，米朵，你算什么呢？你只是他眼里的雇佣工具，却还自以为是的想解开他的心结，擅自跨越他的防线。

自作多情，自不量力。

我仰头把眼泪逼回眼眶，接通不断震动的手机，我的声音还带着哭腔："雷奕明，我不想留在韩国了，我们回家吧。"

首尔机场大厅，我低着头闷声看着行李，雷奕明安慰地拍了拍我的后背。

"别难过了，虽然你爽了我的周庄之约，可为了弥补你的创伤，我还是会带你去吃蹄髈的。"看着他仿佛永远不会忧愁的模样，我破涕为笑。

可是我还是忍不住地在四周搜索着，那天萧亮急切地催着我下车。我的包落在他的车上了。他会给我送过来吗？

雷奕明拉了我一把。

"别看了，他不会想见到你了。"

我死鸭子嘴硬："谁看他了？好歹来了趟韩国，我得多看看几个长腿欧巴挣点本钱回来。"

我故作轻松地说完，心里是一阵叹息，他不会来了，就像雷奕明说的那样，他不会想再见到我了。

这时手机铃声忽然响起。我一顿，掏出手机，上面显示的萧亮的名字吓得我差点将手机摔下去。

这会是他的挽留吗？还是更加严厉的苛责？

雷奕明推了推我："还愣着干什么，接啊，不管是好是坏，还有我在呢。"

我愣愣地按下接听键。

萧亮的声音仿佛来自遥远的梦境，他暗哑而急切地说：

"你现在在哪儿？我想见你。"

我在你心里，有没有一点点特别

05

伍

河堤风缓，高大的梧桐树投下片片阴影。

萧亮坐在河堤阶梯上，背影无比索寞。我忐忑地走向他："萧总。"

他对着江水扬了扬下巴："这儿，喜欢吗？"

我看向江边："挺漂亮的，不过有点儿荒凉。"

"很少有人过来，所以十几年下来都没变过。我喜欢不会变化的东西。当年我妈离开的时候，我也以为一切全变了。有些事真的还挺荒谬，如果不是你，也许我永远都不会再把她找回来了。"

我惊喜地道："你们和好了？"

"倒是没有那么快，不过起码不是陌生人了。"他又艰难地开口，"白天的话我说得有点重，希望你不要放在心上，还有……谢谢你鼓励我面对过去。"

我一怔，萧亮这是在向我道歉吗？可是我认识的那个萧亮，是不会和别人道歉的。更何况，他一番话触动我的心事，我避开他的眼光，低下了头。

其实我的过去也没那么光彩，现在我甚至都不敢回忆过往，经常做梦梦到肥胖丑陋的以前，我总是别人嘲笑的对象，不管我怎么努力，也没有人欣赏。

萧亮说要弥补他那天的过错，他打开车门，问我想去哪里游玩。

我笑笑，他不生我的气我就足够开心了，至于要出去玩的话，那就叫上高雯吧。

我打电话给高雯，没想到高雯一口拒绝，她夸张地哀求着我，"好米朵，你可别让我和萧亮继续呆着了，我在国内和他当男女朋友就已经很辛苦了，难得有个假期，你就让我呼吸一下自由的空气吧，再说了，我这儿来了一个特别有意思的朋友，我就想和他在一起玩。"

我试探着问："是那天早晨在酒店走廊遇到的那个吗？"

高雯连连称是，嘱咐我替她保密，我满头雾水，女明星谈恋爱都这样开放吗？难道雷奕明的猜测是对的？

萧亮从书店买来一张韩国旅游地图问我要去哪里，我忍不住问萧亮，要不要叫高雯一起，萧亮摇了摇头，在我的一再追问下，他只告诉我一句："这不是她职责范围内的事情。"我疑惑不已，难道女朋友还是一种工作？萧亮再次将地图递给我，我想起刚才高雯的嘱托，为了不在首尔遇到高雯，我脱口而出，那我们去济州岛吧。

飞机稳稳落地，海岛的风清凉舒适。

我坐在萧亮的敞篷跑车里，兴奋地张开手臂，大声呼喊着。头上的丝巾被风鼓起，随风飘扬，我的心被风仿佛被吹得飞上了天空，俯视着这片海岛，意识到萧亮在看我。

萧亮移开视线，沉声道："你这样很吵啊！"

我兴高采烈地："反正这儿又没有人认识我们，来，和我一起喊——哦——哦——哦——"

还没喊够，我束发的丝巾迎风散解，向后飞出，我的头发瞬间吹乱，像炸了毛一般披散着，怎么捋也捋不回去。

他只是在一旁看着，一直倨傲的下巴线条露出隐秘的微笑弧度。

海上，一辆游艇乘风破浪，甲板上，我和萧亮并肩而立，我闭着眼尽情享受着海风，仿佛正在飞翔。我睁开眼，萧亮只是静静地看着远处的海岸线，看来他是来很多次了，一点都不兴奋。我上前，拉着萧亮张开手臂，并让他闭上眼，劝说了好几次，萧亮总算勉强配合我做到了。

游艇渐渐远去，茫茫的大海上，我们那么渺小，渺小得像大海里的两条游鱼。

我和萧亮上岸，路边，是卖纪念品的小摊。其中一家小摊上摆满了玩偶，我驻足，拿起了其中的一个男性玩偶，身着西装、神情冷酷，与萧亮十分相像。萧亮察觉我没有跟上，回头寻找我。

"萧总，你有没有觉得它很像一个人？"我举着玩偶笑盈盈地问他："你带一个回去送给高雯吧，她肯定很开心。"

萧亮疑惑地看着玩偶，兴趣寥寥地夺下："她开不开心并不是我在乎的。"他看了我一眼，拉起我离开。

"哎，我还没看完呢……"不管我怎么叫唤，萧亮依然拉着我离开。

时光弹指而过，夜幕降临，我们又飞回首尔。萧亮带我到一家观光酒店，从高层往下看去，整个首尔的夜景都纳入眼帘。我惊呼着："真漂亮，首尔就像一颗会发光的星星。"说完，我偷偷地看了一眼萧亮，他眼睛也像是天上的星星，带着耀眼的光芒，吸引我一直一直看下去。

不一会儿，萧亮的朋友来了，这些朋友都是萧亮小时候随父母一起来度假时认识的发小，萧亮能带我来见他们，我觉得很诧异，只不过我蹩脚的英语，闹出了不少笑话出来。他们说韩语，我听不大懂，但是期间有人提到了叶琪两个字，好像是在拿我和她作对比，萧亮原本微笑的脸一下黑了下来，我正吃得满嘴食物，他拉着我就往外走。

朋友急忙追过来解释，萧亮一怔，看向我，我正疑惑地望着他，萧亮的脸色稍有和缓。

电梯到了，我们一起下楼，我用生疏的韩语和他的朋友说再见。

回到酒店大厅，萧亮始终不发一言，我正在想着用什么方法让他心情好一点，没想到他像变戏法一样，从身后拿出礼物盒子："给。"

透明的包装盒，里面正躺着我在广场上看到的那个穿着西装的冷酷小人偶。

我疑惑地看着萧亮，之前他说高雯的开心他并不在乎，可是他现在把这个送给我又是什么意思？

萧亮白了我一眼："快点拿着啊，你不是说我们很像吗？"

原来他默默地把我说的话都放在心上，一股暖意涌上心头，我对萧亮来说，是不是有一点点特别呢？可我来不及从他的眼神中获取任何讯息，对面雷奕明和高雯正从门外走进酒店大厅。

天，我不能让萧亮看到高雯和雷奕明在一起，这肯定会误会的。我连忙冲旁边的雷奕明使眼色，雷奕明果然够义气，拉着高雯去看大厅的雕塑，而我为了不让萧亮发现雷奕明的存在，找借口要他再送我走一段路。

在我和雷奕明默契的合作下，萧亮和高雯都没有见到彼此，和萧亮告别后，我偷偷地跑去与雷奕明碰头。

雷奕明没好气地甩我一记栗暴："你跟那姓萧的到底有完没完啊？他不刚泼你一头凉水都快把你泼回国了吗，你怎么又死灰复燃了？"

"没什么，之前的事情就是一场误会。你知道吗？他今天陪我玩了一天，还买了这个给我呢。看，是不是跟萧亮很像？"我把人偶给他看。

雷奕明似乎不愿意再听下去，他拿着抱枕盖住了头。

我冲上前，认真地询问雷奕明："你不是我的恋爱导师吗，雷奕明，你说说，萧亮对我这么好，有时候甚至比关心高雯还要关心我，除了感谢之外，会不会也有别的意思，他会不会——"

我说着说着，脸上的笑容忽然一僵："雷奕明，我是不是太坏了？萧亮是高雯的男朋友，我还一直偷偷地喜欢他……"

雷奕明拍了拍我的肩膀："你喜欢萧亮的时候还没高雯呢。胖子，有些事不是人能控制的，再说了，我今天和高雯玩了一天，她连半个萧亮都没有提起过，等我和她混熟一点，我再给你打听打听。"

我疑惑地说："其实我也觉得他们俩之间有些古怪，高雯要我瞒着萧亮和你玩不说，萧亮好像对高雯并不像在媒体镜头前表现得那么关心。对了雷奕明，高雯这么喜欢和你在一起玩，不会是喜欢你吧。"

雷奕明正在喝水，呛得咳嗽起来，满脸通红。他过激的反应，让我觉得有些可疑。

"我求求你了，要是为了帮你打探这个消息把我自己搭进去可划不来了，不过说起来，我觉得以高雯的个性，喜欢我都比喜欢萧亮的可能性大，那个萧亮有什么好啊，不是谁都和你一样口味怪异的，你要不换我这款口味试试？"

我瞪了雷奕明一眼，叹了一口气："你别和我开玩笑了，我现在可难受了，我觉得我现在总是得隐瞒这个隐瞒那个，对高雯隐瞒咱俩认识的事，对萧亮隐瞒高雯和你在一起的事，还有我就是米美丽的事……唉，真想做回以前那个坦坦荡荡的胖子！"

"我还是第一次听你说喜欢过去的你。"

我被触动了："反正终有一天，我一定会坦坦荡荡地面对过去的，到时候再把你以前那些花心的事情昭告天下！"

"嘿，你这个死胖子！"

"又喊我胖子，你这个死瘦子！"

我发动了抱枕战，开心地笑了起来。

回国的日期到了，前往机场的车上，萧亮听到齐宇的报告，得知高雯昨天和雷奕明一起出去游玩，他和高雯闹起了矛盾，萧亮不喜欢一切超出他掌控的安排，他冷冷道："就算这是在国外，你跟一个异性出去，恐怕很容易会被别人误会吧？"

"就算别人误会又怎么了，反正我和你本来就不是……"

高雯看了一眼我和齐宇，没有说下去。

我不敢直视高雯，总觉得特别对不起她。

飞机降落，萧亮和高雯一同走出通道，通道外，是蜂拥的记者和粉丝，高雯一现身，现场响起一片尖叫，闪光灯不停亮起。

粉丝们高呼着："高雯！高雯我爱你！"

高雯主动挽住萧亮的手臂，对众人微笑挥手，高雯身后，我拖着行李挎着包，看向萧亮和高雯的样子，难过地停住了脚步。萧亮和高雯走出通道，立刻被记者和粉丝围上。

记者纷纷呼喊："高雯，高雯看这里！"

我站在原地，难过地凝望二人慢慢走远，周围人潮涌动，声音喧嚣，我隔着不断交错的人影，紧紧地盯着萧亮，捕捉他脸上每一个细微的笑意，与此同时，周围人的声音都在放大，在我耳边回响起来。

记者举着话筒："高雯，请问你们这次恋爱之旅怎么样……请问你们有订婚的打算吗……"

声音越来越大，就在我失落时，忽然有一个人影挡住了我的视线，同时，一双温暖的手捂住了我的耳朵，我抬头，是雷奕明。

"如果你觉得难过，就别去看，如果你会受伤，就别去听。胖子，就当这些都没有发生过，很快都会过去的。"他的声音里像有治愈人心的咒语。

我笑："这是你研究出来的新战术吗，让我装鸵鸟？"

雷奕明眼神中似有深意："也许这才是我最开始应该教你的一课。"

我笑着安慰他："没关系的，雷奕明，其实我根本就没那么脆弱。"

韩国出差后第一天上班，我刚进入办公室，就发现同事在议论我，我不想去计较这些鸡零狗碎的非议。刘思源问我出差的情况。我把特地给她买的小礼物送给她，她有些感动。

尽管刘思源曾经误会了我，但现在误解消弭，她也经常和我沟通一些工作上的心得。她很好强，但的确不失为一个好同事。

"看你好像挺受萧总器重的，米朵，你们之间……不是有什么其他的关系吧？"她试探性地问我。

"没有没有，我们就是普通的上下级！"

她若有所思，叮嘱道："米朵，你也知道，我们公司上层关系挺复杂的，我们这些小员工，最好还是别掺和进去。"她意有所指，指向林副总的办公室。

说曹操，曹操就到。

林子良正好经过，看到我，他脸色一变，把我叫进了他办公室。我只好走进去，他居高临下地看着我："我要你完成的工作任务呢？"

我一愣，反应过来："您是说萧总的行程……对不起，我忘记跟您汇报了。"

"忘了？没关系，你现在也可以给我写下来。"

我反感，就算因为公事需要知道萧亮的行程，他不会光明正大去直接询问萧亮本人吗？

我拒绝了："对不起，我不能写。"

"米朵，你不会连上级的命令都想违抗吧？"

"萧总也是我的上级。"

林子良久久凝视我，怀疑道："我一直在想，你以前究竟是做什么的？"

我一慌，难道他怀疑我以前的身份了吗？

林子良起身走到我身旁，暧昧地搂住我肩膀，我一阵反胃。

他贴近我，小声道："我真的是特别好奇你跟萧总到底是什么关系，你们之间有什么渊源？"

我紧张得发抖，在他松手的那一瞬，落荒而逃。

下午听同事私底下流传一则噩耗：董事长直接把下一季的新品发布总负责人定为林子良。那岂不是把萧亮的职权逐渐架空？

我心里一咯噔，急忙冲了一杯咖啡走进他办公室，萧亮正静静地站在落地窗前，凝然不动。

窗外，白云翻卷，帘子猎猎作响。

"萧总，这是下一季新品设计的相关资料。"我把资料交给他。

萧亮的表情烦躁："林副总没告诉你吗？他才是这个项目的全权负责人。"

"我知道，可你才是我们公司的总裁，这个项目本来就应该是你的……我会永远支持你的。"我满脸斗志。

萧亮靠近我，嘲讽一笑："支持？昨天在机场我叫你紧跟我，你做到了吗？连跟着我都做不到，还说什么永远支持？"

昨天，他与高雯下飞机后，我一直被挤在人群之外。后来看彻底跟不上，于是和雷奕明一起回家。我想解释，可他又赶我出去。

我咬着唇，鼓起勇气："只要你不嫌我烦，不嫌我笨，我很愿意跟在你身边。就算人不在，我心里也会为你加油的。"

我把咖啡放在他的桌子上，咖啡杯上贴着一张便签，上面写着："就算黑夜降临，真正的星星也不会被黑暗淹没的。加油！"后面画了一个大大的笑脸。

下班后，我抱了一摞资料回家，雷奕明被吓坏了。他嫌弃地问："怎么都是资料啊，我让你买的菜呢？"

我上气不接下气地说："谁——谁说要给你买菜了？我今天根本就没打算做饭！家里还有方便面呢，我先给你煮一包。"

他怪叫："方便面？我在外头冲锋陷阵腥风血雨，回家你就叫我吃方便面？！"

我懒得理他，抱起资料就往卧室冲。雷奕明尾随而进："我知道了，又是因为萧亮是吧？你还是决定要帮他！可你想想你是策划出身，现在要做设计？"

我无视他的打击，翻开书，道："你小时候那么胆小，现在可以操起手术刀，我可不能被你比下去！雷奕明，我决定了，我要努力，要变得更坚强，就像……就像一颗钻石一样，只要我足够坚硬，就可以去保护萧亮了！"

……

一番激烈的正反方辩论后，他又认命地支持我了。我兴奋地冲出去煮方便面之前，交给他一个艰巨的任务：帮我收集资料，报名珠宝设计培训班。

我把泡面端进房间的时候，他正全神贯注地抽打着那个神似萧亮的小玩偶。

"都是你！都是你！"

"住手，雷奕明！"我赶紧保护好我的萧亮款玩偶。

自从报了收费不菲的珠宝设计大师 Frank 的培训班后，我和雷奕明就一夜回到了解放前，他嫌弃地挑了一根青菜，瞪了一眼正在看书的我："胖子，我饿，我已经连续吃了一个星期的青菜了，你能给我吃顿肉吗？"

"老雷，我们要靠精神活下去！"

"精神没有，再这么下去，精神病就有了。胖子，你就当可怜可怜我吧，我真的饿！"

我收拾书，站起身，打算出门，雷奕明惊喜，立刻生龙活虎给我拎包："去哪儿啊，楼下小摊还是旁边菜馆子，这个点儿他们不会关门了吧？我要吃大盘鸡！"

"你想哪儿去了？我突然想起有个资料落在公司，我带你回公司加班去。"

我不假思索地说，雷奕明呆若木鸡。我得逗地哈哈大笑。

回国后一直没有和高雯联系，突然她打电话告诉我，她要过生日了，我以为会在酒店举行，没想到她竟然只在家里举办，我提着蛋糕上门，大豪宅静悄悄的，似乎只有她一个人。

我像是无意中闯入了一个华丽的宫殿，我惊讶地打量着这个童话故事里的公主才能居住的房子："哇，原来这就是你的家，真是太漂亮了！"

她毫不在意地说："你喜欢啊，喜欢可以搬过来住，我长这么大还没跟女孩同居过呢。"

"不用了，我……我还养了一条狗呢，得天天在家照顾他。"

咳咳，雷奕明，委屈你扮演一下小狗吧。

我不好意思地举起手里的蛋糕说："我有件事得提前告诉你。我最近手头有点儿紧，所以没给你准备生日礼物……"

高雯一把接过我的蛋糕，不介意地笑："有蛋糕就够了！"

就在这时，门铃又响了。我看高雯正在厨房里忙碌，于是主动开门——

居然是雷奕明！

我们故作不认识地走进了客厅，高雯要给我们介绍彼此。我们假情假意地客套了一番，但眼神早已交锋，斗得不可开交。

高雯开了一支红酒，笑道："他还是个医生呢，猜猜他是哪个科的？"

我打量雷奕明，笑笑："看这气质，像是精神科的吧？"

雷奕明又和我斗了几句嘴，突然感觉到高雯正沉默地看着我们两人，他赶紧转向高雯说道："今天不是你的生日吗？我最近手头有点儿紧……"

我在餐桌下狠狠地踩了雷奕明一脚，拼命对他使眼色，雷奕明吃痛地继续："所以我没给你买礼物……"

"你们俩怎么回事，怎么都赶上手头有点儿紧啊？"

我掩饰地傻笑："对啊，真巧。"

高雯忽然想起什么："哎，不对，你们俩之前应该认识吧？上次咱们在剧组拍广告，你还记得吗？当时我就是把项链落他车上了，还是你去找的呢！还有在韩国的那天早上，怎么，你们那次没见面吗？"

"见过吗？我怎么没印象啊……"雷奕明瞪了我一眼。

"我也忘了，可能是因为我记不住大众脸吧……"

桌子下，我又被雷奕明狠狠踢了一脚，我龇牙咧嘴地继续微笑，雷奕明，你回去给我等着。

高雯可察觉不出我们暗地里的斗法，她开心举杯："不管以前见没见，现在大家就成朋友了，为了祝我生日快乐，干杯！"

"生日快乐！"

聚会结束后，我正和雷奕明一起离开，高雯出来送别我们，我忽然发现一个黑影，正猥琐地跟在我们后面，我暗暗提醒雷奕明，在我和雷奕明的配合下，黑影很快就被我们制服，看到那个人的脸，还挺帅，正想问他几句，高雯却呵斥我们放开他！

"他是我的一个记者朋友，挺熟的。"

记者？鬼鬼祟祟的熟人记者？

高雯神色不自然，但也没解释更多。我们作罢，先后上车离开了。

但远远回看，那个"记者"依旧没有离开。我有一丝疑惑，但高雯似乎并不想多说，我便不再多问。

公司的午休时间，同事们都出去吃饭了，空荡荡的格子间，刘思源正在打电话。

我断断续续听到"贷款，20万……"，但没去追问。她看到我，如见救星一般，问我有多少钱，急着拍一个新款10多万的包包。我把钱包里的钱全部掏出，没想到她心急如焚，给我留了200元就匆匆走了。

我叹口气。

最近她怎么了？通灵珠宝设计师的待遇很棒啊，而且她的男朋友不是很有钱吗？怎么现在拮据到要到处借钱呢？难道是她男朋友最近出事了？

而且她脸颊红肿着，仿佛被人打了一般。

没想到刘思源下午就出事了。

我去茶水间倒茶，听一些同事在八卦。

"你以为她真那么有钱，天天背几万的包，戴十几万的项链吗？你知道她家在哪儿吗？上海郊区的平房区！哼，人家吹牛功夫好，就能直接把大兴安岭给吹到广州去。"

"真没想到，咱们设计部也会出这种人。穷就穷吧，还非得出来装，每天满嘴Channel、Hermès，下了班不还是挤地铁住郊区吗？唉，人啊，干吗非要活得那么累呢？"

紧接着爆发出一堆放肆的嘲笑声。

我突然间记起刘思源在微电影聚餐的时候醉醺醺地说过她家的地址，难道这一切真的都是她爱慕虚荣的表象吗？

这些流言蜚语传到她耳里，她肯定很不好受吧。

我借机要把上个星期她借给我的珠宝设计专业书还给她。

没想到她一看到我，就愤恨地说："是你说出来的吗？"

"说什么啊？"

"我借钱的事，还有我住在郊区，我就在你面前喝醉的时候提过一次。米朵，我真没想到你会这么卑鄙。"

"你误会了，我从来没跟别人提过这些……"我着急地解释。

她咬牙切齿地撂下一句话："你会为今天的行为付出代价的。"

我发愣，不知道怎么为自己辩解，但我意识到，她肯定是遇到麻烦了。

我到处找她，可整个办公区都不见她的身影。我郁郁地把书放在她桌上，早几天，她还说支持我参与新品设计的设计组，可没想到一眨眼，我们却关系冰裂，好不容易来到新的公司，我已经不再是那个丑陋的胖子了，可为什么人和人之间还是这么难以和睦呢？

我欲转身离开，却不小心碰落了桌子上的资料。我捡起一看，这不是我第一次来到通灵珠宝时交给林副总的策划方案吗，怎么会在这儿？

正在这时，夹在策划案里的目录单掉下。上一个季度的广告商名单，前面的广告公司已经全部被红笔划掉，只剩下了我曾经供职的L广告公司。

我震惊地瞪大了眼睛。

这意味着什么，刘思源和林子良在调查我？

来通灵珠宝上班前，我曾写了一份策划案要林子良转交萧亮，他并没有交给萧亮，而且这段时间不停追问我和萧总的关系，还阴阳怪气要我调查萧亮的韩国行程，而刘思源也经常有意无意地试探。原来林子良早就怀疑我。不知不觉中，我可能卷入了通灵珠宝最大的派系斗争……

如果被人调查出我就是米美丽怎么办？我一个寒战，我走了好久才有机会靠近萧亮，我不想就这么放弃。而且在这里，我离我设计师的梦想越来越近，我不愿意舍弃这个让我梦想成真的地方。

心思恍惚地熬到下班，手机突然显示刘思源来电，她约我见面。

挂掉电话后，我连忙跑到她所说的酒吧包厢。

烟雾缭绕，刘思源正别扭地坐在一群不太正经的人中间陪人喝酒，而沙发最末端坐着一个灰头土脸、神色萎靡的年轻男人，就是我当日在那个简陋大排档里见到的男人。应该就是刘思源的富豪男朋友，可是他为什么这么落魄，处处赔着笑脸？

我一进来，吵吵闹闹的包厢瞬间安静下来。坐在中间的叫做龙哥的老大模样的人向我打招呼，我有些愕然，这到底是什么情况？我征询地看着刘思源，她没说什么，反倒开口招呼我坐下来，要我喝酒。我觉得气氛不对，有点想逃，她盯着我，目光让我想起她可能正在调查我的秘密，我只好又坐下来。一旁的混混老大龙哥不停调戏着她，她强颜欢笑跟龙哥碰杯。

龙哥要我给我他敬酒，我心中厌恶，可是形势所逼，只能不情愿地喝下递过来的酒。

老大龙哥趁机拉了拉我，色眯眯的眼睛像一条黏糊糊的虫子。

我胃部一阵抽搐，立刻起身躲开，碰翻了一旁的酒杯，气氛再次陷入安静。

龙哥脸色一变："什么意思，故意来砸我场子是吧？"

刘思源冷冷瞪了我一眼，转头又安抚龙哥："龙哥你别误会，她没有这个意思，米朵，是吧？"

龙哥见我坐下后，更加变本加厉，他一把搂住我，还欲亲向刘思源。朱向南愤恨地攥紧了拳头，我忽然明白过来。

原来，龙哥不是刘思源的朋友，她也是被逼无奈才过来的，于是我端着红酒对着他的脸上狠狠一泼。

全场惊呆了。我知道可能捅了马蜂窝，于是拉着刘思源的手，打算离开。

龙哥一摔酒杯，恶狠狠道："我看今天谁敢走！"

众流氓将我和刘思源团团围住，气氛剑拔弩张。在千钧一发的那刻，刘思源男友朱向南挤进人群，将我和刘思源往外推了推，拿起桌子上的一瓶酒，赔笑道："龙哥，你别生气，她们不走，都留下来陪你，我干了这瓶，就当赔罪。"他作势举瓶喝酒，却手势一转，将瓶子用力砸向龙哥。

周围的人立刻将他扑倒，他冲我们喊："快走！"

趁众人没有反应，我一把拉起愣住的刘思源往外跑。

远远地还听到朱向南的惨叫，刘思源泪如雨下，捂住嘴，努力不哭出声来。

我心里也酸酸的，警方赶过来，小混混一哄而散。

不远处，一身血迹的朱向南跌跌撞撞冲出来，刘思源冲上前，一把握住朱向南的手。

朱向南虚弱地笑了笑："老婆，我今天像个男人了吧？跟着我让你受苦了，你放心，虽然我没钱，又不想工作，总给你惹麻烦，但是我绝对不会让别人欺负你，我要保护我的女人。"

刘思源流着泪拼命点头。

我欲向前问情况，她一把将我推开："不用你多管闲事！要不是你，他根本就不会被打成这样！"

是我太冲动了，可为什么她会叫我来这种地方陪人喝酒？我心有愤懑，可我不愿在这个节骨眼上和她较真。

刘思源冷冷地说："你就别再假惺惺地做戏了，从你出卖我的那一刻开始，我就跟你势不两立！"她扶着朱向南蹒跚离开，而我愣在原地。

回到公司，入耳的又是各种议论，似乎又是在说刘思源。

"天哪，要不是你发现及时，我们还一直把她当白富美呢。我就说嘛，天天吹她男朋友多帅多有钱，从来就没带出来过，其实我早觉得她有问题了。"

我气不过，冲向前，大声道："能不能别在背地里说她的坏话，每个人都有自己的秘密，你有资格对别人的生活说三道四吗？！"

同事嘲弄："奇怪了，我说刘思源，你跟着急什么啊，你是她什么人啊？"

我怒不可遏："我是她的朋友！"

"每天跟在别人后头拍马屁，这就变成朋友了。你的友情也太廉价了吧？"同事不屑地看我一眼。

这时候，萧亮突然走了出来，旁人噤声。萧亮质问的时候，大家都推搡是我在找碴儿，萧亮说了我几句，转头又对其他同事道："米朵还是新人，不太清楚公司规定，你们都是老员工，怎么还在上班时间吵吵闹闹，有这份说三道四的精力怎么没用在工作上？公司是请你们来聊天的吗？"

我愕然，萧亮这是在袒护我吗？

刘思源的短信传来，她约我在茶水间见面。我连忙上去询问她男朋友的情况。她冷冷道："不好，脑震荡，肋骨断了两根，半个月是下不来床了。这是我欠你的钱。"

她递给我一个信封，我连忙拒绝。

她告诉我，昨天警察介入，这是龙哥让他们改成不追究龙哥责任的口供才拿到的赔偿金，我心里很不是滋味。她递给我曾经写的那份策划案："我不知道你在隐藏什么，我也不想去窥探你的秘密。昨天是你帮了我，刚才办公室的争执我也听到了，是我误会了你，我不喜欢亏欠别人，咱俩之间两清了。"

我真诚地看着她："我们本来就是朋友，你不需要和我说这些。"

她利落地摇头："我们从来就不是朋友，以前不是，以后更不会是。从今天开始，我跟你井水不犯河水，就当过去的一切都没发生过。"

我看着她的背影，心情复杂到难以言喻。这次，她替我瞒下去了，可林子良会这样轻易地放过我吗？

中午去外面吃饭时，我正打电话给雷奕明，身后突然闪现一个人，他蛮横地用一块棉布捂住我的口鼻，我闻到一股奇怪的味道，身上顿时没了力气。恍惚中我看到是龙哥带着一群混混算挟持我。

"救命啊！"我用尽力气大叫。

龙哥狠狠地甩了我一巴掌，我眼冒金星。

"你们在干什么？"好像是萧亮的声音,我头疼欲裂,已经没有力气确认，晕了过去。

再睁眼时，眼前出现的是萧亮关切的面容。我吃力地看了一下周边陈设，原来我又跑到了萧亮家。

看到我醒来，他抿紧嘴唇的脸上满是不悦，刚才的关切一下就消失了，他冷冷地问我："那伙人是干什么的？你怎么一天到晚地惹麻烦？"原来是他帮的我，我回想起龙哥那群人凶神恶煞的模样，忙追问萧亮有没有出事。他没好气地回答我，"你还有心情担心我？你知不知道你刚才有多危险？我要是晚出现几秒钟，你就被带走了！"

"对不起，又给你添麻烦了……"

萧亮无奈地冷哼："我已经习惯了。"

我就知道，我是个大麻烦精。可偷偷看了一眼他的表情，感觉他并没有以前那么反感我了。

他问我为什么惹上这种黑道上的人渣，我念及刘思源，选择了沉默。

他不悦："你不说，我怎么处理呢？万一他们再来找你，你又有危险怎么办？"

我欣喜地抬头，"你是在担心我吗？"

他不自然地别过头。这时，齐宇来电。他听完后连忙拉起西装和车钥匙冲了出去，临走前嘱咐我。

"我要去见客户，你就在这里好好休息，哪里也不许去，万一你一个人出去又给我闯什么祸，我可没有那么多闲工夫来救你。"临出门时，他又走回来，看了我一眼，他的声音淡淡的，在我听来却是极致的温柔，他说，"等我回来。"

我一脸幸福地点点头："好，我保证！"等他出了房间，我简直乐翻了天，像不像老公出门对妻子的叮嘱？我兴奋地在他床上打了好几个滚，抱着被子又花痴了很久。

上次匆匆忙忙没有来得及参观，这次我兴奋地打量着他的家。萧亮的家装潢高雅简素，我啧啧感叹，顺手推开了书房的门，书房墙壁上排列着一排相框，几乎是他从小到大的痕迹。

"哇，真讨厌，小时候就这么帅！"我看到最后一张全家福，照片上萧亮黑着脸，他身边站着董事长，而董事长旁边则站着林子良和一个没有见过面的女人。

林子良和萧家是什么关系？旁边的女人是谁呢？为什么没有萧亮的亲生母亲？

雷奕明的来电打断我的思绪，我愧疚地按下了接听键。

"胖子，你没事儿吧？"

"没事儿，刚刚……我看到了一只蟑螂，一时害怕就喊了救命，你别担心我。"

他没说什么，只道晚上要加班，说罢，匆匆忙忙挂断了电话。

我松了口气，还好没让雷奕明知道龙哥的事，不然他又得担心了。我放下手机，继续逛萧亮家。

啊，好大的更衣室！啊，好大的衣帽间！啊！这几乎是当季所有的新款皮鞋吧！我不停地赞叹着，太过分了，一个男人竟然把所有女人的梦想都实现了。

我打量着萧亮各种品牌款式的衣服，目光锁在了一件西装上。

我想起当初萧亮为我两次穿上西装的模样，不由感慨万千。干脆偷偷地穿上他的外套，对着镜子，模仿萧亮平日里的经典表情和动作："你！不准！不可以！不许！跟紧我！就这么定了！"我自己把自己逗笑了。

不知道过去了多久，天色渐渐暗下来。我躺在沙发上睡着了，墙上的钟显示十点。肚子传来声声怪叫，我捂着肚子醒来："好饿！怎么这么晚还没回来？"

我拿起手机，拨通了萧亮的电话。传来的却是高雯的声音，她告诉我，萧亮不在，要我等下打过来。

我颓然地放下电话，听到高雯的声音让我分外难受，我觉得此刻留在萧亮家的自己是那么丑恶。就算高雯和萧亮可能不是真心相爱又怎么样？我不应该编织这样一个美好的念想作为自己靠近萧亮的理由。我洗了把脸，离开了萧亮的家。

回到家，发现门口的垃圾桶里躺着带血的纱布，触目惊心。

我慌神，连忙猛按门铃，难道雷奕明出事了吗？可他刚才明明说他不在家，要我好好在同事家里玩啊。

雷奕明打开门，背对着我，遮遮掩掩，但不小心露出了拳头上的伤口。

"雷奕明，你怎么受伤了？"

他一把甩开我："这算什么受伤啊，就蹭了一下而已，那帮人比我……"他反复遮掩，但是我终究推测出了他的伤口来历，原本我们约好中午一起吃饭的，龙哥抓我的时候，他应该就在附近，只是那时候我已经被萧亮救走了没有看到他，于是他替我出头打架，可为什么他要故意瞒着我呢？

我又心疼又恼火，把他按在沙发上，打开医药箱，拿出药和棉签，给雷亦明的手上药。

"以后不许再跟人打架了，亏你还是医生呢，保护自己都不会！"

"男子汉大丈夫，受点伤算什么？"

我将棉签用力地往雷亦明伤口一按，竟敢不听我的话！

雷奕明立马大呼小叫："哎，你轻点儿啊，我最怕疼了！"

我笑了："知道你最怕疼了，从小就不敢打架，都是我帮你打架。结果有一次我受伤了，你就专门去学了跆拳道，但还是每次都被打得很惨。哈哈。"

我低头给他上药，雷亦明呆呆地看着我有些出神："胖子，你要是一直是胖子就好了。"

"为什么？"

"这样萧亮就不会喜欢你了。"

我顿住，悲哀地笑："就算我不是胖子了，他也不会喜欢我，他喜欢的人是高雯。"但雷奕明为什么要来揭我伤口，我报复地故技重施，稍微用力地对付他的伤口！

"你能不能别再把你的痛苦发泄在我的痛苦上？你下手这么重，要谋杀啊？"

看着雷奕明故意大喊大叫的样子，我的心情顿时好了起来，有这个朋友在身边，真是我这辈子最好的礼物。

公司因为萧亮与高雯的绯闻炒作而广受社会舆论关注，连带着销售额也直线上升。但好像萧亮与董事长的关系却一直没见缓和，我暗暗猜想，这或许和萧母离开有关？正想着，萧亮突然走进公司，在楼梯口，他脸色不悦地看着我，我拉回思绪。明明言而无信的是他，为什么反倒是他板着脸看着我。

他慢慢地走过来，我感到一阵压迫，他轻启薄唇："不是说要等我回来的吗，为什么不打招呼就走了？"

"我看你一直没回来，以为你跟高雯还有约会……"我尽量让自己说得正常不带任何醋意。

他皱了皱眉："我已经在尽量赶回去了，我和高雯……"

我有些诧异地看向他，萧亮微张嘴唇，最后什么都没有说。

我后退一步，客气地说："萧总，我真的很感谢你昨天救我。"

他沉声："你的感谢就是口头上的吗？我不喜欢被人单方面违约，你答应过的事

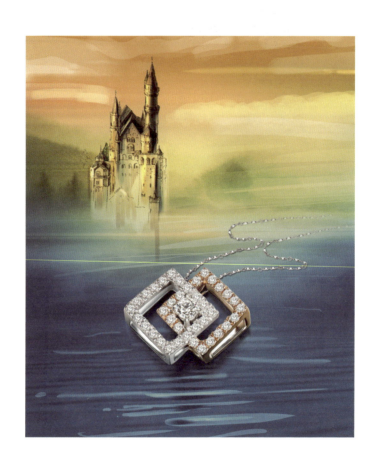

双色交织的设计元素

延续了生活与艺术的结合

传达了生命融合之美的理念

那些耀眼的光芒

在这一刻得到了最彻底的升华

最好能做到。你昨天欠我一顿晚饭，自己找时间补上吧。"

　　我皱着眉头，不知道怎么回复他。

　　"怎么，你不乐意？"萧亮瞬间板起脸。

　　"不不，"我深吸了一口气，小心翼翼地试探道，"萧总，为了感谢你昨天救我，我想请你吃饭，可以吗？"

　　"我最近很忙——"他的语气理所当然。

　　我失望地低下头。

　　"只有今晚能稍微挤出空闲，时间、地点我稍后通知你。"他似笑非笑地看了我一眼，转身和齐宇一起离开。

　　我愣在原地，这是——这是萧亮想和我约会的节奏吗？

　　一下班，我立马回到家里，将衣柜里的衣服统统掏出来，拿着一件来到镜子前比一比，扔回床上，然后继续换下一件。挑来挑去，好像都不适合，这时雷奕明正好下班回来了。我就像抓住了救命稻草一般兴奋："雷奕明，你快点过来救我，出大事儿了！"我呼喊着。雷奕明蹬蹬上楼，赶到我房间，看了我一眼，郁闷地说："不是说你出大事儿了吗，怎么还在这儿看衣服？"

　　我紧张又羞涩地看着他："萧亮要跟我一起吃饭，我想让你帮我搭配衣服！"

　　雷奕明脸色一垮："我还以为你出什么事儿了。就这点事儿，随便穿呗，反正你不也说他根本就没有把你放在眼里吗？"

　　我愤愤不平地说："你摔倒爬起来就是了，这不重要，重要的是，这可是他主动提出的，你说，这算不算是约会啊？"说完，我偷偷地笑了起来。

　　雷奕明气结："我不重要？我……"他突然间换上笑脸，"好，我帮你挑，等着，我一定好好打扮你！"

　　雷奕明本着男人的眼光，给我挑了一身，我迟疑地问："雷奕明，这样真的行吗？"

　　我穿着一身夸张的豹纹装，烈焰红唇，大浓妆，形象十分奔放。

　　雷奕明勉强地把零食咽下去，一本正经地说："行，简直太行了。胖子，你穿上这身衣服，简直是……性感，热情，奔放，漂亮极了。再配上我亲自指导你化的这个浓妆，惊艳，太惊艳了。"

　　我不确切地看着镜子里的自己："可是我怎么觉得好俗气啊……"

　　"胖子，你还不懂男人的心理，男人就算把自己包装得再正经，骨子里都喜欢性感美女。就像你现在的样子，啧，简直就是所有男人心目中的女神啊！"

　　我被雷奕明眉飞色舞的鼓吹说动了，正准备出门，突然收到了高雯的电话，她在我家楼下等我有要事相告。

　　下了楼，高雯惊讶地看着我："你没出什么事儿吧？这副打扮，你要干吗去啊？"我犹豫着，我有些愧疚，看着高雯关切的眼神，我想坦白，但高雯打断我，"行了，下次我教你怎么化妆吧，我这儿有个急事，想让你帮我订一个酒店公寓。最近一直有记者在跟踪我，我实在不方便亲自出面。"

我疑惑不已："公寓？为什么呀？你家不能住了吗？"

高雯甜蜜地笑："我要约会。但家里不方便。"

"你跟萧总都公开关系了，还有什么不方便的呢？而且公寓可是长期住的啊？"

高雯奇怪地看了我一眼，好像有什么话想说，又咽了下去。

我顿感自己说得太多，忙改口："那我回头帮你留意一下。"

"不，我要你今天晚上就帮我订好。"

帮高雯订好酒店，我垂头丧气地回到家，雷奕明一见我，连忙开心地迎上前。

"怎么这么快就回来了？跟萧亮约会怎么样？"

"约会取消了。"

雷奕明遗憾地说："不会吧？他竟然敢放你鸽子？这也太不像话了！胖子，别难受，想开点儿，本来像我这种男人就不多见，不止能天天陪你，还能随传随到……"

我奇怪地看了他一眼，他怎么有种幸灾乐祸的感觉呢？

我低头闷闷地说："不，是我没去。"

雷奕明惊讶地看着我："为什么呀？"

我低落地走向卧室："不为什么，我先睡了。"

雷奕明松了一口气，随意地说："对了，高雯刚才不是找你了吗？有说什么事儿吗？"

我一怔，脚步顿住："说了，她想租一个公寓。"

"啊？给谁？公寓？我说呢！那小男人难道要吃软饭？"

"什么软饭？什么小男人？"我紧张地追问。难道高雯背着萧亮养了小白脸？

雷奕明自察失言，马上害怕地闭上嘴。

我攥拳，咬牙切齿道："雷奕明，三天不打你就上房揭瓦，你到底招不招？"看他依旧犹豫，我掐住他脖子，威胁道，"你要是不招，我先把你变成饺子馅儿！"

"她应该是要和前男友同居吧，就是上次我们见过的那个鬼鬼祟祟的记者，叫韩彬。听说高雯刚出道，他们就在一块，后来估计是受了什么阻碍才分手，反正他现在是在高雯家里，你知道吗？早几天我手还没好全，高雯还把我叫过去，给她那个前男友出诊，我一个妇产科医生转急诊科，我容易吗我？"

我恍然大悟："原来高雯租公寓约会的不是萧亮啊，韩彬是不是高雯之前和我说过的那个像一场病一样存在的男人呢？那才是高雯真正爱的人吧。"

正在这时，我的手机响起，显示萧亮来电。

"喂，萧总？"

萧亮冷漠的声音传来："你在哪儿呢？"

"我还在家啊——"还没待我说完，他就挂断了电话。

我匆匆赶去了餐厅，吧台前，一名服务生正在收东西。

"你们这儿来过一个姓萧的客人吗？"

"您是说萧亮先生吧？"

"对，就是他，他来过吗？"

"萧先生今天包场，在这儿等了一个晚上。"

我怔住，回头环视餐厅："那他现在人呢？"

"刚刚已经离开了。"

我沮丧地走出餐厅，没想到我的第一次约会就破产了，以后萧亮估计再也不想和我吃饭了吧。

我神情呆滞地看着前方，慢慢向前走着。

突然，一个黑影挡在我前面，我抬头，惊讶地失去了反应。

"你为什么迟到？"他冷凝的眸紧紧锁在我身上。

"我没想到你会等我，我以为……"

"明明是自己邀请人吃饭，为什么迟到失约？不想来就干脆不要约！"说完，他转身离开。

我急切地解释："我想来见你。"

他脚步一顿。

豁出去了，我双眼一闭，语无伦次地大声道："我去换了衣服，还化了妆，我想换一个样子，让你觉得我跟平时不一样。我还想跟你说谢谢，谢谢你救我，还答应跟我一起吃饭，其实我一直在等这一天……"

我的声音越来越小，底气越来越弱。告白真的很需要勇气，萧亮，我真的等了好久啊，在你不知道的时光里，在我经历的那个漫长的手术里，你是我一路坚持下来的力量。

萧亮转身，凝视着我。

我的眼神无言诉说着：你知道不知道，我等这一天等得比你这个晚上还要久？

恋爱合同？恋爱还可以有合同！

06

陆

空旷的餐厅里，清越的音乐声响起，灯光氤氲，空气中弥漫着慵懒的花香，都带着一丝丝的甜蜜。

我偷偷欣赏着萧亮安静吃饭的面容，一刀一叉的动作，无不透露着优良的教养，他就像中世纪的贵族一般华贵而俊美。

在我几乎看呆的瞬间，电话在桌子上猛烈地震动起来，上面显示着雷奕明。美好的气氛一扫而空。我咬牙切齿地按下接听键，萧亮的眉宇间闪过不悦和疑惑。察觉到萧亮的神色，我愤愤的表情立马转为优雅的微笑："明明姐，我正和朋友吃饭，待会儿再回您电话。"

电话那头的雷奕明听到我这个称呼，愣了一下，然后配合地捏着鼻子阴阳怪气地告诉我，他已经到了我帮高雯订好的房间附近，问我下一步该怎么办？我只是担心高雯和韩彬出事儿，就嘱托雷奕明去看看，一时半会儿，我也不知道怎么回答，只好匆匆挂了电话。

萧亮定定地看了我好久，突然发问："你这打扮是怎么回事？"

我回过神来，萧亮肯定是被我妖娆的模样给迷住了！我自恋地站起来，左右展示着自己被豹纹勒得细瘦的腰肢，

"好看吗？好好看哦！"我美美地微笑着。

萧亮冷着脸打断我："很难看！"

他眼里的嫌弃一点都不假，这简直是五雷轰顶！我慒了好久，内心早把雷奕明大卸八块，这故意搅局的死雷奕明！

"你以前的样子就很好。"萧亮看我失落，冷着脸补充了一句，我的心情一下就明媚起来，萧亮嘴角有一丝笑意，难得他露出心情不错的模样，我试探地问他与高雯的关系。他瞪了我一眼："现在是我和你在吃饭，我不想听到别人的名字。"

我嘟囔着："不提就不提……"

这时，雷奕明又发短信过来。

"已成功潜入敌人内部，请指示。"果然没有看错他，这么迅速就介入了高雯与韩彬的约会里。

我连忙低头回信息。

"你又在跟谁聊天呢？"萧亮脸色不悦。

"没有啊，就是明明姐。"

萧亮忍无可忍，伸手一把抽走了我的手机，我着急了，忍不住伸手欲抢回。萧亮瞪了我一眼，我忙怯缩地把手收回。

萧亮关掉手机，放在桌上："我不喜欢你跟我在一起的时候联系别人，最好连想都不要想，记住了吗？"

我无奈的同时又有一丝暗喜："收到，长官。"

他似乎很满意我的妥协，突然问道："你有微信吗？"

我一喜："有啊，萧总要和我互粉吗？摇一摇，扫一扫，您要哪个？"

我兴奋地凑近他，萧亮扬起一个不怀好意的微笑："无聊！删了它！"

我像是一个被快乐膨胀得鼓鼓囊囊的气球，一下被他给扎破了。

在送我回家的路上，我看着专注开车的萧亮，视死如归地继续问道："你是真的爱高雯吗？"

"为什么这么问？"

"没有啊，高雯是我的朋友，背着她和你出来吃饭，我觉得很过意不去……"其实我是真的很愧疚，高雯把我当作那么亲密的好朋友，而我却偷偷和她的男朋友约会，虽然她现在心有所属，但怎么样绕不开萧亮是她男朋友这个事实。

萧亮眼神渐冷，别过头道："那你就祝福我和高雯好了。"

我难过地低下头："其实，在跟她成为朋友以前，我就已经先喜欢上你了。我好朋友告诉我，爱一个人并不可耻。所以我对你的爱从没有愧疚感，因为我从来没有奢望能和你一起。如果你和她在一起开心，我一定会祝福你们的……"

说完，我抬起头，认真地看着他。不管是晴天还是雨天，那漫天的繁星，似乎都在他的眼眸里璀璨发光，夜风从车窗吹进来，我的发丝飘动，阻挡了我的视线，萧亮在我眼前渐渐地变得不真切。我不知道这种相处的时刻能有多久，我像一个酒鬼一般，贪婪地看着他。他的眼神有些恍惚，片刻后，他的脸突然靠近，我还没有感应过来，他猛然地吻上了我的嘴唇。

我惊讶得瞪大了眼睛，他的嘴唇滚烫，意识到这个温度是来自于萧亮，我的大脑瞬间一片空白，心在胸腔里剧烈地跳动，我越吻越深，无法呼吸，无法去想。

夜风从四面八方灌进我们两人所在的车里，我好像乘风飞翔一般，踩在云端，拥抱着像天神一般遥远的他，他的嘴唇像莲花一样优美，这个吻也是带着青莲优雅的花香，纯洁、清透，夜曲一般安抚了我内心的躁动和不安。

一丝理智终于回归到了我的大脑，我用尽身上仅有的力气，将萧亮推开，他诧异地看着我。我紧张得满脸通红，双手不停地绞着自己的衣角。

"对不起，我……我没想过要这样，我只是想默默地喜欢你就好了……"

萧亮沉默，面露烦躁，他应该也是意识到了现实的情况吧。

我打开车门下车："萧总，今天我们都喝多了，再见。"

萧亮忽然想到什么："等等。"

萧亮迟疑片刻，轻启嘴唇："今晚的事，就当从来都没有发生过吧。"

我站在原地，嘴角露出一丝笑容让自己不那么尴尬。

"我知道你想问什么，我现在就可以回答你。对，我从一开始就不应该让你接近我，因为从你出现开始，我的生活就全被搅乱了。再这么下去，你会毁掉我所有的计划。"

萧亮发动车子，头也不回地扬长而去。那颗可怜的心，从云端一路掉进了冰窟。

我几乎已经不记得我是怎么回到家的，雷奕明对我电话关机很是生气！

我跌进沙发，游魂一般地询问他："你那边情况怎么样？"

雷奕明连忙放下一直抱着的熊熊，跑到我面前："一个好消息和一个坏消息，你想先听哪个？"

我直挺挺地往沙发上一躺："随便你。"

雷奕明清了清嗓子："胖子，你听好了，高雯跟她前男友复合了。"

我一惊，猛然坐起，一把抓住雷奕明："真的吗，那萧亮呢，她说了要跟萧亮分手吗？"

"那倒没听她说要分手。我觉得高雯前男友好像有点儿问题，他不会做出什么伤害高雯的事吧？但我还没想明白……"

我沉浸在自己的世界中："我也没想明白，萧亮他为什么亲我？"

雷奕明继续琢磨："要不我还是劝高雯放弃那个韩彬吧……"

房间里陷入寂静，片刻后，雷奕明和我忽然同时反应过来。

雷奕明大声地说："你说什么，他亲你了！"

我不甘示弱："那你又为什么要劝高雯放弃她爱的人啊！"

两人大眼瞪小眼，对峙片刻，同时无奈地叹了口气。

次日回到公司，刘思源告诉我，萧亮已经将我去总裁办公室送文件的资格都取消了。我失落不已，到底是为了什么，他要把我在公司唯一接近他的大门关上。

在季度高管会议中，林子良展示了新品方案，试图抢夺萧亮的光芒。萧亮漫不经心地透露，在他负责公司业务期间，销售额提升率为21%，萧董事长等一众董事对他赞赏有加，他成功地扳回一局。

虽然林子良将会议上受到的不满发泄在我们下属身上，可我还是很高兴，萧亮曾经承诺一定会让公司销售额提升20%，不然他就引咎辞职，没想到这么疯狂的承诺，真的被他做到了。不过我转念一想，高雯在其中帮了他不少忙吧，迅速提高的产品曝光度，这是只有高雯的魅力才能做到的。

眼看着萧亮往车库走去，我提着便当跟了过去，他解锁上车。我眼疾手快地拉开一旁的副驾驶门坐了上来，萧亮一怔。

我气冲冲地问他："你为什么要取消我的工作？"

萧亮冷漠地说："下去。"

"就算我只是你的员工，我又没有犯错，你这么做是在违反公司规定！"我据理力争。

"我是这家公司的老板，不需要跟任何人解释我的决定，你最好别忘了自己的位置。"

"是你先过来亲我的，我都没有和你算账，你凭什么将我的工作也取消掉。"我委屈地说。

萧亮烦躁地皱眉："我现在根本就没有心情跟你解释，你立刻给我下去！"

"我不走！你凭什么对我招之即来挥之即去！是，我的位置比你低，你还是高雯的男朋友，我根本就不应该喜欢你。那你为什么还要一次次给我希望，难道要我就那么有意思吗？"

他大声地说："我没有耍你！"他烦闷地抓了抓头，"你走，我现在不想看到你。"

我悲伤地看着他："我再问你最后一次，你真的就这么讨厌我吗？"

萧亮沉默片刻，沉声说："我根本就不在乎你。"

眼泪急速充斥在我的眼睛里，之前美好的画面一一破灭，一切不过是我的妄想而已，我平静地看着他："以前，我以为我可以为你做所有的努力，甚至能放下我的尊严。可是现在，我已经不想再要你了，我要带着我的尊严离开你。"

我说完，打开车门离开，心疼得无以复加。身后传来巨大的摔车门的声音，是萧亮生气了吗？米朵，不要回头，我暗暗地告诉自己，不停地往前走着。米朵，你算什么呢？你从来就不在他的规划之中，他是一颗有着固定轨迹的行星，而你只是他偶尔略过的星际尘埃而已。

晚上的庆功会，在高雯的一再邀请下，我还是鼓起勇气参加了。高雯以萧少夫人的身份出席，金童玉女，好生般配。虽然萧董事长对她似乎不太在意，可萧亮对她呵护有加，旁人啧啧羡慕。

我躲在人群之中，悲伤得发不出声响。

林子良玩味探寻的目光不停在我身上逡巡，我努力不让自己的情绪泄露，可他毒蛇一般的视线紧紧黏住我，我心中闪过一丝不祥。

公司董事不停称赞萧董事长教子有方，培育出萧亮这么杰出的英才。萧董事长颇为骄傲地看了一眼萧亮，而林子良却闪过了一丝黯然。

他们是什么关系？全家福上为什么有林子良和另外一个女人的身影？这些都是我无法确定的关于萧亮的秘密。

萧亮拿过话筒，在台上发言："销售额有这么漂亮的逆袭，我还要感谢一个特别的人，是她告诉我去努力尝试，面对自己不愿意面对的事情。她教会我即使到了最艰难的困境，被所有人轻视、否认，都不要随便放弃。她给了我很多笑容，也为我流下了很多眼泪，我们一起经历了这三个月的一切，也许她改变了我人生中所有的安排，但她也是我人生中最大的惊喜。"

萧亮扫视众人，在我的身上停滞了一瞬。他说的是我吗？我的心像被他捏在了手上，忍不住前倾着上半身等他揭晓答案。

可是他的视线很快就转了过去："谢谢你，高雯。"

众人爆发出热烈的掌声和欢呼，他向高雯张开了双臂，拥抱在一起。

那颗毫无防备交到别人手里的心，被狠狠地捏碎了。

璀璨华灯下，他们的拥抱仿佛经历了一个世纪。

心底一个声音在告诉自己：米朵，你该离场了！

正要走出大厅，林子良强迫似的拉我进了舞池，他有意无意地把我引向萧亮的位置。

但他显然是高估了我在萧亮心中的位置。萧亮神色平静地瞟了我一眼。林子良扬起得逞的微笑："你知道吗？眼神总是能出卖一个人的心。如果你想知道一个人的秘密，只要一直看着他就可以了。"

林子良停止动作，原地抱紧了我。不知道他在我身后看到了什么。

我挣开林子良，冷冷道："林副总，我累了，对不起。"

打电话叫雷奕明来接我回家，没想到又在门口撞上了阴魂不散的林子良。他显然喝多了酒，醉醺醺地拉住我走出了会场，呶呶不休道："我一直在找他的软肋。今天，我找到了。"

萧亮的软肋关我什么事，我转过身，愤愤地问他："你想对萧总怎么样？"

"想知道我到底想做什么，你就过来。"他把我推上车，驱走了司机，阴沉地看着我，却不说话。

"你到底想对萧亮怎么样？"车内闷热，我有些不耐。

林子良嘲讽地笑："萧亮，叫得够亲热啊，你这么死心塌地巴着他，是为了什么？钱吗，还是别的东西？"

"我们就是普通的工作关系。"

林子良逼近我："别装了，你也不过就是一个想借萧亮上位的花瓶而已。没关系啊，你说出来，他有的东西我一样也有，你来求我啊，我也可以帮你！"

"神经病！"我拉开车门，转身欲走。

没想到林子良眼明手快地扯回了我，按下车锁，抱住了我。我惊惧交加，极力挣扎。

他开始说胡话，酒气喷在我脸上，眼神里的贪婪与疯狂在昏暗的灯光下，幽幽发亮，他低吼着："你们从来都不用正眼看我，所有人都在盯着他！为什么，为什么我就只能当他的影子，每天都要被他踩来踩去！我是个人，我也有尊严，我有身份，那一切明明就是我的，明明都应该给我！"

"我要抓住他最在乎的东西，然后把他们一一抢走，我要让他也尝到一无所有的滋味！他不是在乎你吗？我现在就毁了你！"他动手动脚，压在我身上欲亲我。

我害怕地尖叫，奋力地挣扎。

完了，为什么要跟他出来？米朵，你怎么这么傻，居然相信这么一条毒蛇会告诉你萧亮的事情？

挣扎，吼叫，威胁，所有能抵抗的手段我都用尽了，可他还是紧紧抱住我。濡湿的舌头触在我脸上，我本能地一阵恶心。

正当我快要绝望的时候，轰隆一声！车窗的玻璃突然被敲碎，雷奕明举着棒球棍，打开车门，一把拽下了伤到头的林子良，二话不说，对着他就是一拳。林子良哪是练家子雷奕明的对手，胜负很快分晓，林子良放弃挣扎，浑身是伤，躺在地上，如一条落水狗般狼狈。

满身鲜血的雷奕明气喘吁吁地抱着颤抖的我。

"胖子，我们回家！"他沉稳的声音安慰着我。

我浑身颤抖地大哭起来。人总是在心疼自己的人面前，才安然地袒露出崩溃的内心，我再也不要假装坚强，也不要假装勇敢，林子良扑过来的那一刻，我是真的害怕，还好有雷奕明在，还好我不是孤立无援的一个人。

回到家中，雷奕明处理我手上被林子良抓出的淤青，他叹了口气："胖子，你明天回去辞职吧。"

我沉默着，情绪稳定下来之后，理智再次重回我的大脑，我急速地思索着。

"我不想再看到你发生任何意外了，离开通灵珠宝吧。"雷奕明再次劝我。

"我不走，我要在公司坚持下去。也许从一开始，我是为了萧亮而留在通灵珠宝，但后来有幸去了趟工厂，当我望着一颗颗原石的时候，我终于明白为什么那么多人为它疯狂。它们就那样躺在那里，好像什么都不是，但只要你够重视它，它就可以让你趴在橱窗上渴望一辈子……那天开始，我就告诉自己，我一定要成为一名珠宝设计师。没有了萧亮，我也不能把自己也丢了。所以，雷奕明，请不要再劝我放弃。"

雷奕明看着我，良久才怔怔地说："胖子，你长大了！"

我得意地笑，不能让那么多痛苦与委屈被狗白白吃了！总要收获一些！

次日上班，我正要坐电梯，萧亮也跟着走了进来，我冷淡地装作没看到。

他的语气有些急切："你昨晚是跟林子良一起离开的吗？"

我一愣，难道昨天他看到我和林子良在一起，因为担心出来找我了吗？可是这又有什么用呢，我早就应该放弃了。

我客气地看着他："萧总，我以一个下属的身份回答你，昨晚发生的一切都是我的私生活，上司无权过问。"

萧亮一愣，惊讶地盯着我。

电梯门开，我径直走出去，想起昨天的事情，我终究还是回头嘱咐他："我劝您还是小心点林副总。"

回到格子间，我情不自禁地沮丧起来。为什么我还是忍不住的为萧亮担心呢，昨天要不是雷奕明，我都自身难保了。

我担心的还有林子良的情况，经过昨天的事情，他彻底要在公司对付我了吧？刘思源的声音唤回了我的思绪，她宣布林子良身体不适住院，部门业务她代为主管。我的脸上并没有过多的诧异，昨天雷奕明打他那几下，估计不轻。

刘思源捕捉到我淡然的神色，她问我林副总在昨晚发生了什么事情，我装作不知道。昨天的晚会有受邀限定，而我的入场资格，是高雯给我的邀请函。刘思源羡慕道："有高雯这样的好朋友真好，什么场合都有机会参加。"

"是啊，她一直都那么闪闪发光。"

刘思源诧异地看着我："你不会还不知道吧？高雯出事了！"

我一愣，上网搜索今天的娱乐新闻，首页弹出高雯和韩彬一起开房的照片，标题写着《绯闻女王另觅新欢，高雯劈腿公然开房》。

又是韩彬！那高雯现在岂不是被记者堵死？

我急得团团转，连忙拿起电话。这时，手机屏幕亮起"高雯"。

她的声音急切："米朵，快来救我！"

我匆匆告假离开公司，约上雷奕明，我们一起穿越重重的媒体围堵，钻进一间酒店的房间。房间里高雯正在照顾一个酒醉的男人，那就是高雯的前男友韩彬。雷奕明一直怀疑高雯的这个男朋友有问题，第一次见面的时候，雷奕明就在洗手间听到韩彬和其他人通电话，讲起"拍到了"之类的字眼，之后很快高雯和韩彬初次约会开房的照片就暴露了。而这次，也是韩彬相约高雯过来见面，但是很快，记者跟着围堵过来，这应该不只是凑巧吧？

雷奕明质问韩彬，韩彬气愤的拿起酒瓶要对付雷奕明，高雯阻拦住了两人，她认为可能是服务员泄露的消息。不管怎么样，我们四个人被困在了这个孤岛一样的酒店房间。我突然想出了一个主意！

我和高雯身高相仿，穿着高雯的衣服走下楼，戴着巨大的墨镜挡住半张脸走出，韩彬在一旁保护着我，无数的记者蜂拥而上。我看到不远处，雷奕明正开着车将高雯载走。

我和韩彬一路快走，一个记者将话筒伸到我面前："高雯，请问你真的爱他吗，你和萧亮是分手了吗？请你回答我们的问题！"

一些粉丝也闻讯赶来，"高雯"的喊声此起彼伏，我心急不已，推挤中，我的墨镜被不小心被碰落，我惊讶地一抬头，闪光灯在我脸上亮成一片。

人群慢慢散去，我告别韩彬，筋疲力尽地走着，同时不停地活动着手臂。忽然，一辆熟悉的法拉利跑车在我面前停住，窗户打开，正是萧亮的脸，他怎么会在这里？我愣住。

萧亮平静地说："上车。"

我不理会萧亮，继续向前走。

萧亮恼怒道："附近都是记者，你应该不会想让我把你拉上来吧？"

我顿住脚步，四顾看了一下，拉开车门赶紧坐了进去。

萧亮发动汽车，我冷脸看着窗外。

"高雯跟那个男人，你知道多久了？"他透露出一丝薄怒。

我一愣，心虚的装傻："啊？你，你说谁啊，记者报道的不都是绯闻吗？"

"你到现在还想帮她瞒我？你以为我会看不出来吗，还是以为所有人都跟你一样笨？"

我依然看着窗外："这是你跟高雯之间的事，你还是去问她吧。"

萧亮靠近我："别再跟我提高雯，我现在问的是你，你为什么要骗我？"

我想起上次我们约会时，高雯两个字我刚说出口，他就制止我的样子，我委屈愤懑："我也想过要告诉你，可是你一直不准我提高雯，你们还在一起那么亲密，你让我怎么能跟你说出口？"

萧亮一怔，紧急刹车："你到现在还没有搞清楚状况是吧，我在乎的不是她，我在乎的是你，你骗我！"

我愣住了，声音瞬间低了下来："你这话是什么意思？"

萧亮生气而愤怒地瞪了我一眼："下车。"

我不肯下车，一定要萧亮说清楚，萧亮瞪了我一眼，拉开车门自己下去了，我赶紧追过去："你和我解释清楚，刚才你说在乎我，这话到底是什么意思？"

萧亮拨开我的手，钻石般漂亮的眼睛里满是烦闷："我不知道，我现在心情很乱。"

我瘪瘪嘴："你又要跟上次一样要我是吧，你这么做有意思吗？"

"我说过了，我没有耍你，现在被耍的那个人是我！你一直在我面前晃来晃去，不管我躲到什么地方都有你的影子，我都快被你折磨疯了！"

我不服气地说："我最近没有缠着你！"

"我说的不是你缠着我，我说的是……是你总是出现在我面前，就算你不在，我眼里看到的也都是你，我一直都在想着你！"

我傻眼了，萧亮这个症状不是……我的心脏剧烈地跳动起来。

萧亮突然靠过来，盯着我，他的气息喷在我的脸上："你打算怎么跟我交代？"

"交、交代什么？萧总，你刚才不是在跟我告白吧？"

"你闭嘴。"

"这是我的幻觉吗，你真的喜欢我啊？"

"我叫你闭嘴！"

"可是我……"

萧亮一把拉过我，将我紧紧地按在了自己怀里。

萧亮温柔地抱着我："别说话，安静。"

车水马龙的繁华街道，我们旁若无人地紧紧相拥着，为了这一个拥抱，我们两人都走了好久，此刻仿佛伫立在世界的尽头，仅我与他。

因为太过美好，我差点忘了，我们之间，其实是还有一个人的——高雯。

我推开萧亮，冲他摇摇头。我不知道高雯的心里是怎么样想的，就算她的心思没有在萧亮身上，萧亮也是她向媒体承认过的男朋友，我如果和萧亮在一起，是对她友情的背叛。

萧亮疑惑地问我："你又怎么了？"

我眼中含泪："萧总……对不起，我不想伤害高雯。"

萧亮喃喃道："你是说高雯？"他突然笑了，将我拉进车里，"你不是说要我们各自想清楚吗？我已经想得够清楚了，现在我有一样东西，能够让你想清楚。"他载着我疾驰而去。

公司办公室，一份规整的文件上，标标准准的黑体字写着，恋爱合同，下面是高雯和萧亮的签名。我心中咆哮不已：什么！恋爱合同？恋爱还可以有合同！

我不可置信地看着他："假、假的？你把我弄得那么痛苦，那些都是假的？"

"怎么，你不满意？"他的嘴角是孩子气的微笑。

他告诉我，他已经准备好向媒体公布他和高雯分手的消息，随即他又补充道："也不算分手，顶多算解约而已。我跟高雯的恋爱本来就是假的，只要解除恋爱合同就可以了，你满意了吗？"

我欲哭无泪："满意，特别满意。"

能不满意吗？一纸恋爱合同，让通灵珠宝的业绩提高了百分之二十，这简直是再划算不过的生意，却让我活活经受了无数的煎熬。

韩彬来到办公室找萧亮，我便下去工作了。即将吃饭的点，同事们都有些松懈，萧亮突然来到我们部门，同事们都以为领导临时检查，赶紧哗啦哗啦地敲打着键盘。我也依样画葫芦，萧亮走到我身边，告诉我吃饭约会取消，他不得不为了高雯再出去一趟。我点头同意，看他一脸心事的样子，我冲他安慰地笑笑，萧亮微笑着离开了。同事们纷纷围上来问我到底是怎么回事，萧总怎么对我态度一百八十度大转弯了。我想起刚才萧亮眼神里的担忧，寻思着是不是高雯出事儿了。

后来爆发的事件，让我为高雯捏了一把汗。原来韩彬拿高雯的艳照过来向萧亮勒索，要价一千万，萧亮答应给他一千一百万，最后的那一百万，是萧亮蓄力揍向韩彬的一拳，打得韩彬灰溜溜地离开了公司。而高雯得知这个消息之后，她拒绝了萧亮的帮忙。她宁愿身败名裂，也不允许有人拿她曾经的爱情绑架她的现在。

没过多久，高雯出道前的一组艳照突然爆发，网络上、报刊杂志上，铺天盖地报道这件事，这件丑闻对企业的形象有很大的损害，董事会震怒，要立即停止高雯的代言，之前萧亮就想举办记者招待会，说明和高雯分手的消息，萧董事长更是希望萧亮借此机会彻底和高雯撇清关系。

我去萧亮的办公室询问他的处理方式，真的要和高雯解除合作吗？

萧亮公事公办的态度让我失望，他说："这是董事会的决定。"

"可是爆出丑闻又不是她的错，而且高雯以前帮了公司那么多——"

萧亮不耐烦地打断我的话："我说了，这是公司的决定。"

"我知道，你总是喜欢考虑公司利益，还不喜欢别人打破你的规则，可是你就不能为高雯破例一次吗？她可是我们的朋友！"

萧亮失望地看着我："你怎么知道我没把她当朋友，你就这么信不过我吗？"

"可是你——"

"我不想听到'可是'这两个字，你出去，我没心情跟你解释。"

我迟疑片刻，转身走出，走到门口时，我脚步一顿："对不起，我什么都帮不了你。"

我只身前去高雯家，高雯衣衫不整地窝在沙发上看电影，脸上的妆容糊成一片，抓着一瓶红酒边走边喝。

高雯自嘲地笑："你来了，这件事恐怕全世界都听说了吧。"

我担心地拉住她的手，好凉："你还好吗？"

她呵呵一笑："米朵，你知道吗？前天我去找他问为什么要背叛我，原来他一直憎恨我为了事业牺牲了我们的爱情，他说这一千万就当是我给他的封口费，他拿了钱，以后就再也不会来打扰我，哈哈，多好笑，一千万算什么？我对他而言，原来是可以用钱算清楚的。"她又哭又笑地喝下一口酒。

"那个时候我们都有梦想，我是模特，他是摄影师，相互扶持鼓励，后来Jason怕他会耽误我的前途，逼他消失了，我也没有再找过他。但这些年，我一直没有忘记他，这次我真的想好好和他在一起，可为什么我们之间会变成这样？"她边哭边喝，妆花了一脸。

"米朵，这个世上没有免费的午餐，人的尊严都是自己给的。韩彬他自己不肯努力，凭什么他就见不得我成功。我可以背剧本背到凌晨两点，每天只睡三个小时，我可以为了争取一个机会喝到胃出血，就算再疼也能对着所有的人笑。我高雯的一切都是靠着自己赚来的，他凭什么让我为了他放弃？他说，如果我不和他在一起，他要我恨他一辈子。说真的，我现在不恨他，只是恨我自己——这么多年来为什么心心念念着一个人渣！"她哭声渐渐低微。

她终于说了出来，这个她心里像病痛一样夜夜作疼的人，这一次，这个病症应该和着眼泪一次根除了吧。如女王一般强势骄傲的高雯，就像一个受了伤也不肯哭泣的小女孩一样让我心疼。

她推了我一把，醉眼蒙眬地看着我："米朵，是朋友的话，就来陪我喝一杯！"

哪是一杯呢，满满一箱子红酒，我仅仅喝一杯怎么算共甘同苦？！

……

雷奕明赶到的时候，我跌跌撞撞地开了门。客厅中，四处扔着各种漂亮的衣服，有着高雯封面的杂志，以及喝空的酒瓶子，杂乱一片。

高雯此刻正站在沙发上，攥着酒瓶子："来来来，继续唱！音乐，音乐不要停下来！"

我一举酒瓶子，醉意醺醺地附和道："好！"

雷奕明拉住我："你们俩干吗呢？"

"表演，免费给你表演一段！"

我笨拙地爬上沙发："看我的！"我和高雯肩并肩，各自摆出很酷的姿势，拿着酒瓶子，像站在舞台中央一般，开始高歌。

"出卖我的爱，背上良心债！"

不行，我五音不全，只能伴奏！我跳下沙发，拿起一旁的拖把当作吉他，一边学乐手演奏疯狂地甩着头发。

高雯唱着："最后知道真相的我眼泪掉下来！"

我吼起激昂的 rap："掉下来！掉下来！"

我们两人乱成一团，雷奕明深深地叹了一口气，认命地接受了现实！

"别闹了，小心摔倒！"

我被雷奕明按进沙发。高雯在一旁拿酒瓶子指着雷奕明："放开她，不许抓我的小伙伴！"

高雯说着冲上前撕扯雷奕明，雷奕明只好松开我，转为应付高雯。

沙发上，我难受地干呕了一声，迷糊地说："雷奕明，我难受。"

高雯一边挣脱一边继续大声唱《爱情买卖》，雷奕明焦头烂额，一边拉着高雯一边看着我。

高雯忽然停止歌唱，指着雷奕明，满脸严肃地说："雷奕明，我知道你一个秘密！"

我被高雯说得有了兴趣，正想好好听完，雷奕明上前拉高雯："好了，别闹了，清醒清醒！"

"还记得你那天晚上喝醉酒吗，你都告诉我了！"

雷奕明一慌，扭头看向我，我迷惑地看向高雯。

高雯大声说着："你说你喜欢一个人！"

我顿时清醒了过来："什么，雷奕明，你有喜欢的人了？"

雷奕明心慌地对高雯说："别说，别说出来！"

高雯一下子伸出手指，恰好指向了我所在的位置，吓了我一跳，她缓缓地说着：
你喜欢——

雷奕明心慌不已，我也紧张地盯着高雯。

高雯一笑，手指转向自己："——我。"

雷奕明松了一口气，捂着心口："对，就是你，太好了，幸亏我只是喜欢你。"

我的脸色转为低落，为什么我是到最后才知道真相的呢？我什么事情都愿意和雷奕明说，他居然喜欢高雯都不让我知道。还算不算朋友了。难道我就不能像他帮助我和萧亮一样地去帮助他吗？

和雷奕明一起回到家，我还在怨愤的情绪当中，雷奕明找着借口和我说话，我一脸不甘："我们不是说好了不准有秘密吗，你有了喜欢的人都不告诉我，我当然生气了！"

"哦，是为了这个啊。"

我愤愤不平地说："而且高雯还是我们共同的朋友，如果你想跟她在一起，我支持你还来不及呢！雷奕明，不如你就去大胆追求高雯吧，她刚在韩彬那儿受了伤害，你正好能帮她走出阴影，这不是很好吗？"

雷奕明坐入沙发："我说过了，我喜欢的人不是她。"

我笑起来，平时看他泡妞都是信心满满的样子，还是第一次看到雷奕明喜欢一个女生时露出这样的表情："哎呀，你就别害羞了。就当是为了我，你去照顾照顾她还不行吗？"

"为了你？这话什么意思？"

我想到什么，有些愧疚地低下头。

"其实，我最近一直在想，如果要是当初我劝阻高雯和韩彬，也许就不会发生后来这些事了。我觉得特别对不起她。"

"有什么对不起，你又不知道韩彬是这种人，你只是希望高雯幸福。再说了，韩彬是高雯自己选择的。"

"可是我想帮她。在萧亮身上，我欠高雯的，在韩彬身上，我还是欠高雯的，如果有什么办法能弥补她，我什么都愿意去做。"

雷奕明叹了口气："你这个傻瓜，怎么什么责任都往自己身上揽啊？好吧，我答应你。"

我一怔，喜悦地看着他："真的？雷奕明，你真的要去追高雯吗？"

雷奕明心里明明喜欢高雯，还在矢口否认："当然不是了，我是以朋友的身份去帮她的！反正你现在已经有萧亮了，不用我再像以前一样陪着你。"

我开心，拍了拍雷奕明的肩膀："放心吧，只要你能像我一样努力，总有一天，高雯也会喜欢上你的！"

雷奕明一笑，笑容复杂，看来他对于追高雯并没有太大的信心。

高雯的艳照事件比我想象的还要严重，她的通告戏份彻底被剧组、广告商等取消，与此同时，通灵珠宝的董事会也蠢蠢欲动，给萧亮施加压力，逼迫他终止高雯的广告代言，后来林子良带动公司的投票表决，高雯的代言最终没有保住。

消息传出时，我为这事和萧亮再争取过一次，希望他能再帮帮高雯，可他心情不佳，也无意解释，最终我们的沟通以失败告终。

我垂头丧气地走出萧亮的办公室，因为走神，差点撞上了玻璃门。

林子良的声音突然传来："小心！"

我一惊，转身回看，林子良正站在我面前，我竭力保持镇定："林副总，你这么快就出院了？"

林子良脸上闪过一丝狼狈，随即故作温和地道："实在太担心你们，就忍不住跑回来了。那晚的事，你不会还在怪我吧？"

我狠狠咬牙，不愿去回忆那肮脏的一幕。他解释说他一醉酒就会做一些不由心的事情，劝我不要过分在意与计较。

我不自在地假笑，装作不记得那天的事情，他满意地离开，我盯着他的背影，有些后怕。

本来想找找雷奕明商量怎么应付林子良，却怎么也找不到他的人影。原来最近高雯多处碰壁，当初的经纪人也跑了，雷奕明干脆当起了高雯的临时经纪人，给低落的高雯送饭开车，陪她泡吧逛街。耐心等高雯的这个低谷期过去。我隐隐觉得，这段时期对于雷奕明来说也是一件好事，高雯那样优秀的人，也只有在这个时候，才能甘心放下心态，感受到雷奕明的好吧。

同事趁工作的间隙百无聊赖地聊天："唉，自从出了高雯的事，我们公司也被连累了，听说这两天业绩特别惨，连董事长都从美国回来了，据说要逼萧总跟高雯分手……"

"我看就怪那个高雯，以前都拍过那种照片还有脸装大牌，她有哪儿能配得上我们萧总了？"

我拍案而起，"你们说谁呢，谁配不上你们萧总了！你们接触过高雯吗，不了解她就在背后说她的坏话，你们有这个资格吗？"

同事们奇怪地瞟着我。

有一个同事气愤地指着我："你——"

其他同事立刻拉住她，小声告诫着："你忘了上次了，萧总可是很护着她的。"

我听到他们说这些，不禁苦笑，同事们噤声，一堆人作鸟兽散。

我孤零零地坐回座位，齐宇突然来到办公室，他叫我上去见萧亮。同事们瞟了我一眼，估计他们又要说我靠萧总了吧，我叹了口气，跟着齐宇上去。在门口，我刚好遇到林子良从萧亮办公室出来，林子良看着我，狡黠地笑了笑。

推开门，萧亮的脸色很不好，他抬头看了我一眼，将面前的文件关上。

我走到他身后，捏着他的肩膀做了个按摩："是不是最近很心烦，我帮你揉揉。"萧亮握住我的手，脸上冰山般的神情终于有了一丝松动，我问，"董事长是不是骂你了？

还是公司里有压力？"

萧亮没有回答我，突然他抬起头，眸光里闪过一丝无奈和疏离。

"你辞职吧。"

我一愣："为什么？"刚才看到林子良趾高气扬地从他办公室出来，难道他拿我威胁萧亮了吗？

"我可以安排你去其他公司，无论是职位还是薪水都会很适合你。"

"我不去！为什么你每次一出问题就要把我推开，就算我帮不到你，难道连留在公司陪着你都不行吗？"

"我不需要你陪，只要你能离开，就已经算是帮我了。"他拧了拧眉心，好像很头疼的样子。

"可我跟你是一起的，通灵珠宝还是我的梦想，我不想离开这里！"我倔强地看着他。

正在我和萧亮对峙的时候，门猛地被推开，高雯冷着脸走了进来。

为一个人，摘一颗"星"

07

柒

我以为高雯是来找萧亮平息丑闻，商量怎么解决这次的艳照问题，可她一进门就对萧亮说："我已经决定退出娱乐圈了，我们宣布分手吧。"

我和萧亮同时一愣，高雯在娱乐圈呼风唤雨多年，就算出现了一点问题，怎么能这么轻易退出呢？而且她已经失去所有的支持，唯一能帮她洗脱丑闻、恢复形象的就只有萧亮了……我一急之下脱口而出："不行！"

他们同时奇怪地看向我，高雯更是一副莫名其妙的表情："退出娱乐圈的人是我，你这么激动干吗？"

高雯噗嗤一声笑了出来："这种时候，也只有你还会盲目相信我了，"她深吸一口气，仿佛释然，又仿佛失落地说，"这一次不是普通的绯闻，我是不可能会翻身的。"

我愣住了，高雯从来没有像现在一样认真过。

她转向萧亮："今晚七点钟，记得来参加记者发布会。"说完，高雯站起身径直向着门外走去。

"你真的不想再考虑考虑了吗？"萧亮突然幽幽地问道。

高雯没有转身，沉默许久才说："谢谢你们。"

她推门而去。

当晚七点，高雯和萧亮一同出现在媒体面前，当着所有人宣布了分手的消息。

离开发布会现场时，门口已围堵了大量记者和粉丝，在高雯出现的一瞬间便涌了上来。

"高小姐，请问您还有什么要对观众交代的吗？"

"您认为退出娱乐圈就能对自己的行为负责了吗？"

愤怒的粉丝不停地尖叫着："不要脸！装清纯！骗子！"

质问和谩骂声交汇成一团，冲动的人群如潮水一般把高雯包围了起来。我和萧亮本来紧随在她身后，却很快便被人群挤开，连负责保护高雯的工作人员都被推搡到了一边。就在形势越来越乱的时候，不知是谁忽然扔出一个鸡蛋，直冲着高雯砸了下去。

啪的一声，我仿佛听到了鸡蛋碎裂的声音。

"高雯！"

我隔着人群对着她大喊一声，不顾形象地推开记者向着高雯挤去。她似乎已经被那个鸡蛋砸懵了，竟愣在原地一动不动。而与此同时，越来越多的鸡蛋向着高雯的方向砸去。

我将围攻她的人推倒在地，一边上前保护她一边对着人群嘶喊："住手，都给我住手！"

没有人停手，也没有人过来帮高雯。我又怒又急地红着眼把粉丝一个个拉开，又有越来越多的粉丝围上去。几乎是在瞬间，我又被挤出高雯身边，萧亮上前一把拉住了我："跟我走。"

我甩开他："别管我，先去保护高雯！"

可我们已经无法靠近她。

萧亮根本无暇顾及高雯的安危，一心要带我离开这个是非之地。我被他半拖半抱着走向人群外，却看到一个人影冲入人群，直向着高雯而去。

是雷奕明！

他像个骑士般披荆斩棘，穿越重重阻挡一把将高雯护进了怀里。原本砸向高雯的鸡蛋通通被雷奕明的后背挡住，他就这样一边抱着高雯，一边拨开人群走上了车里。

看到这一幕，我才放下心来，紧接着我就被萧亮拖离了现场。

萧亮在送我回家的路上质问道："你刚才怎么回事，不知道现场的情况有多危险吗？"

我也憋着气："你没见高雯被围住了吗，你应该先去救她才对！"

"我在乎的人是你！"他在一怒之下停住车，对着我就是一通训，"你为什么每次都要让我担心，为什么不能保护好自己？你知道我为什么要让你辞职吗，就是不想让你像她一样被人伤害！"

我一愣，在电光火石间明白了萧亮话里的深意。他上次让我辞职的提议被高雯打断，可我们的争论还没有结束。萧亮说担心我会被人伤害，可放眼整个公司，会有谁会无缘无故的伤害我，又有谁让萧亮这么忌讳呢？

只有一个人。

我试着问："是不是林子良跟你说什么了，还是公司出问题了？"

萧亮似乎不愿多谈："他说什么不重要，重要的是我希望你离开。"

我知道再争论下去又会陷入与上次一样的僵局，只好扭头望向了窗外："我不想再跟你争这件事。"

萧亮也不再说话，冷着脸把我送回了家。

经历了一天的折腾，我回到家已经是精疲力尽。强撑精神看了几页资料，门口忽然传来关门声，雷奕明回来了。

我立马堵住他追问高雯的情况。

"就那样呗，低落，委屈，"他一把脱下沾满鸡蛋清的外套扔给我，"这几天别去打扰她了，她想一个人待着。"

我本来想反对，可转念想到高雯骄傲的性格，这种时候肯定不想面对我。也许是该让她自己迈过这道坎吧？

雷奕明看到一旁的资料，奇怪地问："怎么又把这些翻出来了？"

"公司新品设计需要征稿，虽然我还只是助理，但想借这个机会试试，"想到萧亮逼我辞职的样子，我又加上一句，"只要能被选中，也许萧亮就会认可我了。"

雷奕明立刻眼神一亮，唯恐天下不乱地凑上前问道："什么意思，是不是萧亮又怎么你了？你们出问题了？"

我把情况一一告诉他，又替萧亮解释道："其实我知道他是为我好，可我不想处处让他保护我。如果我也能当上设计师，以后就可以帮萧亮了。"

说完，我重新打起精神继续看起了资料。

萧亮越是不相信我，我才越要跟他证明自己。我，米朵，有足够的实力站在他身边！

连续几天时间，我夜以继日地找资料，看案例，到截稿日前几天时，林子良忽然把我叫进了办公室。

因为之前萧亮说过的话，最近我一直十分警惕林子良。可让我没想到的是，他竟然把一份历年的新品设计稿交给我，让我作为新品设计的参考："按照规定，助理是没资格参加新品设计的，不过我可以破例给你一个机会，"他歉意地对我一笑，"就当是为我上次的冒犯道歉吧。"

什么意思？难道他是真心想跟我和好吗？

我正惊疑不定地猜测时，林子良又开口了："我不是那种公私不分的人，就算我与萧总之间有不愉快，也不应该把你卷进来。只要你能设计出好的作品，我一样会以上司的身份认可你。这对我们设计部也有好处，不是吗？"

我半信半疑地拿起了资料走了出来。刘思源注意到了这一幕，目不转睛地盯着我手中的资料："那是林副总给你的吗？"

我回过神："嗯，他鼓励我参加这次新品设计，"想到这里，我连忙向刘思源保证，

"不过您放心，我不会因为这件事耽误助理工作的。"

她神色不明地瞟了我一眼，沉默地转身继续工作了。

第二天，我就明白了那个沉默的含义——林子良通知我代表设计部参与新品设计研讨会。

在我们设计部，刘思源是公认最有能力的新锐设计师，也是大家默认的新项目负责人。凡是涉及到这次项目的重要会议，都应该由她陪同林副总参加才对，怎么会轮到我一个新人呢？

刘思源的沉默，大概就是对我的不满吧。

我顶着同事们各异的眼光和刘思源的脸色走出部门，暗下决心找林子良说清楚。步入会议室，林子良人已经到了，我正要上前找他时，萧亮却带着人走了进来。

他看到我跟林子良凑在一起，冷冷地盯了我一眼。

我瞬间接收到那个眼神中的危险信号，不动声色地跟林子良拉开了距离。可没想到会议一开始，林子良就主动凑过来，指点我记录同事们的意见。

凭心而论，林子良确实是个有能力的人，总是能第一时间捕捉到问题的关键。而且他这么坦然面对我，现在又是工作场合，我总不能一直躲避他吧？

短暂地权衡，我决定公事公办，全身心地投入了会议中。再抬头，就见萧亮用一种专注而不悦的眼神盯着我，全场同事都已经静了。

我干吗了？

林子良开口打破了沉默："萧总，您对我们设计部的工作有什么要求吗？"

萧亮收回眼神，一把翻上文件，负气道："没有。"

"那我马上安排她们去销售部门考察。"他和蔼地转向我，"走吧。"

还未等我起身，萧亮已经气势汹汹地走出了会议室。

一小时后，当我在卖场再度偶遇萧亮时，简直以为自己眼花了。当时我正守在柜台前做调查，突然就看到萧亮往我这边走来。

他连看都没有看我一眼，径直来到导购面前询问卖场的情况。其实萧亮平时也有巡场的习惯，可怎么会偏偏这么巧呢？

有设计部派来的同事在，我当然不好凑上前跟萧亮套近乎，只能守在一旁等着他离开。

"公司爆出绯闻之后，最近业绩下滑了不少吧？"

是萧亮的声音。

"销售是有所回落，不过请萧总放心，我们一定不会辜负您和公司的期望。"

萧亮彬彬有礼地主动跟导购握手："那就辛苦各位了。"

不得不说，在面对除我以外的人时，萧亮的态度还是相当绅士。暗中望着他英气勃发的侧脸，我不禁心酸地感慨一声，如果他对我也这么温柔该多好！

正发呆时，萧亮终于发现了一旁的我，立刻恢复了平时冷淡的表情："你不是设计部的员工吗，怎么跑到卖场来了？"

装作不认识我是吧？我忍气吞声地道："报告萧总，我是过来做调查的。"

"那正好，我也要了解卖场的情况，你就跟着做个记录吧。"

"可我还有工作呢——"

话还没说完，萧亮停住脚步"淡淡"地望向了我："你不会是想违反公司决策吧？"

我愣了："什么公司决策？"

"我，代表公司，我的决定就是公司决策。"他说完，不耐烦地对我一皱眉，"跟上。"

大哥，你这怎么能算公司决策啊，你这是个人专制！

我深吸一口气，扯出一副公事公办的笑容开始了巡场之旅。设计部的同事们看到我跟萧亮在一起，望向我的眼光也变得异样起来——她们肯定更觉得我是在搞潜规则了。

其实走到今天，我早已经习惯了诸多的办公室问题：枪打出头鸟、拉帮结派、议论是非……如果是当初那个刚入行的米朵，也许会冲上去跟所有人解释，可是现在的我已经学会了沉默。

既然我喜欢萧亮，就要承担起喜欢他的压力。

我很快便把同事的目光抛到脑后，专心研究起了眼前的钻石。有萧亮在，各级同事都十分配合地向我们汇报销售情况，倒是省了我不少跑腿求人的麻烦。

正记录着，忽然听到萧亮的声音："你喜欢吗？"

他指的是我刚才一直盯着流口水的项链。

我顿时双眼放光地对着萧亮点头——他这么问，该不会是想送我一条吧？

果然，萧亮在我的期待中对着那条项链一指："拿出来。"

销售员连忙将项链递到萧亮手中。

他一把将我拉到面前，凑上前亲手帮我戴项链。我一怔，这可是卖场啊，周围有几十双眼睛盯着呢！

可望着他近在咫尺的脸，我实在是下不了手拒绝。

在紧张的心跳声中任凭他帮我戴好项链，我觉得自己就快飘起来了。萧亮一动不动地凝视着我，似乎已经惊艳地愣住了。

我不禁害羞地一笑。

萧亮淡然对我道："摘下来吧，不适合你。"

……

考察结束，我在回公司的路上试探萧亮："那我们现在算和好了吗？"

他反问："我们有发生过问题吗？"

我不可置信地望着他："你逼我辞职还不算啊？"

"那你跟林子良私下接触、关系暧昧呢？"

"谁跟他暧昧了，我那是为了工作——"说着说着，我忽然想到了一个问题，"你今天该不会是为了监视我才跑到卖场的吧？"

他反而理直气壮地警告我："我提醒你，我们在工作上发生争执，并不代表你能在感情上忽略我，"顿了顿，他又补充上一句，"还有，我会让你主动离开公司的。"

嘿！他还有理了！

在我呕心沥血设计新作品的日子里，抽空跑到高雯家去探望了她几趟。她从出事后便开始整夜整夜地酗酒，日子过得晨昏颠倒，连人也连带着瘦了一圈。我想尽办法劝她打起精神，可高雯就是没反应。

无奈之下，我跑到医院找雷奕明商量办法。

他听我说完高雯的情况，一脸无辜地道："这种情况你应该去精神科啊，找个心理医生开导她一下就好了。"

我压低声音："你傻啊，高雯可是明星，怎么能亲自来医院呢？"我想了想，"你不是爱情专家吗，高雯就是为爱受伤的，你能不能想到什么办法？"

雷奕明被我缠得不耐烦，干脆一拍桌子说道："行行行，这事儿你别操心了，回头我去看看她去。"

我想到雷奕明丰富的恋爱经历，逗人开心肯定是一把好手。虽然高雯对我的话没反应，可万一她会被雷奕明撼动呢？我仔细嘱托雷奕明："那你记得经常过去啊，每周至少得三次。"

"知道了！"

后来我才知道，正是这个约定在不经意间撮合了他们。雷奕明在高雯低落期间频频上门，逼着她戒酒，陪她聊天散心，很快便帮高雯走出了丑闻的阴影。等我再去看高雯时，她已经一扫颓然，竟然还跟着雷奕明学会了逛超市买菜。要知道，这对十指不沾阳春水的高雯来说可算是一个奇迹。

看着她终于恢复，我也算松了一口气。

上交设计的日子很快到了，按照惯例，公司高层将会来我们设计部进行初次选稿，剔除一部分不够格的作品。当然了，这次筛选的主要负责人兼裁判，就是一心要把我赶出公司的萧亮同志。

我怀着忐忑的心情来到会议室，暗自祈祷萧亮能欣赏我的设计。

他的开会风格十分直接，话不多说，立刻进入了审稿状态。更出乎我们意料的是，萧亮今天全然不像平时一样苛刻，竟然在看到第一份设计的时候就开口表扬道："嗯，不错。"

身为设计者的刘思源顿时面露骄傲。

萧亮却并没有多做评价，转身拿起第二份设计翻开一看，再次满意地点头："嗯，不错。"

不只是我，在场的所有同事都是一愣。

以萧boss平时的行事风格，能当众表扬人一次已经不错了，除非第二份设计真的完美无缺，否则他怎么可能连续肯定两次呢？一时之间，大家都搞不懂他葫芦里卖的什么药，私下里小声地议论了起来。

萧亮似乎对我们的反应视而不见，紧接着又拿起了第三份设计，第四份……他毫无保留地把所有同事表扬了一遍，最后终于轮到了我。

我连大气都不敢出了，满怀期待地望着他。

萧亮足足盯着我的稿子看了两分钟，然后把它往桌子上一扔："设计老旧，毫无特点，甚至连创意都是沿袭公司往年的风格，这份作品是谁的？"

我在齐刷刷的注目礼中尴尬地站起身。

萧亮淡然地望着我，仿佛对陌生人一样下达了指令："限你在一周之内把它改好，否则就辞职吧。"

我恍悟了，我佩服了。

怪不得他说一定会让我离开公司，他这哪里是来审稿，他是来公报私仇的！

可就在我想要跟萧亮争辩时，却不得不把满腔怒火憋了回去——因为他说的没有错，这份设计稿确实有问题。萧亮所谓的一周时间只为了帮我留面子，他真实的意思其实很明显：

"你是不可能做到的，放弃吧。"

开玩笑，如果我米朵连这点韧劲都没有，还可能拿下你这座大冰山吗？

结束会议，我决定立刻投入修改工作——准确地来说，不是改，而是重新画一份。因为我要让他彻底刷新对我的偏见，我要让他相信我一次！

燃烧着熊熊的小宇宙，我开始绞尽脑汁构思新品的创意。

恰好雷奕明晚上回到家，自告奋勇要帮我找灵感。我想到他过去泡妞无数的经历，随口问道："你不是特别了解女人吗，你觉得她们想要什么样的钻戒？"

这话大概说到他的点子上了，雷奕明神情一凛，教育我道："亏你自己还是女的呢，这点儿道理都不清楚。关键的不是那枚钻戒，而是送钻戒的那个人！"

"什么意思，你还想让我买钻戒赠男人啊？"

"不是，"他耐着性子帮我解释，"我是说钻戒的意义在于人的情感。那句话怎么说的来着，一个让人喜欢的东西，必定是有人怀着同样的喜欢创造了它。你得对自己的设计投入感情！"

我眼神一亮，好像有什么东西在心头猛地闪过："我明白了！"

送走雷奕明，我开始画自己喜欢的东西。鸡腿，钻石，鲜花……这么多值得我投入感情的东西，总有一样会触发我的灵感吧？

画到最后，我面前忽然出现了萧亮的脸。

棱角分明的下巴，高挺的鼻梁，还有星星一样的眼睛……

星星？

我脑海中出现在韩国的一幕，萧亮带我去看首尔的夜景，漫天星辰就如同他明亮的眼睛。

我知道我要设计什么了。

经过了几天的构思和修改，我终于在截止日期前的最后一刻交上了设计。根据公司规定，我本来是没资格再得到第二次机会的，可恰恰是萧亮那个开除我的命令起了作用——它帮我争取到了一周的时间。

于是，我的稿子就在决选这天被上交到公司，跟其他同事一样面临着最终的选拔。据齐宇悄悄透露道，这次的选拔将会以不记名的方式，由公司各总监投票决定。

很好，至少萧亮不会再故意否定我了。

这次的会议我们当然无缘参加，所有人都留在部门等消息。随着公司高层开始表决，同事们也开始七嘴八舌地预测结果。当然，最有可能获胜的人就是刘思源。

至于我，只要能勉强达到及格线就万事大吉，起码帮我保住这份工作。

正当大家忐忑不定地等待时，林子良眉头紧锁走入了办公间。

刘思源抢先站起身，期待地问道："林副总，这次的主设计是……"

林子良驻足，深深地看了一眼刘思源："经过公司筛选，今年的主设计是——"他微微一顿，眼神却忽然转向了我，"米朵的作品，'柏林之星'"。

我呆住了，刘思源则失望地跌回办公椅中，众同事惊讶地看着我。

就在这时，萧亮大步闯入，不由分说地拉起我向外走去。

我兴高采烈地被萧亮拉上天台，暗自庆幸我终于扳回了一局。事情到了这个份上，估计萧亮也只能乖乖恭喜我了。

可他松开我后第一句话竟然是："你闹够了没有？梦想在哪里都可以实现，为什么一定要在通灵珠宝？"

我本来还沉浸在入选的喜悦中，被他一句话就打回了现实。短暂的沉默后，我把一直以来藏在心里的那句话说了出来："因为这里有你。"

他一怔。

"我不想再被人说成花瓶，只有凭借你的扶持才能上位，我也想拥有爱你的资格，以设计师的身份站在你身边支持你。"我一股脑地把所有委屈和憧憬倾诉了出来，"萧亮，我想变成一个配得上你的人。"

萧亮声音低沉，似乎被我打败："这就叫配得上了吗？在你眼里，我的感情是以这些东西来界定的吗？"

"不是……"

他不耐烦地打断我："我在乎的只有一件事，就是你会不会因为别的东西而放弃我。现在，我再给你一次回答的机会。"他微微一顿，继而一字一句地问出口，"在我和这份工作之间，你选谁？"

我愣住了。

他竟然拿自己来威胁我放弃。

望着萧亮期待的目光，我又想起第一次对他心动、第一次来到通灵珠宝，还有我为靠近他而付出的所有努力。

可是在这所有的回忆背后，还有一种东西是我永远都不可能放弃的。

那个东西叫做梦想。

我望着他坚定地说："我想留在通灵珠宝。"

萧亮仿佛早已料到这个结果，他失望地笑了："我还以为你会不一样，最后你也做了一样的选择。"不等我开口辩解，他便冷冷地打断，"从现在开始，我不会再被你影响了，祝你成功。"

我眼睁睁地望着萧亮转身离开。

他就这样放弃我了吗？或者……我就这样失去他了吗？

可我却没有任何办法挽留他，因为这一切都是我自己的选择……

第二天，我趁着外派考察的空子找上了高雯。自从开始忙设计，我已经有一周没有见她，而她也确实没辜负女王的名号，在这一周里闹出了不少事——出门吃饭撞见昔日的死对头，俩人一言不合大打出手，目的竟然是为了争谁更美；因为心情不佳，高雯跑到名牌商场连续血拼几天，没多久便刷爆了自己的卡；当然了，最让高雯郁闷的还是工作问题，她去给人当车模，却不料对方嫌她过气了，让她穿着透明装走秀。

当然，那个找她的老板也没落什么好，被高雯骂得狗血淋头。

这一切都应了那句老话，落魄的凤凰不如鸡。高雯火的时候从来没计划过将来，所以赚了钱也随手挥霍，堂堂一个大明星竟然没存款。我把自己的工资卡递给她，说："要不你去解燃眉之急吧。"

她倒是心挺大："不用，我已经把车卖了，现在钱还够花。"说完，她突然笑着对我一眨眼："这办法还是雷奕明想的呢，聪明吧。"

我惊讶了："你不是挺心疼那车的吗，这回怎么想通了？"

她笑："没办法，谁让雷奕明能治得住我呢！我现在已经改开二手车了，天天在家自己做饭做家务，其实这种生活也挺好的。"

我望着她，在放心的同时也感到有些欣慰。

世界上最痛苦的事并非得不到，而是得到后又失去。高雯以昔日万人追捧的风光，却能在失去一切后又重新站起来，甚至还享受起了平常人的生活，这种勇气和魄力简直让人佩服。

相比较而言，我在职场上遇到的那点问题又算什么呢？

同事排挤，我就用能力证明给他们看；萧亮不理我，我就重新把他追回来。我连车祸都挺过来了，还有什么可怕的？

就这样，我怀着熊熊的战斗火力回到了公司。

不知道林子良跟刘思源说了什么，她竟然真的放下成见，服服帖帖地当起了我的助理。平心而论，我在经验方面存在着很大的劣势，而刘思源恰好可以弥补这一点不足。她不停地给我提意见，帮我征询其他部门的修改建议，几天下来，我们的合作竟然十分顺利。

真正让我头疼的，是另外一个人。

齐宇一大早便跑到设计部给我传话："萧总说了，从今天开始不用你参加项目会议，也不用给他送文件。"他压低声音，小声的加上一句，"我看他好像生你气呢，你们怎么了？"

我一听，怒气冲冲地杀入了总裁办公室。

"你凭什么不让我开会？"

"上司没必要跟下属做解释，你给我出去。"他没抬头看我。

"下属也没必要服从故意找碴儿的上司，我不走！"

萧亮眯眼："我现在就可以让人事开了你，你走不走？"

我不甘示弱："你借着工作的名义打击报复员工，人事部应该先开了你！"

"好啊，你让他们过来，开一个我看看。"

我词穷，口不择言："你——你这个心理扭曲的变态！"

萧亮一愣，脸色大变："你说什么？"

我双眼一闭，豁出去了，继续道："我说你变态！你欺骗我的感情，每次都给我希望又打击我，前一天好好先生，第二天就臭着个脸！我永远都搞不懂你为了什么，难道逗我就那么好玩儿吗？难道我的感情就不值钱吗？"

"呵，我们俩之间到底是谁在欺骗谁的感情？是你先选择了放弃我！"

这话一说，我顿时熄火了。

不管怎么样，当初的选择是我做的。难道我们要一直这样僵持下去吗？

我无心再跟他争论什么，回到了自己的办公间。可这一回，我就发现了一个不该出现在公司的人。

高雯。

她的本意是来公司约我吃饭，却不料在同事口中听到了我和萧亮之间的事。高雯郑重无比地把我约到餐厅，黑着脸问："是真的吗？"

我知道这一天迟早回来，更无意再跟她隐藏下去，于是便点点头。

她定定地看着我，没说话。

我越加忧虑，我会不会从此失去高雯这个朋友？

她却突然激动地一把抱住我："你这个傻瓜，这种事为什么要瞒着我？如果你早说你喜欢萧亮，姐们儿分分钟就帮你追到他了！"

我还没反应过来，她又八卦地看着我道："说，你们怎么开始的？"

那都是我出车祸以前的事了，当然不能告诉高雯。我苦着脸说："这些已经不重要了，因为……我们可能要结束了。"

高雯笑了："不可能，他昨晚还为了你去酒吧买醉呢，我对这种事可从来没看走眼过。"

什么？萧亮竟然为了我而买醉？

难道他对我那么冷都是装的！

希望的光芒仿佛再次冉冉地升起，瞬间便照亮了我。

在高雯的策划下，我决定和萧亮来一场和好的行动，地点就定在了KTV。我们的计划是这样的：大家凑到一起唱唱歌拉拉手，然后在友好的气氛下互相道个歉，问题就可以完美解决了。

打定主意，高雯又提出三个人不太好操作，决定再叫一个朋友过来热场。我们约好了时间，我便早早地来到了现场等萧亮。

可没想到，她叫来的朋友居然是雷奕明。

与所有的闺蜜一样，雷奕明总是觉得萧亮对我不够好，对他怀着一种本能的敌意。以前他还帮我追萧亮呢，可自从我跟萧亮恋爱，雷奕明在家嗑瓜子聊天都动不动说萧亮坏话，这会儿见了面可怎么了得！

正在我考虑怎么镇住场子的时候，萧亮到了。

这位大哥果然没辜负我的期待，他一见我扭头就走，估计是猜到了我和高雯的计划。高雯一见气氛不对，伸手就把雷奕明推了出去："介绍一下，我朋友雷奕明！"

完了，宿命的时刻到来了。

雷奕明死死地盯着萧亮，隐忍地深吸一口气："你好。"

萧亮不知道其中的问题，彬彬有礼地跟雷奕明握手。

然后气氛就陷入了诡异的平静。萧亮欲收回手，雷奕明却"依依不舍"地拉着他，愤怒的小眼神里就怕喷出一行字来了：你为啥欺负我家胖子！

关键时刻，又是高雯一把拉开雷奕明："唱歌，唱歌！"

于是我们的和好计划就伴随着一首高昂的《我们能不能不分手》开场了。高雯拉着雷奕明在台上唱，我和萧亮下面看，好像谁也不认识谁。

更尴尬的是，雷奕明还把这首歌唱得格外深情。不知道他是不是想煽动一下我的感情，全程都在直勾勾地盯着我："曾为你冷风中颤抖，曾为你泪水狂流，曾为你万事都低头……"

不知道为什么，我竟听得有些伤感起来。

但是很快，这种美好的气氛就被打断了。旁边传来萧亮的声音："庆功那天晚上，你跟谁在一起？"

庆功？我略一回想："同事啊，后来我就回家了。"

他继续追问："然后呢，为什么会有一个男人接电话？"

我一愣，几乎在瞬间就猜到了那个男人的身份——正在蹦跶着唱歌的雷奕明。可他怎么没把这事儿告诉我呢？

我慌乱不已，支吾道："我喝醉了，估计是路上司机帮我接的。"

"你还喝酒？喝了还把手机交给别人？万一那个司机趁人之危怎么办？"

我看了一眼雷亦明和高雯，道："不会啦，他有喜欢的人的。"

萧亮的脸色更难看了："你连这个都知道，那个司机是你什么人？"

我惊奇地盯着他："咦，你是在吃醋吗？"

萧亮低吼："闭嘴，你这个笨女人。"

我挨近他，继续追问打电话是不是因为关心我，他心烦地站起身："吵死了，出去谈！"

就这样，我半推半就地被萧亮拖离了现场。走出包间时，我对着唱歌的雷奕明和高雯挥手告别，高雯一脸兴奋，雷奕明却只是静静望着我，随即便扔下话筒转过了身。

萧亮拉着我一路来到停车场，没等我站住脚就是一通教训："我不喜欢你那么晚了还跟别的男人在一起，以后这种错误少犯。"

我心里已经屈服了，表面上还在装好汉："你都借着工作报复我了，现在凭什么管我？你是我谁啊？

"我是你男朋友！"

我愣了。

萧亮气急败坏地指着我："你听好了，我是你男朋友，我有权知道你的去向。如果你还不满意，我可以明天就召开记者招待会，宣布米朵是我萧亮唯一的、正式的女朋友。"

我一定是在做梦，萧亮今天没吃药吗？

他竟然承认我了！从我们第一次见面，我无法自拔地沦陷到他的世界中，到后来我历尽曲折、跌跌撞撞地走向他……现在他终于主动接受我了！

萧亮好像还嫌我心跳得不够快，温柔地对我说道："就好像你当初无法自控地爱上我，我现在也无法自控地爱上了你。原谅我之前的反复和拒绝，和我在一起，好不好？"

我用力一咬我的手腕，这是真的！

轻飘飘地回到家，雷奕明正静静坐在沙发上发呆。我以一个霹雳舞的姿势蹦跶到他面前："猜猜我和萧亮发生什么了？"

他不说话，无精打采地转向一旁："没心情。"

我顿时有些担心："怎么了，"想到他刚才在 KTV 的反常表现，我脑中火光一闪，顿时明白了，"你跟高雯是不是出什么问题了？"

雷奕明不耐烦地道："我跟她没关系。"

我嘿嘿笑着："是吗？可她前几天还跟我提起你呢，今天又带你一起出来，肯定是因为在乎你啊……"

雷奕明忍无可忍地打断我："你为什么总是想撮合我跟别人，我对高雯一点兴趣都没有！你到现在还不明白吗？我喜欢的是你！我不想跟你当朋友，不想一直帮你，我不会爱上其他人，因为我的心里只有你！"

我惊呆了，一时间失去了所有反应的能力。

他不会是在开玩笑吧？我……我跟他在一起二十年，什么狼狈的样子他都见过，而且雷奕明还知道我以前是个胖子，他怎么可能会喜欢上我呢？

这不科学！

雷奕明喊完话，连解释都没有一句就转身走进了卧室。

我怔怔地飘回卧室，在忐忑和煎熬中度过了一个晚上。

或许我和雷奕明走得太近，所以才让他产生了这个错觉。可他喜欢的不一直是高雯吗？

不管怎么样，有一点是我和他都清楚的：

如果他喜欢我，我们就再也做不成朋友了。

第二天，我天还没亮就早早离开了家中。

失魂落魄地在公司待了一整天，临近下班时，我终于做出了一个决定：搬家。

只有搬家才能了断雷奕明的感觉。以我对他过去的了解，雷奕明喜欢一个人往往都是三分钟热度，就算他一时糊涂看上我，估计过不了一阵子也会抛到脑后。

到那个时候，也许我们会重新做回朋友吧。

我鼓起勇气把雷奕明约回家中，郑重地宣布了搬家的决定。说完，我又加上一句："为了帮你忘掉我，我们暂时就不要再见面了。"

他静静地凝视我片刻，忽然噗嗤一声笑了："胖子，你该不会真以为我喜欢你吧？"

我一愣，什么意思？

雷奕明这才恢复了平时嘻嘻哈哈的样子，一脸满不在乎地跟我解释："其实我昨晚说那些话都是吓唬你的！就为了撮合你和萧亮，弄得我要在高雯面前扮小丑，这事儿多让哥们儿丢人啊？所以我就故意撒了一个谎报复你。怎么着？今天一天过得够难受的吧？"

我怒发冲冠："死雷奕明！"

我曾是你的软肋，也会是你的盔甲

08

|
捌

自从跟雷奕明解除误会，我的生活一扫阴霾，连工作也变得异常顺利。整整半个月的时间，我泡在办公间改图稿、准备发布会，虽然忙得焦头烂额，日子却过得格外充实。

发布会前夕，我跑到医院给雷奕明送请柬。说来也怪，他最近好像故意躲着我似的，动不动就留在医院加班，偶尔在家里见一面也对我爱答不理的，难道他出什么问题了？

正疑惑时，雷奕明已经从手术室出来了，我屁颠屁颠地迎上去，献宝似的一亮邀请卡："雷奕明先生，我以通灵珠宝设计师的身份邀请您出席我们公司举行的新品发布会，您可以携女伴高雯一同出席。"

他一皱眉："高雯？你干吗不自己给她啊？"

凭着二十年的默契，我立刻从他的语气里听出了问题："不对，你干吗用这种语气提到高雯？你们俩出问题了？"

怪不得他最近格外低落呢，又是为了高雯！

雷奕明一脸疲惫："行了，没功夫跟你争论这个。邀请卡你自己给她吧，我没时间。"

我一叉腰："你傻啊，这位置是我特意帮你们留的。来参加发布会的都是时尚界大 boss，如果高雯能跟他们认识，也许就有机会复出了！"

好不容易能帮高雯一次，我当然不能放过。

雷奕明迟疑片刻，有些顾忌地问："那你呢？你请我过去，就不怕萧亮怀疑我们的关系吗？"

"开玩笑，我第一次发表作品，你不来我风光给谁看？"我拍着胸脯跟他保证，"放心吧，萧亮那边我会搞定的。"

他没说话，我感觉是默认了。

第二天，我把会场找了三遍，始终没等来雷奕明。他在发布会开场前给我回了一条信息，只有三个字："在手术。"

跟救人一命比起来，参加发布会当然是小事。可雷奕明陪我那么久，现在却不能陪我经历最辉煌的一刻，我不禁有些伤感。

萧亮在旁边问："你有心事吗？"

"没什么，就是有个朋友没来，挺遗憾的。"

他一脸意外："哦？你还有朋友吗？"

大哥，你为什么总是一句话噎死我啊？

很快，T台灯光亮起，佩戴新品首饰的模特闪亮登场，正式拉开了发布会的帷幕。在短短的十几分钟内，我望着各式各样的首饰在眼前闪过，仿佛透过舞台看到了曾经的自己。

彻夜不眠赶一份策划案，却从来不能在上面署上自己的名字；出车祸时望见对面袭来的灯光，恰如眼前的秀场一样明亮；在整容以后的无数个夜晚，我疼到辗转反侧，却只能无助地抱紧自己……过往的所有心酸与疲惫，终于在这一刻被悉数抹去。我偷偷抓住萧亮的手，庆幸我终于有资格跟他并肩坐在了一起。

走秀结束后，林子良上台向来宾挥手致意："谢谢，谢谢各位！"

台下掌声雷动，我深吸一口气，一边嘟囔着"我不紧张我很平静"，一边哆哆嗦嗦地站起身，准备上台答谢。

林子良说："首先，让我们欢迎这次'柏林之星'的主设计师——"他略微一顿，继而格外大声地说，"刘思源！"

我脚步一顿，萧亮的脸色也变了，站起身。

我有些语无伦次地问萧亮："他——他是不是喊错人了？"

萧亮没说话，一脸怒气地盯着林子良。林子良半是得意半是阴沉地俯视着我们，另一边，刘思源站起身，一步一步走上了舞台。

我明白了。

怪不得林子良让刘思源帮我，怪不得他让我好好准备发布会。

原来他早已经安排好了一切。

我转身要上台拆穿林子良，可萧亮忽然一把拉住我，他看向四周密密麻麻的媒体和客户，又转向我，轻轻摇了摇头。我失去了思考的能力，近乎麻木地被他按着坐下，不知道怎么挨到了发布会结束。宾客散尽以后，林子良得意洋洋地走到萧亮面前："萧总，您对今天的发布会还满意吗？"

萧亮二话不说，揪着他的衣领走了出去。刘思源在旁边愧疚地看了我一眼，支吾着："米朵，我也不知道刚才是怎么回事，就突然听见林副总喊了我……我真不是故意的……"

也许吧，可我已经没有心情质问她，追着萧亮跑到了后台。他正铁着脸寒声质问林子良："你知道自己在干什么吗？"

林子良无所谓地耸耸肩："怎么，不高兴啊？不高兴就去告诉媒体呗，就说米朵才是真正的设计师，刘思源只是剽窃而已。可你别忘了，一旦你把这话说出来，那我们公司就要爆出丑闻，势必会影响到新品上市。到时候，你觉得损失最大的是谁？"

萧亮不等他说完，狠狠给了林子良一拳，指着门外："滚。"

林子良斜了我一眼，带着刘思源离开。不知道为什么，我反而莫名地平静下来，满脑子只剩了一个问题："现在该怎么办？"

不管出多大的问题，萧亮总会帮我的，他会跟我站在一起。

可他沉默了很久："对不起。"

我一愣。

对不起，对不起什么？对不起他不能帮我，还是对不起让我努力了那么久，现在却被人抢走一切？我以他为灵感创造了整份设计，以为终于能送他一份礼物，从此不再以花瓶的身份站他身边。可我忘了，萧亮并不只是我男朋友，也是通灵珠宝的总裁。相比于我的设计，他更看重的是公司利益。

我想到过去奋斗的很多个日夜，想到 L 广告公司。我做出无数的策划案，却始终不能在上面署一个名字。Tina 每次都说："不让你署名，是为了我们公司的利益。"

我无法再像过去一样善良，为了他人的利益就轻易放弃梦想。可我更无法让萧亮为难，逼他放弃自己的立场跟我站在一起。

最后，我只是装出一副平静的样子说："我都懂。"

我不知道该怎么继续面对他，更害怕会在他面前哭出来，独自转身走出了酒店。

萧亮没有来拉住我，夜晚的冷风扑面而来，我感觉已经凉透心底。

那天晚上，我一个人在街上走了很久。我说不清究竟是难过、失望还是别的什么，只知道现在不能回家，因为不能让雷奕明知道这件事。

我已经够难过了，不想让他也跟着心烦。

高雯打来电话找我，为缺席发布会的事道歉。她说："雷奕明不去，我一个人出席有什么意思啊？就只能委屈你一个人风光了。"

我强颜欢笑："你们不来也挺好的，可以单独约个会。"

提到约会，她发出了一阵让人毛骨悚然的淫笑声，笑着笑着，手机里突然传来一声尖叫。我紧张地问："怎么了？"

高雯慌张地喊："家里停电了！这怎么回事啊，吓死老娘了！"

我把刚才的伤感抛到了九霄云外："是不是线路坏了，我现在就过来帮你看看！"

"不、不用了！"她紧张地结巴了，竟然还想着谈情说爱，"这么好的机会，我当然得让雷奕明来！"

她一把挂了电话。

也是，有雷奕明在，我过去凑什么热闹？看高雯这么依赖他，俩人一定进展得挺顺利。虽然我的感情一直磕磕绊绊，可雷奕明找到了一个真心喜欢的人，也算是一个宽慰吧。

不出我所料，雷奕明彻夜未归。我一个人失眠到天亮，终于做出了一个大胆决定：我要旷工。

以我现在的状态，就算去了公司也没心情工作，更没把握逼自己跟林子良和平相处。当然，最重要的是我还不知道怎么面对萧亮。责怪他，我不忍心；像什么都没发生一样跟他恋爱，我恐怕也很难做到。现在我唯一能做的就是躲着他，一个人把以后的路想清楚。

有些事，是只能由自己去经历的。

我关了机，掐断网络，彻底进入了失联状态。因为前阵子一直熬夜，我的体能已经接近崩溃，第一件事就是睡觉。

这一觉我睡了十几个小时，醒来的时候已经是深夜。房间里一片黑暗，窗口透着外面的灯光，淡淡的，很温暖。我饿着肚子出门找饭吃，一出门就看到萧亮的车，他靠在车前等我。

我从没有见过这样的萧亮，他的领带松了，下巴上冒着青涩的胡茬，比任何时候都要憔悴。

他说："我找不到你，只能在这里等。"

我心里一片酸涩，却强装平静地说："我关机了，睡了一觉，没听到门铃声。"

萧亮走上前："你没事就好。"

其实我看到他的瞬间就已经心软了，可话一出口就变了语气："你回去吧，我是不会回公司的。"

他平静地反问："然后呢？"

然后？我低下头："我不知道。"

萧亮的脸色更难看了："你不会想跟我分手吧？"

我急了："当然——"我刚要把"不"字说出口，却忽然想到我们是冷战状态，我怎么能先低头呢？

我逃避萧亮的眼神："我还没想好。"

他点点头，咬牙切齿地说："很好。"

萧亮说完这俩字，转身上车，砰的一声摔上车门，一脚油门飞了出去。我本能地

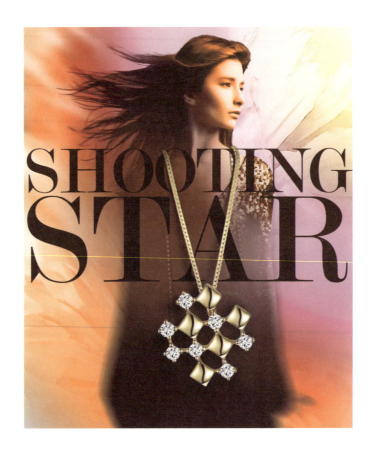

SHOOTING STAR

═══ 梦想之星 ═══

有一种真挚的冲动

它一直被梦想所牵挂着

就好似心底隐居的困兽

又好像出演了一场蜕变的戏码

下一幕的一切 都尽在你的掌握

追上前喊他，可刚跑了两步就眼前一黑，紧接着便瘫软下去……在这千钧一刻的时候，雷奕明忽然从不远处冲出来，抱住我："胖子，胖子，你怎么了？"

他终于回来了。

我痛苦地捂着肚子："我饿……"

接下来的日子，我躲在家里过起了原始人的生活。每天睡到自然醒，看看电视做做饭，再也不用担心工作和职场。同事打来电话来通报公司消息，说萧亮已经进入了火山喷发期，动不动就找设计部麻烦。杂志记者要采访刘思源，被萧亮赶了；第二天，萧亮又当众骂了林子良一顿，让刘思源搬到他看不到的地方办公。

同事在电话里哀叹："你再不回来，估计咱们设计部就被萧总拆了！救人一命胜造七级浮屠啊，难道你就打算眼睁睁地看着我们送死吗？"

我挂了电话，更惆怅了。

我想起萧亮一脸胡茬在家门口等我的样子，他等了多久？

我开始默默地流泪。

雷奕明手足无措地给我擦泪："胖子，你别哭啊！胖子！"

他一安慰，我哭得更凶了，把鼻涕眼泪都蹭在了他衣服上。他一边嫌弃地给我擦脸，一边安慰地抱着我拍打："别哭了，会好的……"他沉默许久，有些伤感地说："如果我是他，一定不忍心你为我流这么多眼泪。"

第二天，我还在为上不上班的问题纠结，雷奕明靠在门边斜睨着我："我警告你啊胖子，这次犯错的可是萧亮，你不准就这么认输！"

我心虚地找理由："可……可我总得工作吧，没工作哪有饭吃？！"

他一把拉住我："不就是工作嘛，爷现在就跟你去找！"

结果这货让我给高雯去推销衣服。

高雯对我们俩总是一起出没有些奇怪，雷奕明说撞见我正在高雯家附近找工作，就把我拉来了。

高雯听说我不在通灵珠宝上班了，脸色一惊："你为什么离开通灵珠宝？萧亮批准了吗？"我还没来得及开口，雷奕明就低低朝着她吼："你每一次都要在我的面前提他的名字吗？能不能考虑考虑我的感觉，不要再叨叨他了行吗？！"

恋爱中的女人都不太正常，高雯被他一吼，不怒反喜："咳，萧亮都是人家的前男友了，你干吗还在这儿吃飞醋啊？人家米朵在呢，给点面子行不行？"

雷奕明霸道说："那你答应我，以后不准再提他的名字。"

高雯羞涩地一点头。

看着他们俩浓情蜜意，我又联想起萧亮，心里顿时更不是滋味了。

高雯家的客厅被布置成了服装店，来了不少粉丝扫货。我和雷奕明充当临时售货员，一唱一和地搞推销。高雯一副女王范儿喝着咖啡听着歌儿，好像这事儿跟她没关系。

我又联想起自己，同样都是有男朋友的人，为什么我们的差距就这么大！趁着高雯不注意，我偷偷提醒雷奕明："好好珍惜高雯，千万别让她走我的老路。"

他闷闷地看了我一眼，气冲冲地甩手走了。

干吗啊，歧视我失恋啊！

当天晚上，我和高雯数钱数到手软，房租的问题也有了眉目。趁着雷奕明不在，我偷偷试探高雯："看雷医生挺喜欢你的，现在到底发展到哪一步了？"

高雯掩饰甜蜜的情绪，说："你跟他又不熟，你怎么看出他是真心的？"

"这还用看吗？就凭雷医生那气质、那条件，还有他的外表，跟你差多远啊，可他还是敢来追你，这不是真爱是什么？"

高雯不高兴了："他也没你说得那么差吧？我觉得他挺好的，又帅又有安全感，哪儿差了？"

我贱贱地笑了："哟，现在就护上了？"

"讨厌，不许取笑我！"

看着高雯快乐的模样，我心头闪过一丝不祥的预感，如果有天他知道我和雷奕明是死党，她会不会对我们失望？

我怀着心事回到家，刚到小区门口，就撞见一个不速之客：齐宇。

很显然，他是来给萧亮当说客的。

齐宇苦口婆心地劝我："其实萧总比任何人都在乎你的设计，他准备这场发布会就是为了你！看在萧总为你做了这么多的份儿上，难道你就不能重新回公司吗？"

我迟疑不决："就算我回去，也会变成萧亮的累赘。他夹在我和公司之间，以后只会更为难……"

"可是有你在，萧总起码会开心啊。人与人之间的依赖都是相互的，当你在依靠萧总保护的时候，他也从你身上得到了力量。米朵，就算是为了他，你就重新回来吧！"

我更矛盾了："可萧亮现在还生我气呢……"

他叹了一口气："其实萧总不是气你，他气的是自己没能好好保护你。米朵，难道你现在还不明白萧总的心意吗？

我想到他对我说的那句"对不起"，想到他在家门外等我，骄傲如萧亮，要多努力才能让自己低头？

送走齐宇，我又想起了自己还是米美丽的时候。我常对着雷奕明感慨："为什么老天没让我当个瘦子呢？那这辈子就圆满了。"

他教育我："就医学上来说，如果一个人生活圆满、心想事成，那他患绝症以后的存活率比正常人低一半。这说明人是不能圆满的，你有实现不了的心愿，才能支撑你活下去。"

我把这话奉为真理，胖的时候安慰自己不用减肥，瘦了以后提醒自己上进，永远不要放弃努力。是啊，就算我被抢走设计，起码还有一个成为设计师的心愿。只要有这个心愿在，我就能重新站起来；即使我现在是萧亮的软肋，只要我愿意努力，总有一天会变成他的盔甲。

我要回通灵珠宝，我要回到萧亮身边。

第二天，我精神焕发地来到公司，刚一落座便看到萧亮进了办公间。

四目相对片刻，我忙低下头，哼，你不道歉，我才不主动问好呢。

他冷冷看着我，道："旷工几天，没有任何请假程序，写份检讨书交给你的部门主管。"

我瞪他。

他还是一副公事公办的语气："中午过来跟我一起吃饭。"

说完，他转身酷酷地走了。

不是应该有一个深情的拥抱吗？不是该给我一个感动的眼神吗？这算哪门子和好啊？

同事们也看出我们之间的气氛不同寻常，凑过来问我发布会的事。我的作品被冠上刘思源的名字，大家当然猜到另有内幕，纷纷指责刘思源剽窃。刘思源在公司的地位一落千丈，见到我也一直阴着脸。

其实她跟我一样，都只不过是林子良手中的棋子而已。既然大家是一样的处境，我又何必再怪她呢？对我来说，敌人就只有林子良一个而已。

我决定主动找林子良谈谈。

他似乎早已料到我会回来，假惺惺地问："最近休息得好吗？"

我没心情跟他演戏："林副总，我回来就是为了告诉你，从现在开始，不要再利用我伤害萧亮，否则我是不会放过你的。我可以妥协一次，但绝对不会有第二次。"

他笑了："亏我前几天还特意跑到你家探望你，没想到，你就是这么回报我这个上司的。"

我冷冷地瞪着他："谢谢，不劳您关心。"

我正要转身走，他却突然出声了："难道你就不想问，我去你家看到什么了吗？"他坏笑，"我一直都觉得挺怪的，你在家里藏着一个男人，这事儿萧亮知道吗？如果他知道了，那他是准备做大，还是做小啊？"

他知道了！我强忍慌张："不过是一个朋友来家里做客而已——"

他打断我："不用跟我解释，你还是趁早想想怎么应付萧亮吧。"

我知道继续解释只会欲盖弥彰，更怕会被萧亮发现真相，借口要见客户便火急火燎地跑回了家。

雷奕明听到消息也赶了回来，我一边收拾行李一边嘱咐他："我得在萧亮知道前搬出去，你一个人在家，以后好好照顾自己。"

他拉住我："林子良之所以会拿这事儿威胁你，就说明他还没有切实的证据，你要是走了不是更露怯吗？"

"那怎么办，我总不能等着萧亮找过来吧？"

雷奕明凝视我："你就那么担心失去萧亮吗？"

废话！

他沉默片刻："我走。"

我一怔："这是你家，干吗要让你走啊？"我一把扛起行李包，"我东西都收拾好了，你让开。"

他一把拽住我："你傻啊，跑得了和尚跑不了庙，只要我还住在这儿，他迟早会把我们的关系查出来！"他的语气又变得温柔，"胖子，我就是你的软肋，我走了，就没人能威胁你了。"

我看到雷奕明眼中的伤心，就好像当初面对着萧亮的我。对啊，雷奕明代表着过我过去的人生，他是我唯一的秘密和软肋。

他不由分说地收拾好行李扔进车里，在上车前对我潇洒地一挥手："我还会回来的！"

我眼睁睁地看着雷奕明离开，仿佛感到心中某个角落一痛——为什么？

正当我闻着雷奕明的汽车尾气伤感时，一辆车忽然从身后驶入，猛得在我身边停下。萧亮从车里走下："忘了要跟我一起吃午饭了吗，为什么回来？"

天，被林子良一吓，我给忘了。

萧亮突然认真道："发布会的事，对不起。"

我反而有些不好意思了："我没有体谅你的难处，我也对不起。"

他微微一笑，把我抱在怀里。

轻风顿起，花瓣纷纷洒落，飘飞如雨，呢喃如梦。

雷奕明搬走以后，我连续几天都提不起精神，总觉得身边少了什么。想起小时候我帮雷奕明挡拳头，他问我为什么这么傻，我说："就只有你一个人愿意跟我做朋友，我当然要保护你。"

雷奕明跟我拉钩："雷奕明和米美丽要永远在一起，一百年都不许变！"

后来，我为这句誓言跑到了上海。

算起来，雷奕明跟我相处的时间比爸妈还要长，等于我的半个亲人。即使他重色轻友、夜不归宿，偶尔还莫名其妙地不理我，可知道他住在这个家里，我就会对这个城市多一份安定感。现在雷奕明一走，我觉得整个上海都空荡荡的。

这天，我特意跑到医院看雷奕明，却得知他已经下班了。护士偷偷告诉我："雷医生昨天还睡在医院，可今天就不见了。"

住医院？他不是说要找同事蹭住吗？

护士晓敏看我关怀的神色，试探地问："米小姐，看你跟雷医生挺熟的，知道他身边有个叫胖子的人吗？"

废话，那就是本人我。我问："胖子怎么了？"

晓敏惆怅地说："本来我也觉得那个胖子没什么，她长得挺普通，也不像雷医生喜欢的类型。可雷医生身边就只有她一个朋友，而且对她跟所有女人都不一样。你知道吗，雷医生每次进手术室都让我帮忙看手机，只要有叫胖子的人来电话，就让我第一时间通知他。我怀疑雷医生喜欢那个胖子了……"

我本能地否认："不可能，雷奕明那种花心大萝卜，怎么可能喜欢——"

我意识到自己说漏了嘴，连忙把最后的"我"字吞了回去。护士的话让人感到莫名地不安，我急匆匆地离开了医院。

回到公司，恰好各部门例会，我心神不安地来到会议室，萧亮已经到了。他随意地扫了我一眼："过来，给我倒茶。"

迎着同事们微妙的目光，我硬着头皮帮他倒了一杯茶，趁着靠近萧亮的机会小声提醒他："注意影响，低调点儿。"

萧亮以一副"本总裁爱干吗就干吗"的表情指了指旁边的位置："你，坐这儿。"

大哥，你到底懂不懂什么是低调！

我赔笑："我还是比较习惯那边的位置……"刚要溜回原座，萧亮一言不发地瞪着我，其他同事也纷纷好奇地看着我，我无奈，只好在他旁边坐下来。这时，林子良带着刘思源走了进来。

他还是那种毒蛇一般的神情，我毫不示弱地迎着他的眼神看上去，一旁的刘思源有些心虚地低下了头。

这次会议主要是对这季度新品发布做销售总结，我的"柏林之星"是销售量最高的产品。虽然它名义上不再是我的作品，可同事的报告刚念了一半，我的手机就响了起来。

是雷奕明。

我本想掐断电话，可想到他几天没有消息……我转过身，轻声地接通了手机。雷奕明兴高采烈地跟我汇报消息："胖子，我在同事家住得挺好的，独门独户小别墅不说，还有免费的一日三餐……"

我没有拆穿他："我这边开会呢，等一会儿忙完了再聊——"

我话音未落，忽然发现手机被收了。

萧亮把我手机一挂，冷脸看着我。周围的同事们看看我，又看看他，都是一副发现了重大八卦的兴奋神情。

萧亮像没事人一样，扫视了全场，道："继续吧。"

我红着脸开完了整场会。散会后走出会议室，林子良追上来："当着这么多人的面秀恩爱，你们该不会是想公布关系吧？"

我没理他。

"像萧总这种天之骄子，竟然会跟一个小职员搅在一起。万一被人给传出去，那可让他的面子往哪儿放啊？"

我忍无可忍，再也无法礼貌以对，冷冷道："萧总想跟谁在一起，应该不劳您来担心吧？"

他不怒反笑："当然，我只是好心提醒你一句，千万别梦想着嫁入豪门。毕竟，在萧家的门槛上绊倒的女人已经不少了，没必要再多加你一个。"

我心里闪过一丝阴影，正想反驳林子良时，前台突然传来一阵吵闹声，一个男人跟保安拉扯着走进来："思源，我要找刘思源！"

林子良看到他，脸色变得格外阴沉，我定睛一看，竟然是刘思源的男朋友朱向南。刘思源很是难堪，顾忌地看了一眼林子良，跟他拉扯着向外走去。

事后，我听同事说起他们的关系，原来刘思源和朱向南正在闹分手，两人不知怎么吵到了公司。

"思源之前老是炫耀他男朋友多有钱，我上回可算见识了，你们知道吗，原来她男朋友一直在餐厅当服务生呢！"

"可我听说他们已经分了，而且思源最近老跟林副总腻在一起，估计啊，人家是要飞上枝头变凤凰喽……"

我想到林子良看朱向南的眼神，顿时猜到这些传言并不是空穴来风。想到刘思源以前帮过我的种种，如果她真的跟林子良勾结在一起……难道我们真的会变成敌人？

我趁着下班时间搜遍了医院附近的房源，打算帮雷奕明租一个合适的住处。他突然给我打来电话，说自己已经住进了高雯家里。

雷奕明解释道："我只是不忍推辞高雯的盛情邀请才来暂住的，其实我行李都没拆，一旦你那边警报解除，我可以立刻搬回去。"

我隔着电话揶揄他："得了吧，好不容易跟女神住在一起，你现在肯定开心还来不及，"我真诚地祝福他，"好好对高雯，别担心我。"

结束通话，我好像完成了一件人生大事，颇有种把女儿嫁出去的自豪感。

接下来，还有一个比嫁女儿更头疼的问题。我跑在萧亮办公室外面闷头转了几圈，不知道该怎么跟他开口。正犯难时，里面忽然传来萧亮的声音："你想在外面站一天吗？进来。"

我鼓起勇气走进办公室，萧亮一副居高临下的姿态："开会的事，你现在解释不觉得晚了吗？"

解释？我发愣："解释什么？"

他一眯眼："你在我的会议上接别人的电话，你说要解释什么？"

我转移话题："其实，我是为了别的问题来找您的，"我格外恭敬地瞅着他，"萧总，你在公共场合能不能离我远点儿啊？"

萧亮脸色一冷："为什么？"

"今天开会的时候，你当着那么多人的面过来抢我手机，还非得让我挨着你坐，其他同事看了会误会的！"豁出去了，我的恋爱我做主，不能一直被他牵着鼻子走！

他反问："误会什么？"

"误会我们是那种关系啊！"

萧亮用微妙的眼神上下扫了我一眼："我们什么时候不是那种关系了？"

我被他盯得直发毛，硬着头皮争辩："可是公司明文规定，不提倡同事之间发展办公室恋情。萧总，这规矩还是您定的呢，就算您想知法犯法，起码也应该瞒住别人吧？"

"没关系，我不在乎别人怎么看。"

"可是我在乎啊！同事们都把我当领导似的供着，还一口一个老板娘地喊我……"

萧亮一怔："喊你什么？"

"老板娘啊，我已经习惯他们虐我了，突然这样我不舒服。"

萧亮思索良久，终于点了点头。我正要感谢他开恩时，他补上一句："这称呼不错，他们还说别的了吗？"

我无语了。

萧大 boss 格外亲切地嘱托我："既然公司都知道你的身份了，那我就简单补充两点。"他清清喉咙，"以后凡是有男同事参加的娱乐场合，包括但不限于部门活动等，你都得提前半天向我报备，如果我没有时间，那你只能取消约会。另外，凡是有异性同事或客户试图跟你发展工作以外的关系，你务必在二十四小时之内跟我汇报。至于你让我离你远点儿的事，我也可以答应。不过，你要保证手机全天畅通，工作日期间最好每天都来我办公室签到，至于公共节假日，你的时间全部是我的，统一归我支配。"

……

我一脸无语地看着他，萧亮又想到了什么："对了，还有最后一条。恋爱期间，我们之间的一切都由我说了算，你有意见吗？"

我问："我能有意见吗？"

他摇摇头。

虽然总觉得哪里不对，可我们的办公室恋情就在这种丧权辱国的条款下正式展开了。事后，我对着高雯大吐苦水，问她怎么能压制萧亮。

高雯特别鄙视地看了我一眼："你还是别考虑这种问题了。就以你跟萧亮之间的差距，有一百个我帮你也没用。"

我更郁闷了。

"不过，姐们儿倒是有个好事儿要告诉你，"她神秘兮兮地凑近我，"我好像真的喜欢上雷奕明了。我决定了，今晚就把他拿下，让他成为我的人！"

我险些一口咖啡喷出来。

高雯疑惑地看着我："怎么了，你觉得不合适啊？"

"合适，特别合适，"我佩服地对她竖起大拇指，"你果然是女中豪杰，太有魄力了！"

雷奕明，你人生的春天终于来了！

09

—
玖

俗话说，不怕神一样的对手，就怕猪一样的队友。

我以为雷奕明会跟高雯干柴烈火水到渠成，可没想到一向号称"征服了无数妞儿"的雷奕明竟然临场掉链子了。他半夜两点钟顶着乱糟糟的头发跑回家，一进门就冲我嚷嚷："妈呀，太可怕了，太可怕了！"

我看他眼神都直了，精神恍惚得像从难民营逃出来的，问："怎么了？你不是应该跟高雯在一起吗？"

他被高雯的名字吓得浑身一个激灵："别，你可千万别跟我提她，我再也不回那个家了！"

我一边打着哈欠一边恨铁不成钢地听雷奕明讲着他在高雯家的经历，用雷奕明的话说，就是高雯"突然情绪狂躁外加生理性失常"，穿着一身性感睡衣邀请他半夜喝酒看爱情电影。雷奕明眼看气氛不对，撒谎说自己养的猫病了，扔下高雯就跑回了家。

我叉着腰骂他："你说你是不是傻，人家高雯那是在给你机会呢，你怎么就不知道珍惜呢！"

他死死地抱着沙发垫："我不管，反正我今晚是不回去了，我要在家里缓缓。"

这孩子，估计是幸福来得太突然，他一时半会儿接受不了。我问："你不是说要回家看猫吗，一晚上不回去，高雯会不会怀疑啊？"

他满不在乎地说："这有什么，大不了打个电话让你喵喵叫两声呗，你别给我露馅儿就行。"

嘿！他竟然敢把我说成猫！

不过想到我在萧亮面前也喊过他明明姐，我们也算是扯平了。我现在唯一担心的就是高雯，她整天跟雷奕明在家里折腾，似乎早已把事业忘到了九霄云外。虽然她上次没能出席我们公司的发布会，可如果有机会，我希望能帮她重新回到演艺圈。

高雯曾经对我说过，她是真心想做一名演员。

第二天，我找到品牌部的同事打听圈内消息，打算帮高雯找份模特或者广告的工作。同事一脸为难："我是认识不少公司，可高雯都过气了，哪家公司还会用她啊？"

我哀求他："高雯真是一个特别好的演员，就算是小公司也行啊。"

同事一直不肯点头，我追着他从品牌部一路求到了楼下大厅，最后使出了杀手铜："要不我晚上请你吃饭吧，我们在饭桌上慢慢谈！"

他正要开口回绝我，却忽然张着嘴愣住了，见鬼似的盯着我身后。

我扭头一看，萧亮正站在我身后抱着手臂斜睨我："你干吗呢？"

同事看出气氛不对，跟萧亮行了个礼，转身一溜烟跑了。

我急了："都怪你，把人都给吓跑了！我还想约他晚上吃饭呢！"

萧亮特别诡异地笑了："是吗？"他不动声色地往我面前凑了一步，凭借体型优势压迫着我步步后退："我上次跟你讲的纪律，你是不是都当饭吃了？"

我回忆了足足半分钟，愣是没想起来他说过什么。

他忍无可忍地提醒我："我说过不准跟异性发展工作以外的关系，你跟那个同事怎么回事？"

我只好把高雯的事告诉他，又信誓旦旦地保证对其他男人没兴趣。萧亮勉强接受了我的理由，跟训小鸡儿似的训我："下次遇见困难第一个找我，我才是你男朋友。"

我顿时眼神一亮："那你能帮高雯吗？"

"那就要看你有没有诚意了。"

我拼命点头："有，你让我干吗都行！"

我以为萧亮说的帮高雯是给她介绍工作，或者带高雯认识几个投资人之类，可没想到他当天就召集公司高层开会，讨论进军影视业、重新任命高雯为代言人的问题。萧亮行事一向雷厉风行，很快，一套关于高雯复出的计划就出炉了。

我心情忐忑地找上他："我是让你帮高雯，可是你好像也玩儿得太大了吧？这会影响到公司利益吗？"

他耐心跟我解释："我帮高雯不只是单纯的私人关系，一旦她正式复出，还要以更高的价码来回报我。更何况，公司本来就有投资影视的计划，只不过是借着高雯复出做笔生意而已。"

我蹭到萧亮身边冲他傻笑："其实我早就发现了，你虽然看起来很冷血，可内心其实挺善良的，简单来说就是闷骚。"

萧亮嫌恶地瞅我一眼，伸手把我提到一边："你就不能矜持点儿吗？"

我想到要跟他在公司保持距离，飞快地起身跑了。

在萧亮的帮助下，高雯复出的消息统治了各大媒体，有关于她的舆论也开始转向。绝大多数人都认为艳照事件并非高雯的错，她只是一个受害者，而她在息影期间开二手车、逛菜市场，甚至创立了属于自己的二手衣店，坚强而个性的形象得到了无数粉丝的好评。

看着她重新出现在各种媒体上，我心里有一种难以言喻的自豪感。在这个世界上，不是每个人都能像高雯一样受人追捧、散发光芒，更多的是如我一样的小人物。也许我们永远不会有机会被人瞩目，可想到自己曾经帮助另一个人走上了舞台，就仿佛在她的闪耀中获得了力量。

在高雯宣布复出的当天，我特意买了一大束玫瑰送上门。她至今还搞不懂萧亮为什么突然帮她，要去找萧亮道谢。

我说："都是自己人，你跟萧亮客气什么？"

她打趣道："哟，你什么时候跟萧亮成自己人了？"

我连忙转移话题："对了，雷医生知道你复出的消息吗，我们是不是要找他一起庆祝啊？"

她立刻掏出手机联系雷奕明，却迟迟都没能拨通。高雯急了："雷奕明怎么占线呢，谁的电话比我还重要啊？"

我也觉得奇怪，雷奕明不会背着高雯勾搭其他女生了吧！

正在这时，我包里手机一响，雷奕明的号码跳了出来。我慌忙跑到洗手间接电话。

雷奕明没等我开口就把高雯复出的事儿搬出来，兴冲冲地提醒我："万一被狗仔知道高雯跟一个男的同居，那不是影响她事业吗？所以我决定了，今天我就搬回家，你等我啊！"

他自顾自地说完，一把将手机挂了。出了洗手间，我有些试探地问高雯："你复出后就不能像以前那么自由了吧，毕竟有那么多人看着。"

她漫不经心地说："谁说我当回明星就不自由了，现在我就是喜欢这种普通人的生活，就算我再重新火起来，也不会放弃现在的东西。"

照这么说，她也不会抛弃雷奕明喽？正在我暗自替雷奕明高兴时，门铃响了。

高雯对我使了一个眼色，授意我拿出手机，上前一把拉开了门。

雷奕明乐滋滋地哼着小曲进了屋，被高雯一把搂住亲了上去，我举起手机按下快门，定格下这历史性的一幕。

雷奕明估计是高兴懵了，还傻站在原地。他看到我在旁边，慌乱地擦了一下脸颊："你怎么在这儿？"

我扬了扬手中的手机："干吗？嫌我破坏气氛啊？放心，我只是你们的见证者，刚刚那个世纪之吻我已经帮你拍下来了，给，好好珍藏。"

雷亦明皮笑肉不笑："是吗？那可真是谢谢你了。"

这孩子，我不是在使劲撮合他与高雯吗？怎么老是一股愤愤不平的眼神？！幸亏高雯没察觉到我们的诡谲气氛，拉着我们喝酒庆祝。

我趁着聊天的功夫暗示她："希望我和雷医生以后能继续陪着你，最好能陪你一辈子！"

雷奕明脸色更难看了，他见缝插针地压住我的话茬，坚持要搬出高雯家里。

高雯轻描淡写道："你怕影响我事业是吧？放心，我已经不是以前的高雯了，不会因为任何人改变自己的生活。更何况你是医生，就算记者拍到了，我也不会有负面新闻，你就安心地留下吧。"

赤裸裸的暗示啊！

雷奕明，你自诩为情圣，但你明明就是傻缺好不好。我在心里号叫，看他又要拒绝，我在桌子底下踹了雷奕明一脚，暗示道："难得你能这么近距离照顾高雯，雷医生，你可要好好把握机会啊！"

雷亦明又恨恨地瞪了我一眼，誓死坚持要从高雯家搬走。他这人就是这毛病，平时嘻嘻哈哈挺随和的，真到关键时刻谁都治不住他。

高雯也不是省油的灯，她说："你要走可以，但必须满足我一个愿望。"

据高雯的意思，她最落魄的时候是雷奕明陪她经历的，现在她复出了，必须也得让雷奕明跟着风光一回。她所谓的风光，就是让雷奕明陪她坐一次公交车，享受一次被人追捧的感觉。

第二天，我在各大报纸上看到雷奕明拉着高雯狂奔的照片，他有了一个新身份：高雯的男人。原来高雯在公交车上"风光"过了头，导致一堆粉丝追着俩人一路围堵，雷奕明为了保护她暴露了身份。

事已至此，他和高雯的关系就算半公开了，要搬出高雯家的提议自然也被扼杀。

当初为了让萧亮帮高雯，我答应会满足他的一切要求，报应很快就来了。萧亮取消了我一个月的加班安排，让我以后专门负责陪他吃晚饭。

我默默地发誓要在这一个月的时间把他吃垮。

萧亮带我来到一家高档餐厅，里面的布置一看就价格不菲。我们刚一落座，我就发现对面不远处坐着一个美女，时不时地瞟我一眼。

萧亮问我："你傻笑什么呢？"

我颇有些不好意思："虽然我知道自己挺漂亮，可没想到在同性中也会这么受欢迎，"我偷偷指了指那个瞟我的美女，"看见没，人家一直在偷偷盯着我呢。"

萧亮回头看了一眼，似乎有些不悦，他站起身："我们换家餐厅吧。"

我惊讶了："干吗呀，女人你还吃醋呢！"

他没说话，起身拉起我往外走。我被他拉得跌跌撞撞，正要喊住萧亮时，却没想到他忽然止住脚步，脸色变得很是冷峻。

刚才那个一直瞟我的美女挡在我们面前，对着萧亮盈盈一笑："好久不见。"

原来他们认识？

那我刚才岂不是在萧亮面前丢人了？他肯定以为我自恋……

果然，萧亮原本牵着我的手松开了，皱着眉头看向了对面的美女。我呵呵地傻笑了两声，问："这位是……"

他还是没出声，只是盯着眼前的人。我无法形容萧亮的眼神，可那就像……就像他已经离我很远，甚至早已忘记了我就在他身边。

美女笑了笑，大方地自我介绍："我叫叶琪，是萧亮的老朋友。"

"我叫米朵，是——"

他忽然出声打断："她是我们公司的员工。"

我一怔，有些愕然地看向萧亮，他为什么否认我身份？

叶琪转向萧亮："我刚回国就遇见你了。你最近还好吗？"

萧亮的语气格外冷淡："很好，谢谢关心。"

一时间，两个人都没有再说话，我在旁边也找不到话题，只好跟他们大眼瞪小眼。足足过了大半分钟，萧亮好像忽然回神，连个招呼都没打就拉着我离开了。

第二天我照旧来公司上班，却意外地再度遇见了叶琪。她从萧亮的办公室出来，一眼就看到了我，笑着打招呼："米小姐好。"

如果把高雯的美比喻成太阳，张扬而具有侵略性，那叶琪的美就像月亮，温柔，优雅，散发着成熟女性的气质。

我看她抱着一份资料，问："你来找萧总是……"

"哦，找他谈一份生意，顺便叙叙旧，"她的语气中带着温柔的无奈感，"这么多年不见，你们萧总还是没变，还是那么固执。"

我矜持地笑而不语，这就算固执，那是因为你没当过他女朋友吧！我跟她道别："您慢走，下次见。"

叶琪笑笑离开。

我偷偷摸摸地四处看了一圈，确定没人才溜进萧亮办公室。他正把一份文件扫进垃圾桶，我无意间瞄了一眼，正是刚才叶琪拿着的那一份。怪不得叶琪说他固执，原来萧亮拒绝了她。

萧亮看到我，并没有像平时一样热情，淡淡地问："你怎么过来了？"

我嘿嘿一笑："放心吧，我进来之前都侦查过了，没人知道我来找你。我就是看你昨晚挺不开心的，所以想过来看看你。"

萧亮避开我的眼神："对不起，让你担心了。"

"没什么，"我随口道，"刚才在外面碰到叶小姐，她来找你谈工作了吗？"

他似乎有些紧张："叶琪？她跟你说什么了？"

"没说什么，就打了个招呼。不过她好像真挺了解你的，刚才还说你——"我把"固执"两个字生生吞回去，"说你跟以前一样，特别有原则。"

萧亮不悦："以后不要再跟她说话，也别再过问与她有关的事。如果她跟你提起我，你就当没听到好了。"

我奇怪："为什么，你们不是朋友吗？"

他恼怒地打断我："我叫你不要跟我提她！"

我被他突然的爆发吓得一愣，一时间不知道该怎么反应。片刻后，我小声说："对不起啊，我不该老缠着你问来问去的。"

萧亮半是愧疚半是难过地看了我一眼，语气变得温柔："我有些事需要处理，所以需要一点时间。你能等我吗？"

我很想告诉他，不管发生了什么，你都可以告诉我，让我帮你。

可我只是点点头，冲他笑了笑："嗯。"

见完萧亮，我一连几天都闷闷不乐。雷奕明难得回家来看我，混得比我还要惨。自从他跟高雯被拍，就变成了名副其实的"绯闻男友"，整天被一帮狗仔尾随纠缠。

我给他出主意："要不你就先休假一段时间，等风声过了再上班。"

他无所谓地挥挥手："咳，不就一破绯闻吗，他们爱闹就闹去呗。我又没干什么坏事儿，凭什么要躲着他们啊？"

他倒是心挺大的，我叹气："要是我能跟你一样就好了。"

他立刻察觉到了问题："怎么了，你跟萧亮出问题了？"

我不想让他为我心烦，就撒谎："没有啊，我们挺好的，"我转移话题，"高雯最近怎么样，复出还顺利吗？"

"还成吧，"雷奕明心烦地搓了一把脸，"她还叫我陪她去见客户呢，我又不是她助理，再这么下去哥们儿真烦了。"

我训他："你属狗的啊，说翻脸就翻脸！一开始是你先喜欢高雯，现在人家给你机会了，你又三番两次地尥蹶子。我告诉你啊雷奕明，现在我是以高雯朋友的身份警告你，不许欺负她！"

他瞪我："我什么时候欺负她了！"

"哼，我还不知道你吗，你以前就是三分钟热度，从来不知道对别人负责任。你能不能把对待友情的精神拿到爱情上来，从一而终懂吗！"

他扭头盯着我沉默了一会儿，声音低下去："我对你一个从一而终就够了，别人没心情。"

"那怎么能一样，我们是朋友啊！"

他望着我的眼神闪了一闪，没说话。我无奈地站起身："算了，看你也够惨的，我给你买了平时爱吃的零食，还有几件换洗的衣服，高雯忙，可能没时间照顾你，"我把东西一股脑塞给他，又掏出钱包，"还有，跟高雯在一起可能花挺多钱的，给。"

雷奕明的语气软下来："傻瓜，你连自己都照顾不好，老担心我干吗？"

他揉了揉我的头发，走了。

为了跟萧亮恢复关系，我决定主动出击，跟他一起去看恐怖电影。当初雷奕明给我上恋爱课，说看恐怖电影能缩短两人之间的距离，有机会让我在萧亮面前展现小鸟依人的一面。

萧亮晚上似乎有什么安排，迟疑了很久才答应尽量赶过来。他嘱咐我："如果我没来得及，你就自己看。"

我格外深情地凝视他："我会等你的，你一定要来。"

那可是恐怖片啊！我一个人看会出人命的！

我下班后早早进了电影院，抱着爆米花乐滋滋地等萧亮。随着时间流逝，观众开始陆续入场，我一直等到电影播完，萧亮还是没来。

会不会是他遇到什么问题了？

我越想越不放心，抱着爆米花赶回了公司。办公室里一片黑暗，并无萧亮的踪影。我正疑惑，齐宇走了进来。

他看到我，奇怪地问："米朵？你怎么在这儿？"

"我来找萧总啊，他不是留在公司加班吗？"

"萧总说要陪你看电影，已经把今晚的工作和应酬都取消了。怎么，你们没有在一起吗？"

我比他还疑惑，萧亮到底跑哪儿去了？我给他发了一则短信，打算在办公室等着萧亮回来。

不多时，我迷迷糊糊地睡了过去。迷蒙间，身旁突然传来一阵温热，我睁开眼，萧亮正情绪复杂地凝视着我，他心疼地问："我不是让你早点回家吗，你跑回公司干吗？"

"我以为你在加班呢，所以就过来等你。现在都处理完了吗？"

他抱我入怀，下巴轻轻抵在我的头顶上："全都处理完了，可以好好陪你了。"

我望着桌上的爆米花与可乐，有些遗憾。

可惜电影都已经结束了。

第二天一大早，林子良宣布公司要跟叶氏服装合作，需要我们设计部派几名同事协助。我想起之前萧亮拒绝叶琪的事，顿时觉得有些奇怪，他为什么又突然决定合作了？正思索时，林子良发话了："这次的项目就由米朵当组长吧，我们有不少地方要跟高雯合作，你跟她比较熟悉。"

我正想答应时，林子良忽然又转向刘思源："刘思源，你做副组长。"

我一怔，刘思源也有些惊讶，她是我的前辈，怎么能当我的助手呢？我正想开口拒绝，林子良却抢先道："这是公司的安排，希望大家都能好好配合。"他若有所指地望了刘思源一眼，"都明白吗？"

刘思源明显有些不情愿："明白了。"

林子良转身离开。

我见刘思源一脸讪讪的神色，周围的同事又在小声地议论着什么，弄得她脸色更加尴尬。我主动帮她解围："思源姐，你是我的前辈，这次的项目，希望你多指点我。"

她不理我，摔下文件走了。

如果是以前，我一定会追上去跟她解释，可是这次，我只是平静地回到位置继续工作了。一方面，这个项目关系到高雯复出的计划，如果能由我亲自把关，就可以借机多帮她争取一些好处；另一方面，我不想再跟过去一样，处处都看着别人的脸色行事。

我不再是那个胆小的米美丽了。

中午，我兴高采烈地找上萧亮宣布好消息："我终于不用再当小助理了，以后见了我尊敬点儿！"

萧亮得知我要负责叶氏服装的项目，当即拉下脸："不行，我不准你去。"

"为什么？"我有些失望，"难道你也觉得我做不好吗？"

"那倒没有，"他避开我的眼神，"你现在资历太浅，恐怕不适合负责这个项目。"

我觉得有些奇怪："可这个项目还关系到高雯呢，我不想放弃。"

他拿出总裁的身份压我："我是你的上司。"

我顶嘴："那我就以员工的身份提醒你，这个项目的人员安排是由各部门自行决定的，就算总裁也不能随意干涉下级工作。林副总定了是我，我就要负责。"

他更不高兴了："你什么时候跟他站在一起了？"

"这是我的工作，我必须要把它做好。"我要去忙工作了，拜拜。"我无视他杀人的眼神出了总裁室。

为了防止萧亮从中作梗，我决定找叶琪谈谈，凭专业能力得到她的认可。叶琪一如既往地随和，她笑着宽慰我："放心吧，我跟你们萧总是朋友，以后当然会关照你。"

唉，要不是他，我还不用这么头疼呢。

我拐弯抹角地提醒叶琪："其实，您不用因为萧总关照我，更不用跟他提我负责项目的事儿……我不想让萧总干涉这件事。"

"哦？"她似乎看出了什么，"以萧亮的性格，应该很少会关心员工的小事吧。你这么说，是不是发生什么问题了？"

我掩饰："没有啊，我……我就是不想让萧总担心而已。"

她脸上闪过一丝意外："是吗？照这么说，你们萧总倒是挺在意你的。上次在餐厅也是你跟他在一起，你们之间……很亲密吗？"

我心虚地否认："没有啊，我们在工作上就是上下级关系。"

在没到合适的时间之前，我不想把我们的关系宣扬得人尽皆知。

叶琪点点头，继续道："说到工作，我觉得你们萧总似乎变了挺多，我都有些不了解他了。以后的合作有什么特别需要我注意的吗？"

我笑道："他只是看起来不好相处，其实骨子里特热情。萧总平时不太爱说话，跟他沟通的时候主动一些就好，只要对他死缠烂打，他最后一定会妥协的，还有，最重要的一点，他挺霸道的，你最好能多配合他。"我意识到自己的语气有些亲密，连忙道歉，"不好意思啊，一不小心就聊多了。"

她若有所思："没什么，看来你真的挺了解他的。"

我掩饰地笑了笑，找理由结束了这次的会面。

回到公司，就只有刘思源还在加班。她看到我，竟然主动走了过来："听说你约叶总见面了？"

我没想到她会主动找我，估计已经放下了之前的情绪。我道："嗯，思源姐，虽然我是名义上的组长，但这次任务是我们一起负责的，希望你能多帮我。"

她轻蔑一笑："你这是看我可怜，过来安慰我吗？米朵，你有这个心情来担心别人，还不如先担心担心你自己。你以为有了萧总，就什么事都在你的掌握中了吗？"

我有些奇怪："你这话是什么意思？"

她笑了笑："像萧总和叶小姐这种人，往往都有一个单独的圈了，我们这种人哪怕挤进去，恐怕也早晚会被人给踢出来，我就怕你留不住人家，到最后还是自己伤心。"

我不悦地顶回她："这是我跟萧总之间的事，我自己会处理。"

可很明显，刘思源说这番话并非毫无目的，她的语气中不乏有提醒的成分。想到萧亮之前也不准我负责叶氏的项目，难道在大家眼里，我真的有那么差吗？

就在我为了这件事闷闷不乐时，雷奕明回家了。我把事情的来龙去脉告诉他，他的反应比我还大："你跟萧亮出什么事了？他跟你摊牌了，还是分手了？"

"你说什么呢？"我奇怪地看他一眼，"我就是觉得萧亮最近对我忽冷忽热的，怀疑是我出问题了。"

雷奕明一脸欲言又止的表情，他烦躁的房间里转了两圈，最后深吸一口气，道："胖子，其实，我有件事正想告诉你——"

正在这时，我的电话响了，是萧亮。

我迟疑片刻，接通："喂？"

"你现在有时间吗？"他似乎有些着急，"高雯今晚八点举行复出 party，需要你陪我出席。"

"今晚？"我看了一眼时间，"现在还来得及吗？"

"我叫人过去接你。"

他说完，仍旧像平时一样任性地挂了电话。我问雷奕明："高雯要开 party 你怎么不告诉我呢，我刚刚才知道！"

他一脸满不在乎："我忘了，哦对了，我刚才想告诉你——"

我打断他："有什么事儿回头再说吧，我得准备出发了。"我又想起什么，"对了，她的 party 你不去吗？"

他一脸不耐烦地吼我："你怎么那么多问题啊，不去！"

我提着裙角赶到宴会现场，一眼就看到高雯的海报悬在正中，照片中的她骄傲地扬着下巴，一副蔑视众生的姿态。我扫视一圈，很快就找到了萧亮。他正和几个高管模样的人聊天，脸上带着淡淡的笑容。

我站在不远处遥遥地望着他，不知道为什么，我忽然感觉他并不是我认识的那个萧亮。我的萧亮是霸道的，温暖的，甚至有些幼稚的，可眼前这个人，他高大、完美，仿佛站在一个我永远触及不到的世界里。

也许这就是刘思源说的圈子吧。可即使我们身处不同的世界又怎么样呢，只要我努力走近他就好了。

这样想着，我抬起脚步向萧亮面前走去，但就在我要出声喊他时，一个人影忽然挡住了他。

是叶琪。她对着萧亮说了什么，萧亮脸上闪过一丝不情愿，仍然转身跟着她离开了，叶琪顺势挽住萧亮的手臂，动作似乎十分自然。

他们怎么会在一起？我疑虑丛生，连忙追上去。

就在这时，Jason 拿着话筒出现在舞台中央："今晚，是高雯复出后首次出席公众场合，也意味着她重新开始演艺生涯，让我们用热烈的掌声欢迎女神归来！"

会场响起了雷鸣般的掌声，我在兴奋之下把萧亮忘到了九霄云外，像个小粉丝似的一路挤到了最前面。

高雯身着一席黑色礼服，优雅而霸气地对众人一笑，款款走入灯光照射的中央。

"我曾经说过一句话，人生是一场没有完结的剧本，所以今天，我又重新回归了。"她声音一顿，众人顿时激动地鼓掌，"这次复出，我要感谢支持我的公司和合作伙伴，感谢各位影迷，没有你们，就没有我高雯的今天。当然了，我最感谢的是两位一直陪伴我的朋友，他们在我人生最艰难的时候不离不弃，一直陪伴我、鼓励我，让我重新获得了坚强的勇气。谢谢你们。"

高雯望着我的方向看了一眼，对众人鞠躬，我激动得都快哭了。她一下台，径直走向了我："怎么着，姐今天有范儿吗？"

我还沉浸在刚才的情绪中没拔出来："你先别说话，让我感动会儿。"

她白我一眼："这有什么好感动的，我就是跟你客气呢，别当真。"

我顿时又被逗笑了，真诚地说："高雯，恭喜你，终于又能做自己喜欢的事了。"

她也有些感动："我都知道了，是你让萧亮帮我的，米朵，谢谢你。"

我们俩牵着手肉麻兮兮地互相凝视了片刻，高雯一把甩开我，恢复了平时的骄傲状："怎么就你自己啊，你们家萧亮呢？"

我四处扫了一眼："我刚刚才看他跟叶总在一起呢，怎么又不见了？"

高雯脸色一变："叶总？是叶琪吗？"

"对啊，你也知道她吗？"

她似乎有些不喜欢叶琪，一脸不屑地说："当然知道，前天晚上还跟她一起吃饭呢，当时萧亮也在。他没跟你说过这事儿吗？"

我顿时有些奇怪，前天晚上不就是萧亮放我鸽子那天吗？他去见叶琪为什么要瞒着我呢？

我问："你们见面干吗了？"

高雯正要开口，忽然冲我身后一笑，揶揄道："你的萧总来了。"

我一扭头，萧亮已经走上前，我挽住他："你刚才去哪儿了，我一直没有找到你。"

他似乎不愿多提："见几个客户，耽搁了一点时间。"

高雯不依不饶地追问："见客户？你刚才不是叶小姐在一起吗？"

不知道为什么，我总觉得她对萧亮的态度有些奇怪，正在这时，叶琪笑意盈盈地朝我走来："高小姐是在说我吗？"

高雯立刻换上一副云淡风轻的表情，比叶琪笑得还客气："叶总，很荣幸请你来参加我的 party。"

她话音一落，我忽然感到手臂一痛，叶琪手中的水杯被打翻了，一杯热水全泼在了我手臂上。我疼得尖叫一声，萧亮脸色顿时变了，一把将我拉了过去："怎么了？"

叶琪连忙道歉："不好意思啊，我刚才太不小心了！"

我捂着烫红的手臂，掩饰到："没什么。"

高雯一脸不爽："你都受伤了还忙着帮别人开脱，这像是没事儿吗？萧亮，你怎么看着自己女朋友的？"

萧亮没有反驳，只是从香槟桶里拿出冰块敷在我的手臂上，倒是一旁的叶琪一脸尴尬。

我笑着打圆场："行了，也不是什么严重的伤，别影响到你的 party。"

高雯分别斜了萧亮和叶琪一眼，一副不肯罢休的样子。萧亮问我："还疼吗？要不要去医院？"

我摇头："不用，我回家冷敷一会儿就好了。"

他迟疑片刻，转向高雯："你帮我送她一趟吧，我还有点事儿要办。"

高雯不乐意："凭什么要让我送，你有什么事比米朵还要重要吗？"

我连忙开口："这是高雯的 party，她不能提前离场，我一个人回去就好。"

我转身欲走，高雯忽然追了上来："算了，还是我送你吧！"

回家的路上，我喜滋滋地望着受伤的地方傻笑："其实我烫这一下也挺值的，原来萧亮这么关心我。"

高雯恨铁不成钢地训我："关心你？你到底有没有脑子，还没看出来有问题吗？"

"什么问题？"

"还能有什么问题，叶琪的问题，叶琪和萧亮的问题！"她干脆把车停在了路边，"他们之间有暧昧，这下你明白了吗？！"

我顿时笑了："你想多了吧，萧亮要是想搞暧昧还用跟我在一起吗，他直接换女朋友不就得了？"

她顿时气结："那我问你，今晚你看到他跟叶琪在一起了吗？他们在一起的时候隔了多远？后来你问萧亮的时候，他又是怎么回答你的？"

他们当时的确隔得挺近，可是……我帮萧亮解释："可他在处理公事啊。"

"生意伙伴在一起聊天，距离应该保持在一米以上，如果他们谈的真的是公事，萧亮也不用对你含糊其辞。还有，那杯水是叶琪故意泼的，萧亮早就发现了。"

我更惊讶："啊？不会吧？"

她继续开启侦探模式："他今天的第一反应是对叶琪发脾气，如果不是叶琪故意弄伤你，萧亮会当众得罪自己的生意伙伴吗？他要不是处理叶琪那边的问题，刚才为什么不肯送你回家？我告诉你，我前天见他们俩就知道有问题了，今天是彻底确定了。"

怪不得她从刚才就针对萧亮，这么一分析，萧亮对叶琪的态度是有些反常。我联想到他最近对我忽冷忽热的状态，如果没记错，萧亮出问题就是从那天遇见叶琪开始的。

他一向不屑于掩饰我们的关系，可唯独在叶琪面前，他说我只是他的员工；他为了见叶琪而放我鸽子，却只是谎称有工作安排；他不准我接触叶琪，甚至以工作为由让我放弃叶琪的项目……

我越想越觉得萧亮跟叶琪有问题。

正在这时，高雯把我送到了家附近，问道："对了，你家到底住哪儿啊，我还没去过呢。"

我突然想起以前跟雷奕明住在一起的事儿，万一把高雯带回去，那我跟雷奕明的关系就全拆穿了。我对着路边一个小区一指："就这个小区，你在这儿停就好。"

她停下车："你一个人能行吗？"

"没关系的，你快回去吧，路上小心。"

高雯没有生疑，一踩油门离开了。

我怀着一肚子疑问回到家，越想越觉得沉不住气。然而在剧烈的心理挣扎中，有一个想法却越来越清晰：我要相信萧亮。不管他做了什么，我都要听他亲口说清楚。

想到这里，我连忙拨通了他的电话。铃声响过一遍，他没有接。

我紧握着手机等待着，然而随着铃声一遍遍响过，对方始终没有接通。我听着手机中传来的提示音，心慢慢的沉下去。

可就在这时，门铃忽然响了起来。

我满怀惊喜地扑上前开门："萧——"

雷奕明气喘吁吁地站在门外："胖子，你没事儿吧？"

即使失去所有，也要孤独地奋斗下去

10

| 拾

原来雷奕明早已陪高雯见过叶琪，当时便看出她和萧亮关系匪浅。今天高雯把 party 上的事告诉他，雷奕明当场就火急火燎地跑了回来。

他有些愧疚地解释道："其实我本来想把这件事告诉你的，可没想到你急着去参加 party，我就没忍心说出来。胖子，你别怪我啊……"

那一刻，我说不清究竟是感动还是委屈，情不自禁地一把抱住了雷奕明。自从他搬出这个家里以后，我一直都觉得愧对雷奕明，甚至还故意与他维持着距离。可没想到在我最无助的时候，他仍然是第一个回到我身边的人。

也许就是因为这样，我才会格外容易对他坦露出脆弱的一面。

抱着雷奕明哭了一通之后，我开始抽抽搭搭地控诉："萧亮他……他好像真的跟叶琪有关系，还对我忽冷忽热……"

"没关系，如果他真背着你跟别的女人搞暧昧，我就——"

我顿时不哭了："你不会想揍他吧？"

虽然萧亮也不是省油的灯，可雷奕明毕竟是跆拳道出身。除了以前胖子时期的我，还没有人能镇得住他。

他斜我一眼："都这时候了，你还为那个姓萧的担心呢？

我一把抹掉脸上的泪："就算不为萧亮，我也不想把你扯进来，这是我跟他之间的事，我想自己去解决。"

"你能怎么解决啊，那叶琪可不是你能对付的。"

发泄完情绪，我明显感觉自己的智商又回来了。我反问他："我对付她干吗？我只要确定萧亮喜欢我就行。你放心吧，我有特殊的处理技巧。"

雷奕明摆摆手："得，听你这么一说我就觉得更没戏了。"

他扔下我就要往卧室走，我连忙追上前："你干吗呢？"

他脱掉外套随手一扔："今晚不去高雯家了，在家睡。"

我看他似乎累了，便没再纠缠："那你先休息吧，我回去好好思考一下明天的作战方案。"

他对我做了个加油的手势："加油，我等着你失败的消息！"

我仿佛得到了无穷的力量，用力一点头："嗯！"

喊完了，才反应过来他在耍我："你等等，你说什么——"

他砰一声关上了卧室门。

第二天一大早，我翻箱倒柜地找出了一身最性感的短裙，花了一个半小时化好妆，让雷奕明给我提意见。他刚从睡梦中醒来，一眼看见我戳在床头盯着他，险些一个激动跌下床。

他哆哆嗦嗦地指着我："胖、胖子，你干吗呢？"

从他的反应中，我更确定了自己的决定没错，我得意洋洋地说："我昨晚失眠了一晚上，最后终于想通了。我决定以后走美艳路线，这样才能给萧亮新鲜感，"说着，我一撩头发，露出满脸的大浓妆，"怎么样，我美吧？"

他一副看外星人的表情看着我，久久不能言语。

毕竟是有着二十年默契的朋友，我了然一笑："我懂，你从小就有这毛病，见到美女就说不出话来。看来我这回转型是成功了，那就这么着了，我出发上班去。"

雷奕明这才回过神，急匆匆地跳下床喊我："哎胖子你先别走啊——"

"早餐已经给你做好了，就在厨房！"我急匆匆地交代完，踩上恨天高就出了家门。

就在我考虑着该用什么方式出现在萧亮面前时，秘书室突然下达通知，说萧亮要亲自主持和叶氏服装的项目会议。我在电话里跟秘书再三确认："萧总不是很少参与这种小项目吗，他为什么破例啊？"

秘书笑着回答："很抱歉，这是萧总的决定。"

挂上电话的那一刻，我满脑子只有两个字：完了。

萧亮都要借着工作的机会接近叶琪了，难道还不够明显吗？他们本来就认识得比我早，身份和地位又那么般配，而且对彼此又了解……我是不是很快就要被萧亮甩了？

不，我不能就这么放弃！

就算萧亮是瞎了眼才会选择我，我也要对自己有百分之百的信心！这一刻，我仿佛被高雯附体，又仿佛感到小宇宙瞬间爆发，我要秒杀萧亮，让他彻底拜倒在我的短裙下！

为了让萧亮注意到我，我特意拖到会议开始前一分钟才入场。同事们大概习惯了我平时不修边幅的样子，陡然间看见我穿着超短裙低胸装，都齐刷刷地瞪着我忘记了反应。

很好，我要的就是这种效果！

我对着大家娇羞一笑，款款落座。很快，萧亮就带着齐宇进了会议室。

他看到我，先是一怔，继而眉头一皱，就差用眼神杀死我了。

哈，知道我美了吧，担心别人会看上我吧？这就是我面对着你和叶琪的感觉啊！

我一边压抑着内心的暗爽一边假装正经地看资料，萧亮明显有些心不在焉，直到会议开始还在盯着我看。轮到我发言时，周围的同事们明显变得精神了很多，纷纷扭头看向我。我清清嗓子，用一种嗲得连自己都听不下去的声音道："关于我们设计部准备的合作方案，是这样的——"

话没说完，我已经被自己恶心地生生打了一个寒战，可没想到萧亮反应比我还大，他对我冷声道："给我出去。"

我没听错吧，他不是应该很喜欢我这种风格吗？

萧亮的脸色更难看了："没听见吗？我让你出去。"

当着这么多人的面，我连问一句为什么的勇气都没有，就差找条地缝钻进去了。我尴尬地抱起资料往会议室外走，经过叶琪身边时，她面无表情地瞟了我一眼，仿佛根本没把我看在眼里。

会不会是萧亮真的不喜欢我了？

想到这里，我仿佛感到四肢百骸的力量都被抽走，不敢再继续想下去。就在我即将跨出会议室时，忽然有一只手拉住了我。我惊讶回头，萧亮从叶琪身边扯过一条披肩，顺势裹在了我身上。

我一怔，叶琪也一副不可思议的模样瞪着萧亮。

他说："去办公室等我。"

完了，他要跟我摊牌了。

我怀着一种将死的心情走出了会议室。

半小时后，萧亮走进了办公室。

我连忙站起身，等待着他的宣判。

萧亮把文件一把摔到桌子上，黑着脸说："给我站好。"

我不禁更委屈了，明明犯错的是你和叶琪，凭什么要来训我！

我鼓起勇气，小声地说："你直说吧，你……是不是已经不喜欢我了？"

萧亮一怔，不可置信地问："你说什么？"

我强忍心痛道："我都已经感觉到了，你最近对我心不在焉，还经常找理由躲着我，"

我眼中含泪，"现在我能做的都已经做过了，如果你真的对我没感觉——"

萧亮打断我："你穿成这样跑到公司，该不会就是因为你觉得我不喜欢你吧？"

我委屈地点点头。

萧亮狠狠叹了一口气，一脸严肃地教训我："我不知道你那些乱七八糟的想法都是怎么来的，但是我警告你，以后不准在这种问题上怀疑我，你记住了吗？"

咦？照这么说，他根本就没喜欢上别人？

我眼神一亮："那你对叶琪也没感觉吗？"

萧亮一怔，面露探究："为什么这么问？"

"我……我看你们好像挺暧昧的，"看到萧亮用杀人般的目光瞪了我一眼，我连忙改口，"就算你对她没暧昧吧，可你这么帅，还这么优秀，谁知道别人会不会喜欢你啊！"我越说越委屈，"你老是怪我误会你，还动不动就板着脸教训我，可你知不知道，我做的每一件事都是为了你！我不懂你们那个圈子，每次都给你闹笑话，可我起码去努力了，你呢？你什么都不肯跟我说，还动不动就对我忽冷忽热的，搞得我我连你在想什么都不知道……"

他脸上的怒气渐渐散去，片刻后，萧亮竟然主动抱住了我。

他说："我从来都没有喜欢过别人，今天之所以训你，也是因为你穿得太暴露了，我看到以后生气而已。如果早知道你是为我才做这些，我心里感动还来不及。"

我惊讶地抬头。

"你这么努力爱我，我却没有好好顾及你的感受，对不起。"

我心中顿感温暖，紧紧地与他相拥在一起。

气氛浪漫了半分钟不到，萧亮一把推开我："但这身衣服你不准再穿了，"他从包里拿出银行卡递给我，"去买件新的。"

"不用了，我回家换一身就好。"

萧亮瞪我："难道你还想穿着这身衣服走回去吗？不行。"

我权衡片刻，觉得能傍一次大款也挺好的，毕竟下回就未必有这种机会了。我拿着卡问："那我能多刷一点吗？"

萧亮坐回办公桌前，头也不抬地翻看文件："你随便。"

我喜滋滋地拿着卡出了萧亮办公室，第一件事就是给雷奕明打电话："你今天中午有时间吗，我请你去吃大餐！很贵的那种！"

雷奕明的声音欢快无比："好啊，在哪儿见？"

半个小时后，我和雷奕明双双赶到了商场。我借着请客的机会拉他逛街，逼雷奕明帮我挑衣服。正当我们俩为了买一件外套争论得如火如荼时，高雯的电话到了。

我小声道："要不你去找她吧，大餐我们改天再吃。"

雷奕明满不在乎地说："不用，"他一把接通电话，有些不耐烦地问道，"喂，又怎么了？我……我现在在做手术呢，今天病人特别多，"他一边说一边把手机举远，装模作样地喊道："十三床，十三床的病人准备手术！"

我在旁边狠狠地戳了他一把。

他面不改色心不跳地对手机中说："我得去做手术了，拜。"

说完，雷奕明啪一下挂掉了手机。

我责怪他："你干吗呢，为什么不肯见高雯啊？"

雷奕明一脸厌倦："她这两天忙着复出呢，整天不是做采访就是走红毯，叫我跟着有意思吗？我最讨厌的就是逢场作戏，不想跟她的圈子搅和在一起。"

以雷奕明的性格，确实不太适合跟娱乐圈的人接触。他虽然表面上看起来挺随和，可骨子里却是个急脾气，从来不会拉下脸去讨好别人。万一真让他跟高雯去见客户，得罪人家可就麻烦了。

但我还是劝他说："就算你不想陪她参加公共活动，那私下里陪陪她也好啊。别因为我影响到你们。"

雷奕明道："这事儿跟你没关系——"

可他话还没说完，我就看见一个高挑的身影向着我们走来。

高雯。

她一路气势汹汹地冲到雷奕明面前，拿着手机在他眼前一亮："刚才不是说在做手术吗，十三床的病人呢？"

她一口气嚷嚷完，这才注意到了旁边的我，惊讶地瞪大了眼："米朵？你怎么会在这儿？你们俩怎么会在一起！"

我愣了，连忙看向雷奕明，雷奕明也不知该作何反应，气氛顿时变得有些僵持。

我深吸一口气，事已至此，只好向高雯坦白了。我眼一闭心一横，说道："高雯，其实我跟雷奕明——"

雷奕明忽然打断："你不是让我陪你参加活动吗？我让米朵来帮我挑衣服呢。"

我惊讶地看向他，高雯也愣住了，脸上闪过一丝惊喜，却仍然别扭道："那你干吗不提前告诉我啊，害得我误会你。"

雷奕明不耐烦了："我干吗非得告诉你啊，我跟谁在一起对你来说重要吗？"

我看他语气渐冲，连忙暗中扯了雷奕明一把。

高雯却坦然道："当然重要！"

她一喊完，我与雷奕明都呆了，周围的路人也开始注意到这边，有人认出了高雯的身份。我正想劝她换个地方说话，高雯却一把摘下墨镜放下包，摆出了一副要办大事的神情。

我顿时心呼不妙。

高雯对着雷奕明朗声道："好，今天咱们就在这儿把话说清楚。米朵，你给我做个见证。雷奕明，你听好了。我不想再和你猫捉老鼠绕来绕去了，咱俩的那些个哑谜都别打了！我，高雯，我喜欢你，非常非常喜欢你！如果你愿意咱俩就在一起，如果你不愿意我就追你，反正女追男隔层纱，我们早晚都会在一起的！"她气势如虹地一口气说完，这才恢复淡定，"我说完了。"

雷奕明傻了，我也傻了。

周围的路人在疯狂地拿着手机拍照，大有冲上来围堵高雯的架势，我连忙上前挡住人潮，一边请人删照片一边扭头对雷奕明喊道："等什么呢，快带她走啊！"

雷奕明估计是高兴傻了，这才回过神拉着高雯离开。我死死拉住要追上去的粉丝，赔笑道："问我问我！有问题都问我！"

瞬间，我就被一大堆路人给淹了。

第二天就是我们和叶氏一起拍宣传片的日子，我在摄影棚遇见高雯，她正亲密地挽着雷奕明秀恩爱。我挤开场外的粉丝一路杀进去，气喘吁吁地向她道喜。高雯格外娇羞地一笑，一把将雷奕明拽到我面前："打从今儿开始，雷奕明就是你姐夫了，来，喊一声姐夫试试。"

我正要开口，雷奕明忽然别过脸，一本正经地对高雯说："我一会儿还有工作呢，先回医院了。"

凭借这么多年的经验，我几乎立刻察觉到雷奕明是在躲我。这孩子，该不会有了媳妇儿就不要朋友了吧？

我趁着高雯做发型的时间追出摄影棚，在一个僻静的拐角处拦住了雷奕明："你干吗呢，话还没说完就要走了？"

雷奕明一脸疏离的神情望着我："胖子，以后我们还是别见面了。"

我顿时一怔，疑惑道："什么意思？"

他解释："我已经跟高雯在一起了，如果她知道我们以前那么亲密，肯定会误会我们的。我……不想让她受伤害。"

我反应良久，才艰难地问出口："那你的意思是……以后都不会再跟我有联系了吗？"

雷奕明没有回答，明显是默认了。

我勉强收拾好心情回到摄影棚，却发现拍摄现场一片忙乱，众人正大声地争论着什么。我凑上前一看，叶琪拿着我送来的方案大发雷霆，怪我们公司的方案出了问题。

我连忙挤上前接过方案，翻看了两页便发现了问题："叶总，这不是我昨天送过来的方案，您肯定是弄错了。"

刘思源也上前看了一眼，她的意见跟我一致。

叶琪失笑道："弄错？你送到我手里的方案就只有这一份，而且我们服装这边完全没问题，出错的就只有珠宝，这难道还不是你的问题吗？"

众人顿时将质疑的目光投向了我。

我仔细回想了一遍昨晚的情形，更确定问题不在我身上。可叶琪根本不听我解释，当着众人对我一通训斥。我正要出声反击她，却突然想到叶琪的身份，我怎么能顶撞公司的客户呢？

正混乱时，有人大声喊道："萧总来了！"

整个片场随之一静，萧亮带着齐宇进了摄影棚。他径直走到我面前，问道："怎么了？"

他和叶琪毕竟是老朋友，我不能当着他的面说叶琪的不是。正当我迟疑如何开口时，刘思源已经上前把前因后果交代了一遍。

叶琪也毫不客气地道："萧总，我希望您能派一个更专业的人来跟我合作——"

萧亮打断她："在查清楚原因以前，希望叶总尊重我们的员工。"

周围顿时一静。

我也没想到萧亮竟会当众给叶琪难堪，叶琪更是愤怒地瞪向他，似乎不会相信萧亮会袒护我。萧亮无视了她的目光，转头扫视了众人一眼："究竟是谁的问题，我会叫人查清楚。至于今天的拍摄，只能重新安排时间了。"他转向一旁的齐宇，"立刻去处理。"

齐宇微一点头："是。"

萧亮转向我，声音顿时温柔了八度："走吧。"

呃？这话题也变得太快了吧？

周围的同事奇怪地看向我们，似乎在好奇我跟萧亮的关系。我飞速的思索片刻，决定跟他装傻："萧总，您刚才说什么？"

说着，我拼命地使眼色让萧亮离开，千万别在同事面前暴露关系。

他再次选择无视了我，悠然看了一眼腕表："现在已经到午餐时间了，有什么事等下午再处理吧。走。"

我傻眼了，大哥，你懂不懂什么叫地下情啊！你让我怎么跟你演！

萧亮见我不动，习惯性地对我伸出一只手，大有上来拉我离开的架势。我看马上要兜不住了，连忙一个健步冲上前帮萧亮打开门，客气地鞠躬行礼："萧总先请。"

周围同事的目光就快把我瞅出洞来了。

萧亮像个皇帝似的四平八稳走出摄影棚，我连忙屁颠屁颠的跟了出去。一直到上了车，我气急败坏地问："你刚才干吗呢，差点儿就泄露我们的关系了！"

他无动于衷地发动车："泄露了也好，省得他们再为难你。"

"那我努力还有什么意思啊，大家都觉得我是靠着你才上位的。"我嘟囔完，又喜滋滋地靠向萧亮，"不过你刚才帮我还是挺帅的，虽然大家都怪我，只要你相信我就够了。"

萧亮嘱托我："下次再遇到这种问题不要忍着，或者直接找我。"

我拒绝他："不用了，下次我自己会解决的。"

他似乎很不屑地嗤笑了一声。

"什么意思，你不相信我啊？我告诉你，我以前战斗力可是很强的，单挑五六个叶琪不是问题——"说着说着，我眼前忽然闪现出自己还是米美丽的样子——那时候，我还天天跟雷奕明腻在一起。

唉，雷奕明。

我掩饰着失落，重新把目光转向了萧亮："反正都已经过去了，有你在就好。"

他并没有听出我话里的深意，只是淡然笑了笑，一副"本总裁果然很有魅力"的傲娇表情。就在萧亮欲发动车离开时，他的手机响了起来。屏幕上清晰地显示一个大字：爸。

我想到董事长严肃的样子，顿时连大气都不敢喘了，转身就要下车。萧亮拉住我："干吗呢，跑什么？"

我紧张地指着他手机："董、董事长来电话了，我怕他听到我声音——"

我话音未落，萧亮已经一把抓住我，同时按下了接听键。我吓得停住了所有动作，呆望着萧亮打电话。他听着董事长说了句什么，忽然扭头看向我，眉头一皱。

我顿时有种不好的预感。

林子良曾经说，萧家是不可能接受我做萧亮的女友的。他虽然一直针对我，但这句话说得没错。如果被董事长知道我跟萧亮在一起，那我一定没有什么好下场。

萧亮和董事长的通话很快就结束了，我紧张地问："怎么了？"

他面露烦躁："刚才在摄影棚的事，我爸知道了。"

"这么快？"我想到刚才方案出问题的事，"董事长说什么了？"

"他以为是你造成了项目延误，要让你降职离开设计部。如果我没猜错，现在调令已经到林子良手中了。"

我顿时傻眼了，事情还没有查清楚，董事长为什么会做这种决定？更何况以他的身份，怎么会插手这种小事呢？

萧亮笃定地下结论："我爸应该知道了我们的关系，想借这次的把柄逼你离开。只是没想到，他的动作这么快。"

我也有些慌乱，本来以为耽误拍摄是小事，没想到会闹成这种地步。我问："那怎么办，我要去找董事长解释吗？"

"他现在等着你犯错还来不及，你去了只会更麻烦。"他冷静地分析，"你再仔细想想，当时确实把文件交给叶琪了吗？"

我用力点头："千真万确。"

"中间有别人经手吗？"

我摇头："绝对没有。"

萧亮的脸色顿时冷下来："跟我想的一样，问题出在叶琪身上，"他说着，掏出手机拨通了一个号码，"帮我约叶总，越快越好。"

我有些担心："你要去找叶琪吗？"

"事到如今，唯一能证明你清白的就只有她了，"他安慰地握住我的手，"只要让她承认你没出错，我爸就没理由调走你了。"

我没说话，心里却有种隐隐的担心。如果叶琪帮了我，那不就等于承认她自己出问题了吗？我不相信她会那么轻易改口，更不相信董事长会因为有了证据就放过我。那句话是怎么说的？欲加之罪，何患无辞。

可既然是萧亮的决定，我还是决定相信他。我勉强扯出一个笑容："那你去见她吧，我回去想想怎么弥补。"

他揉揉我的头发："有我在，别担心。"

我用力对他点点头，目送萧亮独自驱车离开。

我赶回公司时已到下午，同事们看到我出现，几乎在瞬间就齐刷刷地静了下来。显然，我被董事长降职的消息已经传遍了。

我没有理会他们的议论，一路直奔林子良办公室。之前我给叶琪送方案时亲耳听到刘思源跟她提到林子良，这件事必然跟他脱不了联系。林子良似乎早已料到我会过来，一见我便把那份降职通知亮了出来："你应该都知道了吧？董事长下令，让你立刻去公司卖场上班。"

我无心跟他周旋，直白地问道："是你把我和萧亮的关系告诉董事长的吗？"

林子良先是一怔，继而阴沉地问道："米设计师，你是在质问你的上级吗？"

我早已经受够了在他面前粉饰太平，一把接过那份降职书："这上面已经签字了，严格来说，你现在不是我的上级，"我强压怒气，尽量平静地问，"我只想问你一句话，拆散我跟萧亮，对你来说有意义吗？"

林子良反而笑了，脸上露出难得真诚的表情："想不到你也会有这么强硬的时候，倒是挺合我胃口的。不过你这次误会了，泄露你们关系的人不是我。要不是我帮你们求情，你现在已经被赶出公司了。"

我一愣，有些惊讶地看向林子良。他虽然总是针对我，却从来都不会否认自己做过的事，更没必要在这种问题上说谎。可如果不是他，告状的人又会是谁呢？

林子良似乎看出了我的心思，笑着说道："与其花心思考虑问题出在哪儿，倒不如先想办法解决问题。难得董事长抓住你的把柄，他是不可能会轻易放过你的。"

我心中一沉，却佯装镇定道："你为什么帮我？我们可是敌人。"

林子良无所谓地耸耸肩："如果非要找个理由的话，就当是我闲着无聊好了。与其亲自出手对付你，还不如坐山观虎斗来得精彩。"

我顿时明白过来："你想借董事长除掉我？"

他笑了："除了董事长，你身边恐怕还有更难对付的人。时候到了，她会自动现身的。"

我知道林子良不会再向我透露什么，怀着满腔疑惑走出了他的办公室。相比于那个可怕的敌人，我现在更担心萧亮的状态。万一他为我的事跟董事长发生冲突，那岂不是正中林子良的下怀？

办公桌上放着林子良签名的降职文件，我看到上面显示的卖场地址，距离公司总部至少也有一个半小时的车程。

如果我要重新回到这里，恐怕会比当初进通灵珠宝更难吧？

第二天，我在同事们异样的目光中收好物品，头也不回地离开了公司。去卖场的路上，齐宇打来电话问我："你怎么能这么走了呢，只要跟萧总说句话，他一定会过来留住你的！"

就算我能放下尊严去找萧亮，让我降职毕竟是董事长的命令，我不想让他为了我而忤逆自己的父亲。我对齐宇打哈哈："没关系，我去卖场锻炼一段时间，还能了解一下市场呢。"

他有些遗憾地说："其实萧总找过刘思源，问她知不知道叶总受伤的事，可刘思源也说不知情，还咬定这次的方案是你的问题，"末了，他又安慰我，"不过我相信你，这其中肯定有什么误会！"

我不禁觉得有些讽刺，连一个旁观者都愿意相信我，萧亮却不肯。就算叶琪跟他是朋友，又怎么会重要到动摇我们的感情呢？

事已至此，我只能拖着一副战败的样子逃离通灵珠宝。

卖场的同事早已得知我是被赶出总公司，把我当成了总部"打"下来的罪人。他们既不愿主动接近我，又不敢轻易得罪我，把我当成了名副其实的透明人。我每天来到卖场上班，却没有同事理、没有顾客找，只能一遍遍地擦拭柜台打发时间。站完一天回到家，偌大一个房子毫无生气，我越来越觉得自己好像一具行尸走肉。

萧亮再也没来过一次电话。

我默默开导自己：就当我是来锻炼的，为了成为一流的设计师做准备。就算萧亮不理我，我不是还能凭自己的努力坚持下去吗？

梦想本来就是孤独的。

有了这种想法，我开始厚着脸皮主动接触同事，每天学习销售知识，很快便融入了卖场忙碌的生活。销售的工作并不看上去的那么简单，我每天五点钟起床，转两个小时的车才能到公司。清点柜台、打扫卫生，还要维持着微笑的表情站完一天，单是体力消耗也足以让人感到痛苦。可在这样的忙碌中，有一个想法却变得越来越清晰：我要坚持。

没有人依靠、没有人牵挂，我唯一能靠的就是我自己。经常有同事问我："米朵，你干吗比我们这帮老人还拼命啊？"

她们以为我还有退路，迟早会回到总部。

可从我离开通灵珠宝的那一刻起，就已经决定了不再回头。在我为数不多的优点中，最大的一条就是不爱反悔。没有人能独占这个世界上所有的好处，我既然选择了这条路，就不能再贪图另一条路上的风景。我以为，这是勇敢。

就在我以为会这样过上一辈子的时候，卖场忽然接到了一条紧急通知：萧总要来巡场，让所有员工准备迎接。

说来惭愧，我们卖场几年来一直业绩垫底，几乎从未有领导光顾过。现在萧亮突然大驾光临，大家顿时觉得有种无比的荣誉感，各个都一副备受鼓励的表情。在萧亮到场前，女同事们纷纷找上我打听消息："你不是在总部工作过吗，萧总他人怎么样？"

我还沉浸在跟萧亮的冷战中暗自生气，当然不会帮他说什么好话："不怎么样，肥头大耳秃头发胖，总之是挺讨厌的。"

同事奇怪："不对啊，他之前不是跟高雯上过新闻吗，我们看他挺帅的！"

也有人开始怀疑我："米朵，你到底没见过萧总啊，该不会是跟我们吹牛吧？"

我决定一条道走到黑，继续污蔑萧亮："我没骗你们，照片都是他叫人 PS 的，萧亮本人没那么帅！"我满脑子搜罗他的缺点，最后憋出一句，"听说他脾气还特别差呢，周围人都受不了他。"

同事们顿时一副恍然的表情，热情冷却了不少。我乐滋滋地转身准备离开，却不料一回头就撞进了一个人怀里。

萧亮冷冰冰地望着我："肥头大耳，秃头，还胖？"

我懵了，没料到他会提前杀过来。

同事们也面面相觑，一时间不能把眼前的萧亮跟我的描述对起来。

我支吾："我……我跟同事开玩笑呢，开玩笑。"

萧亮不说话，只是那么皱眉望着我。

几天不见，他的神色明显疲惫了很多，唯独望着我的眼神还没变，像望着他走丢的小狗。我想起之前的争执，本能地想要避开他："那萧总，您慢慢巡视，我先回去了。"

我转身欲走，被萧亮一句话就定住了："对不起。"

伴随着我激烈的心跳声，周围传来同事们倒吸冷气的声音。萧亮似乎自带忽视别人的技能，径直走到我面前道："我应该相信你的。"

其实经过这几天的忙碌，我早已经把之前的事忘得烟消云散了。被萧亮一安慰，反而无端委屈起来，我努力平复着情绪提醒他："你能小点儿声吗，回头大家都知道了。"

他干脆上前抱住我："没关系，我从来没想过要隐瞒别人。"

永不醒来的梦

11

拾壹

　　我们恋爱以来为时最久的一次冷战，就这样被萧亮两句话了结了。事后齐宇跟我打小报告："其实萧总就是为了见你才跑去巡场的，如果你们再不和好，估计我都要离开公司了。"

　　我想起萧亮每次跟我闹别扭都会满世界找茬，齐宇最近的日子肯定不好过。经过这么一闹，我们的关系也随之公开了，终于不用再偷偷摸摸地谈恋爱。他每天接我上下班、陪我吃饭，日子过得平静又甜蜜。

　　可是在平静背后，我却总感到莫名得不安。

　　如果董事长要拆散我跟萧亮，起码也应该把我开除，或者让我被全行业封杀什么的，怎么会只是降职了事呢？他把我流放到卖场就不再理会，更没有再施压让萧亮离开我，该不会是在酝酿什么吧？

　　我特意找上萧亮商量这件事，他却提出了一个更不靠谱的办法："要不我把你调回公司吧，只要你在我身边，我爸就找不到机会动你。"

　　我离开就是被董事长赶走的，现在萧亮又要把我调回去，这不是明摆着跟他对着干吗？就算董事长本来没想动我，这么一闹也会出问题。我解释道："就算我有一天回通灵珠宝，也是凭自己的努力回去的，不需要让你帮我。"我怕他不同意，又加上一句，"而且我已经喜欢上这份工作了，想留在这儿多学一些东西。"

　　萧亮反问："那你考虑过我的感觉吗？我们工作隔这么远，每天就只能见一次。

这跟异地恋有什么区别？"

我无语了："大哥，一个月见一次才叫异地恋呢，我们这叫腻歪。再说了，我工作偏远还不是你把卖场开得远吗，要怪就怪你自己。"

他顿时熄火了。

既然我们也没什么应对董事长的办法，只能甜蜜一天是一天。也许等时间久了，他老人家发现我也不是那么差劲，改变主意接受我呢？我只能用工作向他证明自己。

其实每个人的一生中都会出现这样的时刻，既不知道明天会发生什么，也无法应对即将到来的困境。当我们看不到前面的方向时，唯一要做的就是比昨天更努力，因为只有努力的人才配享受幸运。

这话还是雷奕明告诉我的。

想起雷奕明，我已经有大半个月没见到他了。幸亏他恋爱的对象是高雯，我每天都能在新闻中找他的消息："高雯爱情事业两甜蜜""高雯医院密会男友""高雯男友被疑同居"……每次的配图都是雷奕明和高雯的偷拍照，模糊不清，我却能从那些模糊的影子中感受到他们的幸福。

也许这样就够了吧。

就在我调职后不久，卖场的工作进入了淡季。与之相反，萧亮的工作一天比一天忙碌，甚至连跟我见面的时间都没了。每次我打电话联系他，萧亮都是简单的一句话："在忙。"然后挂断。我的日子从蜜里调油沦落得孤苦伶仃，只好打电话向高雯倾诉苦恼。

高雯一听，有些奇怪地说道："我前几天还见过萧亮呢，没见他像你说的那么忙。"她顿了顿，语气也变得有些凝重，"米朵，你们是不是出问题了？"

"没有啊，你怎么会这么问？"

她迟疑了片刻才说出口："我前两天撞见叶琪了，她当时就跟萧亮在一起，"她似乎怕我误会，连忙解释道，"不过他们本来就是合作关系，见面可能也是因为公事吧？"

我顿时心里一沉。

正出神时，高雯在电话里幽幽地提醒我："米朵，你最好还是把萧亮看紧点儿，如果他真的有那方面的苗头，你可不能坐以待毙。"

我顿时眼神一亮："你有办法？"

高雯呵呵一笑："还记得我当初是怎么征服雷奕明的吗？"

第二天就是周末，我做了一整天的心理建设，然后向齐宇要到了萧亮家的房门密码。

没错，我要勾引萧亮。

根据高雯的计划，我先潜入萧亮家布置环境，然后在他出现的时候性感亮相，伺机把他扑倒。虽然这个计划有些不矜持，可我们的感情已经走到分岔口了，此时不扑何时扑？

我按照计划布置好了一切，然后就躲在卧室摆好 pose 等待萧亮。以前虽然也经常在他面前把持不住，可那充其量也就是吃喝吃喝，纯属有贼心没贼胆。现在我就要把语言升华为行动了，心里还是很忐忑的。

他会有什么反应？

以萧亮的性格，很有可能会嘲笑我一顿，然后直接把我赶出去。但我绝不能轻易就妥协，我要用我的气势镇住他！

对，我要反守为攻，我要成为这段感情中的主宰者！

正充满斗志地幻想时，外面传来门锁解码声，萧亮回来了。

我紧张地深吸一口气，几乎听到了自己扑通的心跳声。

"这么多年没见，想不到你还维持着以前的习惯。"

咦，怎么会是女人的声音？

我正要起身出门一探究竟，那个声音又响了起来："还记得我们恋爱那会儿，你每次下班回家都会帮我做家务，我们家里永远都特别整洁。虽然那时候我们没有钱，房子也很挤，可是过得真幸福。"

我脑海中仿佛有什么炸响，发出砰的一声。

是叶琪。

一时间，所有关于她和萧亮的片段串在一起，我终于明白了萧亮为何总是会变得反常，又为什么会那么在意她——他们根本就不是什么老朋友，他们是旧情人！

我想走出去质问他为什么一直隐瞒我。可是我竟然无法开门。在我僵住的短短半分钟里，萧亮的声音仿佛从另一个世界传过来："那都已经是过去的事了。"

叶琪的语气变得急切："可是在我心里，那些事永远都没有过去的一天。萧亮，难道你真的能完全忘记我们的过去吗？"

我在心里哀求他，别承认，别承认你还记得……

仿佛经过了一个世纪那么久，我终于听到萧亮的回答。他平静地说："我没有忘。"

我顺着房门滑坐在地上，感觉到周围的空气在瞬间被人抽走，我只能仰起头捂着心口大力地呼吸。也许是因为太疼了，我感到心脏仿佛被一片片震碎，我伸出手用力抱紧自己，小声说："不要听，不要听……"

外面依稀又传来萧亮的声音，但我已经听不清楚。我觉得这一切都只是假象，是我做的一场梦。我跟自己说：没关系，只要醒了就会过去。可我听到自己的哭声，我睁大眼睛逼自己从梦里醒来，眼前的世界岿然不动。

我为什么要做一场这么好的梦，然后在梦里失去自己最爱的人？

外面的世界突然静了，身后响起了敲门声。萧亮的语气有些慌张："米朵，是你吗？"

我觉得很难过，仿佛有千百句话想要质问他，却没有力气说出一个字。萧亮，你为什么要记得她呢？我能接受你的一切，唯独不能接受你心里还有另外一个人。

我不记得自己是怎么重新站起来的，也不记得是怎么走出卧室的。萧亮和叶琪震惊地站在我面前，他拉住我说："你先听我解释。"

我甩开他，逃离了那个家。

手机在一遍遍地响着，来电显示居然是雷奕明。我一边不停地挂断一边哭着走着，脚上的拖鞋早已不知掉到了哪里。深夜的街头有车一辆辆经过，每一盏车灯都好像晕开的泪水。

就在我哭得一塌糊涂时，忽然听到不远处传来剧烈的刹车声，一辆车在我面前不远处猛地停下，里面的人一路跑到我面前。

他气喘吁吁地望着我："胖子，你怎么了？"

我感到无比失望，因为来的人不是萧亮；可在同时，我也感到无比温暖，因为雷奕明又回到了我身边。瞬间思索后，我一把抹掉泪停止了哭泣，语气淡定地说："我把脚扎破了，疼哭的。"

他顿时松了一口气，紧接着脸一变就开始训我："刚才高雯说你要来勾引萧亮，我还以为你跟他……"他又忽然停住，叹了一口气，"算了，没发生什么就好。你这是又是唱哪一出啊，鞋也不穿就出来了？"

他说着，自然地就蹲在我面前拽过我的脚检查，有些心疼地说："流血了，我带你回家处理伤口。"

我没动，只是默然望着他。

雷奕明抬头奇怪地看了我一眼："怎么了？"

其实我没说话是因为我在憋着泪，生怕自己一开口就忍不住对他哭出来。雷奕明已经不是以前的雷奕明了，他有自己的生活，有自己的爱人，不能整天都围着我转。

我不想把自己的伤心也传染给他。

这样想着，我已经开启了演技模式："没事儿，我就是刚才不小心把鞋丢了，你不用管我，回去吧。"

"说什么呢，你都弄成这样了，我能丢下你离开吗？"他转过身弯下腰，"上来，我背你。"

看着他蹲在我面前的样子，感动和委屈同时包围了我，我努力地笑了笑："不用，我没事儿——"

他忽然转身对我吼道："你当我是第一天认识你呢，都难受成什么样了还在我面前装！我之前都是怎么嘱咐你的，要矜持别心急，你老是这么不顾一切地往上扑——"

我再也忍不住心中的痛苦，对着雷奕明哇哇大哭起来："我都这样了你为什么还训我，你知道我装得有多辛苦吗？"哭着哭着，我忍不住把最痛的那句话说了出来，"雷奕明，萧亮爱的好像是别人……"

我从来没有想过，这句话有一天会从我的嘴里说出来。我以为他爱我，以为我们一生都只有对方一个人。

可是到头来，这只是我一个人的爱情。他还是当初那个离我有千里之遥的萧亮，我还是那个卑微的米美丽。我换了容貌，换了身份，为什么唯独没能换掉对他的爱情呢？

王 后

白昼黑夜间穿梭于车水马龙的时候

呢喃间迷恋美好的时候

当不知为何踌躇不决自我拉扯的时候

我都还记得

你就是我的王后

没有他，我就永远都不会痛苦。

雷奕明伸出手轻轻环抱着我："没关系，哭出来就好了……"

街灯零落如烛，行人稀散，我和雷奕明像一艘漂泊在人海中的孤舟，唯一能依靠的人就只有彼此。

可我还是觉得庆幸，因为我和雷奕明终于又能重新做回朋友了。

第二天一早，我顶着肿成核桃的眼睛来到了卖场。其实这一切都要感谢雷奕明，我在他面前展露了一切伤心和狼狈，才能到人前装出一副正常的样子。

但是叶琪出现的时候，我还是忍不住破功了。

我冷冷问道："你怎么来了？"

"当然是为了昨晚，"她不理会我杀人的眼神，脸上一如平时般挂着笑容，"如果我没猜错，萧亮的话你好像就听了一半吧？他说他还记得过去，但已经对我没感觉了。"

我一怔，不会吧？那我岂不是误会他了？

"没错，我们以前是有过一段感情，但他现在只爱你一个人。米朵，我已经彻底输给你了，以后不会再来打扰你们。"她半是苦涩半是释然地深吸一口气，"我之所以会来找你说这些，是因为我已经对萧亮死心了。既然要了结这段感情，当然是由我亲自来。"

以叶琪和萧亮过去的关系，她确实没必要来帮我和萧亮解除误会。而且看她的表情，完全不像是撒谎的样子。难道真的是我想多了？

正当我对叶琪的话将信将疑时，忽然感到手臂一紧，被人一把拉到了身后。萧亮一边护着我一边冷峻地质问叶琪："我说过别再出现在我面前，谁叫你来找她的？"

叶琪有些受伤，我只好开口帮她解释："你误会了，她是来找我解释昨晚的事，"我不知如何面对萧亮，不自然地挣脱了他的手，"如果没有其他的事，我要去工作了。"

叶琪却先我一步："你们谈吧，我走。"

她有些伤心地看了萧亮一眼，潇洒地转过身离开了。萧亮转向我道："昨天我之所以会把她带回家，是因为叶琪一直被前夫纠缠，没有办法了才会来找我，"萧亮顿了顿，面露愧疚，"至于我们以前恋爱的事，我怕你误会，所以一直没告诉你。"

我不禁愕然，前夫？叶琪结过婚？

虽然她在我和萧亮之间引发了不少问题，可既然她都结婚了……那萧亮应该早就跟她断了吧？我又联想起叶琪刚才的解释，更确定昨晚是我的一场误会。

我佯装不情愿地开口："那……如果我这么轻易原谅你，你会觉得我太善变吗？"

萧亮松了一口气，笑了起来。

早晨来到卖场，经理急匆匆地迎上来："公司举行的慈善拍卖会人手不够，你过去做一下接待。"

我还没来得及反应，就被人催促着换上了一身服务员的制服，又被催促着进了会场。

可我没料到，会在这里见到萧亮。

而且是在万众瞩目的情况下。

我进大厅时董事长正在发言，厚重的推门声打断了他的演讲，董事长一停，众人也纷纷抬头望向了我。我呆立了足足几秒钟，这才发现萧亮竟然也在现场，他着一袭礼服，如王子般站在人群中央，而我则形象凌乱、端着酒站在他面前，活像个小丑。

在短短的一瞬间里，我几乎立刻就做出了决定：撤退。

在场的都是业内大 boss，我不能让人知道萧亮有一个做服务生的女朋友。也许在以前，我从来没有如此强烈感受到和萧亮的差距，可是这一刻，我竟然退却了，只想懦弱地逃出这里。

事实证明，人越是慌乱的时候就越容易犯错误。就在我偷偷摸摸地端着托盘往门外溜时，一个人迎面走来，结结实实地跟我撞在了一起。托盘中的酒杯发出清脆的碎裂声，我被泼了一身酒跌坐在地上，这才发现撞我的人是叶琪。

叶琪似乎也很惊讶："米朵？你没事儿吧？"

身后响起了低低的议论声，我尴尬得恨不得找个地缝钻进去。就在我爬起身准备逃走时，萧亮却一个快步上前扶住了我。"我先带你去把衣服换下来。"

隔着人群，我看到董事长的脸已经黑了，连忙小声提醒萧亮："大家都在看着呢，别因为我影响到你。你快回去吧。"

萧亮二话没说牵住我的手，无视众人炸开的议论声便往外走。我被他一路拖到僻静处，终于一把甩开萧亮："你刚才为什么要帮我，里面都是公司的客户，他们会怎么想你啊？"

"他们怎么想我重要吗？我根本就不在乎。"他说着，掏出手帕帮我擦拭衣服上的酒渍。

我急了，脱口而出："可是我在乎，我不想让人知道你有一个当服务员的女朋友！"我拉住萧亮，劝道，"萧亮，董事长还在里面呢，别为了我跟他发生矛盾。快进去吧。"

萧亮失望地看了我一眼："在你眼里，我对你的感情就这么肤浅吗？如果我想要一份门当户对的感情，大可以选择里面那些光鲜亮丽的女人。可我要的不是她们，我想要的只有你！"

我心里一动，一时竟无言以对。萧亮说的没错，就算他是王子我是乞丐，我们也应该试着走入彼此的世界。就算这次我逃了，那下次呢，难道我一辈子都不在人前露面吗？

萧亮怜惜地为我拂开散乱的头发，脱下外套披在我身上："我知道你在担心什么，但我不会让任何人干涉我们的感情。跟我一起去面对他们，好吗？"

我鬼使神差地点了点头。

再度回到会场时，我已经换上礼服，佩戴上了通灵珠宝最经典的作品 My Queen 系列。出场前，我心情忐忑地问萧亮："我行吗？"

他宽慰我："你只要相信我就好，其他什么都不用管。"

我深吸一口气，昂首挺胸地走上了舞台。萧亮让我充当 My Queen 系列的模特，向宾客展示几年前出厂的第一条 My Queen 项链——据说这个项目是萧亮亲自负责的，对他有着格外独特的意义。我佩戴的这条更是公司特制的珍藏款，不仅克拉数比普通款式大很多，而且全球唯此一条，是今晚最重要的拍卖品。

下面的人认出我的身份，顿时小声地议论起来，董事长的脸色也很是难看。我紧张地深吸一口气，对着他们灿烂一笑。

如果无法改变别人的看法，起码别因为他们而改变自己。

随着主持人开始对 My Queen 进行介绍，台下迅速展开了激烈地争夺。在众多的竞拍者中，叶琪的表现尤其突出，一路把价格喊到了六十万。正当我奇怪她为什么会对这条项链有如此执念时，一个更有执念的人出现了，萧亮举牌喊价："100 万。"

短暂的寂静后，拍卖师宣布交易达成，众人纷纷起身鼓掌。礼仪小姐欲上前摘下项链进行交接时，萧亮突然道："不用摘了，它的主人本来就是你。"

感动瞬息而至，我惊讶地说不出话来。

他当众为我拍下项链，不就等于向所有人宣布我们的关系吗？

果然，萧亮下一刻就起身走向我。伴随着众人惊讶的眼神和议论声，他拉起我的手轻轻一吻："谢谢你来到我身边，My Queen。"

我几乎已经失去反应的能力，只是出于本能紧紧握住了他的手。我知道，伴随着我们关系公开，以后无论有多少坎坷，又或者我被多少人反对、嘲讽，都必须要勇敢地跟萧亮走下去。

相比于能与他相守的喜悦，别人的眼光与责难又算什么呢？

我在萧亮的搀扶下走入人群，平静地配合他接受宾客的祝福。董事长虽然不会认同我的身份，却也没有当众为难我，只是简单地回应了我的问候便离开了。正在我暗自松了一口气时，叶琪主动走了上来。

她对萧亮伸出手："恭喜你啊，拍到了这条 My Queen。"

自从叶琪帮我和萧亮澄清了误会，我对她的印象也有所好转。她已经不再是我和萧亮之间的障碍了，我没有必要处处针对她。

倒是萧亮，对叶琪的态度一如之前般冷淡："如果我没记错，这场拍卖应该没有邀请你吧？"

她尴尬地收回手："这条 My Queen 对我来说有特别的意义，我今晚本来是势在必得的，没想到最后跟我争的人是你。当然，这些都只是我个人的心愿而已，米朵才是这条项链真正的女主人。米朵，恭喜你啊。"

"谢谢叶总。"

萧亮似乎不愿与她多言，拉着我就离开了。

我疑惑了："她刚才说这条项链有个特别的意义，是什么意思啊？"

"五年前，我曾经告诉过她，将来会设计一条能真正代表爱情的作品，就是后来的这条 My Queen 系列。"

那么……这款项链是他为叶琪设计的？

萧亮不自在地瞪了我一眼："你想什么呢？我只是想留着它，我不是已经留给我最爱的女人了吗？"

我一怔。萧亮是用"最爱"定位我的存在……这样一想，之前的一切担心和犹豫仿佛都烟消云散了。我摸着那条价值百万的项链，感动地问萧亮："那我以后要是吃不上饭了，能不能再把它原价卖给你啊？"

拍卖会后的第二天，我、萧亮，连同雷奕明和高雯的照片一同出现在了多家媒体的报道中，标题是：《高雯萧亮被疑炒作，通灵珠宝真正的女主人现身》。

虽然我不知道一场慈善拍卖为什么会跟"炒作"扯到一起，但媒体对名人们的爱恨纠葛明显比对慈善有兴趣，花费了大量笔墨报道这件事："日前，高雯和前男友萧亮有意复合的新闻已被证实确属炒作，而萧亮真正的女友也在同一时间浮出了水面。对方是通灵珠宝旗下卖场的一名普通员工，与萧亮的身份可谓差距悬殊。日前，萧亮为讨其欢心而拍下七位数天价钻石项链，两人上演了一出灰姑娘和王子般的童话恋情。"

伴随着绯闻而来的，是对公司品牌无数议论和话题。一夜之间，卖场的 My Queen 系列销量剧增，甚至有媒体称我为"通灵小姐"，引得不少人慕名跑来卖场跟我要签名。

可是身为当事人的我只有一个感觉：害怕。

我不是故事里那个幸运的灰姑娘，而是一个经历过车祸和毁容的胖子。随着报道越来越多，迟早会有人发现我的过去，而到那个时候，我的生活就会伴随着这个美好的童话毁于一旦。

在那之前，我是不是应该主动向萧亮坦白呢？

到那个时候，我该怎么办？

就在我纠结着是否把真相告诉萧亮时，林子良突然阴魂不散地找到了我们卖场。原来他并没有因为我离开公司而善罢甘休，而是一直在暗中调查我——更让我感到可怕的是，林子良似乎已经查到我和雷奕明关系匪浅，甚至猜到了我在隐藏自己的过去。

他一脸阴笑地威胁我："就算你逃得过我，能逃得过那么多人的眼睛吗？迟早有一天，你刻意隐瞒的秘密会被人挖出来，然后暴露在所有人面前。到那个时候，萧亮又会怎么样呢？"

我冷笑着回应他："就算我真的有秘密，就算你能用他来伤害萧亮，那然后呢，通灵珠宝就会变成你的了吗？"我专捡最痛的话戳他，"林副总，你对公司而言不过是一个外人而已，永远不可能取代萧亮的位置！"

他果然脸色一变，神色中竟闪过一丝痛苦。林子良冷笑两声，继而恢复了平静："我之所以会来警告你，是想再给你最后一个机会。可既然你不肯领情，那就别怪我不客气，"他刻意顿了片刻，才问道，"还记得雷奕明吗？"

我的心立刻悬了起来，表面上却佯装平静："我不知道你在说什么，可如果你想动我的朋友，我是不会放过你的。"

林子良压低声音："当初我可是亲眼看见你们从同一个家里出来，你以为，我会天真到相信你们只是朋友吗？"他微微笑着拍拍我的肩膀，"等着吧，我会让你后悔的。"

是夜。

雷奕明听了林子良威胁我的始末，大大咧咧地安慰我道："你放心，手术的资料在医院都是保密的，以前的证件也都换过，应该不会再有人查出来。至于我吧，你就更不用担心了，我没去招惹他还算好的呢，他敢动我，我立马再把他送到医院去。"

我叹气："就算我们都不会出问题，那萧亮呢？每次想到我在骗他，我都不知道该怎么面对萧亮。"

"那怎么着，你还真想对他坦白啊？"

我点点头："不瞒你说，我是想了很多种坦白的方式，可还是觉得行不通。雷奕明，其实我早就后悔了，从一开始我就不该隐瞒车祸的事！现在萧亮对我越好，我就越害怕，既害怕我会伤害他，也怕他会抛弃我。唉，如果我能做回以前该多好？"

他附和："那倒是，我也挺希望你能变回那个胖子的。她虽然长得胖，可是每天都能活得坦坦荡荡的，哪怕是花痴一个没有希望的人呢？现在你得到了米美丽想要的一切，可再也没有以前那么开心了。"

雷奕明的话说中了我的心事，我非但没跟他商量出什么办法，反而陷入了更深的郁闷之中。雷奕明沉默了一会儿，忽然提议道："胖子，现在唯一一个知道你过去的人就是我了。只要我们维持疏远，就不会再有人发现你的秘密。"

我想到之前他要跟我断绝联系的事，有些忐忑地问："你是想重新跟我断交吗？"

他反问我："我都为高雯跟你断过一次了，难道你就不能为保护自己跟我断第二次吗？"

我立刻拍案而起："不行！要断你自己断，反正我会一直把你当朋友。"

雷奕明沉默许久，低声道："想想萧亮，我们这么做都是为了自己爱的人，不是吗？"

我难过地看向他，灯光昏暗，深夜一片寂静。

为了摒除公布关系后的种种烦扰，我决定暂不考虑坦白身份的问题，先把精力放在卖场的工作上。事实上，自从 My Queen 系列开始热销，身为公司招牌的我也没有时间再考虑个人问题了。

可没想到这样，我还是没能躲过暗潮汹涌的职场斗争。

在卖场工作期间，我们接到了一个无比挑剔的大客户。为了帮他挑选钻戒，我把压箱底的本事都翻出来，从产品特点一路降到了设计概念，终于勉强得到了他的认可。

但他认可的并非公司产品，而是我个人的设计想法——竟然让我为他量身定做一款钻戒。

我征询到经理的同意，很快便根据客户的想法帮他设计了一款钻戒。可令我始料未及的是，这名客户在此之前已经确定刘思源为设计师，并因为我的设计而解除了和刘思源的合作。

刘思源一怒之下到卖场堵住我，质问我为什么挖她的墙角。

我耐着性子跟她解释："我不清楚客户在跟你合作，不过是帮他提供了一个设计方案而已。职场本来就是一个优胜劣汰的地方，遇到问题，我们不是都应该学会在自己身上找原因吗？"

一句话触到了她的逆鳞。

她恼怒道："你之所以有今天，那都是凭着萧总才得来的。你以为得到萧亮就等于拥有一切了吗？他也只不过是通灵珠宝的继承人之一而已。"

我立刻察觉到这话里有蹊跷："什么意思？"

她冷笑一声："难道萧总没有告诉过你吗？林副总是他同父异母的弟弟，一样有资格得到通灵珠宝。"

我被她的话震得久久回不过神，在电光火石间忽然想起了萧亮相册中的照片。怪不得林子良会跟萧亮站在一起，也怪不得他如此热衷于针对萧亮。萧亮倒了，林子良就是通灵珠宝唯一的继承人。

但我还是决定要亲自向萧亮求证。他听我忽然提起林子良，脸色顿时变得有些难看："他不会又去为难你了吧？"

我不愿骗他，把已经知道他们关系的事坦白说了出来。

萧亮听后脸色一变，生气地质问我："谁准你去打听这些的？"

我连忙解释："我也是偶然听说的，其实同父异母的弟弟不算什么……"

萧亮愤怒地打断："林子良本来就不是我弟弟，我也从来没有第二个母亲。别以为你是我的女朋友就可以介入我的私事，我不需要你用这种方式关心我！"

我被萧亮的话刺痛，只有掩饰情绪道歉："对不起啊，我没想到你会这么介意。"

他不再说话，我只能讪讪地先行离开。

心烦意乱地回到家，我连工作的心情都没了。辗转反侧到大半夜，忽然听到外面传来了门铃声。

雷奕明刚刚说了要跟我保持距离，应该不会这么快就回来吧？

我迫不及待地去开门，果然，站在门外的人是萧亮。

我说："如果你是来解释白天的事，不用了，我尊重你保留自己的秘密。"

他沉默片刻后："我想过了，既然我们要认真地走下去，我就必须要对你坦诚。"

在萧亮的陈述中，我终于得知了萧家尘封多年的秘事。当初萧亮的母亲和董事长离婚，林母过了不久便进入萧家，并很快生下了林子良。为了保护萧亮，董事长决定让林子良随母姓，并对外隐瞒了他们母子二人的身份。

可对萧亮而言，这一切都不可能抵消失去母亲的痛苦。他用冷漠来抗拒所有人接近，并一直拒绝接纳林子良母子。久而久之，林子良也不甘心再当萧家的隐形人，开始跟萧亮争权夺利，渐渐从兄弟变成了敌人。

值得一提的是，在萧亮和家人不和的这些年里，唯一曾改变他的人就是叶琪。她以初恋的身份出现在萧亮的生命中，陪他度过了一段单纯而温暖的日子。随着两人的关系浮出水面，董事长一怒之下将萧亮赶出家中，使他也从昔日的贵公子变成了身无分文的穷光蛋。叶琪得知萧亮的继承人身份被取代，很快便背叛他另嫁给了别人。

萧亮会对自己的家庭如此敏感，又一直对我隐瞒自己的过去，就是害怕我会变成另一个叶琪。他已经两次失去自己最爱的人，无法再接受失去我。

可是听完这些，我却反而更沉重了。

因为我也有一段难堪的过去，那段过去注定会让我离开萧亮。就算我不会像叶琪一样抛弃他，谁又能保证萧亮不会抛弃我呢？

由于上次的合作方案出现问题，公司重新为高雯安排了一次拍摄。本来这个项目已经跟我没有关系，可没想到高雯临场出难题，点名让我当她的设计师。鉴于大家都没胆量敢得罪高雯，只好又重新把我召进了项目组。叶琪和刘思源重新见到我，脸都黑了。

高雯喜滋滋地跟我邀功："怎么着，经过姐们儿这么一闹，他们终于把你调回来了吧？"

我料到高雯是想帮我回到设计部，可我连萧亮的帮助都拒绝了，又怎么会答应她呢？我把卖场的经历告诉高雯，又表明是我自愿留在卖场工作，她这才勉强表示理解。开拍前，高雯退而求其次地说："可你人都已经来了，那就再当一次我的设计师吧，以后我们就不一定再合作了。"

我想也是，跟高雯认识这么久，我却从来没以设计师的身份跟她合作过。虽然我留下一定会引来刘思源不满，可我又不会再威胁到她，何必要处处顾虑她的脸色呢？

于是我便答应了高雯。

雷奕明也在现场"监工"，见到我却像陌生人似的没什么反应。我想到刘思源一直是林子良的爪牙，随时都可能把我们的情况报告回去，于是打消了接近雷奕明的想法。

拍摄到一半时，高雯需要更换饰品，让我去化妆间取珠宝。这次的拍摄场地有些特殊，去化妆间需要穿过一段长长的走廊。待我进去拿上珠宝准备离开时，却忽然听到摄影棚方向传来一声巨响。

浓烟滚滚顺着门窗渗进来，我大惊，想逃出去，可化妆间的门不知道什么时候被锁上了。

呛鼻的烟雾透过门缝渗透进来，我用力拍打着门求救："有人吗，过来帮我开门！"

走廊上依稀传来杂乱的脚步声，却在短短的几分钟里归于平静。我压着恐慌一次一次地撞击着门板，却被浓烟呛得睁不开眼，最后浑身脱力地滑坐在了地上。

饶是我再想逃生，也没有力气再努力下去了。

放弃吧。

就在我奄奄一息地躺在地上等死时，手机屏幕忽然一亮，竟然是萧亮。

我虚弱地笑，在临死之前还能与最爱的人聊天，这究竟算是幸运还是不幸呢？

我一边咳嗽，一边艰难地开口："萧亮，我被困在火里了……恐怕出不去了……"

也罢，就算今天真要死在这儿，那我正好趁着这个机会向他坦白我的过去，就算他不原谅，我也再也看不到他生气的模样了。

萧亮在那边着急地问道："你怎么了，现在在哪儿？"

听着他的声音，我突然忍不住哭了。不是因为害怕，而是因为彻骨地悲伤。萧亮这么好，为什么一定要让我失去他？"

在漫天的烟雾和火光中，我开始向他娓娓道来："其实，我之前经历过一场严重的车祸，车祸以后就毁容了……我做了整容手术，变成了现在这副模样，然后来到了你身边……萧亮，其实以前的我特别胖、特别丑，根本就没资格喜欢你……你知道吗，我就是 L 广告公司那个米美丽……"

说完这些，我终于释然了。设想过千万种坦白的方式，却没想到会在这种情况下告诉他我的过去。

我躺在地上无力地望着天花板，在昏昏沉沉中与他做最后的告别："萧亮，对不起，我爱你……"

现在他知道我就是那个胖子了，如果我真的有什么三长两短，他心里的痛苦也会少一些吧？也许这听起来很讽刺，可这是我唯一一次因为骗了他而感到庆幸。

再见，萧亮，对不起我骗了你。

再见，雷奕明，对不起我离开了你。

再见，我爱的爸妈和亲人们。

再见，我爱的世界……

再次醒来时，我又闻到熟悉的消毒水味。眼前的一切都在晃动着，仿佛被蒙了一层朦胧的光。我艰难地试着睁大眼，依稀看到有个人伏在我身边。

"……雷奕明？"

上次我出了车祸，也是他日夜守在我身边。

那人似乎被我的声音吵醒，在昏睡中猛然坐起来。他棱角分明的脸上带着一丝不可置信的惊讶，仿佛做梦一样地望着我。

是萧亮。

他像是已经等了我很多年，悲伤敛去，眼中的深情却一如从前。萧亮长长地吐出一口气，哑声说："你醒了。"

明明该是死里逃生的惊喜，我心中却唯有无边的恐慌。萧亮知道了我就是米美丽，他为什么还会在这里守着我？

我强撑着身子跟他拉开了一点距离，小心翼翼地说："你在啊。"

他伸出手，一把将我按在了他怀里。

"以后不准再拿这种事吓唬我，更不准再打电话跟我告别，听到了吗？"

我惊讶地瞪着他，为什么萧亮绝口不提我整容的事？我试着问："那……我在电话里跟你说的那些，你会原谅我吗？"

萧亮回过神："哦，当时我手机没电了，没听清楚。你都跟我说什么了？"

我一怔，不知道是不是该把整容的事再说一遍。当时我之所以敢把真相告诉他，是因为我以为自己要死了，可现在呢？现在我只会无比地贪恋他。

我摇摇头："没，没什么。"我压下心里的内疚，轻轻抚摸着萧亮的胡碴："这还是我第一次看见你这副样子，真憔悴。"

他疲惫地笑："只要你醒了就好。"

我们深情款款地望着彼此，突然间，我想起自己进了医院，医生不会检查出我整容的事吧？还有之前的那场火灾……我摸了一把自己的脸："我的脸怎么样，我的脸没事儿吧？"

萧亮摇摇头："平时不是挺没形象的吗，怎么担心起脸来了？"

我不敢说实话，低下头苦涩地对他撒谎："我怕我烧成丑八怪，你就不肯要我了。"

在他看来，曾经的米美丽不就是个丑八怪吗？

他嗤笑："傻瓜。不管你变成什么样，我都不会再放开你，更不会再让你经历一次这种事。记住了吗？"

我点点头，又想起当时失火的情景："对了，还有别人受伤吗？当时高雯和雷奕明也在，他们——"

"他们都很好，"萧亮的脸色变得有些严肃，"你为什么会被困在那里面，现在能想起什么吗？"

我略一回忆："好像是我的门被人反锁了，怎么叫都没有人答应……"我越想越奇怪，"可我进去的时候还好好的，后来不知道怎么就出问题了。"

"一定是有人故意害你，"他的眼神彻底冷下来，"你先好好休息，我去叫齐宇查查这件事。"

我目送萧亮起身离开。

接下来的两天，我专心地留在医院养伤，萧亮则在我苦口婆心的劝说下回到了公司上班。我一个人在病房里百无聊赖，便偶尔出来走路晒晒太阳。可没想到这一晒，我就撞见了一个万万没想到的人。

雷奕明浑身缠满了绷带，被护士推着在草坪上晒太阳。

我惊叫一声跑上去："你怎么会在这儿？"我着急之下一把捧住雷奕明的脸观察着，"你怎么受伤的，伤得严重吗，你受伤了怎么也不告诉我呢！"

雷奕明被我一连串的问题问懵了，迟疑道："我为什么受伤……他们没有告诉你吗？"

我疑惑了："没有啊，你们为什么瞒着我？"

雷奕明不说话了。片刻之后，他淡淡地解释道："咳，我跟你差不多，就是失火的时候不小心被烧到了。本来是没什么事儿的，可这不因为护士见我长得帅嘛，特意帮我多包了几层。你别担心，其实我没伤那么严重。"

我见他还能耍贫嘴，就知道伤得应该不重。由此也可见我和雷奕明的缘分真是天生的，不光能从小一起长大，连受个伤住医院都能撞上。估计是老天不想让我们分开呢？

接下来的日子里，我开始借着病友的名义光明正大地照顾雷奕明。我们一起吃病号饭，一起聊天看电视，经常一腻歪就是一个下午；每次雷奕明去做复检，我也像个跟屁虫一样陪着他，督促雷奕明好好锻炼。本来枯燥的住院生活，竟然因为他的陪伴而变得开心起来。

奇怪的是，高雯竟然一直都没有出现。

我和雷奕明出院的日子转眼就到了。我特意打电话给高雯，让她过来把雷奕明领回去。高雯接到电话，反常地沉默了许久，最后说："我们谈谈吧。"

听她的语气，我预感到高雯一定是出了什么事，可没想到，真正出事的不是她，而是我。她见到我的第一面，问："为什么一直骗我？"

我不知道她为什么突然问这样一句，或者说，我根本不清楚高雯究竟发现了什么，是我整过容，还是我与雷奕明早已认识？

可她说的是："雷奕明不惜死也要冲到火里去救你，难道你不该给我一个解释吗？"

我顿时愣住了。

他被包成木乃伊躺在医院，他在第一次见我的时候欲言又止……原来这一切的原因都是为了我吗？

我就是那个让他受伤的人。

一时间，我觉得心中某个部位仿佛传来尖锐的刺痛，就像雷奕明对我提出绝交的时候一样。我知道自己应该跟高雯解释一句什么，可我搜遍脑海，竟然找不出一个理由。

我不知道有什么原因能让他舍弃自己去救我。

高雯替我开口，平静地询问道："你和雷奕明，应该早就已经认识了吧？"

我知道不可能再掩饰下去，只好愧疚地承认："对不起。"

她讽刺地看着我："我一直以为我才是一个好演员，可没想到你们在我面前演了这么久，还把我当傻子一样耍得团团转。米朵，如果你还把我当成朋友的话，那就跟我说实话，你跟雷奕明之间，到底还有多少事在瞒着我？"

在高雯的逼视下，我奋力掩饰着内心的矛盾和紧张，冒着暴露身份的风险解释道：

"我和雷奕明确实早就认识了，那时候我没想到会跟萧亮在一起，也没想到我们会成为好朋友……"

高雯失望地打断我："事到如今，我只想问你问你一句话，雷奕明是不是喜欢你？"

我一怔，连忙否认道："当然没有，我们就是普通朋友而已！再说了，他喜欢的人不是一直都是你吗？"

高雯似乎还想说什么，手机却突然响了起来。她清清喉咙，像平时一样平静地接听了电话："喂，我现在已经到你们医院了，立刻就上来接你。"

挂断电话，高雯深深地看了我一眼："过去的事我不想追究，可是从现在开始，我希望你不要再来打扰雷奕明。"

我不知道雷奕明是怎么向高雯解释我与他之间的关系，在我们出院后不久，我主动给他打了一通电话。

"雷奕明，我决定从你家搬走了。"

我没有说这一切都是因为高雯，可我知道，只有我离开了这个家，才能彻底斩断与雷奕明之间的联系。我已经亏欠他太多了，不能再因为我影响到他和高雯的感情。

雷奕明似乎十分平静，短暂的沉默后，他淡淡地说了三个字："知道了。"

没有询问原因，也没有挽留，我们用二十年的默契结束了作为朋友的最后一通电话。从今以后，他对我而言只是闺蜜的男朋友，我对他是一个最熟悉的陌生人。我们从初识到相守，一起挨打、逃课，我为他来到上海，在他无数次失恋后无数次扛着喝醉的他回到家中，他为我放了无数女朋友的鸽子，在我车祸后的生死关头把我抢回来……这一切，都随着一通电话而结束了。

我竟然连一滴眼泪都流不出来。

在我还是一个胖子的时候，经常觉得雷奕明就是我的笑容。只要有他在身边，我就能忘记所有的不顺和挫折；可是到了今天，我才发现雷奕明是我的泪水。没有他，我连哭的力气都没了。

第二天去上班的路上，我对着一大叠报纸寻找租房信息。萧亮边开车边随口说道："不用找了，直接搬到我家来。"

我想都不想就拒绝了他："那怎么行？"我盯着萧亮直流口水，"万一我把持不住对你做出什么图谋不轨的事儿来……"

萧亮没说话，估计是被我色眯眯的样子吓住了。

可没想到第二天，萧亮就帮我租下了一套全新的房子："你不是担心对我图谋不轨吗，现在我们住得远了。"

我懵了："大哥，你确定我们住得远吗，这房子是你家隔壁啊！"

他反问："两道防盗门还挡不住你吗？"

我打量了一下四周豪华的摆设、宽敞到能打篮球的客厅，抛出了最严重的一个问题：

"可是这儿很贵啊，我住不起！"

"在你眼里，我还不如一个房子的房租吗？"

我白了他一眼："你是饱汉子不知饿汉子饥啊，知道我一个月收入多少吗？我住进来会被饿死的！"

"放心吧，这里的房租你肯定负担得起。"他似笑非笑地看了我一眼，忽然话锋一转，"我已经把这房子买下来了，你肉偿就好。"

说着，他就一步步向我走了过来。

我承认，我是对他有过很多邪恶的想法……但那只是想啊，我从来没有真的实践过！我结巴地问："你、你想干吗，你别太过分啊，小心我真的把你拖出去糟蹋了！"

他把我困在墙角，随手一解领带："来吧。"

我低下头乖乖道歉："萧总对不起，我再也不会调戏你了。"

就在我搬到萧亮隔壁的第二天，卖场的经理突然找上我："米朵，董事长要见你。"

我早已料到会有这一天，对于我和萧亮最近发生的种种，董事长不可能一直放任不管。但让我惊讶的是，他并不如我想象中般严厉，反而如一个长者般对我循循善诱："我听说，你一直想成为一名珠宝设计师，"他将一份珠宝设计学院的入学申请放在我面前，"这是韩国最好的珠宝设计学院，你可以作为公司的进修生过去学习。你进修期间遇到的一切问题，我都会以公司的名义帮你处理。"

我看向那家珠宝设计学院的申请表，坦然问道："您会这么帮我，应该会有其他的条件吧？"

果然，他说道："你外出进修一年，不准回国，更不准联系萧亮。"

我直接拒绝："不用了，我想要的不是这些。"

他打量我一下，突然间笑道："那是因为你还不清楚他的处境吧？我已经收回了萧亮所有的公司股份，而且把他作为总裁的权力转移给了其他人。萧亮接下来会有什么下场，应该不用我提醒你吧？"

我惊讶地看向他，萧亮每天都跟我在一起，为什么从来都没有跟我提过这些？我有些激动地问道："您是在拿着通灵珠宝威胁萧亮吗？那可是他的心血！"

"这就是他不肯放弃你的结果。"透过董事长的眼神，我仿佛看到了他当年拆散萧亮和叶琪的情景，"如果你对我儿子是真心的，就应该帮他保住通灵珠宝。还是你想让他重蹈覆辙，为了你从衣食无忧的总裁变成辛苦奔波的打工仔呢？米小姐，爱一个人就要学会成全他。"

说完，他就离开了咖啡厅。

我迟疑许久，拿过桌上的入学申请放进了包里。

当天下午，我偷偷跑到总公司等萧亮下班。果然，他并没有像往常一样忙于处理公务，一边走出公司还一边对齐宇吩咐道："董事长不是把这件事交给林子良了吗，让他去处理就好。"

我不禁黯然心疼，过去萧亮忙，我总是盼着他能陪我；可是现在他不忙了，我反而觉得空荡荡的，心里有种难以言喻的无力感。

难道我真的要做第二个叶琪吗？

回家的路上，萧亮很快就发现了我的反常："我爸是不是找过你了？"

我点点头。

他冷冷一笑："他肯定跟你开过条件了吧，你是怎么想的？"

"我还没想好。"

萧亮似乎没料到我会给他这种答案，一急之下在路边停住了车："什么意思，难道你真想答应我爸的条件吗？

我认真地看着他："没有，我是在等你先选。如果你愿意选择我，那我就一直陪着你；如果你希望选公司，那我就一直等你。反正当初是我先喜欢你的，我肯定会比你坚持得久。"

他似乎终于松了一口气。

我迟疑地补充一句："可是这也涉及到你的事业……我不想让你因为我而放弃一切。"

萧亮沉默良久，突然道："放心吧，我不会这么轻易就被人打败。"

我后来才知道，萧亮从一开始就没想过要束手就擒，而是联合了公司高管和股东合力对抗董事长。董事长没有没料到萧亮会变得如此强硬，却又因为忌惮他的势力无法轻举妄动，父子二人顿时陷入了僵持。

我以为我会陪萧亮坚持下去，不论结果是成是败，我都愿意欣然承担——直到一个人找上了我，叶琪。

她查出了我当初整容的秘密。

原来叶琪所谓的退出和死心，其实不过是夺回萧亮的权宜之计。她从一开始就算好了要对付我，一直在背后调查我的软肋。

很不巧，那个软肋就是雷奕明。

因为上次的火灾，叶琪亲眼目睹了雷奕明救我的场面。她彻查了所有与雷奕明有关的人，最后终于找到了其中最令人怀疑的人——米美丽。一个跟我有着相同的姓氏、却在我出现后便消失的人。

现在我终于知道，林子良口中那个"比董事长还要可怕的敌人"，原来就是我面前的叶琪。她带着如月光般温柔友好的笑容反问我："知道我怎么确定你就是米美丽的吗？因为我去查了火灾现场的监控。雷奕明在救你的时候一直重复一个名字，我猜了很久，最后终于猜到了，"她慢慢地对着我做出一个口型，"胖子。"

一直费尽心血隐藏的秘密就这样被揭开，我却没有任何惊慌的感觉。甚至，我有种近似解脱的释然感。我不是以前那个天真单纯的米美丽了，早已不再相信世界上会有免费的午餐。从我得到萧亮、梦想成真的那一刻开始，就已经做好了付出代价的准备。

我问叶琪："你想怎么样？"

即使她对萧亮揭穿我整容的事，以萧亮的性格，以后也绝对不可能再接受叶琪。

叶琪似乎已经猜透了我的想法："离开萧亮，否则我便把你整容的事昭告天下。"

落在别人手中，也许还有转圜的可能。可面对叶琪这种心机深重的情敌，我唯一能做的就是接受现实。

我点点头，说："好，再给我一天时间。"

告别叶琪，我几乎是浑身发着抖拨通了雷奕明的电话。虽然约定过不再联系他，可雷奕明是唯一知道我秘密的人，也只有他才能帮我想办法。

雷奕明迟迟不肯接听手机，我只好匆匆来到他家。在上楼之前，我默默对自己发誓，如果雷奕明不在家，那就当这一切是上天安排，以后我都不会再找他。

怀着忐忑的心情上了楼，按下门铃，忽然听到嗒的一声，门开了。

站在我面前的人却是不是雷奕明。

高雯冷冷地看着我："你来这儿干吗？"

我一怔，还未等开口解释，门内传来了雷奕明的声音："谁啊？"

高雯扭头一喊："快递！"

其实我很想告诉她，雷奕明跟我之间从来就没有男女私情，如果有，我现在就不会来找他求救。

可就算解释了又能怎么样呢？高雯不会再相信我。

她跟我对峙了片刻，说："我说过了，不要再来找他。"

说完，她一把关上了我面前的房门。

而对我来说，这也就意味着我只能去向叶琪投降。

晚上回到家中，我鼓起勇气赖在了萧亮的床上。

萧亮问我："你是不是也太不矜持了？"

我一边像章鱼一样手脚并用地巴着他，一边竭力掩饰情绪："我不管，反正我不放。"

"放手。"

"我不放，我要让你永远记住我抱你的感觉。"

萧亮大概是无奈了，只得顺从地把我抱进怀里，轻声说："睡吧。"

我觉得自己马上就要哭了："你知道吗？跟你在一起的每一秒，我都觉得好像在做梦一样。"

"有那么好吗？"

我流下眼泪，笑着说："对啊，真希望这场梦永远都不会有醒的那一天。"

私奔的兔子和熊

12

拾贰

明恋也许很容易，可暗恋却需要太多勇气。

小旅馆的光线晦暗，但此刻我的脸色并不比这光景好多少。我趁萧亮熟睡的时候留下了一封分手信，离开了他的家，带着我所有的行囊来到一家偏僻的旅馆，我打算离开这个城市，却没有想到，雷奕明装在我手机里的定位信息让他找到了我，还冲动地说了一番让我目瞪口呆的话。

我呆呆地看着雷奕明，这个我已经混淆了性别视作亲人一般的朋友，十秒之前他居然对我表白了。我告诉自己，他或许只是在开玩笑，他只是在报复我的不告而别。

我提醒自己，不要相信他，这是他的恶作剧。可是他说的那些话一字一句地透过耳膜敲打在我的心上。

"胖子，我知道你不相信。以前我很花心，我害怕负责任，喜欢个人空间，刻意地封闭自己，不让任何人进来。我这么严防死守，可还是有一个人闯进来了，她很胖长得也不漂亮，完全不是我的菜，我只是觉得跟她在一起很舒服，我从来没想过会爱上她。直到她出了车祸，承受了身心的痛苦，我第一次感到了心痛。我成了她秘密的守护者，看着她一路坎坷地走过来，看着她爱别人，看着她为别人哭、为别人笑，我的心却越来越痛。我无数次提醒自己不能爱上你，因为我怕失去你这个朋友。可是现在听到你因为萧亮而要去韩国，我不能再欺骗自己了，我不能让你走，我不能失去你，我不能再和你继续做朋友了。"

雷奕明眼睛里的痛苦让我难受不已，我久久地流泪，望着这个小旅馆肮脏的天花板，心中的压力越来越重。

叶琪以我的秘密要挟我，董事长要求我离开萧亮，雷奕明这让我不知所措的表白……我无法面对，只想逃离。

他像猜到我的心意一般："胖子，如果你真的想离开这里，那我就跟你一起走，我们去一个谁也不认识的地方重新开始。如果和萧亮在一起那么难受，那么困难，那么没有可能，那忘了萧亮吧，忘了这里的一切。"

忘了一切？怎么可能？

我最终决定离开，挽留我的人被我伤透了心。

我决定在离开之前看一眼萧亮。

我来到通灵珠宝的车库下，躲在大厅立柱后，看到萧亮下来，我拨通了他的电话，他惊喜地问我在哪里，我看着身后的他，默默地说出了准备很久的告别："萧亮，我已经走了，以后都不会再回来了。你爸爸和我说过你的梦想，我应该成全你，而且我有一个秘密从没对你说过。等我说完，你就再也不会爱我了。"

他在电话里大吼着："你有什么秘密都好，我根本不想知道，如果会计我们两个分开，我宁愿永远都没听说过！我现在只想要你回来。只要你愿意回来，其他的我都可以不在乎，不管你做了什么我都可以原谅你。"

"那不管以后发生了什么，你要永远记住我最好的样子。"我拼命按住手机，不让自己痛哭出来。

"米朵，你必须回来！我从来没同意过要跟你分手！你别想逃跑，你无论逃到哪里，我都会把你抓回来！"他在车库四处寻找我，最后往出口跑去。

我难过地苦笑，顺着立柱滑在地上痛哭。

我收拾好情绪，高雯就打过来电话，约我在咖啡厅见面。

我一边搅拌着咖啡，一边小心翼翼地看着她的脸色。

高雯冷冷地望着我，语气傲然："确切地说是昨晚，雷奕明跟我分手了。我分明提醒过你不要再找他，你为什么还是想拆散我们？"

我应该想到的，在他和我袒露真心之前，他应该已经和高雯说出了分手，难怪高雯会这样伤心。可是我要怎么说她才能相信，我从没有想过要插足他们的感情，虽然我对雷奕明的这份二十多年的友情已经形成习惯，但是当他真的找到喜欢的女孩时，我是多么希望他能得到幸福，甚至会比我自己得到幸福还开心。

"高雯，我知道现在说对不起已经晚了，可是我与雷奕明真的只是朋友，他曾经告诉过我，你就是他现在最想守护的人！"

"我要的是他的爱情。"高雯冷笑，"你能永远离开雷奕明，跟他做一辈子的陌生人吗？"高雯逼视着我，神色如刀。

我沉默了。二十多年，他似乎已经成了我生命的一部分，我可以放弃吗？

她笑了笑："还好，你没有答应，我才能继续记恨你。事情既然做了就是做了，你能骗我，不是因为你撒的谎有多高明，而是因为我愿意相信你。你能伤害我，也不是因为你有多厉害，而是因为我把你当朋友，给了你伤害我的机会。"

我难过地低下头，眼泪夺眶而出："我从来没有想过要伤害你，我真的把你和雷奕明当作我最好的朋友，我是真的希望你们都能幸福。如果恨我能弥补我的错误，高雯，你就恨我吧。"

高雯冷冷地说："你走吧，我不想再看见你。"

……

离开了高雯，我拿上行李坐上了去机场的出租车。这时，雷奕明打电话告诉我，叶琪威胁我的资料已经被他拿到了，同时，萧亮陷入了一场叶琪引发的经济案件当中，我心下一乱，决定先折回去问清楚究竟。

原来叶琪因为前夫的紧逼急需要一笔钱运营公司，却趁机被林子良利用，萧亮为叶琪担保，向银行贷下了高额巨款，但叶琪公司却出状况，银行报警后，警察找上了萧亮。而另一边，雷奕明为了挽留我，不惜夜访叶琪，想与她做交易，拿回我之前整容的资料。

但阴差阳错，叶琪不知被谁打晕在客厅，满地狼藉，雷奕明一到她家连忙报警，通知医院，他趁乱拿到了那个插在电脑上的U盘。

我不可置信地看着手中的这个U盘，气愤地双手颤抖，雷奕明为了让我安心留下来，居然主动联系叶琪交易，甚至冒险去做这种事情，我既生气又担心。

"怎么了，你不是一直都想能摆脱米美丽的身份吗？现在U盘给你拿回来了，你不会还想远走高飞吧？"

出于愤怒，我并没有打开里面的资料。我陷入一种悲愤的情绪里："就算U盘拿回来，可我们也回不去了。如果我跟萧亮幸福了，那个当朋友的雷奕明也许会高兴，可是那个喜欢我的雷奕明却会难过。"

雷奕明嫌弃地看了我一眼："你也忒自信了点儿吧，谁说我要一直喜欢你的？照着我以前花心的程度，顶多也就再喜欢你十天半个来月吧，时间一到你哭着求我，我还未必想回头呢！"

我眼神一亮："对啊，我怎么把这事儿给忘了？雷奕明，你快想想你以前都是为什么花心的，要是我能变成你讨厌的类型，你就能对我移情别恋了吗？"

他一本正经地说："我最讨厌黏着我，又逼婚的。要不你明天跟我去民政局领证吧，那兴许就能把我给吓跑了呢？"

我哭笑不得："雷奕明，你不说话的时候，我们还是好朋友！"

可是我怎么也没有想到，第二天，雷奕明因为叶琪的事情，被警察带走进行调查了。

我心急如焚地来警察局打听情况，高雯突然走进来，气势汹汹地质问："雷奕明为什么会进警局？为什么半夜去叶琪家？"

我低声地说："是因为我——"话音未落，高雯猛地甩了我一个耳光，我又疼又惊，愣在当场。

高雯指着我叱喝着："你凭什么让他为了你去做那种事？你根本就不爱他，却一次次地利用他！你太自私了！你能带给雷奕明的就只有伤害，你根本就不配待在他身边！"

脸上的疼突然在心里成倍发酵，我呆呆地看着她。

我从来没有想要雷奕明为我去冒这种险，哪怕所有的秘密大白于天下，我都不想让他为我受一丁点委屈。这一刻我不想争辩，我也不能难过，雷奕明需要我的帮助，我必须站起来，像他每次保护我一样地去保护他。我思考着现在的情况，只有等叶琪清醒了，她才能证明雷奕明无罪。

我匆匆忙忙赶到叶琪的病房前，萧亮正在病房探望她。

医生用遗言一般的口吻告诉萧亮，叶琪可能永远醒不过来。

我走向他，恍惚地问："刚才医生说的都是真的吗？"

萧亮一见我，冲过来抱住我："你回来了！你为什么要离开？你这些天都去哪儿了？"

我忍住心中的歉疚没有回答，转头问向齐宇："医生呢，医生有没有说还能救她？"

萧亮摇晃着我，抓得我的手臂生疼，他的神情痛楚："我像疯了一样地找你，每天都在等你的消息，你见到我就只想问这些吗？你喜欢我，你永远都不会放弃我，你许下过的承诺，难道你都忘了吗？"他脸色越加黯淡。

我满心焦虑，没有再多的力气解释："对不起萧亮，这个我们可以回头再谈吗？我只想让叶琪醒过来！雷奕明因为她被警察抓走了，如果叶琪昏迷，就没有人能帮他证明清白了！"

萧亮脸色一怔，随即拉我入怀："好，我会找人救她，我一定会让她醒过来，只要你回来了就好。"

我淡淡一笑，鼓起勇气把 U 盘递给他。

"也许我下一秒就后悔了，但是这一刻，我想相信一次。这里面就是我说隐瞒的事情，也是我离开的原因。你看完以后，能原谅我做的一切的话，再来决定要不要跟我在一起吧。"

我转身离开。

结束吧，所有的秘密和纠缠，就在这一个 U 盘里结束吧，不管是还能在一起，还是就此分别，都是我必须要面对的。

萧亮和我见面的下午，窗外的阳光灿烂得不识人间悲欢。

他坐在我的对面，他的神情恍惚，心事重重。

我忐忑地搅拌着咖啡，我不知道他会给我怎么样的答案，我面上淡然，心里已是一片惊涛骇浪。

他定定地看着我："你怎么可以为了我去做这么冒险的事？"

想起辛苦隐瞒秘密的种种，想起每一次遥远地仰视他，我的眼眶泛红："因为和你在一起一直是我的梦想，那时候我真的很无助，我也不是故意要骗你的……"

"你是什么时候知道林子良和叶琪要合伙陷害我的？"

我一脸狐疑，什么合伙陷害？"你在说什么呢？"我问他。

他自顾自地说："我知道你的顾虑，但你不应该去自己找雷奕明帮忙啊？我说过那是我的家事。再大的困难不是还有我吗？"

我完全摸不清头脑。

"你交给我的U盘，里面不就是林子良伪造合同的证据吗？他故意伙同叶琪，让我做贷款担保，然而他在那个合同上做了手脚。今早董事会他想夺权，幸好你那个U盘让我反败为胜。"

我语无伦次："我……我那个U盘，我也不知道该怎么跟你解释……"

"你不用解释了，现在我只想问你一句话，你和雷奕明之间到底有没有相爱过？"

我愣在了那里，怔怔地回答："没有。"

"那就够了，米朵，你还愿意跟我在一起吗？"

我悲从中来，雷奕明付出那么大的代价想要把这个秘密给我夺回来，而最终却只是另一个肮脏勾当的罪证。曲曲折折，萧亮他还是没有懂我想表达的一切。

我泪眼蒙眬，别过了头："我明天再给你答案。"

然而，我只以逃离替代了回答。

原谅我，在最关键的时候选择了退缩，越是爱一个人，就越是诚惶诚恐。

因为交给萧亮的U盘将林子良送进了监狱，叶琪受伤查出来是林子良所为，雷奕明终于可以出狱了。

机舱内，空乘提醒乘客关机，我翻看着手中珠宝学院的宣传手册，菁菁校园，香樟松柏，我希望能在这得到救赎。飞机的轰鸣声直冲入耳，我透过窗户看着脚下的世界。我俯视着这个载满了我太多回忆的城市：繁华的商业区，古旧的小洋房，东方明珠电视塔……我仿佛看到那个胖胖的自己，站在广告牌下，仰望着大屏幕上的萧亮，他曾经像星光一样照耀着我的卑微，也扰乱了我全部的世界。

我拿出已经关了的手机叹了口气，一个男声传来："飞机上不可以打电话，如果有想念的人，就闭上眼睛，在下次睁开的时候，或许，你就能看到他。"

这是一个我再也熟悉不过的声音，我闻声望去，萧亮正在走道上看着我微笑。

他耍赖一般地说："我为了你放弃了一切，你要对我负责。"

那一刻，我眼里的泪水再也控制不住，他将我揽到怀里，我感觉到他看似强势外表下的小心翼翼，这让我的心有一丝刺痛，我们旁若无人地拥抱着，我倍加珍惜，这穿梭了三万英尺的久别重逢。

半年后，韩国珠宝学院校园。

一群人围在一起像在看什么，有些人偷偷拿着手机在拍照，不少女生兴奋地议论着。我与两位同学好奇地望过去，竟然是西装革履、俊逸非凡的萧亮。

他的出现成功地引出一大波花痴。我悄悄逃离，天，这阵容，我可不想一过来就成为公敌。

但事与愿违，萧亮拨开人群拉住我："你想跑到哪里去？"

他一边说着，一边把墨镜摘下来，萧亮式地瞪了我一眼，我已然听到周围的呼喊声和快门声。我支吾着："不是说好在校门口等吗？"

他一脸理直气壮："我故意的，我要让这里的男人都知道你有男朋友。"

他的计谋成功了，旁边一堆同学开始七嘴八舌地追问，连几个打扮偏女性的男同学都捂脸作娇羞状。

我顿时一个头两个大："拜托，你就别再给我树敌了，来学珠宝设计的男生一般只会对你比较感兴趣吧。"

萧亮看了一眼围观人群，用力地搂住我，用韩语大声说着："她是我的女人，以后不许欺负她，更不许打她的主意。"

众人起哄，我哭笑不得。

幸福的时光总是带着太多的不真实，在国内那些纷扰着我的事情，在这里似乎都和我无关了，但是有一样东西，不管是国内国外都是相关的，那就是钱。本来我的学费是申请的通灵珠宝对外项目培训经费，但不知是不是董事长故意惩罚我，我被学院教务处老师提醒学费到期了。

我满面愁容地看看桌上那张缴费通知单，500万韩元，这个月底结清。

要我去抢，也抢不到这么多钱啊！我垂头丧气地在校门口等着萧亮，想着怎么偷偷解决这个问题。其实我知道，董事长之所以停掉我的学费，是因为我没有遵守之前的约定，不仅没有和萧亮分手，还把他带到韩国来了。我没有想到的是，董事长不仅停掉了我的学费，他把萧亮所有的资产都冻结了，我们第一次开始为钱的事情担心。

萧亮安慰我："跟着你到韩国来是我的意愿，我就是希望用这种方式让我爸明白，我是绝对不会和你分开的，没想到他居然又用这种手段。"

我乐观地拍拍他的肩膀："没关系，大不了我先找一份工作，一边打工一边上课好了。"

萧亮拉起我的手，态度坚决地说："那怎么行？你的手是用来画设计图的，怎么能干那种事？再说，我是绝对不会让我的女人去干那种事的，我是男人，让我的女人无忧无虑地完成她的梦想是我的责任。学费的事，你就不用担心了，我会想办法搞定的。"

"你想什么办法？"

萧亮眉眼间露出他独有的自信："我可是哈佛的工商管理硕士，再加上在通灵珠宝多年的高层管理经验，只要我去应聘，只有我选企业，而不是企业选我。"

我崇拜地看着他，他的自信和乐观同样影响着我，我不知道前面还有多少困难在等着我，但是只要有他在我身边，我就什么都不怕。

正如萧亮所说，他很快就找到了工作，据萧亮说是在一个跨国企业做管理工作，我感到很欣慰，我们家萧总不管到哪里都这么优秀。但同时我也开始在网上寻找兼职信息，缴费的时间逼近，萧亮给了我一张卡，上面有六百万韩元，足够缴纳我的学费了。

我疑惑地问他："你从哪里弄来的钱？"

"老板预支了工资给我。"

我惊喜不已："你们老板这么好？刚上班就预支工资？哦，我明白了，因为你太优秀了！"

我也找到了一份特殊的工作。

首尔街头，我穿着兔子玩偶套装，晃着兔子脑袋派发着传单，起初是有一点不好意思的，我暗暗为自己打气，不能让萧亮一个人负担生活，我要帮他分担压力。

几个小男孩冲过来，围着我转。

一个男孩说："是兔子耶！"

另一个男孩说："妈妈说这是假的，里面是人。"

"那里面的人就是装兔子的骗子咯？"

"骗子，骗子……"几个熊孩子围着我踢打，我只得跑开。

男孩们起哄："噢！兔子逃跑咯！兔子逃跑咯！"

我努力地顶着衣服往前跑，头套里的汗水低落到我的眼睛里，刺痛不已，看起来像被一波熊孩子欺负到哭了一般。我坐在无人的台阶上，摘下头套，拿出一块面包，啃了几口就没有了胃口，太阳穴突突地跳动，向我传递疲惫的信息，我还没有来得及按，电话铃已经疯狂地响起——

我一边奔跑在学校的路上，一边对着手机和同学说话。

"我马上到，请再帮我拖一下。"

我跑着走进教室，老师正点完名合上本子。

我擦擦汗："对不起，我迟到了……"

"你怎么回事？最近天天迟到！回到座位上去，下课来办公室。"

我虚弱地回答："是。"

可我还没有走到座位上，我突然两眼一黑晕倒在地。

原来穿着笨重的兔子套装发了一上午的传单，我不幸中暑，好不容易赚的钱全交了医药费。

生活的压力由不得我再去想太多，我从一下课就着急得往兼职的商店赶，蹬着自行车在韩国的街头飞奔着，额头上冒着汗，头发被风吹得十分凌乱。骑到街角拐弯处时，一辆汽车突然出现，我躲闪不及，直直地撞了上去，人和自行车摔到地上。

我匆匆赶到甜品店，扶起自行车走到更衣室换兔子装，伤口被衣服摩擦到，我一边穿衣服一边痛得直咧嘴。

我穿着兔子装站在甜品店门口的街道上，给路人们派传单并不时地鞠躬点头。

一个小孩牵着妈妈的手，指着我："妈妈你看，是兔子耶！"

小孩冲向我，一把抱住了我的腿，正好撞到我的伤口上，我疼得大叫一声"啊"。

小孩的声音清脆可爱，但对我来说简直像是魔音入耳，她说："妈妈，我一撞兔子，兔子就会说话了耶！"

小孩又撞了我的伤口，我唯有忍住痛。

小孩的妈妈走过来拉开小孩："不可以这样。"

她对我道歉，我朝小孩妈妈点点头，递给了她一张传单，并冲着小孩指了指甜品店的方向。

小孩妈妈提议道："我们去吃甜品好不好？"

小孩高兴地说："好！"

小孩妈妈牵着小孩走进甜品店，我隔着兔子装松了一口气。

好，今天的第一个客人，继续努力！Fighting！

我渐渐地掌握了怎么利用自己萌萌哒的兔子装吸引小孩的方式，一群孩子围着穿着兔子装的我，在我的指示下一窝蜂地跑进了甜品店。

甜品店人气爆棚，我很快成为了这一片区鼎鼎有名的揽客小兔子，工钱也有所增加，我意想不到的是，我的劲敌居然这么快就出现了。

那一天，风和日丽，正在发派传单的我感觉大地一阵颤动，一抬头，我看到对面街迎面走来一头挺着大肚子的熊。

街道万籁无声，兔子和熊遥遥对视。

有没有搞错！这头熊不是要来跟我抢地盘吧？

那只熊走到原本我发传单的位置，将饭馆的传单一张张分发给路人。我愣愣地站在旁边看着大熊，大熊直接无视了我，我随即走到前面，在人流到达大熊之前将传单塞到路人手上。

大熊怒了，它走到我面前，借助庞大的身躯挡住我，路人只能接到大熊的传单。我被他团团围住，路人根本看不到我这个小小的兔子，再加上身上的伤口疼痛，只好气愤地回到甜品店。

对面街道的饭店老板站在不远处冲大熊比划了一个 V 的手势，大熊回复了一个数钱的动作，顺便摇了摇肚子，我怒极反笑。这只大熊偶尔的可爱让我想到了萧亮，不，我的男神是西装革履的总裁范儿，我肯定是受了委屈想萧亮了。

回到家，惦记着生意被抢的事情，我将书本生气地扔到一边，萧亮端着茶走过来。

"怎么了？"

萧亮留意到我的胳膊上包着纱布，急忙紧张地拉住我的手。

"你的胳膊怎么了？"

我掩饰地回答："画图时不小心划到了，没事，小伤。现在重点不是我的手，而是我的对手。"

"学习遇到竞争了？你说说，或许我能帮到你。"

我抓了抓头发："就是……在设计中，如果 A 物体的体积比 B 物体大，那 B 物体要如何改造才能更加吸引客户？"

萧亮认真地思考着："你的问题好像很专业，等我想想。"

萧亮喝了一口茶，斜倚在窗台上，皱着眉头思索着："两个物体的颜色设计呢，一般来说，暖色比较最先吸引人的眼球。"

颜色……我脑海中浮现出那只大熊和兔子的样子，这个不可更改。

我沮丧地叹气说："颜色、形状、大小，这些都已经不能更改了。"

萧亮斩钉截铁地回答我："那在平面设计上，这种情况小 B 要打败大 A 几乎不可能。"

"没有办法补救了吗？怎么办，再发不出去会被老板骂的。"

"你说什么？老板？"

我慌忙掩饰道："不是，我是说老师。对，老师。"

"如果不是平面设计还有其它的方法可以补救，比如说声音，可以在展出的时候配合一些适合的音乐，烘托产品的氛围。在构图中，较大的物体往往比较小的物体获得跟多的关注，颜色鲜艳的物体往往比灰暗的物品更容易突出，但这些都是其次，最吸引眼球的，是在运动中的物体，这源于我们人类最初狩猎的本能。"

运动中的物体！我的眼睛亮起来了。

我惊喜不已地抱住他："我知道怎么办了，萧亮，你真是我的灵感。"

首尔街头。

兔子和熊再次上演了争夺地盘的大战。

我穿着兔子装，随身放着音乐，摇摆着吸引周围的路人过来。

我心中暗爽，萧亮说得没错，好听的音乐加上可爱的兔子，果然是吸引顾客的好办法！大熊，等着回去被老板骂吧。

一堆路人围绕着我，等到路人散去，我手里的传单少了一半，大熊抱着一大堆传单孤零零地看着。

我向大熊伸出一个鄙视的手势，透过大熊憨厚的脸，我仿佛能看到里面那个人咬牙切齿的表情。

无人问津的大熊居然不回店里，蹲坐在街头听着我播放出来的音乐，我以为他就此认输，没有想到他居然跟着节奏开始跳舞。原本帅气的舞姿被大熊跳出来后显得格外搞笑，我们俩之间的局面很快倒转过来，路人围绕过来看大熊跳舞，大熊一边跳一边随着节奏将传单发送给周围的人，一大摞传单很快被哄抢一空。

我在一旁没有人搭理，孤零零地看着被人群围绕的跳舞熊。他甚至一边跳一边往饭馆走，一群小孩围着他。

这帮孩子！叛徒！

我挡在大熊的前面不让他走，跳舞的大熊无意中击中我手里的传单，纷纷扬扬散了一地。我气愤地揪住大熊的头，两个人抱住一团打起来。

路边的小孩欢呼着："妈妈，兔子和熊打架，谁比较厉害啊。"

围观的路人越来越多，有人拿出手机拍照。

甜点店的员工走出来，冲着我呐喊着。

"兔子加油，兔子加油！"

饭馆老板试图挤进人群揪扯大熊："别弄坏大熊的衣服，很贵的！"

争执中，我的头套掉了出来，露出了脸，我正好看到大熊粗壮的熊掌往我脸上扇过来，心中一惊，熊掌正要碰到我的脸时，突然就停住了，熊脑袋上黑溜溜的眼睛呆滞地盯着我的脸。

我挑衅："好啊！我今天非扒了你这身皮不可！"

我欲掀开大熊的头罩，大熊紧紧捂住自己的头。

"你躲什么，有本事抢客户，没本事给我看看你到底是个什么妖怪吗？"

大熊拼命捂住头开始跑，我扔了头套在后面玩命地追。

我大吼着："喂，你给我站住，你跑不掉的。"

大熊累得气喘吁吁，我一把扑倒在大熊身上拳打脚踢。大熊不还手只是拼命捂着脑袋。

"叫你抢客户，叫你耍心机！"

饭馆老板急忙上前拦住我："住手！不许伤害我们店的大熊！"

大熊趁机爬起来继续逃跑。

饭馆老板交代着："快跑，一定要保护好这套衣服！"

我挣脱老板，朝大熊撞了过去，用力将大熊往一旁的水沟里一推。

扑通一声，水沟里水花四溅，大熊变成了泥熊。

大熊从水沟里爬出来，我一瘸一拐地走上前，用胜利者的姿势俯视着他，摘下他的熊头套。

那电光火石的一瞬间，我惊讶地发现——这个和我抢了好几天客户的大熊，居然会是萧亮，居然会是我西装笔挺、面容优雅、一身贵气的萧亮！

"你怎么会在这里？"我张大了嘴巴。

萧亮叹了口气，笑着说："那你又为什么会在这里呢？"

我们被双双开除了。

不过很快，我就找到了一份导游的工作。萧亮也找到了一个酒吧歌手的工作。

我呆滞地坐在旅游公司的接待厅里翻看资料，周围的同事都忙得热火朝天，不是在接电话就是在准备带团的资料，只有我百无聊赖地看着他们。

导游吴姐正在接电话："好的好的，我会马上安排的，一定会派出有经验的导游带您的团。"

我凑上前："吴姐，是不是有团要来？派我去吧，我来公司好几天了，还没带过团呢……"

"现在是商会召开时期，来的旅游团都是大客户，你还是新人，没有经验，公司不可能在这时候给你安排工作的，你先学习资料吧。"

还没待我说完，她又拿起手机接上了电话，我唯有悻悻地退到一边。这时，一个导游哭哭啼啼从经理办公室里跑出来，不住地嚷道太欺负人了！

旁边的同事纷纷议论肯定是遇上了难缠的客人。这时候，经理摇头叹气从办公室走来，满怀期待地望着我们，问谁愿意带刚才走掉导游的团。

我举起手，兴致勃勃地望着大家，但奇怪的是周围导游都一副事不关己的模样，怎么回事？经理看着我："你是新来的米……大米是吧？"

我好脾气地纠正："米朵。"

"哦哦哦，不管是大米还是小米，现在只能把你喂给他了。"

喂？他难道吃人吗？我一听这话，有些惊恐。

他将一叠资料放到我面前，说这是客人的资料和要求，下午就由我负责接待。

我满腹疑惑地接过资料，经理意味深长地拍拍我的肩膀："辛苦了，要挺住。"

我更加惊恐，待经理转身离开，其他导游纷纷抬起头，停下了手头的工作，同情地望向我。

我忐忑地翻开资料，看到了一个叫沈东军的人的姓名和照片。

"怎么只有一个人啊？"

旁边一个同事道："这一人就已经抵得上一个团了。"

"为什么？"

吴姐一甩手里的资料，气愤道："前几天他来的时候是我带的他，把我折磨得半死，没见过这么挑剔的人，从头到尾就没有一个好脸和没有一句好话，最后还找了个莫名其妙的理由把我开了。"

"什么理由？"

"说我脸上的痣不符合他的审美，影响他的心情。他懂不懂什么叫做审美啊？我妈说了，我的痣叫美人痣，只有美人才长的好吗！"

我盯着她的痣，忍着笑："这么难缠的客人，经理怎么会派我这种新人去呢？"

"他才来三天，就把公司里的导游都换了个遍，只剩下你了。你要挺住哦，加油。"

周边人都同情地望着我。

我开始担忧起来，这人有这么可怕吗？

小充电池，给我充电吧

13

拾叁

我深吸一口气，敲了敲这家五星级酒店房间的门。

门内传来一声懒洋洋的声音，但很快就没动静了。不会出什么事吧？我侧耳趴在门上听，突然门猛地一开，我摇摇晃晃了半天终于维持住了身体的平衡，传说中的难以伺候的沈东军正打量着我。

容貌儒雅、身姿挺拔，一双眼睛似冷似笑，看不出情绪。

我拘谨地落座，他自下往上扫遍我全身。

被这样一个陌生的男人盯着，总归不自在。我拉了拉我的裙子。

沈东军突然冷冷道："你这样不停地拉，就能把裙子给拉长吗？怕被人看不知道穿长裤吗？"我一怔，这个人是吃了火药过来的吗？

他继续毒舌道："东大门的裙子，配上淘宝的爆款上衣，品位混乱，颜色不搭，发型凌乱，身上没有一样可以代表你价值的珠宝。你今天早晨出门洗过脸吗？"

我不自觉地摸了摸脸。

"既然洗过跟没洗也没什么区别，为什么还要浪费水呢？"

我目瞪口呆，这和我当导游有关系吗？

"在我看来，一个人的衣着，她所佩戴的首饰，跟这个人的品行和能力一样，都代表着他的形象。我从来不允许身边出现对自己的形象不负责任的人，导游也不行。"

"那你的意思是……要因为这些理由辞退我咯？"

"我花钱来旅游，买的就是服务，当然有资格挑选服务我的人。难道你有让我把你留下的理由吗？"

我翻了一个白眼，道："你现在辞退我，等到下一个导游来的时间起码要一个小时，这一个小时里，你只能一个人待在酒店房间。虽然你对我并不满意，但是你来韩国的目的是旅游，是来欣赏风景的而不是我，浪费了这一个小时，你也许就错过了很多美丽的风景。"

沈东军再次打量我，突然就笑了，我有些毛骨悚然。

他倨傲地抬了抬下巴："你留下来吧。"

我松了口气。

沈东军忽然把眼神定格在了我的手上，我顿时有些不安。他上前一把拉起我的手，仔细看了看。

我惊讶地问："你要干吗？"

"你的手很漂亮。"他将我的手对向光照的方向仔细打量着，"你有一双适合戴钻戒的手。"

我急忙抽回手，忍住心中的反感。

他不以为然地说："你去楼下等我，我十分钟后下来。"

我退出房间，关上门，将手往衣服上使劲地蹭了蹭："变态！"

他很准时地下来了，一进入车里，浑身散发出一种生人勿近的气场。我开始背诵我准备的地点介绍："首尔，韩国的首都……"

才刚说到开头，沈东军就打断道："我不要生硬无趣的复读机。"

好吧，我调整语气，感情充沛道："首尔有许多很著名的古迹哦……很多有名的电视剧在这里拍摄呢……你有没有看过《浪漫满屋》啊？"

他睁开眼，以怪异的眼神看着我："你觉得我会看那种东西吗？还有，你能不能正常点说话？"

我小声道："挑剔鬼。"

"这些地方，你都来过吗？"

"这是第一次来，平时都忙着上课了……虽然是第一次来，但是我准备了很多资料，很熟悉这里……"

沈东军打断："你上什么课？"

"珠宝设计。"

于是又被他讽刺了一番："有时间不好好上课，跑来当与设计完全不对口的导游。什么事情都是半桶水点到即止。用一双设计钻石的手去拿导游旗，难道你就不怕玷污自己的作品吗？"

我不甘示弱，讽刺回去："像你这种住高级酒店请私人导游，连选个导游都要挑形象的人，当然不会理解我这种普通人的生活。如果不是靠着这双拿导游旗的手，我就会连设计钻石的机会都没有！"

他板着脸不说话。我立马意识到自己的失态，我清了清嗓子，继续介绍福景宫，他对我介绍这么无聊的地方表示不满，要我介绍平时去的地方，我只好把我的最爱——东大门介绍给他，我兴致勃勃地说着，以为他也要去，结果他又捉弄我似的要去福景宫，我算知道他就是过来故意刁难人的了。

回到公司，同事见我下班，忙追上来问我是不是凶多吉少，谁知道经理以大米的名号把我喊进去，说沈东军叫我明天去接他。

我哭笑不得，这个挑刺儿鬼折磨我上瘾了吗？

晚上一些同事叫我去酒吧转转，我见萧亮也得很晚才回家，于是随他们去了。

没想到，我们踏入的竟然是萧亮工作的酒吧。

萧亮唱着一首中文歌，歌里唱着：

……

有你每天是晴天

我对着大海许愿

做我未来的恋人不会变

围绕在你指尖

守护你的眷恋

像钻石永恒的寓言

只为你实现

你所有的心愿

……

我坐在一旁静静地听着，过往的一幕幕清晰浮现，他的歌词里唱的是什么啊，居然说有你每天都是晴天，他陪我过来吃了这么多的苦，明明每天都是晴天霹雳好不好。我感受着这份幸福中的酸涩，忍不住红了眼眶。同事疑惑地问我，我只好掩饰地说酒太呛人。

一曲终了，我本以为会听到台下的掌声，却发现周围并没有什么人在听萧亮唱歌，一旁的老板十分不满地看着萧亮。我看到萧亮进了包厢，里面好像产生了争执，我担心不已，但很快萧亮就从里面出来了，这一次，他穿了一件白色的衣服，站在舞台边犹豫着，我感受到他的愤怒和隐忍。老板趁机在舞台旁边推了他一把，把他推了上去。

舞台上一片漆黑，一阵动感的音乐响起，灯光打在萧亮的身上，萧亮紧闭着眼睛，他轻轻地叹了一口气，慢慢睁开时嘴角已经带着一丝嘲讽的笑意。他跳动着从舞台边缘入场，舞姿轻快潇洒。他唱的是一首韩文快歌，第一句暖场高音飙完，整场的气氛瞬间火热起来。

酒吧老板高兴地冲旁边的人说："看到没有，这才是我要的效果，顾客才会买账，别说这小子还真有两把刷子！不逼他一下还不肯拿出来。"

随着音乐越来越劲爆，萧亮的舞姿越来越性感。

酒吧老板放下酒杯："这身材真的是太棒了，穿着衣服太可惜了。"

音乐再次起，萧亮开始一边唱歌一边跳舞，到了高潮点的时候，舞台两边开始有两注强烈的水流喷射向他，萧亮的衣服立马就湿透了，衣服变得完全透明，好身材浸透得一览无余，台下响起了女观众尖利的叫声。

萧亮眼里闪过一丝隐忍，他握紧了麦克风，跟着节奏卖力地表演。

我在台下目睹着这一切，心像被瞬间抽空，我没有打断他的表演，他如此卖力、忍辱负重为我们的生活而努力，我得故作不知，才能维持他的自尊。

我跌跌撞撞走回了家，泪如雨下。

萧亮，我怎么承受你这么大的牺牲与委屈呢？

我辗转不安地看着时间一点一点过去，萧亮敲响门时，我扑过去开了门。

他把我推开："别过来，我身上弄湿了。外面，外面下了雨。"

我知道他在撒谎安慰我，故意扬起笑，扯过毛巾给他擦头。

"以后下雨就早点回家，只要回家了外面下多大的雨都不怕。"

他笑了笑，却连连打喷嚏，我要送他去医院，他却拉住了我。

我翻箱倒箧找到一些退烧药，看着他苍白难受的模样，又心疼得快哭出来了。

萧亮扬起一个无力的笑，逗我："别忘了，你是我的充电池。来，笑一个。"

我扯出一个比哭还难看的微笑："萧亮，你回国吧，回通灵珠宝去，回到你爸的身边，别再留在韩国了。我不要做你的负担，我不要看着你这样糟蹋自己。"更不要……不要像今天这样逼迫着自己。虽然在台上表演的萧亮是那么有魅力，我甚至能想象当年他在学校组成乐队时是有多么让人疯狂。

他眸光似乎聚焦在天花板，恍恍惚惚："比起这些，我更不能失去你。我需要你的拖累，因为你，我才感到我是真实存在的。所以，不要再说让我放弃的话，好吗？"

我用力地点头，却不足以表达我的感动。

他张开双臂："小充电池，现在给我充电了吧？"

我抱着他："萧亮，有你真好。"

我给不了他任何东西，也不忍心说破他善意的谎言，只能用我的拥抱，陪伴他度过这个失意的夜晚。

次日醒来，萧亮的烧还是没有退，我敷毛巾在萧亮的额头上降温，擦拭他脸上的汗水。

突然有人敲门，房东站在门口。

我一怔："这么早，你找我有事吗？"

"我来是催房租的，你们这个月的房租已经拖了一个礼拜了。"

我看了一眼睡觉的萧亮，将房东拉到门外："房租？我不是交过了吗？"

房东甩了甩手里的单据："上次交了三个月，这个月到期。"

"房东阿姨，你能不能再等我们几天，我这个月的工资还没有发下来。"

"你们不像是要靠工资交房租的人吧，你男朋友开的那辆车我们大家可都是看到过的，一个月的油钱都够你交这个房租了。"

我哭笑不得，那辆车其实早就被萧伯父派人拖走了，我解释道："您误会了，那个车不是我们的，我就是来这边读书的穷学生，真的不骗您。我们最近出了点资金问题，能不能多等我们几天。"

"我也等不了太久，隔壁几户这个月都涨房租了，这样吧，看在我们都是中国人，这一次就不涨你的价了，这周末你必须把房租交了，我只能做到这了。"

我关上门，拿出钱包数了数，萧亮在睡梦中紧紧皱着眉头。

我担忧地望着萧亮，轻轻叹了口气。在他知道之前，我想自己解决这件事。

我走进经理办公室，经理对我上次成功负责了沈东军的这个业务非常满意，但是一说到提前预支工资，经理犹豫了。

他装傻喝茶，我可怜巴巴地望着他。

经理说："大米啊，这个忙我真的帮不了你，要不这样，你问问你的朋友借借看？"朋友？我在韩国的朋友都是学生哪来那么多钱借给我呢？

我垂头丧气地从经理办公室走出来，趴在桌子上，心事重重。

这个时候，我的手机突然响了，肯定是那个沈东军叫我去给他当导游，打开一看，竟然是再熟悉不过的三个字"雷奕明"。怎么会是他？自从来到韩国，我们之间还一次都没有联系过。当初之所以跑这么远，就是希望他能忘掉对我的感情，恢复我们之间的朋友关系。可雷奕明突然打电话过来，该不会是出什么事了吧？

我迟疑片刻，还是接通了电话，试着喊了一声："喂？"

那边传来嘈杂的声音，雷奕明好像喝醉了酒，说话含糊不清。

"胖子，你在国外还好吗？"

"很好啊。"我让自己的声音听起来开心一点。

"那……你和萧亮还好吗？"

"也很好，你呢，你最近还好吗？"

还没有等雷奕明回答，那边突然传来晓敏的声音："喂，你又是哪个女人啊？我告诉你，别以为雷奕明联系你就是喜欢你了，就算他现在和高雯分手了又怎么样，他心里爱的还是高雯，你比得过人家吗？"

我哭笑不得，只好挂断电话。

大概在晓敏与高雯在为雷奕明到处灭烂桃花的时候，建立了深厚的战友情，所以现在才为高雯出头吧。可这电话一挂，我又怕雷奕明胡思乱想，我又连忙发了一条短信过去："别担心我和萧亮，我们会照顾好对方的，你也要照顾好高雯和你自己。"

他没有回复，我失落地放下了手机。

筹不到钱，工作还是不能耽误。我坐在陪沈东军去旅游的车里，无精打采地望着窗外，心事重重地叹气。

"从刚刚开始你就一直唉声叹气的，我花钱是来看风景的，可不是来看你这种苦瓜脸的。"沈东军看向我。

我强打精神地说："对不起。"

"怎么？发生什么不开心的事了吗？"

"说了你也不会懂的。"

他不放弃地追问："反正我和你是陌生人，你跟我说说也无妨。"

"像你这种不愁吃不愁穿的有钱人，怎么会了解我们这种穷人的烦恼呢。"

沈东军笑了："穷人的烦恼只有一个，就是没钱。你现在很缺钱吗？"

"缺，非常缺，超级缺。"

沈东军抬了抬眉毛："你没有男朋友吗？"

"有啊，当然有。"

"那你为什么不让你男朋友帮你呢？"

"我不想给他增加负担。"

他理直气壮地说："那看来你这个男朋友不怎么样，连女朋友最基本的物质要求都满足不了，你还是尽早把他甩了吧。"

我气愤地反击："你又不了解我们，凭什么说这种话？"

沈东军笑："你缺多少钱？"

"你问这个干吗？"

沈东军说："我可以帮你解决啊，就像你说的，我又不缺钱。"

我感到很意外："咱俩非亲非故的，你为什么要帮我？"

沈东军一本正经地说："我当然不是免费帮你，你也是要付出代价的。我在清潭洞那里有栋别墅，你只要经常过来陪我聊聊天，你看怎么样？"

我生气地敲打着窗户："停车！你要是不停车，我就直接从这里跳下去！"

车停下，我拉开车门，气冲冲地走下去，沈东军也跟着走下车。

"你！别以为有钱就可以侮辱人！以前我只是觉得你挑剔、尖酸、刻薄、脾气怪，但不算坏人，现在我觉得你让我恶心！在你眼里，穷人的爱情就可以用金钱换取吗？收起你的臭钱！我不稀罕！"

沈东军依然是悠哉的语气："你知不知道你这么说的后果？"

"后果？你把我辞了？那就辞了吧！在你眼里，可能钱能解决一切，可在我眼里，有很多东西比钱更重要！"

我转身离开，走了几步又折回来，狠狠地踢了他一脚。

"别让我再看见你！现在是我把你辞了，老娘不伺候了！"

我帅气地离去，这个人，简直是欺人太甚。

第二天，经理通知我去办公室。难道是被投诉了？我没有记错的话，好像还踩了沈东军一脚。

我心情忐忑地敲了敲门。经理语重心长地说："大米啊，你来公司也快有一个月了吧？"

完了，这不就是要开了我的节奏吗？

"我很高兴公司能有这样的员工。"

我内心惊呼，是啊，这就是临别前的赠言啊！

我争取最后的机会："经理，我也很高兴能有您这样的老板，我十分珍惜这份工作，我……"

经理从抽屉里拿出一个信封，递给我。

"你拿了就走吧，我这边事儿忙，你刚才在外头晃来晃去地影响我做事情。"

这就是辞退信？我清了清嗓子："那个，我知道昨天对客户的态度有点不好，我也是一时没有控制好自己，这辞退信能不能收回去？"

经理莫名其妙看着我："谁说是辞退信啊，这是沈总给你的服务费，他说昨天你突然走了，没来得及给你。"

我打开信封看到里面的钱，愣住了。

我连忙来到酒店找沈东军，还没开口，他反而向我道歉了，还说这笔钱是给我的补偿。我拿出那个信封："你说的补偿是这个吧？我来就是要把这个钱还给你的，这个钱我不能收。"

沈东军饶有兴趣地问："为什么？"

"我接受你的道歉，但是我不能完全原谅你，我更不会收一个对我有意思的男人的钱。"

沈东军乐了："哈哈哈，你还真是每次都让我有惊喜啊，今天出门照镜子了吗？"

我一脸疑惑地看着沈东军。

"这个钱你就安心地收下吧，如果说之前我对你和男朋友的感情还有成见的话，现在已经完全没有了，希望你们好好坚持下去，不要让我失望。"

我小声地嘀咕："这个人怎么一会儿一变啊，怪人。"

"我明天就要回国了，所以今天是你做我导游的最后一天。"

我惊讶地问："明天就回去？可是你的行程安排不是到下个礼拜吗？"

"我来韩国的目的已经达到了，见过我想要见的人，确认了我想要确认的事。好了，不说这些了，今天的行程安排是什么？"

我翻看着资料："今天计划是先去青瓦台，然后……"

沈东军说："取消吧，你不是说东大门有家很好吃的猪蹄店吗？去那儿吧。"

我惊讶地问："真的假的？你不会又在耍我吧？"

"我没跟你说过吗？其实我也很喜欢吃猪蹄。"

━━ 皇家博物馆 ━━

钻石必然是最好的证明

它是女人收获人生的见证物

是真人生最重要一刻的完美配饰

是超越世间万物的独家珍藏

是开启幸福之旅的标志

沈东军径直走出房间，我一脸疑惑地跟着出去。

这可真是个奇怪的人。可是更让我郁结的是，好好吃个东西，我全程被人身攻击。他嫌弃地说我一个女人居然可以吃掉两份猪蹄，不过看在他送我回家的面子上，我决定原谅他，下车的时候，我偷偷把那个信封塞到了椅子下面，心里舒服了不少，那实在不是我应得的收入。

"回国见。"他说。

"我想应该不会再见了。"我下车冲他挥手。

他语带深意："那不一定，世界这么小，说不定哪天就遇上了。"

他正要开车离去时，萧亮突然出现了。

"你怎么会来韩国？"

沈东军笑着："当然不是来看你的。"

我一头雾水："你们认识？"

沈东军向我伸出手，颇有气度地说："沈东军，通灵珠宝品牌部总监，很高兴认识你。"

我看着萧亮，犹豫地把手伸过去，萧亮立马拉开我的手。

萧亮担忧地看着我："我还没有问你呢，你为什么会认识他？"

我疑惑地说："他是我旅游公司的客户，有问题吗？"

萧亮不想多说，要我赶紧离开。我担忧地看着两个人，沈东军对我做出一个放心的手势，我看到旁边萧亮的眼神快喷火了，于是赶紧离开。我想两人既然是旧识，或许会是董事长那边的事情要交代吧。

萧亮进屋时，我正在家里看电视。

我偷偷地瞄了他一眼，他一副心事重重的样子。

萧亮莫名其妙地问我："你会一直留在我身边吗？"

我愣住了，面对着萧亮认真的眼神，有些羞涩和尴尬。

"你这是怎么了突然问这个，是不是沈东军和你说什么了，萧亮，我和他真的什么事情都没有，反倒是他这个人捉摸不透，怪怪的。如果他和你说什么，你千万不要相信，如果你不放心我出去当导游，我不去就是了。"

"傻瓜，不是他的原因。只不过他让我想起了一些旧事。我爸爸中断你的资助的时候，我曾经打电话问过我爸，他当时肯定地和我说，在我一无所有的时候，你不会继续留在我的身边，我们父子之间的这个游戏，我爸已经玩过一次，那一次，叶琪离开了我，我再也不敢爱人。"

"萧亮，你不要这么想，叶琪的事情已经过去了，现在我是米朵，我不是叶琪，你也不是那个萧亮。我爱你，不是因为你是通灵珠宝的总裁，不是因为你能带给我多好的物质生活，而是因为你是萧亮，是那个给我原本黯淡无光的生活带来光亮的萧亮。如果真的有分开的那一天，也一定是你先走，你不要我了。"

"对不起，我不该想起那些不开心的过去影响你的情绪。我向你保证，我永远都不会离开你。"萧亮连忙安慰我。

我们俩都放下心结，萧亮还要赶去酒吧唱歌，我则决定偷偷去酒吧看萧亮。

萧亮在台上唱着一首伤感情歌，我从门口走进来，远远地看着舞台上的萧亮，怎么会有这样的人，他随便站在哪儿都那么好看，恍然是一颗在无限漆黑的夜晚，兀自发光的星星。我痴迷地往舞台前走，不小心撞到了旁边的一个混混，混混的酒全被撞到他自己身上，我没有注意，依然往前挤。

我没有想到这样小的一个失误竟引发了争执，混混逼着我去他那一桌喝酒赔礼道歉。一个黑社会老大似的人物直勾勾地看着我，他的手伸过来欲揽我，我猛的将黑老大推开，黑老大一时不备撞到桌子上，他气愤地用力搂起我的胳膊就走。我挣扎着要从黑老大怀里出来，一旁的酒客看了眼凶神恶煞的黑老大，都不敢靠近。

萧亮直接从台上跳了下来，一拳揍在黑老大的脸上，双方混战。

我急忙过去护住萧亮："不许打他！不许打他！"

黑老大捡起椅子就要砸萧亮，我情急之下一把抓起一旁的酒瓶用力地朝黑老大的头砸了过去。砰地一声，他应声倒地，我愣住了，萧亮趁对方还没有反应过来，拉着我就跑。

可是人跑了，该承担的责任还是得自己承担。萧亮的工作再一次丢了，还没有拿到这个月的工资，我非常自责，萧亮却还想着办法来安慰我。

在我们俩为了生活横冲直撞努力的时候，一个久违的朋友敲响了我家的门。

雷奕明坐在我家的沙发上，我还没有从这突然的惊喜中走出来，问他："你怎么来韩国了？"

雷奕明理所当然地说："当然是来看你过得好不好啊？给你打完电话后，我心里一直不踏实，得亲眼看看你才安心。"

"现在你看到了吧？我这不是挺好的吗？"

雷奕明环视一圈："嗯，看来你和萧亮这小日子过得确实不错。这家里弄得很温馨嘛，是泡菜吃多了吗？你现在这个精气神可比在国内好多了。"

"一见面就要损人是吧，当心喝水呛到你。"

我和雷奕明说笑着，一脸落魄的萧亮打开门，看到坐在自己常坐的沙发位置上悠悠喝茶的雷奕明，他皱紧了眉头，语气不善："你来我家里做什么？"

"废话，当然是来看米朵啊，难道来看你吗？"

萧亮生气地说："你给我出去，我的家不欢迎你。"

我拽了拽萧亮的衣角："萧亮，你怎么了，雷奕明是我的朋友……"

"我今天心情不好，不想看见他的这张脸。"

突然响起了敲门声。

萧亮和雷奕明不约而同地吼："谁啊？"

"房东！"

我一惊，连忙要他们别开门。可话音未落，萧亮已经打开门了，我急忙冲出去。

我讨好地对房东笑着："我现在家里有客人，一会儿我再过去找你吧。"

房东态度强硬："说好了你们要交给我的房租呢。上次你说还在这边读书让我宽限了你几天，你也不能就这样心安理得地给我继续住着啊，快点给我房租，付得起就付，付不出来赶紧走人，真是，好几批人要这边的房子呢。"

萧亮疑惑地问："这是怎么回事？"

雷奕明揶揄道："这不明摆着吗，人家房东上门讨房租了。"

萧亮拿出钱包，看着里面可怜巴巴的几张韩币，脸色十分尴尬，雷奕明都看在了眼里。

我对房东说："我的导游工资很快就发下来了，您再给我们宽限几天吧。"

"我也不为难你个小姑娘，你家男人呢，难道房租都得要女人去挣，他窝在家里吃白饭吗？"

萧亮更加尴尬难堪，房东见好就收，离开了，我松了口气。

雷奕明打算掏钱包："你差房东多少钱？我帮你付。"

萧亮立即拒绝："不需要！"

"你不要，难道要米朵跟着你露宿街头吗？"

眼见他们就要吵起来，我连忙站出来打圆场："你们都别吵了！"我转向雷奕明，"这毕竟是我和萧亮的事儿，我会跟他解决的。你才刚到韩国，还是先找个地方休息吧，酒店订了吗？"

他没有再跟萧亮争执："定了，我现在就过去。"走到门口，他又不放心地说，"对了，有需要帮忙的地方就告诉我。"

我笑了笑："不用担心，我和萧亮挺好的。"

雷奕明离开后，萧亮用力地捶了一下墙。

我试探地拉了拉萧亮的手："你生气啦？"

"我是气我自己，他说的没错，关键时刻我连保护自己女人的能力也没有。"

"你别在乎雷奕明说的那些话，他只是想为我好。"

我再次回到公司，经理对我上一次应付好了沈东军表示很满意，给了我一个新的客户，那个悠闲地坐在椅子上等着我的客户，不是雷奕明是谁？他像一个刚毕业的大学生一样，一脸兴奋地拿着自己做的旅行规划本研究着。每和我去一个地方，就划掉其中的一个计划，我们一路吃吃喝喝，无忧无虑，我却始终惦记着萧亮那边的情况，他在做什么？他不会为了筹钱去做什么危险的事情吧？

不知不觉，我和雷奕明来到了海边，海面蔚蓝，远处飞翔着两只白色的海鸟，阳光照得水面波光粼粼。我看着他的攻略资料忍不住笑了。这片海域不是别的，是花津浦海水浴场。

"雷奕明，你也太纯情了吧，居然想来《蓝色生死恋》的外拍场地。"

雷奕明深情款款地看着我："恩熙，一定要再给我一次机会，让我好好照顾你。"我听得鸡皮疙瘩都起来了，看着手里的剧照，恍然大悟。

"喂喂，雷奕明，玩够了啊。"

"不好玩，导游一点都不配合。"他嘟着嘴瞪了我一眼。

"说起小时候，我还真怀念以前，我虽然是个胖子，长得不好看，可是生活好简单，我的脑袋里除了吃饭睡觉，什么都不用想，也什么都不要顾虑。"

雷奕明看着我："如果你累了，随时可以回去，我一直都在那儿等着你。"

我想起之前发生的种种，不知道雷奕明到底有没有放下对我的感情。趁着这个机会，能跟他说清楚也好："雷奕明，我知道你关心我，可我们不是小时候了，我不可能处处依赖你。"我停顿片刻，强调道，"我们，只是朋友而已。"

我知道，这话对他一定很残忍。可也只有这样，才能让雷奕明忘记对我的感情，从那段过去里走出来。

果然，他笑了："废话，我们不是朋友是什么？胖子，你别觉得自己魅力有多大啊，哥们儿早就把你给忘到九霄云外去了！"

听到这句话，我顿时松了一口气，豪气地一拍他肩膀："那就好，我们终于又做回朋友了！好基友，一辈子！"

他用力点头："嗯！一辈子！"他突然想到什么，"说了这么久，我口都干了。胖子，你去帮我买杯咖啡过来吧。"

我起身，迈着雀跃的脚步向咖啡厅走去。

可等我拿着两杯咖啡回来的时候，雷奕明已经不见了。

我没有想到再次见到雷奕明的时候，他竟然会躺在医院的病床上，两只手一左一右地打着绷带吊在脖子上。萧亮也受了伤，他的脸上是小伤口，不严重。

原来在海边不告而别之后，雷奕明就去了我家和萧亮商量解决房租的问题，两人差点吵起来的时候，一伙混混破门而入，正是当初萧亮和我在酒吧得罪的那帮人。雷奕明和萧亮不得不并肩作战，在关键时刻，雷奕明还替萧亮挡了一下，萧亮将雷奕明从打斗中救了出来。我为两人终于缓解了关系而高兴，病床上的雷奕明开始嗷嗷地叫嚷起来。

雷奕明紧拧着眉头："哎哟，哎哟好疼。"

我疑惑地将棉签拿下来："我弄到你的伤口了吗？"

"哎哟，哎哟我的骨头疼，嘴巴边上有点痒，你帮我挠一下。"

他两只手都受伤了，我只好小心翼翼地碰了碰他的嘴角。

"这边吗？"

雷奕明摇摇头，我换了一边碰了碰。

"是这里痒吗？"

雷奕明伸出舌头舔了舔我碰过的地方，奶声奶气地回答："甜的！"

萧亮气愤地推开我，恶狠狠地瞪着雷奕明："你找死吗？"

我连忙拉住萧亮："你别这么凶，他在和我开玩笑呢，再说，雷奕明也是为了我们才受的伤，是我们对不住他，你稍微忍一下吧。"

雷奕明可怜巴巴说："米朵，我好想吃苹果。"

"苹果啊，你等一下，萧亮，你出去买点苹果回来好不好，我在这陪着他。"

萧亮闷闷不乐走到门口，看到雷奕明正一脸享受地接受我给他擦汗，就走了回来。

"你去买苹果，我在这里陪着他。"

我疑惑地问："你确定？"这可不像萧亮的作风。

萧亮肯定地看着我："我确定，你去吧，就在医院下面，别走太远。"

雷奕明冲我哀嚎："米朵你不要去，我不想一个人面对他。"

萧亮呵斥："你住嘴。"

我担心地嘱咐："萧亮，不许欺负雷奕明。我先下去了，雷奕明，如果他欺负你，你就告诉我。"

我担忧地看了雷奕明一眼，离开了病房，在门外，我听到雷奕明指责萧亮："你夺走了我作为病人唯一的乐趣。"萧亮把拳头捏得咯吱响，"我不介意让你再快乐一点。"

转眼之间，我在珠宝设计学院的学习就要结束了。回想起当初在飞机上看着学校的宣传册，幻想着一个人来这边的生活，竟然因为萧亮的突然出现，让一切发生了天翻地覆的变化，也让我更加看清了自己的内心。

回到家中，我准备了丰富的晚餐。

我举起酒杯："为了庆祝米朵同学光荣毕业，干杯。"

萧亮将酒杯凑到我面前，雷奕明低下头抿了一口酒。我将他的酒杯挪开。

"你伤口还没有好呢，不许喝，萧亮，你别给他倒了。"

萧亮和雷奕明默契地对视一眼。

雷奕明悄声问："她平时都是这么管你吗？"

萧亮叹气："是啊，表面萝莉内心御姐，我被骗了。"

雷奕明同情地看着萧亮："辛苦你了。"

我气呼呼地放下筷子："喂！你们两个够了！雷奕明，不让你喝酒是为你好。"

雷奕明装可怜："我都要走了，连一杯离别酒都不送给我喝一口吗？"

我一怔："你要回去了吗？"

"我过来就是为了看看老朋友，去一下以前没机会去的地方，现在都完成了，我也该回去了，我还有工作呢。"

"可是你现在这个样子，连行李箱都拿不好，怎么回去？"我很担心，他的左右手都绑着绷带。

一直沉默的萧亮突然开口："那就一起走吧。我们三个人一起回国。"

雷奕明和我都大感意外。

"你愿意回去了？那你爸那边……"

萧亮笑笑："要面对的终究要面对，逃避不是解决问题的方法，而且在这里，我能给你的东西有限，我这些天一直在想那天打架的事情，如果那天在我身边的不是雷奕明而是你，我真的不敢想象会是怎样的后果。米朵，我不想你和我一起受苦了。虽然我们回去同样也有很多困难，但既然选择在一起，就逃不开这些，我一定会让我爸接受你，不管要花多少的时间和精力，我认定了你，谁都不能阻止。"

我感动地看着萧亮，雷奕明低下头，他双手不便，就将酒杯用嘴巴叼了过来。

"萧亮，这一杯，我敬你。"雷奕明说。

"我先敬你一杯吧，雷奕明，感谢你来韩国，有你这个朋友我很高兴。"

雷奕明勉强用受伤的手托起酒杯碰上了萧亮的杯子。

雷奕明笑笑："希望你和米朵好好过，好好珍惜，我之前和你说过的话算数，所以你随时都不可以掉以轻心，听到没有。"

掉以轻心？他们在说什么？我疑惑着。

萧亮认真地点点头，两人举起酒杯一饮而尽。我看他们似乎已经放下了以前的芥蒂，顿时松了一口气。雷奕明毕竟是我二十年的朋友，我希望他能跟萧亮和平相处。

飞机在机场缓缓滑行，停落。

齐宇很快就带着萧董事长的命令来机场门口接我们。萧亮因萧董事长的命令，先行离开了。

我开始思考我的工作问题，进入通灵珠宝的设计部已经不太可能，我只好去公司的卖场问问看能不能找到工作，却被经理给赶了出来。董事长找到我，提醒我不许再和萧亮扯上关系。我不想影响萧亮刚回国的家庭关系，只好租了一个距萧亮家比较远的地方住着。

雷奕明为我愤愤不平，欲给萧亮打电话，我抢下手机："哎呀，不用了，真不用！雷奕明，你到现在还不明白吗？萧亮他跟我们不一样！"

雷奕明动作一顿，我解释道："我和你家境、背景都相近，所以我们不会有压力。可是萧亮不一样，他是顶着好大的压力和我在一起的，我这时候还给他添乱，我算哪门子女朋友？房子与工作本来都是萧家提供的，他们收回去也是正常。总有一天，我会凭自己的力量让董事长认可我的。"

他心疼地看着我："可我把你交给他不是为了让你受委屈的，万一将来再出别的问题可怎么办啊？"

我笑，揶揄道："哎，听你口气好像是我爸似的！"

我和萧亮都走到现在了，还有什么理由不继续坚持下去呢？

机遇在一天早上冒出了头，我在网上看到通灵珠宝设计部招设计师，决定鼓起勇气从哪儿跌倒就从哪儿爬起。如果卖场不让进，我用实力去竞选设计师总没有问题吧，于是我匿名交上了初试作品。

在国外的专业学习还是有成效的，很快，人事部就通知我参加复审。

我去通灵珠宝复审，没想到负责人竟然是沈东军，我想他可能是因为私人原因才录取我的，心里有一些失望，反而被他嘲讽了一番，他毫不留情地指责我自我感觉太好，好到以为能左右他在公事上的决策。我顿时放下心来，看来不是因为私交的原因，想想也是，我的设计稿是匿名，他们又怎么会猜得到这会是我呢？

"我得提醒一下你，我的要求很严格的，你别给我出什么岔子，要不然我可不会给萧亮面子，我可以把你招进来，就可以把你踢出去。"

沈东军说话虽然毒舌，可是我在心里默默地感谢他，他不说我也知道，之前董事长连卖场都不让我去，现在他能顶住董事长的压力，认可我的才华而录取我，这是一件非常不容易的事情。

再次回到通灵珠宝，我的心情非常复杂。当初是因为林子良想利用我才阴差阳错地进来，现在是作为一名真正的设计师归来。我不再是胆小自卑的米美丽，也不再是软弱稚嫩的花瓶助理米朵。我会用我的力量，站到萧亮的身边。

我匆匆往设计部赶，来到设计部的时候刚好赶上时间，主设计师韦雪儿正在指责刘思源，她指桑骂槐地说："一个新人就敢迟到，她以为公司是你们家的啊，竟然敢让我们一群前辈等着她！"

我知道她说的是我，脚步一顿，装作没有听到一般，向各位老同事打招呼。

韦雪儿趾高气扬道："哦，我想起来了，你以前在我们公司待过是吧？看你的履历，好像还跑到卖场去当了售货员，那以后办公室里的杂活，就交给你了。"

我遇强则强："如果我没记错，我们设计部的杂活，一向都是有专门的助理来负责的。既然我是以设计师的身份进来的，我希望是和大家一起负责设计工作。"

"公司花钱请设计师回来，也不是来和上司针锋相对的。设计部现在由我管理，如果每个人都来跟我讨价还价，那设计部还要主管做什么？"

看来韦雪儿是想给我一个下马威了，我正想反驳，这时候萧亮突然走过来，他看到我在，露出诧异的神情，但很快隐去。韦雪儿和萧亮解释刚才的争执，将责任通通推到刚来上班的我身上，她恭敬有礼的模样和之前的嚣张跋扈判若两人，我不欲多言，只觉得好笑。萧亮越发疑惑，而刘思源突然走出来，她毫不客气地挑明了韦雪儿找茬的事实，萧亮眉头一皱，我不愿萧亮为难，连忙提醒他不过是一件小事，至于我来这里上班的原委，中午吃饭的时候会和他细谈，他看到我又坐到原来的位置上，脸上露出了开心的笑容。离开的时候，萧亮摸了一下我的头发，神色里都是宠溺。

一旁的韦雪儿这才看清楚我们的关系，顿时僵了脸色，狠狠地瞪了一眼一旁看热闹的同事。她很快就改变了对我的态度，对我道歉，请我吃晚餐。

说好中午与萧亮一起吃饭，顺便和他解释我突然"空降"设计部的原因。我拎着精心准备的爱心便当，刚进入萧亮办公室，就看到萧亮和一个气质出众的女士在商讨工作，我听了听，是关于"蓝色火焰"的合作事宜。

"蓝色火焰"是萧亮回到公司后正在全力争取的项目，他很少和我说起工作上的事情，但是这个项目，他曾兴致勃勃地和我介绍过。

"蓝色火焰"是由比利时的欧陆之星公司发布的，目前全球最为先进的钻石切割技术。它将业内传统的57面切工改为现在的89面切工，可以折射出更加完美的光学效果，并且已经在全球范围内取得了巨大的成功。现在有很多家公司都在抢蓝色火焰的销售权，通灵还面临着很强的竞争压力。

我想起董事长曾经和我说起过萧亮的梦想，他热爱这家公司，他想让公司在他手上有更大的发展，在全球范围内产生影响。一直以来，都是萧亮在陪伴我实现我的梦想，可他自己的梦想，从来没有和我说起过。但是从他谈论起"蓝色火焰"时的专注眼神中，我能感觉到他的势在必得。

只是此时提着保温便当的我是如此不合时宜，萧亮也略觉尴尬，忙为我们相互介绍，那位气质出众的女士叫孙菲菲，是孙氏集团的千金。我突然间想到了叶琪，她们一样自信。她说与萧亮在韩国就认识，而我并不知道萧亮在韩国还认识了这样的朋友，难道是酒吧的时候，萧亮说起过的国内捧场的朋友？我的笑容顿时变得有些僵。

孙菲菲嫣然一笑，委婉地提醒我给她冲咖啡。萧亮还在低头看着合同文件，我没辙，只能乖乖去泡咖啡。

萧亮一聊到工作，总有说不完的话题，听了一阵后，我只能讷讷打断，问他什么时候吃饭，他心不在焉。

我的心绪越来越黯然，慢慢退出他的办公室，关上了门。

去吃晚餐的时候，他还在和齐宇沟通这个项目的细则。我闷闷地坐在副驾座上欲言又止。

待他挂断电话后，我试探性地问项目的进展。他像是意识到什么，跟我笑了一笑，没有深入聊下去。我有些自卑地低下了头。

对啊，他所关注的那些都是我不懂的。什么时候我才能真正融入到萧亮的世界里呢？

萧亮察觉到了我的反常，疑惑地道："怎么了？从刚才开始就闷闷不乐的。"

我敷衍着摇头，我只是个女人，我无法大度地安慰着自己说他们只是单纯的合作伙伴。孙菲菲眼底的情意与志在必得，只有我才看得出。

萧亮猜出了我的心思，他笑着解释："我爸之前确实有意要撮合我们，但是孙菲菲知道我有女朋友，已经明确地表示对我没兴趣，我们之间就是纯粹的合作关系。"

我暗暗松了一口气，但依旧没有放下心来。

这天回到公司，我抬头，一看同事们凑在一起，有的在看电脑，有的在看手机，一边看一边小声议论着什么，还用奇怪的目光打量着我，我有些疑惑。

发生了什么事情？

韦雪儿幸灾乐祸地看着我："公司是没出什么事，大家担心的是你。"

奇怪，我这不是好好的吗？

"难道你还不知道？刚才我们公司一些私人沟通群里传萧总他已经有了正牌的女朋友，对方还是孙氏企业的千金，你看还有他们的合照呢！米朵，你跟萧总之间……该不会已经分手了吧？"

"我不知道你从哪儿听来了这种消息，不过，我跟萧亮之间的私事，好像还用不着跟公司交代吧？"

韦雪儿被我顶了一番，似乎很不服气，嘲讽道："萧总和孙小姐的照片都已经出来了，我亲耳听到孙小姐说她是萧总的女朋友，你现在否认也没什么意义。如果孙小姐是正宫娘娘的话，那你又算是什么呢？"

她挑衅地望着我，我冷着脸拿起了一旁同事的手机，手机屏幕上，正是孙菲菲挽着萧亮见客户的画面。

我当然相信萧亮不会背叛我，但多少有些不舒服。这时，齐宇带着林子良走进了办公室。

同事为林子良的回归议论纷纷，刘思源开心地望着他，含情脉脉。

韦雪儿低声不悦道："不是说那个林子良被关起来了吗？怎么又回来当上总监了呢？"

"毕竟是董事长的儿子，回公司也是正常的。只不过主管你都那么欺负刘思源了，现在她有林总监撑腰，以后肯定不会放过你的吧。"同事恶意地提醒着她。看得出，韦雪儿很不得人心。

韦雪儿瞪了那同事一眼，狐疑问道："你确定她是林子良的女朋友吗？不会又像米朵一样是个纸老虎吧？"

我装作没听到，继续处理手中的事情。晚上，萧亮来我新家参观，我心事重重，给他倒了一杯水，没有急着追问照片的事情。

"这里虽然旧点，但是还是挺温馨的啊。"

"真的？我还以为你会吐槽这里小呢。"

他笑："傻瓜。"

我试探地问："'蓝色火焰'项目的事，你们进行得还顺利吗？"

他从身后抱着我，孩子一般趴在我肩头："我在公司已经够忙了，你好不容易才带我回家一次，不会是真的要跟我谈工作吧？我们已经很久都没有像这样在一起了，我真怀念在韩国的日子。"

"说起韩国，你跟那个孙小姐……是酒吧认识的吗？"

萧亮似乎意识到什么，松开了我。

"今天，有人拍到你们在一起的照片，还说她跟别人承认你们恋爱了，那些……应该都不是真的吧？"

　　萧亮不悦地看着我："这已经是我在一天之内第三次听见有人跟我提她了，难道你们一定要把我跟孙菲菲扯在一起吗？我们今天只是一起去见客户，孙小姐谎称我们是情侣，只是为了谈生意而已。如果早知道她会这么做，我一定会提前制止她的。"

　　"我没有怀疑你，只是全公司都在议论，我就是想跟你确定一下而已。"

　　"从你想要跟我确定开始，就已经是在怀疑我了。我以为，不管别人怎么想，起码你是一直都信任我的。"他有些恼怒。

　　"该跟你解释的，我上次都跟你解释过了。我现在没有心情再谈这件事，你好好休息吧。"他冷着脸，转身离开。

　　在他眼里，我对他无条件的信任才是最纯正的爱，可他也忘记了我只是一个普通女人，一个开心会大笑，受伤了也会痛，会有自己的小心思、小计较的平凡女人，我远没有他想的那么完美纯真，我心烦地把熊扔在了床上。

　　为什么在韩国，我们可以相处那么好，回国内了，反倒经常有矛盾呢？我们像是被从一座岛屿扔到了城市，周围潜伏着很多双无形的手，它们在慢慢靠近，试图撩拨我们，撕扯我们。但只要我和萧亮拉住了彼此的手，就能冲破一切的迷雾，我坚信着。

越过谎言去拥抱你

14

拾肆

　　蓝色火焰项目对接会，我作为设计部员工参与会议。

　　我与孙菲菲对视一眼，她朝我有礼地颔首，笑容完美又有分寸。

　　我一愣，实在想象不出此时眼前这个礼貌微笑的人，就在一天前的停车场，她不屑地告诉我，我的见识和资本，都不属于他们这个阶层，没资格谈和他们一起讨论这个项目。

　　这时，萧亮父子大步迈进，孙菲菲连忙起身迎接，甜甜一笑："萧叔叔！"

　　萧董事长立马亲切地道："看你这孩子，怎么过来也不提前说一声呢，好让萧亮来陪陪你！"

　　"我刚才已经找过萧亮了。"

　　萧董事长转向萧亮，严肃道："哎，那你应该和我说一声，陪菲菲吃个饭啊。怎么能扔她一个人在会议室？菲菲，以后合作的次数多了，我们就是一家人，一家人还用得着这么见外吗？如果萧亮敢冷落你，你就来跟我告状，我替你收拾他！"

　　一家人，我沉吟着这三个字，在董事长心里，孙菲菲才是他认定的儿媳妇吧！我难受地别过头。萧亮见状过来圆场。孙菲菲紧挨着萧亮坐下来，与他亲密谈话。

　　雷奕明知道了孙菲菲和萧亮之间的事，立刻提出要帮我"解决"她。我问："怎么解决？你连孙菲菲的面还没见过呢。"

　　他神秘地一眨眼："这你就不用管了。"

在他的计划下，他在我们公司的地下停车场借故擦伤孙菲菲的车，然后顺利拿到了她的电话号码。

因为"蓝色火焰"项目的关系，我连续一个星期都在加班，毕竟是萧亮最看重的合作，我不能如孙菲菲一般出谋划策，但也要尽我的力量帮助萧亮。

在我们常去的烧烤摊上，雷奕明无奈地告诉我，跟踪孙菲菲失败，不仅被她发现，还被萧亮撞破了，不过他代替我将萧亮数落了一顿。

不知道是不是雷奕明对萧亮说了什么，萧亮突然对孙菲菲实行了冷淡政策。这天，他发短信告诉我，他已经彻底和孙菲菲挑明真相了。谁知道感情用事的孙家父女突然决定从"蓝色火焰"的项目撤资，萧董事长怒急攻心，心脏病发，被送进了医院。

而那时，林子良正在办公室找我谈话。

林子良自从监狱回到公司之后，变化很大，很多次的公司会议，萧亮提出的改革措施引起股东不满，林子良反而站在萧亮的立场上让场面和缓下来。

"你这次回到公司，似乎变了很多。"我问他。

他笑了笑，随即有些失落："没想到，第一个相信我变好的人竟然会是你。萧亮一直以为我回来是为了威胁他，到现在还在防着我。我这个做弟弟的说话他不信，就麻烦你替我转达一句吧，我是不会再威胁萧亮的，更不会再为难你。"

之前林子良入狱，当所有人都放弃了他的时候，董事长站了出来，当众宣布他是自己的儿子，而且一直想方设法解救他。当他以为自己一无所有的时候，刘思源却一直没有离开通灵珠宝，还经常去监狱探望他。这些人性的善意一点点地影响着林子良，我相信他确实是在变好。

这个时候，齐宇冲进办公室，告诉我们董事长进医院了。

我们赶到的时候，萧亮正心急如焚地在手术室外踱步。

"怎么会这样呢？我最近明明一直在提醒他按时吃药……"

萧亮疑惑："吃药？爸的心脏早就出问题了吗？"

林子良难过地点点头："他怕你担心，一直让我瞒着你。"

愤怒的萧亮一把揪住他的衣领："你怎么能把这种事瞒着我呢？那可是我爸！"

"难道他就不是我爸了吗？"

他们兄弟愤怒而难过地对峙着，我连忙拉开萧亮。这时候，护士说董事长在手术时大出血，问哪位家属可以为他输血。

萧亮和林子良都冲上去说："我来！"

手术很成功，但情况不够稳定，需要继续观察。

我安慰着忧心忡忡的萧亮。他很是内疚："都怪我之前太草率，如果不是我得罪孙总，也不会害得爸受到这么大的刺激。"

可谁又想到孙总会为了萧亮拒绝他女儿就撤销合作呢？

这时候齐宇匆匆跑进来，说公司几个股东听说董事长进医院很是慌张，内部已有动乱，萧亮必须赶紧回去安抚。

萧亮看着手术室内做后续处理的萧董事长，有些迟疑。

我忽然坚定道："你去吧，我替你守着董事长。我会像守着我爸一样守着他的，绝对不会让董事长出事！"

萧亮匆匆在我的额头上印下一个吻，转身离开。

献完血的林子良神情恍惚而颓废，嘴里一直念念有词，他坐在依旧昏迷的萧董事长旁，喃喃自语着："爸，为什么老天爷要这么对我？这是对我的考验,还是对您的考验？爸，你说我该怎么办……"

他见我走进来，忙擦掉眼角的泪，有些尴尬。

夜深了，房内只有滴滴的仪器运作声。

我凝视着头发渐白的董事长，心中感慨万千，刚才去接资料的时候，萧亮突然拿起通灵珠宝的纪念册说起他爸爸的一些事。

"这是我爸送给妈妈的求婚钻戒，那时候他们还在创业，我妈为了帮我爸省钱，就选了公司里最便宜的一款。"

"这一套，是我出生那一年上市的，项目由我爸亲自负责，他为这一套设计取名叫'爱的档案'，纪念他初为人父的喜悦，庆祝我们有了一个完美的家。"

萧亮慢慢地讲述着，我被长辈久远的故事深深的打动，董事长是个有情之人，虽然专制，但对萧亮的关爱与呵护是显而易见的。

萧亮心情复杂地翻着册子："这是我爸亲手制作的最后一个作品，那一年我妈走了，他的手再也没有碰过钻石切割盘。"

我不禁动容，惊讶地望向萧亮。

他翻开最后一页："也是从那一年开始，我再也没有全心全意地相信过一个人，直到后来，我送给了你这一条 My Queen。"

我本能地摸了摸脖子上的项链，他拥着我，望着办公室外的夜空，幽幽说道："对我来说，你就像这枚钻石的名字一样，是我认定的终生伴侣。除了钻石，这个世界上没有任何东西可以战胜时间，所以它才会用来代表爱情。我之所以要引进蓝色火焰这项全球顶级的切割工艺，也是希望它能见证我们俩和钻石的缘分，它是钻石工艺里至高的璀璨，就像你对我而言，是最深刻的爱情。"

他说的这番话，注定让我一夜无眠。我希望自己变得好一点，再好一点，才能配得上他的深情。

我熬夜赶出了关于"蓝色火焰"钻石的展柜设计稿，希望萧亮拿到"蓝色火焰"项目之后，能放在这个量身定制的展柜里。在医院，我越发认真地照顾起了董事长。在盥洗室清洗饭盒的时候，突然听到几个护士在窃窃私语。

"208 病房病人的儿子真帅！"

"你看你，又犯花痴了吧，你说哪一个啊？"

"那个经常在娱乐新闻上出现的萧亮，高雯的前男友。"

我见他们说的是萧亮，觉得好玩，停住了脚步。

"哦！你说那个啊，我还以为你说另一个呢。"护士的声音突然压低了，"姓林的那个很奇怪，病人是 AB 型，他是 O 型。"

"嘘——这事儿可不能乱说！"

"还用我说吗？那个林先生一听到结果，脸色唰地就白了！"

我的心中一声惊雷，林子良竟然不是董事长的亲生儿子！

我慌乱地退回房间，望着正在沉睡的董事长，心中忐忑不安。怪不得昨天林子良一副心绪不定的模样，原来他昨天早就知道了真相。

萧董事长醒来后对我的照顾颇感不适，这几天我只是把他当成一个普通的身体虚弱的长辈在照顾，有时候都忘了他其实是公司那个运筹帷幄的大 boss，我知道他很想让我离开。而护士在旁边一直赞他有福气，有个这么照顾他的亲人。我们都尴尬不已，我借故走出后，护士还在跟他说着我的好话。

这时候，林子良与他母亲匆匆忙忙走进了病房。

萧董事长对林子良母亲显然不是特别热情，对她的刻意示好也有些不耐烦，林子良提出要主动陪董事长几天。

萧董事长叹了一口气："唉，我就知道，我这一出事，公司里肯定是出了不少的岔子。萧亮现在正是用人的时候，唯一能靠得住的也就是你这个当弟弟的了。你还是先回公司帮他处理公事吧，我这边就不用你们管了。"

林母愤愤不平："振东，子良心心念念地跑过来看你，你怎么就知道想着萧亮呢？你都不知道，这几天你手术，子良都没少待在医院，这医院输血、挂号什么的都是他在跑。"

林子良很谦和地打断道，这是他应该做的。萧董事长看向他的眼神很是欣慰。

我慢慢退出了房间。

董事长出院的时候，我正匆匆忙忙赶去开会。前晚我依旧沉浸在那个巨大的秘密里，正犹豫着要不要和萧亮说，结果萧亮告诉我，"蓝色火焰"的项目竞选失败。我失落地将自己设计的钻石展台设计稿随意放到一边，萧亮拿起我的画稿看了看，我不想他看了更加难受，便将画稿拿了回来。谁知道第二天萧亮在机场追上了那个正要离去的项目负责人，把我的展台设计稿给他们，一再强调了我们公司从细节上对这个项目的重视，没想到那个石头一样坚硬的负责人，竟然被这个一个细节打动了。今天我就接到了沈东军的电话，他们通知我前去洽谈项目设计的细则与定稿。

我惊喜不已，眼看着失之交臂的"蓝色火焰"居然就这么阴差阳错的再次和我们通灵珠宝结缘，这是不是冥冥中在昭示着我和萧亮的缘分呢？

萧亮通过调查，发现这个项目之前险些中止，是因为我们的竞标底价被神秘的内部人恶意泄露，对手突然要以两倍的价格购买"蓝色火焰"！

因为"蓝色火焰"的成功合作，上海一些广告公司有些蠢蠢欲动。

没想到最先找上我的竟然是我曾供职的 L 广告公司 Tina，她很在意这个合作，私底下请我吃饭，希望我为她在萧亮面前美言几句。我害怕极了，真怕她认出我就是曾经的米美丽。

回到公司，我查阅了所有关于这次竞标的资料和方案。平心而论，L 广告在其中只能算是中等，根本没实力拿下这次竞标。这样也好，如果 Tina 无法中标，那我就不用再担心她会认出我了。

很快，萧亮就在聊天中问了我对这次招标的看法。当他提到 L 广告时，我道："我看了他们提交的方案，似乎有不少问题。"

以我曾经的广告策划经验，这点评判能力还是有的。萧亮却似乎很惊奇，这还是他第一次从我的口中，听到我如此态度明确地表达对一家公司的反感。他疑惑地询问我，之前得知我和 Tina 出去聊天，以为我们是认识的，我慌忙解释说 Tina 只是找我了解项目情况。

萧亮不再追问，我暗自发凉，居然这样的小事都传到萧亮耳朵里去了。

事后，我把这件事告诉雷奕明，他一副老谋深算的样子要我以平常心对待，见招拆招，反正最后他都给我顶着，我有了些自信。

第一轮竞标马上开始了，于公于私，我都有立场否决掉它。但是要怎么样做才能不让别人怀疑到我身上来呢？或者，为了以防万一，我还可以利用一下一直在暗处偷偷观察我的人。

是的，我知道刘思源一直在窥探我的情况，

我翻阅着各家广告公司的资料，做综合的广告分析案，刘思源突然走过来，若有所思地看着我："很少见你会这么关心广告的事，你都帮他们分析起策划案来了，一定是很想让 L 广告拿下这个项目吧？"

我摇了摇头，那天和 Tina 见面，萧亮知道，一直紧盯着我的刘思源又怎么会不知道呢？或许我表现得越想帮助 L 公司，反而能达到我想要的效果。

在广告决定会上，一些同事连连举荐去年合作过的 L 广告。

我闻言，顿时有些紧张，正欲开口，林子良却先我一步道："我代表公司设计部，提议淘汰 L 广告。"

我有些意外，萧亮问我的意见，林子良好整以暇地看着我，他想看我怎么证明 L 公司有这个实力，毕竟在刘思源告诉他的消息里，我和 Tina 有过接触，我之前交给林子良的那份广告策划也能证明我和 L 公司有过关系，而我并不想如他的愿。我徐徐站起来，演示我的 PPT，这是我结合了各个公司的风格以及成本做出来的文案，足以证明 L 公司不具有优势。我说："我比较认同林副总刚才的意见，支持淘汰掉 L 广告。"

林子良一愣，不可置信地看着我。我冷笑，看来他上次所说的想做个好人只是一个说辞，他依然在和我作对，和萧亮作对。而我绝对不会再让他有伤害萧亮的机会。

散会后，从林子良办公室走出来的刘思源冷冷地看着我："呵，从你表现出要支持 L 广告，我就应该猜到你是在骗我，而且还一起骗了林总监。"

我挺直了脊背："怪不得林总监会反对 L 广告，原来是你给他报了信。思源姐，你自己误会了我的意思，害得林总监弄巧成拙，怎么能怪到我头上来呢？"

她大概没料到我会如此强硬，只能忍下怒气，压低声音："别以为你装出一副无辜的嘴脸就可以摆脱关系，如果被萧总知道你淘汰 L 广告是为了私人原因，甚至还背着他要手段，他还会把你当成以前那个天真无邪的米朵？"

我苦笑："自己居心叵测，就不要来怪别人，公司不是我米朵可以任意妄为的地方，他们策划案确实不合适产品的风格，于公于私我都可以这么做。"

刘思源气结："你……"她气冲冲地回到格子间。

几个多嘴的同事道："我们未来的老板娘在对另一个老板娘宣战，这就是传说中的豪门斗争吧。雪儿，你说，如果有一天这一对妯娌打起来，我们该站在哪一边啊？"

韦雪儿看着我和刘思源冷哼一声。原本在设计部，她依据她良好的家世和留学背景，是部门里关注的焦点，现在我和刘思源都回来了，听到同事天天都议论着我们两个的八卦，她多少有些不舒服吧。不过随便人怎么想，我不想再做当初被人牵着鼻子走的米朵了，现在谁都伤害不了我，除了萧亮。

Tina 因为方案被否决，不停地联系我，还直接找上门，在办公区内大声喧哗。我忙把她带到僻静处，告诉她我们公司是基于风格与实力才做的决定。她一直误会我是米美丽的朋友，为了帮助米美丽，不惜挟怨报复。

不久后，Tina 找上萧亮，告知萧亮我是出于帮助米美丽的私心才拒绝他们的合作方案。我没想到，那个时候，萧亮就对"米美丽"这个名字上心了。我也不知道，原来刘思源与林子良暗中联系 Tina 开始追查我的过去。

我能改变我的名字，改变我住的地方，可是我改变不了米美丽真真实实存在于我的身体里，她是我的过去，我的声音，我给人的感觉。

我像上了一辆安装了炸弹的列车，不知道列车什么时候会爆炸，我只能保持极速向前，告诉自己要坚强，没有停下来自怨自艾的时间。

直到雷奕明电话提醒我，说要给我过生日，我才记起我的生日到了。

我心情愉悦地来上班，刚打开电脑，同事突然转交给我一份匿名快递。其他同事以为是萧亮送的礼物或情书，忙好奇地围上来。

我被他们说得有些窃喜，躲避着同事的目光，慢慢抽出那张纸，几个字赫然在目——米美丽的人事档案。

像是一盆凉水兜头淋下，我惊慌地把纸合上，腾地站起了身，同事追问是什么，我忙掩饰着是家里的水电催费单。

一定是 Tina！她想报复我在会议上否定了他们的方案。

我把人事档案拿到 Tina 面前，她却一个劲儿否定，说是刘思源从她那里要到我的人事资料，刘思源告诉 Tina，如果不是我用计骗取林子良，L 公司可能并不会输得这么惨。

我忍下愤怒道："如果你仔细去打听打听，就知道这次提出最强烈反对意见的人不是我，而是我们设计部的林总监。至于你口中的那个刘思源，就是我们林总监的女朋友。你觉得，她会跟这件事脱得了干系吗？"

Tina 她依然不肯相信。

我没有继续大费唇舌，冷冷放话道："我不管你怎么想，如果你再跟刘思源接触，针对的就不只是我一个人，而是把萧总也卷了进来。我可以允许你来招惹我，但如果你去打扰我身边的人，我一定不会放过你。"

我回到设计部，正要坐回自己的办公室，刘思源过来问我："听说你刚才无故外出，耽误了我们设计部的工作。林总监让我问问你，你刚才出去干吗了？"

不想和这种人争辩，想绕过她走开，她继续问道："看你从收到那份快递开始就不正常，该不会是有什么事瞒着我们吧？"

我笑笑："我的私事，还需要跟公司交代吗？"

"都说了是上班时间，这还算你的私事吗？"说罢，她一手抢过我的包，从包里抽出那张米美丽的人事档案，一脸嘲讽地看着我，"这又是怎么回事？"

我感受到了极大的侵犯，她一次次逾越了我的底限，一次次践踏我的退让，我怒不可遏，大声说道："思源姐，你别太过分！你有什么资格管我？就凭林子良是你男朋友，你就来我面前耀武扬威？你把自己托付给一个那样的男人，为了他过这种勾心斗角的生活，难道你就不觉得卑鄙吗？"

"我卑鄙？我就算再卑鄙，起码从来没有伪装过自己，你表面上装出一副单纯善良的样子，骗得所有人都来相信你，背地里却不知道隐瞒着多少秘密。你以为，你这副假面目还能伪装很久吗？你早晚会有被人揭穿的那一天！"

我理直气壮地盯着她："你错了，每个人都有自己的隐私，如果你触犯我的隐私就不要怪我不客气，我有权利保护我自己，如果你继续背着我搞这些小花样，还想利用这种事来伤害我，伤害萧亮，我是不会一再忍让的！"说完，我把这份档案揉成一团扔进了垃圾桶。

萧亮约好晚上要带我出去庆生，我却执意要回家度过生日，我已经有了一个生日之夜的想法，趁萧亮还在和客户洽谈，我提前回家布置。

我一边哼着歌一边将玫瑰花瓣洒到沙发上、地毯上，接着又把香薰蜡烛挨个摆好，并小心点燃。做完这一切后，我小心翼翼地把生日蛋糕放上桌子，依次插好蜡烛。最后，我大功告成地一拍手：接下来就只剩最后一项了！

我高高兴兴地向卧室走去。

门铃声响起。

萧亮在门外叫我开门。

随着他一拍门，原本虚掩着的门被推开，他疑惑地走了进来，被眼前的景象惊呆了。房间里没有开灯，地上铺满了星星点点的蜡烛，桌子上则放着生日蛋糕。伴随着《祝你生日快乐》的音乐声，我先是从卧室内伸出一条大腿，紧接着以性感短裙和兔女郎装扮走出，随着音乐性感的舞动起来。我拙劣的模仿着玛丽莲梦露唱生日快乐的经典桥段。萧亮不动声色地看着这一幕，我一边跳一边贴近萧亮，用各种动作勾引着他，最后，一把抓住了他的领带。

我抛着媚眼："你回来了。"

萧亮完全不在状态地问我："你认识一个叫米美丽的人吗？"

我一怔，全身的动作瞬间僵住，松开了萧亮的领带。

我心虚地问："你、你说谁？"

"米美丽，你不是应该跟她很熟悉吗？"

我如坠冰窖，顿时所有的心思全因为这一句话烟消云散。他知道了什么？还是已经全部都知道了？

我心慌不已，但还想做最后的挣扎："我怎么会跟她熟悉呢，她不过就是个长得很丑的大胖子而已……"

萧亮打断："Tina 说得果然没错，你早就认识米美丽了。"

我似乎明白什么："你刚才说要去见客户，指的不会就是 Tina 吧？她还跟你说什么了？"

"她跟我说什么不重要，重要的是你为什么隐瞒我。就在刚才，你还说米美丽就是个大胖子，她不是你的朋友吗？"

我辩解："美丽她虽然是我的朋友，可她以前是挺丑的，我怕你知道了嫌弃她，所以才没有告诉你。"

萧亮无奈地摇头："我早就已经见过她了，米美丽没有你形容得那么差。"

我没有听错吧，萧亮竟然在为了米美丽争辩，他不是很讨厌她吗？

我惊讶地问："你、你说什么？"

"我们公司上一次跟 L 广告合作，就是因为我看中了米美丽的策划案。虽然她外表确实有些不起眼，但她是一个非常有才华，也非常令人欣赏的员工。如果不是因为米美丽离开了 L 广告，我也不会中止跟他们公司的合作。"

我呆呆地发怔："真的吗，在你心里，真的是这么看待米美丽的吗？"

萧亮沉默片刻后，愧疚地说："可惜，米美丽已经离开了。当初她之所以离开 L 广告，其中应该也有我的原因。我对她……说了一些过分的话，也许在无意间伤害了她。如果我当初没有那么做，也许，米美丽就不会失踪了。"

我感动不已，这几乎奢侈的惊喜像碎石击破了我长久沉寂的自卑，原来，原来我在他心里不是那么糟糕的，原来萧亮一直都是认可我的。我感动地说："没关系，如果美丽知道你这么肯定她，心里一定会原谅你的。你知道吗，这还是我第一次听到别人这么肯定她，而且那个人还是你……萧亮，谢谢你，这是我收到过的最好的生日礼物……"

我说着，紧紧地抱住了萧亮。一旁，生日蛋糕上的蜡烛正闪着美丽的光。像是夜空里的星星，为了拥有你，我必须冲破最冰冷的长夜，却甘之如饴。

次日，我就收到了 Tina 的电话，她约我见面。

我刚一进咖啡厅，正在寻找 Tina 的位置，听见有人叫了一声米美丽，我闻声一看，Tina 在身后对我微笑，那笑容如此诡异，我的身体瞬间僵住了。

Tina 玩味地笑着说："果然行动比语言更容易出卖一个人，我只是随便探探你，你就已经露馅儿了。既然是多年的老同事，你就不用再继续装下去了吧？你打电话来我公司预约的时候，我秘书说你的声音和米美丽如出一辙。你来我办公室的时候，都不需要别人指引，如果你不是米美丽，那你是谁？"

原来是上次去 Tina 公司就让他们对我的身份起疑，我故作镇定道："的确是我的纰漏，我用什么和你交换，你才能忘掉那段记忆？"

"既然你都主动开口了，那我也不想跟你客气。我要你帮我拿回这次的广告，而且要让萧亮同意长期跟我合作。以你现在的身份，要做到这些恐怕是易如反掌吧？"

我心中一惊："就算我是萧亮的女朋友，也不可能去干涉他对公司的管理。我说的条件是我能力范围以内的，希望你不要扯上我身边的人。"

Tina 恶毒地盯着我："没想到，你别的都变了，天真这一点却还是跟以前一样。在你身上，除了萧亮女朋友的身份，还有其他可值得利用的吗？该说的我都已经说清楚了，如果你没有帮我保住这个项目，就别怪我没帮你保住你以前是米美丽的秘密。"

我平静道："你以为，把我是米美丽这件事情告诉萧亮，他就会把这次广告的机会给你们了吗？以我对萧亮的了解，如果你把这件事告诉他，他只会变本加厉地厌恶你，永远都不可能给你任何合作的机会，而且你觉得我们公司会放过你吗？"

"那又怎么样？我现在就是要让你付出代价！等所有人看到你那副又胖又丑的样子，我倒要看看你还能怎么收场，萧总还会不会让你当他的女朋友！"

她的眼神里满满的恨意和威胁。

我直视着 Tina，声音沉稳："你只知道要让我付出代价，难道就不好奇我会让你付出什么吗？实话告诉你，我保存了在 L 广告工作期间的每一份策划，还有你剽窃我这些策划的证据。整整三年的时间，至少上百份作品，应该也够给你一个侵犯著作权的罪名了吧？"

她依然不信，我冷笑着，不慌不忙地说道："我做过容貌修复手术不算犯罪，但你剽窃的新闻一出，这个行业根本容不下你。到底是谁更惨？、我无怨无悔地给你当了三年的替身，你的每一份作品，每一次成就，都是用我的才华和努力换来的！"

"那……那也是你自愿的，你自作自受！"她的声音有些心虚和颤抖。

"对啊，我是自愿的，甚至你把我开除，我从来都没有恨过你！直到后来我遇到了严重的车祸，差点死掉，不得不做了手术，我都从来没有想过要怪罪到你的头上。可是，我现在不一样了。我已经是死过一次的人了，不会怕再死一次。现在的问题也不是你想不想毁了我，而是我要不要毁了你。"

Tina 黯然低头，似乎在回忆什么。

我掏出一张名片："这家公司招聘大客户经理，是我的熟人，根据我对你的了解，你其实更适合这个岗位，我相信你可以胜任。"

她有些愧疚地沉默着。

"你放过了我，也就等于放过了你自己。"我转身离去。

不知道她会选择什么样的道路，可是我也紧握着战争的筹码。但对于我和萧亮的未来，我越来越恐慌，我好怕有一天一觉醒来，就失去了我最爱的人。

我一直在故意隐瞒我的身份，我向他撒下了第一个谎言之后，就不停地得找第二个、第三个谎言去缝补它，否则，它会露馅儿。一切幸福便会化为乌有。

在萧亮送我回家的时候，我情不自禁地跟他说："萧亮，我们结婚吧。"

这几个字突然说出口，我心里顿时一松，我们结婚吧，在我的谎言水晶鞋没有被十二点的钟声拆穿之前，我想做你的新娘，用我一切的努力让你幸福。

萧亮有些愕然，但随即喜不自禁，我们之间最大的问题是董事长的阻挠，但因为之前在医院一直照顾董事长，他似乎对我大为改观，开始愿意接受我们。

周末，我精心打扮后，按响了他家的门铃。林子良母亲开的门，我客气地问好，林子亮正搀扶着萧董事长过来，我喊着董事长，为他拉开椅子，他乐呵呵地提醒我该改口了。

一句"爸爸"僵在我的嘴边，羞涩不已。

萧董事长慈祥地说："米朵啊，你也用不着紧张，既然我们都要成为一家人了，那就把这里当成自己家吧，什么时候有空把你爸妈接过来，我们一起聚聚吃个饭。"

他突然间要约我爸妈来上海见面，我震惊到筷子都掉地上了，这要我怎么和爸妈说起这一切？这一年多，我都没有回去过，过年是在韩国度过的，之前车祸整容的事情也没有和二老提过。

林子良突然接了刘思源一个电话，之后他若有所思看着我，我闪过一丝不祥的预感。

下午回家时候，萧亮去取车，林子良突然在花园里叫住了我。

"米美丽！"

我脚步一顿，僵在了原地。我的大脑里一片轰鸣，他查到了什么？他到底想做什么？无数个问题在我的脑海中浮现。

"是不是很久没有听到这个名字，有点反应不过来了？"

我强作镇定地看着他："你喊错了，我是米朵。"

林子良饶有趣味地看我："是吗？想不想知道我的意思？"

这时候萧亮取车出来，见我脸色苍白，连忙问林子良对我说了什么。

林子良无奈地摊手，似笑非笑地看着我："米朵，是你和萧亮说还是我和他说？"

我吓得浑身发抖，拼命抑制着心中的恐惧，我像是一只被他扼住了咽喉的小鸟，只能无助地看着猎人的眼睛。可如果真的要拆穿这一切，那也应该是我来说。我鼓起勇气，认真地看向萧亮，声音干涩："萧亮，我……"

"……其实也没什么事情，我过来就是和米朵说一声，虽然之前我们有很多不愉快，但总归我们以后就是一家人了，爸和妈都说了，往后要多带米朵回家吃饭，一起培养一下家人感情。"林子良突然打断我，脸上带着诡异的笑容。

我神色复杂，僵硬地点了点头。

下车回家的时候，我心不在焉，下车的时候一不小心摔跤了，萧亮忙问我怎么魂不守舍，从刚刚开始就一直不对劲。

"我有点冷……"我喉咙发干。

萧亮搓了搓手，然后双手握住我的手，放在嘴边呵气。

"怎么样？现在暖和点了吗？"

我含泪望着萧亮，这个我随时都会失去的美好，我要有多努力，才能留在你的身边？我的眼泪情不自禁地流下。

"你怎么哭了？"

我随意地擦了擦："没有，风太大，沙子进眼睛了。"

萧亮心疼地看着我："你到底怎么了？在韩国的时候，我们不是说好了要对彼此坦诚吗？你不要把事情闷在心里，说出来，我和你一起面对，好吗？"

"我不知道该怎么对你说。"

"是不是因为今天去家里吃饭让你有压力？"他温情地看着我。

我不敢坦白，轻轻抱住他，疲倦地说："你知道我很爱你的吧？"

他笑着："傻瓜，我当然知道啊。"

"嗯，你只是记住无论发生什么事我都是爱你的就好。"

我只怕你知道真相后，会觉得我的这份爱是一种侮辱，这颗真心是一场骗局。

第二天，林子良把我叫进了办公室，开门见山要求我帮他做事，借机对付萧亮。我低头笑笑："我爱萧亮是一辈子的事情，我是为了萧亮才走到今天这一步的，你觉得我会为了隐瞒自己的秘密，去帮助你对付萧亮吗？"

林子良不怒反笑："既然你这么说了，那我也就没必要再给你留面子了，萧亮最讨厌别人欺骗他，真期待萧亮看到真相的样子，那一定是今年最有趣的画面。"

我气愤不已，我应该要怎么样让他闭嘴，突然，我的脑海里浮现出在医院里的那一幕，那个护士说的关于血型的真相。

我转身，神色坚毅地看着林子良："如果你要拿我的秘密攻击他，我会奉陪到底！如果你敢发布真相，那我立马让董事长看到你和他的血型匹配证明。一直以来韬光养晦的林二少，根本就不是萧家的骨肉。听说董事长已经开始立遗嘱了，他要是知道真相，你还会拿到什么？"

他惊惧交加地看着我："原来你一直都知道？米朵，你一直都在等这一天是不是？萧亮还说要保护你，呵，你比我们想象得要厉害多了，表面上让别人误以为你很柔弱，等到别人放松警惕的时候，再一口咬中你的敌人，好，很好！"

我愤愤不已："林子良，没有谁会喜欢被人威胁，我之前不说，是因为萧董事长刚动完心脏病手术，我不想在一个病床上的老人伤口上撒盐，之后我就更不想说了，你们家已经够乱了，我不想再让萧亮难办。我的话就说到这里，每个人都有自己的秘密，我不奢求别人能理解，但如果你要拿我的秘密攻击我，我只好和你奉陪到底。"

我大步离开了林子良的办公室，因为这几天的事情闹得我心神不宁，我的设计稿完全没用心，公司要设计一款男戒在周年庆典后发布，我没有头绪，整个脑袋像被掏空了。

我低沉的状态被沈东军发现了，他把我叫去问话。看着他关怀备至的双眼，我突然涌出一股冲动，想把一切秘密都告诉他。

可是，现在的米朵，已经不是那个遇到困难就可以去找雷奕明，找萧亮，找周围的朋友帮忙的那个米美丽了，我身上背负的秘密迫使我急速成长，急速坚强，不管多痛，我都只能缄口不言。

晚上萧亮问我为什么最近都不开心，我只说没灵感工作。他突然提出要见我爸妈，早点把婚事定下来。

我勉强笑笑，我该怎么和我爸妈说起这些事情呢？

"我爸妈还没退休，请假也需要时间，我先联系下他们，到时候什么情况，我再告诉你。"我飞速地拼凑着对应的话语。

萧亮正在按摩我太阳穴的手停住了，我不敢回头看萧亮的表情。

"那好吧……那我就再等等。"

萧亮走后，我犹豫再三，还是拨通了二老的电话。只说我有喜欢的人，且为他而瘦身了。爸妈很心疼，我除了感动，无法向他们倾吐更多。

谁知道，第二天，爸妈突然打电话告诉我，他们已经在上海机场了。

我一愣，他们为什么来了不告诉我一声？

妈妈说："不是你们公司的同事打电话来，邀请我跟你爸来上海参加你们公司的周年庆的吗？不过，你就不用管我们了，你同事说公司会派车过来接的，你就安心地工作吧！"

我一愣，怎么会有公司同事叫我爸妈过来？我很快就意识到这是个诡计。挂掉电话，我往林子良的办公室走去。

命运是一个圆，绕得再远也会有相见的一天

15

拾伍

在这个世界上，父母永远是最爱你的两个人，他们会包容你所有的不完美，原谅你所有的错误。

坐在雷奕明家不远的咖啡厅，雷奕明对我说了这样一番话，我的手有些颤抖，连咖啡勺都握不住。

此时此刻，我的爸妈就在距离这里不远的雷奕明家。

上午，知道林子良用计把我爸妈叫来了上海，我挂断电话后，委托雷奕明把我爸妈接回来，现在二老暂住在他家，可我不敢上楼去面对他们。我不知道如何告诉我父母我这一年多所经历的一切，怕他们心疼，怕他们失望。

犹豫了半天，终于颤抖地敲开了门，可我怎么也没有想到，萧亮竟然在屋里，和我的父母站在一起。

我震惊异常，一切来得太突然，他们之间不会说破什么了吧？

妈妈看着我，难过却侥幸的是，她没有认出我，热情地赞我漂亮。爸爸也跟着笑着，问我和雷奕明是什么关系。

我心里酸涩不已，现在连爸妈都不认识我了，叫我如何和他们开口呢？

而萧亮竟然是因为昨天在雷奕明这休息，不小心把钱包落在了这里，正好遇到了我爸妈，还好萧亮只认为他们是米美丽的爸妈，并没有联想到我的身上。

雷奕明看这局势，怕我们露馅儿，连忙把萧亮带走了。

爸妈以为我是雷奕明的朋友，忙热情地招待着我："你也姓米啊，和美丽玩得好不好？她现在还没下班呢，你等等啊。"

我终于掩饰不住情绪，痛哭起来："爸妈，我就是美丽啊。"

我哽咽着将车祸，整容种种事件一一说出，事情发生不过才一年多，可恍如隔世。我紧张地看着爸妈，他们惊惧交加，不可置信。

妈妈拿起手机打我电话，一见手机在我包里响起，她冲过来抱住我，放声大哭："傻孩子，你怎么在外头受了这么大的苦？谢天谢地，现在你平平安安。"

爸爸偷偷擦掉眼泪，突然威严道："受伤到现在，你就一直在用米朵的身份吗？"

我向他们解释现在的情况，提起萧亮并不知道我的身份。爸爸勃然大怒，严令要我跟萧亮去解释，不能让我们的感情建立在谎言上。我不知该如何向萧亮坦白，也无法忤逆父母的心意。一向耿直的爸爸把我推出了家，狠狠关上了门。

妈妈在里面一边哭着一边劝着爸爸。

不管我怎么拍门，爸爸就是不开，我难过地坐在阶梯上。

爸妈是心疼我的，可他们觉得这一辈子去隐瞒一个秘密实在太累了。他们不愿让我背负这个心理负担，从此艰难地生活。

我坐在楼梯上，将头埋在膝盖，无声地哭泣。

为什么会那么难？我错过一次又一次解释的机会，火灾的那场通话，雷奕明冒死抢回的那个 U 盘……我们都一次次和真相擦肩而过。

可我终究还是要面对这一切。

找到萧亮，我鼓起勇气欲跟他说出真相。可每次话到嘴边，看着他望着我温柔的神情，我又忍不住生生咽了回去。再等等吧，等我跟他好好相处最后一天，等我能忍住不哭的时候再向他告别……

回到家，我坐在门外的楼梯上发呆。雷奕明得知情况后赶过来，坐在一旁静静地陪着我。不知道过了多久，他说："别担心了，我会帮你劝好你爸妈，至于萧亮，你以后有机会再告诉他吧。"

他送我下楼，沉重地望了一下家门。

我本来还在想怎么博取爸妈的原谅，没想到雷奕明居然发挥了灵丹妙药的功效。第二天下班，我精神萎靡地回到家中，突然闻到一阵香味，爸妈正在张罗晚餐，爸看了我一眼，神情严肃："回来了，快过来吃饭吧！"妈妈正系着我的粉色小围裙正做菜。

我目瞪口呆望着这一切，这么说，他们原谅我了吗？

我捧起饭碗，眼泪终于流出来。

爸妈忙安慰我，好不容易收拾好情绪，爸爸板着脸告诉我，除非我向萧亮坦白所有的秘密，而且萧亮可以不介意我的过去，否则我不能和他在一起。他们一再谈起雷奕明的好，言辞之间很想撮合我们。

我有些尴尬，只能一再说明我与萧亮之间发生的一切，以及越发坚固的感情。爸爸有些恼怒。房子里突然陷入一股可怕的安静之中，在这无尽的沉默里，我的妈妈偷偷做了一个我意想不到的决定。

翌日，妈妈来到了通灵珠宝，她本来是想找萧亮，却阴差阳错地和董事长见面了，直言不讳地说她就是萧亮女朋友的母亲，董事长开始对我有了怀疑。

妈妈慌慌张张地回来找我，她担心自己已经露馅儿了。

我手机响起，董事长来电。我沉默片刻，接通了电话。

妈妈担忧地看着我，我深呼吸，给她一个宽慰的笑。

我或许不够勇敢，但是事情到眼前了，也不会惧怕，我该和他们摊牌了。

我来到董事长办公室，静静地低着头。

萧董事长一脸狐疑："既然你父母都来了，为什么一再推辞双方见面的事？"

"对不起，董事长，我之前一直都骗了您。"

萧董事长有些生气："虽然我之前一直都反对你，可那是担心你对萧亮别有用心，并没有想过要去为难你的家人。既然我们马上都要成为一家人了，你又何苦把家里的事瞒着我，不让你父母来跟我见面呢？"

我既感动又愧疚，内心挣扎不已，米朵，大胆说出来吧，不要怕！我深吸一口气："我不让我爸妈来见您，并不是为了这些，因为我……我……因为我做整容手术之前，是个长得很丑的大胖子。"

说出真相是如此痛苦又是如此轻松，董事长呆住了。

"你、你说什么？"

我语无伦次地辩解，凭着感觉将过往的一切——说出。

董事长愤怒不已："你已经伤得我儿子够深了！他如此全心全意地相信你，你竟然敢对他撒下这种弥天大谎，还有脸敢对我们提出结婚，你简直是在戏弄我儿子，戏弄我们萧家！枉我竟然决定要接受你，你真是辜负了我对你的信任！"他头发花白露出疲态，我看得心头一紧。

我懊悔地不停鞠躬："对不起，董事长，真的对不起，求你千万不要把这件事告诉萧亮，他知道了一定会恨死我的，求你千万不要告诉他！"

董事长不停地喘息着，片刻后，他重新恢复平静和冷漠。

"米朵，我答应你的请求，不让我儿子知道这件事。"

我惊喜不已，含泪鞠躬："谢谢，谢谢董事长。"

董事长打断："先不用急着感谢我，我既然答应了放过你，你就应该知道自己要付出什么样的代价。"

我脸色一黯，绝望地说："我明白。"

我明白，董事长不会说出这个秘密，但是我要做的，就是带着这个谎言，彻彻底底地离开他。

我一脸绝望和麻木地呆立在通灵珠宝门口，仿佛已经痛苦得失去了反应。忽然，我听到车驶近的声音，连忙调整表情，强忍痛苦换上一副开心的样子。

萧亮把车停在我面前，打开车门。

我们几乎同时说："我有话想告诉你——"

萧亮笑着："你先说，我还不着急。"

我勉强笑了笑："不用了，还是你先说吧，我……还可以再晚一点。"

萧亮看了看四周："在这儿开口似乎有些不方便，我们换个地方吧。"

我疑惑："换个地方，去哪儿？"

萧亮笑了笑："一个可以让你记住一辈子的地方。"

到了这个时候，他还在想办法让我快乐，看着他幸福的样子，我心中更加痛苦。只能强忍哭意转向窗外。

我故作开朗地说："你要带我去什么地方呀？说得我都有些等不及了。"

萧亮开着车，他的嘴角泄露出一丝笑意，而我的泪水已经烧灼了眼眶，车慢慢驶出通灵珠宝。

海浪在一波一波地涌上来，萧亮牵着我的手，迎着风手牵手走在海边，我另一侧的手却紧紧地攥成拳，在不停地发抖。这是我曾经多么渴望的牵手啊，可是在这告别的时刻，他烫得我支离破碎。

"不是说有话要告诉我吗？你想跟我说什么？"我压制着内心的怆痛问他。

萧亮脚步一顿，紧张地深呼吸两下，突然走到我面前，单膝跪了下来。我惊讶地捂住嘴，一时间失去了反应。

"米朵，你愿意嫁给我吗？"

我哽咽不已，难以回答。这个我梦想过无数次的场景，在我真正面对的时候，竟然是如此地痛苦和欢欣，这两种情绪激烈地回荡在我的心中，快把我所有的氧气都耗尽了。

"在给你买这枚钻戒以前，雷奕明曾经问过我一个问题，他说如果有一天，你胖了，丑了，甚至还欺骗了我，我还会不会一样爱你。"

那双明亮如星芒的眼睛紧紧地盯着我，我痛苦得紧咬住下唇不让自己哭出声。

萧亮继续说："我想过所有的可能，发现唯独有一样是接受不了的，那就是让我离开你。米朵，我希望能陪你经历人生中所有的事，照顾你，保护你，宽容你的不完美，然后跟你白头到老。你愿意跟我一起吗？"萧亮的声音仿佛来自天堂，无限地接近幸福，却那么地不真实。

我没有回答，上气不接下气地哭泣着，萧亮误以为我是太过感动，他从丝绒盒子里拿出钻戒，正要套上无名指，我忽然缩回了手，萧亮一怔，意外地看向我。

"对不起。"我喉咙发紧，这三个字像是我给自己下的判决书。

"我反悔了，我根本就不想嫁给你。"

萧亮还没有反应过来："你又跟我开什么玩笑呢？"

"你错了，就是因为我不想拿着自己的婚姻开玩笑，所以才要拒绝你。"

萧亮终于意识到问题，脸色一变，站了起来："你这是什么意思？"

我强忍住心痛，故意说："因为我已经累了，从我们在一起以来，一直都是我在追着你跑，我都已经累了！如果你是真的爱我，那就放我走吧……"

"我不相信，我不相信你说的每一个字。"他捏住我的下巴，让我不得不看着他。

"你看着我，看着我把你刚才的话再重新说一遍！"

我用力地挣扎，却被萧亮捧住脑袋，强吻了下去。我们缠绵而痛苦地拥吻着，我能感觉到萧亮的颤抖，伴随着我撕扯的内心，疼痛一圈一圈泛滥开去。许久，萧亮松开了我。

萧亮狠狠地盯着我："现在你告诉我,你不爱我了吗,不想再继续跟我在一起了吗？"

我痛苦地跟着说："我——我——我不爱你，我不想继续跟你在一起。"

萧亮仿佛被人抽走了所有的力气，颓然后退一步，呆呆地望着我，我脚步凝滞，终于转身。

萧亮大喊着："给我回来。"

我哭着继续向前走脚步跟跄，却始终不肯回头。

萧亮大声地喊着："就算你不爱我也没关系,只要待在我身边也好！米朵,我求你！"

这一句话像尖刀一样插在我的心头，我的心绞痛不已。身后是我此生最爱的人，可我不得不离开你，因为我不堪的秘密，和你太过完美的感情。

萧亮对着大海痛苦地大喊："啊——"

我听到萧亮的喊声，终于忍不住回头，却看见了他毫不犹豫地扔掉了戒指，奔跑着离开。我只好深一脚浅一脚地走回去，我吃力地走到海滩中，却因为高跟鞋而摔了一跤，爬起来后把鞋子甩到一旁，向着冰冷的海水中走去。海水慢慢浸湿了我的脚和裤腿，我疯狂在水中摸索着萧亮扔掉的钻戒。

我哭喊着："别走，别被海水冲走，你给我出来，给我出来！"

我一边号啕大哭一边跪在海水中寻找着，随着浪潮不停涌上，我的全身都被扑湿，狼狈不堪，最后，我摸索着走向浅滩处。

"求你了，求求你给我出来，别让我失去他，不要让我失去萧亮……"

我摸着摸着，似乎感觉到了什么，动作一顿，冻得通红的手终于从海里捞出了那枚钻戒，我颤抖着把钻戒捂到自己的心口，上气不接下气地哭了起来。

我一身湿透，狼狈地走入家中。爸爸匆忙跑进洗手间拿出毛巾，妈妈扶着我坐到沙发上。

妈妈紧张地问我："你跟萧亮他爸谈得怎么样了，为什么会这幅样子回来？女儿，是不是人家欺负你了，你倒是跟妈说句话啊！"

我虚弱地靠在妈妈身上："妈——我觉得自己撑不住了，我们离开上海好吗？"

爸妈对视了一眼，我知道他们会尊重这个不听话的孩子做出的所有选择。

我没有想到有一个人会和我一样地任性，那就是雷奕明。

他的同事找到我，将雷奕明的辞职报告递给我。他竟然想辞职和我一起回家。我要他同事不要将这份报告上交，我会劝说雷奕明。

我心事重重地走到家楼下，一抬头，却发现雷奕明正在路灯下。他走过来，脱下自己的外套披在了我的肩上。

"大晚上的，怎么穿得这么少啊？"

说着，他脱下自己的外套穿在了我身上。看着雷奕明无微不至关心我的样子，我却感到愈发的愧疚。他不是天生就应该对我好的，更不应该为了我而放弃自己的事业。我脱下外套，披回了雷奕明身上，细心地为他穿好。

"雷奕明，就把今晚当成你最后一次帮我吧，我还是要跟你说那句话，对不起，我能配得上萧亮的喜欢，却配不上你的深情。"

雷奕明装出一副吊儿郎当的样子："知道配不上就更应该好好珍惜……"

"可是在我心里，你也值得成为另一个人的星星。雷奕明，别再只看着我一个人了，在你身边，也有像我爱萧亮一样爱你的人，你应该去好好珍惜她。"

雷奕明拉住我喊着："胖子。"

我扯开雷奕明的手："你说你注定只能站在守护我的位置上，现在，你不用再继续守护我了，我放你离开。"

我说完，走向单元楼内，和雷奕明擦肩而过，雷奕明，我不能再拖累你了，离开我，是你最好的选择。

回到家，行李打包了一半，我突然坐在地上，我陷入了一种无法言说的难过当中，过往的记忆在这漫长的午夜里如同潮水一般纷至沓来。

我的眼泪大颗地掉下来，走到书桌前，将搁置了好久的设计稿纸拿了出来，我笔下的设计终于有了感情，和雷奕明的回忆都是他馈赠给我的守护，我从来没有忘记过，在离开之前，我必须将它们都纪念下来。

用这一夜的伤心，我绘制出了我的新作品——守护，设计稿的一笔一划里，都记录着我和雷奕明之间的友情。只不过我离开上海之后，设计的这些作品，都只能默默地珍藏在案底了吧。

次日一早，和爸妈打包好所有的行李后，我恋恋不舍地望了一眼小屋，我就要离开这个地方，从此，再也没有通灵珠宝，再也没有萧亮，再也没有那些纷纷扰扰的过往。

我走到楼下，没想到萧董事长已等候多时。

我平静地说："我已经按照您的话跟萧亮分手了，我会离开上海。"

萧董事长眉头一皱："离开？"

"只要我还在上海，萧亮是一定会再找到我的。要想不再打扰他，就只有我走，彻底地离开上海。董事长，您也多保重。"我向他恭敬地鞠躬，转身离开。

萧董事长突然叫住我："慢着！"

我脚步一停，转过身，萧董事长从车里走了下来。

萧董事长说："你留下来吧……萧亮他离不开你。"

我大为不解："可是我在这么大的事儿上隐瞒了您，隐瞒了萧亮……"

萧董事长斩钉截铁地说："那就隐瞒他一辈子，永远都不要让我儿子知道这件事。我宁愿让你骗得他幸福一辈子，也不想让他因为失去你而一直痛苦下去。"

我愣住了，不知道为什么董事长会有这么大的变化。

他疲惫地说："昨天萧亮喝得酩酊大醉，我从没见到这孩子这么失意绝望过，他说这辈子最爱的是你。我不想他再这样下去，所以我希望你回来之后，不要再伤害我的孩子了！"

我惊愕地看向他，他似乎像老了十岁一般，颓态尽显。当初他一手架在我和萧亮之间的那座障碍，似乎已经在这份父爱之下消失无踪。

因为董事长的同意，我立马奔向了萧亮的家，我迫不及待要和他解释清楚，要告诉他这个天大的好消息。

他在睡梦中紧紧地蜷缩着身体，似乎在梦中抽泣，我心疼地摸上他的脸。他看到是我，顿时醒了过来。

萧亮不可置信地问我："真的是你吗？"

我歉疚地说："对不起。"

萧亮心痛地慢慢抬手，摸向我的脸，在触碰到我的瞬间，他迫不及待地把我抱进了怀里。

"我以为你真的离开我了，谢谢你，谢谢你愿意回来……"

我们紧紧相拥着，这真是一个差一点就失去的怀抱啊。

萧亮恳切地说："永远都不要再离开我，好吗？"

我举起手，无名指上的钻戒散发着温暖又透亮的光芒。

"从今以后，就算你赶我，我也不会离开你的。我已经是你的未婚妻了。"

萧亮惊讶而感动："你又把它找回来了。"

我心情复杂地看着钻戒："对啊，一旦戴上，你就要对我负责一辈子了。"

眼神对视着，他再次将我揽入怀中，唯有拥抱才能告诉对方最真实的心跳。

爸妈很担心我和萧亮的情况，我从萧亮家一下楼，他们居然就在楼下等我。我最终还是没有按照爸爸说的和萧亮坦白一切，歉疚得不敢直视爸妈的眼睛。

妈妈走向前说："萧亮啊，叔叔阿姨就是想过来和你说一声，我们把米朵看得和我们家的美丽一样亲，我们回去以后，你一定要好好照顾她。"

萧亮微笑着："您放心吧，我会照顾好米朵的。对了，我想问您一件事，您的女儿米美丽，现在过得还好吗？"

爸妈一怔，我紧张地看着萧亮，又看看父母，爸爸递给我一个安慰的眼神。

爸爸说："我们家美丽过得很好，谢谢你的关心。和你说完我们就放心了，不打扰两位了。"

爸妈转身离开，我看着他们的背影，千言万语哽咽在胸腔里，眼眶湿润。

爸妈终于还是要回去了。人声喧闹的车站，我紧握着妈妈的手，眼睛里满是不舍。

妈妈担忧地看着我："美丽，你是我们的好孩子，爸妈相信你一定可以把自己的事情处理好的，只要两个人真心相爱，就没有过不去的坎儿。妈等着你带着萧亮顺顺利利回家看我们的那天。"

我暗暗下决心："我会努力让那一天快点来的，我不想要你们再为了我这样担心了。"

爸爸抱了抱我："美丽，爸妈走了，上海很好，你在这里好好工作，好好恋爱，好好生活，如果有解决不了的问题，记得家里永远都有人在等着你回来。"

我含泪点头，看着爸妈渐渐远去的背影，我觉得我正在慢慢地长成一棵树，不再是当初那个在他们的呵护下无忧无虑的小胖子了，我可以拥有为他们遮风挡雨的力量，也拥有为自己的人生负责的能力，我选择的这个人，这条路，这份爱，不管多难，我都会坚持下去的。

我重新回到通灵珠宝，同事对我格外地客气，他们不停地说着恭喜，我这才知道，萧亮居然把我们俩要结婚的消息在公司内部网络上公布了。

我表情客气地向每一个表示祝福的人说谢谢。

我无心应对大家的好意，尽管爸妈对萧亮很是满意，可他们更加希望我们能快点确定婚期，我忧心忡忡，到时候该怎么和萧亮解释呢？难道我的婚礼之上，我爸妈还得以别人父母的身份出席吗？

就算爸妈受得了这委屈，我也无法接受因为我的爱情伤害到我的父母。更何况，还有林子良与刘思源虎视眈眈，他们随时都在等待机遇想把我苦苦维持的谎言戳破。

我想了一下，决定约刘思源出来。

我把爸妈家里的通话记录纸条推在她面前，从容笑道："思源，这个号码不知道你记不记得？"

那是林子良办公室电话，刘思源脸色大变，手指微微发抖。

我的目光凌厉："我们之间的矛盾，来源于工作，就在工作中解决好了，不要牵涉到家人。请你给林子良带个口信，如果他敢再骚扰我的家人，我会对他不客气。"

说到林子良，刘思源像刺猬竖起了浑身的刺。

她愤怒地说："既然你警告了子良，那么我也警告你：如果萧亮已经知道了子良的身世，我们就来个鱼死网破，我刘思源不在乎。"

我不知道他们的感情什么时候这么深刻，但我也不想争执下去，林子良的身世从一开始我就没打算告诉萧亮，而我的秘密，我多次想说出口，但命运弄人，阴差阳错又被事实埋藏了。我从头到尾，都没有打算用林子良的秘密去伤害人。

"林子良出狱后回到公司的时候，我相信他真心改过。可是现在他所作的一切都在表明，他并没有发生什么改变，甚至更加变本加厉。思源姐，这点不用我多说，相信你比我的感受更深。我真心地希望你好，希望你能劝他悬崖勒马。"

刘思源脸露愧疚，嘴上却还硬撑着："不用你假慈悲。我们不会主动戳穿你的秘密，你也别想整垮我们。"

我看出刘思源在强撑，也不想点破："不管怎样，我不希望和你成为敌人。我向你保证，合适的时候，我会自己把我的秘密公布出来。"

她冷笑："你最好记得你说过的话。"

韦雪儿追问我新款男戒的设计稿，我不想因为我的能力问题，让别人觉得萧亮把我留在公司是徇私。于是我拿着那晚画好的设计图纸来到沈东军的办公室门口，我不知道我设计的这款男戒是否符合公司的要求，这毕竟只是我个人的情感表达。

沈东军从文件里抬头看了她一眼："你有什么事情吗？"

我深呼吸了一下，将自己的设计图纸递给沈东军。

"关于上次的男戒，我又重新设计了一份，请过目。"

沈东军随手接过我的设计图纸，不经意地翻着，突然，他神色一动，将图纸摊放在桌子上，仔细看了好一会儿。

"你能和我说说你的这个"守护"钻戒的设计理念吗？"

我迟疑："我没有准备专业的理念讲述，只是在设计这款钻戒的时候，有一些心里的想法。每一个听着童话故事长大的女孩，都想要有一个守护自己的天使，他陪伴着女孩成长，从笨拙变得优秀，从怯弱变得勇敢，他甚至在女孩看不到的敌方，默默地为女孩抵抗着风浪。我这款钻戒，是为了，一直以来守护我的那个朋友而设计的。"

沈东军看着设计图纸，沉默了。

我紧张地问："沈总，你觉得哪里有问题？"

沈东军淡淡地说："你在公司的设计团队里，找出一个合作设计师一起来完成这个项目吧。"

我惊讶地看着沈东军，不可置信地捂住嘴巴。

"沈总，你的意思是——"

我的意思是，你的"守护"通过了。

我欣喜地笑了："沈总，谢谢你，谢谢你启发我。"是的，是他没有允许我之前技巧性的作品通过，要我去寻找内心的情感去进行创作。

"不要谢我，看来是萧亮的订婚通告给你带来了好运，恭喜你们。"

沈东军拿出一份文件，递给我。

"你将你选中的合作设计师名字写上，你们最近的工作重点就是这个项目。"

我接过文件，想了想，写上了一个名字。

下班后，我被刘思源拦在办公室门口，她将文件再看了看，疑惑地问我："为什么是我？那是你的创意，你为什么要选择我作为你的合作设计师？"

我淡然地说："按照专业能力上来说，你是情理之中的选择。"

"可是你明明知道，我对你……"她的脸色变得尴尬，"还有最近你爸妈的事情，你不怪我？"

我诚恳地说："思源，在专业上，我欣赏你的专业能力，你一直欠缺一个机会，我愿意和你分享这个机会。在情感上，我只是在学习宽恕，萧董事长宽恕了我，所以我也选择宽恕你，因为我不想有一天醒来发现自己居然成为了和你一样的人。"

我始终觉得，刘思源的本性是善良的，如果说是当初"柏林之星"的剽窃事件让她开始变成现在这样，那我希望"守护"能够让我曾经的朋友回来。

我坚信着这个世界的善，是能对抗一切恶的。我也坚信时光能抚慰一切的伤口。

所以当我得知高雯重新回国时，我就知道我的坚信是对的。

高雯自从和雷奕明分手之后，她毅然出国，去了好莱坞发展，我以为因着她对我的恨，对雷奕明的失望，不肯再回国了，没想到我还有机会能见到她。从办公室出来，我就看到了光彩照人的高雯，我很想向她打招呼，但是想起我们之间的种种，我选择躲闪。却没有想到，她率先向我打起了招呼。

我尴尬地挥手："嗨，你回来了。"

她大大咧咧地说："哎，米朵，你刚才好像是在躲我吧。虽然我刚和人吵过架，可我是高雯，吵架的脸难道会不好看吗？"她掏出随身的化妆镜检查妆容。

高雯出来的地方正是沈东军的办公室，难道他们吵架了？我看向她，她正美美地对着大楼的玻璃橱窗欣赏自己的倒影，她依旧美得让人移不开眼睛，浑身洋溢着鲜活与自信，让人忍不住喜欢她。

我坦诚解释："我是担心你看到我，想起一些不开心的事情。毕竟我们之前因为雷奕明的事情，闹了很多的不愉快。"

她离开之前要我和雷奕明断绝联系，即使我反复提醒自己，可是二十多年的友谊，已经像亲人一样存在的人，怎么能一下就变成陌生人呢？我心中升起一种愧疚感。

高雯大大咧咧一笑："要是我没能放下以前，也就不会从美国回来了。如果你一直为了以前的事儿耿耿于怀，不把我高雯当朋友，那我可就真的不高兴了啊。"

心中的阴霾突然被这番话驱散而尽，我高兴道："我看到你很高兴啊，只要你不怪我，我又怎么会不把你当朋友呢？"

"那是，像我高雯这么潇洒的朋友，恐怕你也不会再遇见第二个了。我就勉强勉强，再给你一个跟我重修旧好的机会吧。"还是那么臭屁自恋，还是那么率真可爱，我向前抱住她，感动道："高雯，谢谢你。"

高雯的回归，高雯的谅解，都让我一直歉疚的心得到了救赎，我的朋友又回来了，真是让我兴奋不已。我一直向往着回到胖胖的米美丽时候的日子：有好朋友，有工作，有简单的生活。现在，情况在一点一点地靠近我理想中的样子，我相信，我一定会找到一个适当的时机，在能保护好我们爱情的前提下，和萧亮说开我的秘密，从此真正过上简简单单的生活。

而一场无法预知的灾难，正在这一晚，睁开了眼睛——

——叶琪醒了。

医院告知我们这个消息时，萧亮正在开会，我匆匆赶往医院。

我一直很希望叶琪赶紧恢复过来，可是我又坏心眼地希望她不要清醒，因为除了林子良、刘思源，她就是现在唯一一个掌握这个秘密，并打算对付我的人。

我走到叶琪的病房，叶琪正站前窗前看着外面。我紧张地看着她的背影，深吸了一口气，走进病房。

"叶琪，你还好吗？"

叶琪转身看着我，她的表情迷惘："你认识我？你是谁？"

我心中一慌："你不认识我？我是米朵，你不记得了吗？"

叶琪困惑地摇头："米朵？我没有听过这个名字，你是不是认错人了？"

我实在不敢相信，当初诡计多端的叶琪，竟然会有这样纯净的眼神，这样无辜的语气，我忍不住靠近她再次询问："你是在骗我吗？你到底想做什么，你告诉我？"

我有些激动地将手放在叶琪的肩膀上，叶琪害怕得瑟瑟发抖。

突然，大门打开，萧亮冲了进来，叶琪像找到了救命稻草一样扑到他的怀里。

叶琪脆弱地看着萧亮："萧亮，你终于来接我了，我好害怕，这里的人我都不认识。"

萧亮看着叶琪又指着我："你都不认识？"

叶琪委屈地点头。

主治医生办公室，医生指着 X 光片上叶琪的大脑透视片对我和萧亮解释。医生说："压迫病人神经的肿块已经消退，但她的脑部损伤可能导致心因性失忆症。"

我简直不可置信："失忆？那她怎么会还记得萧亮？"

"心因性失忆症中有一种临床表现是病人对某段时期发生的事情，选择性地记得一些，遗忘某些。按照她的情况来看，是属于这一类，不过有些特殊，好像病人丢失了近五年的记忆。"

五年？怎么刚好会是五年？

萧亮眼眸一暗，他迟疑地对我说："五年前……我和她还没有分手。"

我紧张地问医生："那她还有可能记起来吗？"

医生摇摇头说："这个不能确定，随着后期的治疗可能会再次想起来，但也有可能就此失去记忆，就我们的检查看来，她身体机能基本恢复，她的失忆不排除一部分心理原因，也就是说，昏迷中病人的心理保护机制遗忘了这五年的记忆，如果这些记忆对病人的恢复有害，缺失又不影响正常生活的话，那也不必刻意去唤醒。"

萧亮坚定地说："不行，她的记忆还留在五年前我和她谈恋爱的时候，我必须要带你去告诉她，现在你才是我的女朋友，我们都要订婚了，我已经不想再和她回忆过去的那五年。"

我忧心忡忡："你先别说，她刚醒来，第一个记住的就是你，你贸然地和她讲这个，会刺激到她的，她现在连在身边可以照顾她的亲人都没有，我们不能这样对她，等过一段时间，她稳定一些了我再告诉她好不好？"要是叶琪受到刺激想起来怎么办？我有太多的担心，也有太多的侥幸。

萧亮妥协："那我们就再等等吧，我，你看起来好像很紧张，你放心，我和她早就没有什么了。"

我让萧亮先走，他离开前给了我一个肯定的眼神，我心中苦涩，我当然相信他，但是我不相信这一次叶琪会放过我。

天蓝色的病房，叶琪躺在床上，皮肤因为长久地待在室内显得洁白无瑕，她双眼懵懂地看着点滴，眼睛里有迷梦般纯洁的水汽。

我削了一个苹果递给她。

"感觉好一点了吗？"我问她。

叶琪虚弱地摇摇头："就是脑袋昏昏沉沉的，总觉得睡不够。"

"你才刚醒，又昏迷了那么久，肯定会有一些不舒服的。叶琪，你真的不认识我了吗？一点都记不起来吗？"我依然担心。

叶琪反问我："我们以前是朋友吗？你有什么事情，是我记得的？"

"没有，我就是问你一下。"

叶琪沉默了一会儿，她突然问我："你和萧亮是什么关系？"

我心中一惊，这该怎么回答她，如果告诉她真相，要是刺激她想起所有的事情怎么办，如果不告诉，那……那我算是萧亮的什么？

我迟疑了许久："我和他……"

叶琪委屈地问："医生说我忘了五年，你不会是他现在的女朋友吧。女朋友？我？啊……我的头好痛……"她痛苦的表情不似作假，我连忙安慰她。

"不是不是，我不是他的女朋友，我是他的员工。"

"你确定吗？你不要骗我，我总觉得萧亮看我的眼神和以前不一样了，我特别害怕，这五年到底发生了什么？他以前不会这样看着我的。"

我紧张道："我没有骗你，你刚醒来就不要多想了，医生说你现在受刺激不好，要多休息才能早点康复。"

叶琪点点头，她的眼神中流露出的单纯和信任让我不忍，这就是当初萧亮喜欢的她吗？我看向窗外，外头一片艳阳高照，而我的心情却是一片大雾茫茫。

为了让叶琪不受刺激，我谎称自己是萧亮的秘书照顾她，叶琪没有见到萧亮，变

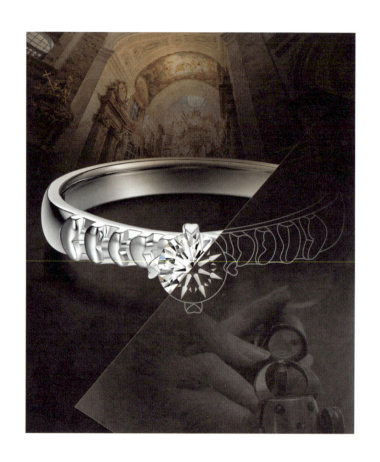

你能否感受到

它暗藏许久的真诚

它俨然已成为一种信仰

未来对它来说

完全不是问题

得很情绪化，她像一个小孩子一般不肯吃饭，弄得床上到处都是，我只好打电话给萧亮求救。萧亮很快告诉我，只要给叶琪买点辣白菜，她就能吃得下饭了。果然，叶琪一见到我带回来的辣白菜，脸上露出纯涩的笑容："我知道，是萧亮告诉你的对不对，你看，哪怕过了五年，他连我这些小细节都记得清楚。以前萧亮总是笑话我不会挑好东西吃，可他还是会给我买。"

叶琪陷入了对过去的回忆，我看着很不是滋味。

"你自己吃吧，我出去给你打点热水回来。"

我拿着水瓶出门，整理好情绪再回来的时候，叶琪的床空了，我四处查看都不见叶琪的身影，只好电话求助萧亮。

萧亮从门口走进来，他神情紧张地质问我："你走之前她有没有什么不对劲？"

我迟疑地说："她……她不肯吃饭，一直在说想见你，你不来她就什么都不肯吃，买了辣白菜回来就乖乖吃饭了，然后她…她一直在回忆你们过去的事情……"

"她想见我？你怎么没有在电话里和我说？"

"我……"

萧亮叹了口气："米朵，叶琪醒来之后你一直不对劲，你是不是有什么事情瞒着我？如果你介意她，那就不要来照顾她，她现在是病人，你可不可以用你的善良好好对待她。"

我难过地看着萧亮，百口莫辩。

齐宇从门外走进来："萧总，在医院的监控室看过了，叶小姐跑出医院了，路上撞了几个人，状态不大稳定。"

萧亮脸色铁青地看着我："你最好期待她不要出什么事情。"

萧亮迅速跑出门，我悲伤地站在原地。

晚上萧亮打电话告诉我，叶琪找到了，在当初他们一起住过的老房子里，我还想和他说些什么，那边传来了叶琪的声音，萧亮找了一个理由匆匆挂了电话。

原来是在他们当初一起住过的老房子里，那里应该有他们好几年的记忆吧。

这段感情于萧亮来说，是一段弥足珍贵的经历吧。我悲怆地意识到，或许我要感谢叶琪，如果不是她一开始成了萧亮心头的那一颗朱砂痣，我又怎么会成为萧亮的红玫瑰呢？

我曾问萧亮，我和叶琪是不是很像？

萧亮不以为然地说："只是一开始而已。后来跟你在一起的每一天，都是我以前从来都没有经历过的。"

我试探地问："那你一开始喜欢我，不会也是因为我像叶琪吧？"

萧亮笑："你该不会是在吃她的醋吧？对我来说，叶琪只是一段过去而已。"

如果真的有那么轻易，当初我喜欢你的时候，你又怎么会一次次地推开我，如果爱得不够深，又怎么会那么长时间都走不出来呢？那个弃他而去的叶琪，现在她就是五年前的样子，萧亮最喜欢的样子。

我控制不住自己的悲观情绪，关上灯想逼迫自己早点睡觉，一晚上做的都是关于萧亮的梦，梦到他抱着我，他特有的温暖和有力的拥抱，他将头靠在我的颈边，却轻轻地喊出了叶琪两个字，我浑身冷汗地惊醒。

次日回到公司，我依然有些魂不守舍。萧亮到设计部找我，我正抱着文件出来。萧亮叫住我："米朵你等一下，我有话和你说，叶琪的事情……"

我顿了顿，表情很不自在，转而继续往前走。我公事公办地说："沈总叫我上去，他不喜欢迟到。"

我实在不知道该怎么面对萧亮，这过往来得太突然，我只能被感动，无法参与，或许我们都应该冷静冷静。

萧亮并没有跟上来，晚上，我的家里却来了两个不速之客。我被嘈杂的敲门声惊醒，雷奕明和萧亮相扶着站在门外，两个人互相倚靠着站立着。我打开门无奈地看着他们俩，一身的酒气让我捏住了鼻子。

萧亮叱喝道："雷奕明你给我滚，我有话要和米朵说。"

雷奕明醉醺醺地说："萧亮你给我出去，今天谁都不许挡着我和她表白。"

我一个头三个大："你们两个疯了，喝这么多。"

雷奕明大着嗓门："没，没喝多少，才喝，喝一点！"

我捂住他的嘴巴，担心地看了下左邻右舍，试图将两个人拉进门。

萧亮握住我的手，深情款款地看着我："对不起，我爱你。"

我愣住了，他眼睛里的情意那么真挚，我的脸又烧起来，可是很快，萧亮打了个酒气满满的嗝。

雷奕明拉过我的另一只手："对不起米朵，我不爱你了。"

我烦恼地摸着头："你们真是快烦死我了，都这么大个儿，给我进来。"

我使劲儿地推着两个人，一直把他们推到卧室。雷奕明和萧亮见到床倒头就睡。我帮他们盖上被子。

"你们俩就在这好好睡觉，谁都不许吵，不然我把你们两个都扔出去。"

雷奕明和萧亮很快就睡着了，响起了鼾声。我瞬间气乐了。

深夜，我起床，将两个人掉下来的被子重新盖上。迷糊中的萧亮一把拉住我拥抱着。我小声地说："雷奕明还在旁边呢。"

萧亮抱住我："没事的，他睡着了，我想抱抱你。"

我又一次被他这样孩子气的温柔打败了，他的声线好像天生为了刺激我的神经而生的一样，只要一听到他的声音，我所有的理智和情绪，都变得无关紧要。

早上，我提前做好了早餐招待雷奕明和萧亮，拿好包准备出门工作，没想到被追过来的萧亮拽进了车里，他闷声把我载到公司，我拉开门正要下车，他拉住我。

"你就这样走了？"

我无奈："萧总，我们已经迟到了，快点出来吧。"

"在公司，不要像昨天那样躲我，我欠你一个道歉，我不该因为叶琪的事情对你生气，雷奕明说得对，不是你有什么事情瞒着我，而是我把自己绷得太紧了，没有控制好情绪过于紧张。"

原来萧亮已经感觉到我的不对劲，而且找雷奕明求证过了？还好雷奕明一直给我打掩护，我坐回车里问他："你昨天和雷奕明去喝酒，是因为叶琪吗？毕竟，她是你的初恋，你们一起的那几年的时光，我是完全参与不了的。"

萧亮态度坚决地说："不管过去怎么样，我现在爱的只有你，可是我觉得我对她有责任，如果现在的我不去照顾她，她就是孤苦伶仃的一个人，没有记忆，没有亲人，没有朋友，连生活自理都是问题。我做不到只在一旁看着她，我想帮助她早点好起来。这种担心不是爱情，你能了解我吗？"

萧亮用征求的眼神看着我，我心软了。

"我能理解你，我就是想再问你一句，如果叶琪一辈子不恢复记忆，你就要照顾她一辈子吗？"

萧亮笑着说："不可能，我已经找了相关方面的专家，咨询过他们一些问题，叶琪缺失的这五年和我的关系这么大，有我的帮助，她的记忆一定会恢复的，为了你，我也要早点让她恢复起来。你放心，我不忍心让你为了别的女人难过。"

我笑着答应着，侧过身装作推门，不想让萧亮看到我纠结的神情，他是无辜的，实在不应该被我的情绪影响。

我和萧亮一起到医院看望叶琪，医生告诉我们，叶琪的情况稳定，可以回家静养。而叶琪能回去哪里呢，当初她回国的时候住的那个家因为公司债务被银行抵押没收了。萧亮提出要叶琪住到当初他俩一起居住的那个老房子里去，那里充满了他们过去的记忆，对于她的病情恢复可能会有帮助。

我听到恢复记忆有些担忧，于是提出让叶琪住到我家，萧亮并不同意，但是我执意如此，就算叶琪的记忆是一颗定时炸弹，我也要让她在我看得到的地方爆炸，那样至少伤害到的是我而不是萧亮。

放不下的过去，忘不掉的爱人

16

拾陆

叶琪就这样住进了我的家。

我去厨房做好饭菜，晚上照顾她睡好，她感动地握住我的手，眼里的真情做不得假，她说："米朵，这个世界上除了萧亮，就你对我最好了。我什么都忘了，都不知道，每天问来问去你都不烦我，你还带我到你家里来照顾我，米朵，等我以后好了，我也一定会照顾你的，我们做好闺蜜吧，我觉得和你特别投缘。"我越发苦楚，恐怕等你什么都想起来的时候，我所有的好，都不值一提了。

萧亮来见叶琪的次数并不多，叶琪内心有些焦虑，我陪她出去逛街散心，她将自己装扮成五年前的模样，扎着高高的马尾辫，穿着清新的小短裙。趁我不注意，她去公司寻找萧亮，我匆忙找去时，他们正站在大厅，叶琪抱着萧亮哭泣，一见到我，她像迷路的小孩终于见到熟人一样跑过来："米朵，我该怎么办，我好像惹萧亮不开心了。"

萧亮烦躁地捏了捏额头："米朵，你帮我把她这套衣服给我换了，以后我再也不想见到她穿成这样出现在我面前。"萧亮的烦乱前所未见，我打量着叶琪的装扮，这是他当时最爱她的样子吧。

这场发生在公司大厅的闹剧，不巧被正过来拍摄新产品广告的高雯看到，高雯对于我一再地包容叶琪大感不解，面对高雯的关心，我歉疚而痛苦，我又怎么能告诉她，我如此地委曲求全，是因为想隐瞒住自己整容的秘密。

将叶琪送回家，我和萧亮一起回来上班，一路无语，谁都不想提起叶琪过来公司的事情，我有些失落。

一回到办公室，同事们都用奇怪的眼光看着我，我发现自己的桌子上摆放着堆积如山的资料，资料上第一个文件夹上写着：通灵珠宝年度红色文件。

同事询问我："您是不是和萧总闹别扭了，他一大早就让人送了这一大箱子资料，让你必须在今天内看完，有什么问题再去问他，不许我们帮你分着看掉一些。这么多，你一个人怎么看得完。"

我走到座位上，疑惑地翻开了第一页文件，发现下面居然是各个国家的经典婚纱画册，我惊讶地捂住嘴。

我匆匆离开，走进萧亮办公室，萧亮从文件里抬头看着我。

"这么快就发现问题了？"

我羞涩不已："以后就别往办公室送我们私人的东西了，不然叫别人看见多不好意思啊？"

"那你得早点克服这个心理障碍，毕竟，你最私人的东西就在这间办公室里，那你以后还能安心工作吗？"

"我最私人的东西，什么？"

萧亮起身，走到我面前："我。"

我脸上一热，紧张得不敢看他。

萧亮忽然拉住我的手，认真地说："米朵，我们去拍婚纱照吧，我想看你当上新娘的样子。"

"这么大的事，也不提前跟人家商量一下……"我犹豫着，"如果我们结婚，叶琪那边该怎么说啊？她现在把我当成朋友，也不知道我们两个的关系，我怕她受刺激，要不咱们推迟吧。"

萧亮摇摇头，"不能再推迟了，今天她来公司找我，我就下决心一定要和你早点结婚。这件事我会向她解释的，毕竟，她迟早都要过这一关。"

萧亮爱怜地把我的头发别到耳后，抚摸着我的脸颊，满目珍视。尽管我心中担忧，但已经没有理由阻止萧亮。

那天，我提前来到了婚纱店，我的计划是先试好适合的婚纱，给萧亮一个绚烂的登场。雷奕明没有见过我穿婚纱的样子，跟了过去，说是要给我当参谋。

可没有想到，我等到的是萧亮的电话："婚纱照就先别拍了，叶琪情绪还不太稳定，我还要再陪她一会儿。"

我掩饰住语气里的失望："你说得对，那我们下次吧。"

挂完电话，雷奕明冷冷地说："怎么着，叶琪又出天蛾子了吧？等着吧，有你来找我哭鼻子的时候！"

次日在公司上班，我心事重重。恰巧林子良正气冲冲地拿着一份文件走入，他看到我的神情，顿时明白了什么，停住脚步。我似乎根本没看见林子良，径直走过去。

"慢着。"

我在窗口停住脚步，林子良再次和我说起叶琪的事情，他问我："你就不怕叶琪真的把萧亮抢走吗？"

我掩饰着不安："不可能，萧亮是不会再爱上她的。而且叶琪还是个病人，在她恢复记忆以前，是不可能会主动伤害我的，我更不可能去主动伤害她。"林子良笑得让我心虚："看看你现在的表情，连你自己都骗不过去，你还想拿来骗别人吗？你还想等她恢复过来，你也不想想，如果叶琪恢复了，你还有机会去对付她吗，叶琪可不像你，她是不会对自己的敌人心软的！"

我被林子良说动，脸上闪过一丝迟疑："那你打算把叶琪怎么办，她现在没有一个可以依靠，唯一能照顾她的就是萧亮……"

林子良露出狡黠的笑容："如果我告诉你，有人比萧亮更有资格照顾她呢？"

我顿时疑惑："谁？"

"当然是叶琪的法定监护人，她的老公汤伟。"

"他们不是已经离婚了吗，我记得萧亮跟我说过这件事……"

"谁告诉你他们俩已经离婚了？叶琪想要回到萧亮身边，难道会承认自己还是个有夫之妇吗？哼，可怜你和萧亮还尽职尽责地照顾她，其实，你们也不过就是叶琪手中的一枚棋子而已。"

叶琪竟然隐瞒着萧亮，那我要不要告诉萧亮呢？林子良不管我的犹疑，直接把汤伟的联系方式递给我，转身就走。

"对你的处境威胁最大的不应该是我吗？"我问林子良。

他脚步一顿："目前最要紧的问题不是你，更何况，这种被第三者插足的事情，让我很不爽。"他看着远处，神色愤愤，好像在想自己的心事。

走到公司大厅，恰好碰到气势汹汹的高雯。

高雯像是有一肚子的苦要和我倾诉，我收起自己这堆乱七八糟的事情，听她说话，原来高雯和沈东军因为性格差异，在宣传工作中一直在吵架，昨天的广告拍摄，高雯被几个粉丝恶作剧差点出车祸，还好沈东军飙车救了她，她特地来公司向沈东军表示感谢，沈东军一副拽拽的模样，让高雯很窝火。而且高雯怀疑自己有一次喝醉，把一些过往无意中讲给沈东军听，但是每次求证的时候都只得到沈东军的一番冷嘲热讽，高雯很是挫败。

我想起两人针尖对麦芒的样子，忍不住笑起来。沈东军虽然面上冷冰冰的，可他曾经向我打听过高雯喜好，这时候联系起来想，应该不仅仅是工作上的关注吧。我们这几个人里，总算有人能得到一份不要那么辛苦的爱情。

高雯见我嘲笑她，不甘示弱地向我询问萧亮和叶琪的事情，我将叶琪失忆的事情讲给她听，她一听叶琪失忆，立马大笑着数落我："失忆这种情节都是电视剧里才出现的，这种桥段我演都演腻了，现实生活中怎么可能出现呢？本来这剧情就已经够扯了，你们还一个一个地陪着她演，嫌以前被叶琪要得不够是吧？"

我只好又将医生的诊断和我自己的观察和她说了一遍，高雯自告奋勇地要帮我会会叶琪，我来不及嘱咐她，就被同事一通电话匆匆叫回了办公室。

办公室里，韦雪儿正在训斥刘思源，原来林子良将"皇家博物馆"系列的工作交给了韦雪儿，而这个项目之前一直是由刘思源负责的，可是现在——她前期所有的努力一夜之间全归功于韦雪儿，整个设计部，竟没有了刘思源的工作。

韦雪儿看刘思源失势，趁机打发刘思源去泡咖啡，我受不了这种装腔作势的人，于是挺身而出道："论资历，思源姐是你的前辈，要泡咖啡也应该是你给思源姐。"

韦雪儿有些难堪，瞪了眼刘思源："没想到林副总不罩你了，还有人给你撑腰啊。好吧，既然萧夫人都放话，我这小设计师哪敢说不啊。"

刘思源隐忍道："没事，咖啡我泡。"

韦雪儿笑了，得意地看了我一眼："赶紧泡去，努力证明一下起码你还不是一无是处。"

刘思源沉默着走入茶水间，我忧心忡忡地看着她。

她和林子良之间应该是出了矛盾。我忙跟进去，刚起了个话头，刘思源冷冷打断我的话："我和他的事，用不着你来关心，以后你也不必为我出头，这样我反而难做。"

"对不起，我只是担心你……"看来我又多管闲事了，我转身欲走。

林子良很快就帮我联系到了叶琪老公，我们坐在咖啡厅，叶琪的老公汤伟一副不正经的样子。

他张开双臂坐在沙发上，打量着我："叶琪还会有你这样的朋友，这我倒是没听她提过。"

我不自在地喝着咖啡："那是因为她很早就出国了，我们之间平时很少联系。关于叶琪在医院受伤昏迷的事，你应该都已经知道了吧？"

汤伟无所谓地说："听律师提过，她不是已经变成植物人了吗？你突然把我找出来，不会是因为她出事了吧？难道……她死了？"

"当然没有！叶琪现在已经醒过来了，身体也正在恢复。我这次之所以会找你，就是为了请你把她接回去的。"

汤伟讽刺地笑了："接回去？难道她以前都没有告诉过你吗，我们早就已经决定离婚了。如果她当初死在医院，也许还可以帮我省一道离婚手续呢。"

我震惊地说："你可是叶琪的丈夫，怎么能说这种话呢？"

"我是她丈夫，她有一天当过我的妻子？当初我明知道她爱着别人还决定娶她，千里迢迢地带着她去了美国。不管她想要什么，我给，她想怎么过，我顺着她，甚至她想开公司，都是我拿自己的老本帮她开的。我为了她掏心掏肺，能给的不能给的全都给她了，可她呢，明明睡在我的床上，心里想的却是另一个男人，而且一想就是整整五年，最后卷着我的一切背叛了我！这种感觉，你能明白吗？"

我心中一片震惊，却依然坚持说道："可是叶琪她现在已经失忆了，你是她法律上唯一的亲人。"

汤伟忍不住笑了一声，紧接着变成讽刺的哈哈大笑："失忆？哈哈哈，她竟然连这种招数都能想出来！"

"我说的是真的，她的记忆还停留在五年前，这五年之间发生的事，她都已经不记得了。"

汤伟大笑着："那正好，既然她把我们的财产都忘了，打起官司来还能帮我省一个大麻烦。这样的话，我就可以彻底摆脱她了。"

我为叶琪找了一个这样的丈夫愤愤不平："就算叶琪曾经伤害过你，现在她都已经不记得了，你怎么能趁机落井下石伤害她呢，她是个病人！"

汤伟夸张地笑着，反问我："那你呢，你不是她的朋友吗，如果你真的那么高尚，还用得着来找我吗？"

我脸上闪过一丝惭愧，我也有自己的爱人和生活，不可能把一切都分给她。

汤伟脸上带着恶毒的笑意："用不着把话说的那么好听，不过就是自私，想摆脱这个麻烦而已。如果你一定要让我接走叶琪的话，也行，那我就带她回到美国，把她当初对我做过的事再全部做回去，折磨她，羞辱她，让她也尝尝被人背叛和抛弃的滋味！"

我气愤不已，叶琪怎么会遇到这样的渣男，我愤愤地站起来："你——你简直就是个人渣！想让我把叶琪交给你，做梦去吧！"

我气冲冲地转身就走，忽然，我又想起什么。

"还有，你最好早一点跟叶琪离婚，别以为叶琪在国内没有人帮她了，如果再让我看见你回来纠缠她，或者做什么伤害她的事，我第一个不会放过你！"

我接到医院打来的电话，叶琪受伤了。我一开始担心是高雯的原因，电话问询高雯时，她说她只不过是找叶琪喝了杯咖啡，聊了聊过去的事情，倒是有一个陌生男人一直在打叶琪的电话。

我匆匆赶到医院，萧亮与雷奕明都在，医生说叶琪头部受了撞击，但身体暂时没有什么问题。

我们松了一口气，雷奕明突然炸毛了："就这事儿又给你们家萧亮打电话了啊？我看这叶琪就是个定时炸弹，炸一下，你俩得伤一次。"萧亮安慰地搂住我的肩膀。

这时候，汤伟突然走了进来，他看到我和萧亮站在一起，露出嘲讽的神情："怪不得你让我带走叶琪，原来你也是他的女人。"

我心中一顿，他怎么在，难道是他送叶琪进入的医院吗？高雯说的那个陌生男人就是汤伟吗？

我对汤伟说："我不是说过让你别再出现吗？你还来这里干什么？你难道还要伤害叶琪吗？"

汤伟笑着："别误会，好不容易才和我失忆的妻子相认，我不可能不管吧？对现在的她来说，你们才是一群外人——我随时都可以带走她。"

萧亮冷冷打断道："谁答应过要让她跟你离开了？你根本就不配带走叶琪。"

"怎么，吃着碗里的，还得看着锅里的啊？可你别忘了，这锅肉现在已经是我的了，就算我不想吃，也不会把她扔给你。"

萧亮一把揪过汤伟："叶琪曾经是你的妻子，你怎么能用这种话去玷污她？"

"哎，这你可就说错了，不是曾经，她现在也是我的妻子。我们现在还没离婚呢，如果她有什么事，从法律程序上来讲，我才是她的监护人。"

萧亮推开汤伟："好啊，那我们就走法律程序。当初你是怎么虐待她的，别以为我心里不清楚。就算叶琪要离开，也不会是跟你这种人渣在一起。"

汤伟愤恨地盯着萧亮，雷奕明叹了一口气，上前一把搂住了他的肩膀："哥们儿，大家相识一场，都是缘分。要不我请你去楼下坐会儿吧，实在不行咱一起吃个饭去。"

汤伟不耐烦道："你又是哪儿冒出来的啊？"

雷奕明拉着汤伟走出了门："其实，我是你现任老婆的前男友的女朋友的铁哥们儿，跟你之间也算是朋友吧。大家有话好好说，干吗非得在医院吵呢，你说是不是……"

我忍不住想笑，可看着旁边脸色铁青的萧亮，突然意识到了问题的严重性。萧亮冷冷的看着我，沉声说："他刚才的话什么意思，是你去找他接走叶琪的吗？"

"本来我是想找他的，可我没想到他是这种人。我明明说过让他别来打扰叶琪的……"

"你做事情之前不想想后果吗？"萧亮呵斥。

我顿时一怔，萧亮继续生气道："叶琪还是个病人，你怎么能把她推给那种男人呢？她再出什么事怎么办？"

我失望地看着他："你只看到她是个病人，需要你照顾，那我呢？难道就因为我没有受伤昏迷，我有家人有朋友，我看起来没有她那么可怜，就代表我可以不需要你照顾吗？萧亮，你是我的男朋友，当你出于怜悯去照顾另一个女人的时候，我就会成为真正可怜的那个人！"

萧亮定定地看着我，他没有想到，一向温文和气的我，也会因为别人有这样激烈的情绪吧。

他心疼地看着我："我只是希望你能对我坦诚一些，如果你真的想让我离开她，起码要让我知道，为什么要让我一直伤害你？"

我讽刺地笑了："坦诚？你想让我说实话，好啊，我现在就告诉你，我不希望你照顾别的女人，我不希望你跟她在一起，我宁愿叶琪把过去全部都想起来，也不愿意再跟她分享你！"

这是我和萧亮第一次这么激烈地争执，我像赌徒一样奋不顾身，我深吸一口气，准备把所有的一切都公之于众。

可这时，叶琪突然嘤咛一声，醒转过来。

"萧亮……"她像受到惊吓一般，猛然坐起身。

萧亮一个箭步上前，安抚她："我在，怎么了？"

"我刚才——"叶琪忽然看到了一旁的我，眼神忙一闪，好像很避讳看到我，这让我觉得很奇怪。她慌慌张张地说："没什么，刚才汤伟找我，我不小心碰了一下头，你们不用担心。"

他小心翼翼地扶着叶琪倒下，我心里有些不是滋味。

看着萧亮一脸关怀的模样，我失魂落魄地走了出去。雷奕明也正好在医院草坪和病人闲聊，一见我，忙迎上来："怎么样，没跟萧亮吵起来吧？"

我摇摇头，有些哽咽："叶琪一直让萧亮照顾她，我心里就觉得挺难受的。雷奕明，你说我是不是太自私了？"

"每个人身上都有自私的一面，要是你能全心全意地为了别人活着，那你干吗还叫米朵啊，你直接改名叫佛祖算了。"雷奕明没好气道。他不喜欢看我难受的模样。

"我不知道如何和萧亮相处了，自从我们谈恋爱以来，我一直都在萧亮面前伪装着自己，把我所有的开心、善良，还有美好的一面都给了他。可是现在，萧亮突然发现我也是有缺点的，也是一个会嫉妒耍心机的女人，他当然会觉得很失望……"

想到刚才萧亮在病房质问的眼神，我伤心不已。

突然萧亮的声音在身后响起："让我失望的不是你自私，而是我们都已经这么亲近了，你却从来都不把心里话告诉我，哪怕是跟我吵了架，你想到的都是先来找这个外人！我答应你，等叶琪一恢复，立刻就找地方安顿她，绝对不会再为任何人影响到你。"

雷奕明生气了，瞪眼看着萧亮："咳，你说谁是外人呢……"

萧亮走过来，一把将我揽在怀里，我被这突然的变动弄得呼吸急促，顾忌地看着四周，但靠在他胸口的那一刻，一切又变得再自然不过起来。

雷奕明不自在地咳嗽一声："咳咳，这光天化日的，你们搂搂抱抱的多不好……"

我靠在萧亮的肩膀上笑了，他总能这么轻易地就能影响我的情绪，要么飞上九天，要么坠入地狱，和他在一起的时光，我似乎从来没有在人间安稳地行走过。

这次和萧亮交心地沟通过之后，他暗自寻找了解决问题的方法，那就是让叶琪尽早地恢复，他接受叶琪的建议，让她离开我家，住到他家，叶琪说熟悉的地方有利于她的恢复。为此萧亮不得不先去雷奕明家住几天，雷奕明一再抗议，萧亮态度坚决，用萧亮的逻辑来解释，就是他想趁机监视雷奕明，我和雷奕明听了纷纷苦笑。

医院的心理治疗室，医生在给叶琪治疗，叶琪的视线久久停在那一瓶药水之上，我走过去安慰她，劝她不要担心。她神色有些不太自然。

医生说，药水不能百分百保证康复，但以叶琪现在的情况估计，她应该是可以彻底恢复健康的。

她心事重重地又看了一下治疗器械："那就好。可以开始了。"

医生拿过药水，开始注射。

我也越来越紧张："经过这次治疗，叶琪真的会把以前的事都记起来吗？"

萧亮体贴地抓住了我的手："我知道你在担心什么，其实，我比你更希望叶琪能恢复记忆。那样的话，我们就能重新回到原来的位置上了。"

我凝视着萧亮，询问他："不管叶琪在催眠中说了什么，都不要松开我，好吗？我想一直都牵着你。"

萧亮看向我们交握的手，认真地说："我答应你。"

病床上，叶琪望了我们一眼，眼神越来越混沌，她似乎睡了过去。

叶琪很快进入了睡眠状态，医生开始轻声细语地引导。

突然她挣扎的动作越来越剧烈，声音也越来越尖锐，她慢慢地哭了起来："救我，谁来救救我，董事长，别让我离开他，萧亮……"

我们在病房外心焦如焚，萧亮不知不觉间松开了我的手，暗自握成拳头紧张地看着里面。突然被抽空的手空落落的，心中的不确定感越发扩大，在叶琪的哭喊声中，我像分离了灵魂看着这个站在萧亮身边孤零零的自己，我是如此的丑陋，又是如此的可怜。

叶琪的哭泣声越来越大，萧亮见状，立刻冲入了病房。

叶琪哭喊着："董事长，我求你，我什么都可以答应你，不要让我离开他……不要，不要让我离开他，我爱他，我爱他！萧亮，你不要走，不要离开我，我爱你，我一直都爱你！"

萧亮安抚地抱住她："别哭了，我一直在。"

"我不想再恢复记忆了，也不想再找回以前，萧亮，就当我求你，别让我再回到过去了好吗？我求你，我再也不想重新失去你一次了！"

萧亮沉默片刻后，点点头："好，我答应你。"

我在门口望着他们相拥的这一幕，黯然地退出了房间。

我失魂落魄地走入楼梯间，扶着栏杆慢慢坐在了台阶上，释然地呼出一口气。可为什么心里那么郁闷难受呢？她不愿回忆不应该是好事情吗？

正在这时，我的手机响了起来，里面传来雷奕明急促的声音。

"胖子，叶琪的治疗结束了吗？她有没有把过去的事想起来？"

我隐忍着情绪，努力装出开心的声音："没有啊，她刚才什么都没有说，我终于不用再担心了。"

"那就好，我现在正往这边赶，马上就到你那边。"

"不用了，我现在一切都挺好的，你就不用过来了。"

我话音刚落，忽然楼梯上传来一阵急促的脚步声，雷奕明气喘吁吁地跑上楼，一见我，愣住了。

"这就是你说的很好吗？为什么要一个人躲在这儿？"

"我……我想出来透透气。"

"那萧亮呢？"

说到萧亮，情绪再也控制不住，我难过低下头："萧亮他……他还在陪着叶琪……"

雷奕明叹一口气，扶着我靠向自己："没关系，我会在这里陪着你。"

"雷奕明，我后悔了，我后悔没有把实话告诉他，更后悔当初受伤的人不是我，如果我受了伤失去记忆，起码萧亮会原谅我骗他的事，起码他可以不用恨我……雷奕明，为什么发生这一切的不是我，为什么偏偏是别人？"

雷奕明送我回家，一股说不清道不明的情绪压抑着我，晚上，我在家画设计图，但一直走神，不住回想起白天萧亮拥叶琪入怀的情形。

想到这里，我烦躁地摇了摇头，重新把注意力转移到图纸上。正在这时，忽然传来了一阵敲门声。

"这么晚，会是谁啊？"

我没有想到的是——站在门外的人，是萧亮。

"我有些话想告诉你。"

他似乎鼓起勇气，在下定了什么决心："叶琪跟我说，以前我总是喜欢把话都放在心里，从来都不肯主动表达自己的感觉，所以我们最后才会分开。现在，我不想再跟你留下任何遗憾，所以不管有多晚，我都要来把我想说的话告诉你。"

我疑惑："为什么要突然说这些啊……"

"今天在医院，我之所以会去抱叶琪，是因为她真的很难过，作为她的前男友，我已经不可能再跟她承诺什么了，只能选择像朋友一样安慰她。还有，你之前明明说过叫我不要松开你，可我却还是因为叶琪松了手，这件事，我也要跟你说一声对不起。"

我拉住了他："不用说了，我都明白……其实，你对叶琪就好像我对雷奕明一样，只是希望他能过得好而已。叶琪在病床上哭着喊你的时候，我也没有怪她从我手里抢了你，因为以前，我也是怀着跟她一样的心情去喜欢你的，所以我能理解她的感觉。萧亮，只要你愿意来跟我解释，我就已经很高兴了……"

我用力抱住了萧亮，不让他看到我脸上的泪迹。这是他第一次主动过来和我讲他的心意，我分外地高兴，原来我的小心思，一直都被他关注着，他不是不在乎，只不过，他有他的方式。

他温柔地说："不过下一次，就算我不小心松开你，你也要过来抓住我，不准再一个人离开，知道吗？"

我点点头，一直以来都是我主动去追求萧亮，主动去和好，第一次看到萧亮对我主动，我忍不住询问他，原来这竟然是叶琪的主意。她看到我黯然离开，便催促萧亮过来和我沟通，不再把什么事情都憋在心里。难道真的像高雯所说，她和叶琪讲了太多叶琪过去一再陷害我的恶行之后，叶琪决定弥补我？

清晨。

萧亮的办公室窗明几净。

黑色的大理石上倒影着我和萧亮紧握的手。

明明是一起讨论新品设计稿的，不知道怎么他非得拉着手说话。而且总带着我跑偏题，我一开始有些生气，看着他戏谑的眉眼，反倒弄得自己不好意思。

叶琪突然敲门而入，她看到我在，显然有些意外："我现在过来，不会打扰到你们工作吧？"

"没关系，进来坐吧。"萧亮拉开一把椅子。

叶琪谨慎地落座，我没有说什么，去给他们冲咖啡。

萧亮发现叶琪脸色不对，忙问："昨晚不是还很开心吗？今天怎么了？"

叶琪从包里拿出一张银行卡，放在萧亮面前，叶琪难过地笑了笑："昨天董事长找过我了，他可能是误会了我们的关系，希望我离开你们。这些钱，还是请你帮我还给他吧。"

"我爸？他都跟你说什么了？"

叶琪隐忍地摇摇头："没什么，我以前做了那么多过分的事，董事长会误会我也是应该的。我只是没想到，我都已经变成这样了，还是没有人肯相信我。"

萧亮顿时面露愧疚："这件事是我的疏忽，我会尽快去跟他解释清楚的。"

"不用！董事长之所以会这么做，也都是为了你跟米朵，看在他一番苦心的分儿上，你还是不要再忤逆他了。更何况，虽然我自己没有得到过他的认可，可现在他好不容易才接受米朵，我不想让你们再因为我闹出什么嫌隙。"

看样子，叶琪是真的想通了。我松了一口气，把咖啡端给他们。

萧亮握着我的手，冲叶琪道："叶琪，谢谢你的理解。"

"对于你们为我做的，这点算什么呢？董事长说得对，我再继续住在你家，只会影响你们的生活，我不能仗着自己还没恢复就一直任性下去。你放心，等我一找到合适的房子，就会搬出你家的。"

叶琪悲伤地看着萧亮，我准备走出去，萧亮拉住我。

"其实我早就想过，你一直住在我家确实不是最好的办法，毕竟我和米朵快结婚了，你放心吧，我会给你找到适合休养的地方的。"

叶琪神情复杂地看了萧亮一眼："谢谢……"

"另外，关于你说要来通灵珠宝工作的事情，你说的对，你没有了这几年的工作经验，确实不太好找工作。我已经把你的简历递给人事部了，到时候去品牌部先学习一阵子吧。"

我一愣，叶琪明明是一个服装设计师，现在却要进我们公司，她之所以会提出这种要求，不是为了萧亮还是为了谁呢？

我想联系高雯商量，高雯却怒气冲冲地向我吐槽沈东军的事情。

原来，高雯因一组广告摄影照片的泄露而对沈东军大发雷霆，高雯来公司时，正巧看到沈东军和林子良秘密见面，沈东军对林子良有师徒之情，加之她知道林子良与萧亮水火不容，她一口咬定是沈东军内部泄密。但事情查清楚之后，这件事情和沈东军并没有关系，而是剧组的一名工作人员居心不良，骄傲的高雯不得已亲自去向她所厌恶的沈东军道歉。

我仿佛又想起了当初沈东军在韩国挑剔我的样子，如果那样毒舌的话语放在高雯身上，估计会是一场混战，这两个人，还真是冤家路窄。

高雯的事情让我的心情大好，加上叶琪病情平稳，一切似乎暂时平静下来。

最近的大家对我的态度有些奇怪，公司关于萧亮前女友来上班的流言蜚语先不说，连平时话不多说的齐宇都跑过来向我加油鼓劲，好像我面临了很大的挑战似的，弄得我有些胡思乱想。不过这一切的猜测，都截止在了雷奕明的一通电话上。因为叶琪的原因，萧亮暂住在雷奕明家里，雷奕明告诉我，他无意中看到萧亮正在准备婚房，每天都在家里研究着各个房型。但是萧亮从来没有和我说起过，可能是想给我一个惊喜吧。面对萧亮的心意，我又怎么能无动于衷呢？我决定给他一个小惊喜。

趁着萧亮现在暂时住在雷奕明家，我委托雷奕明帮我偷到了萧亮准备的新房钥匙，我们一起拿着一堆清洗的工具和大包小包，走入新买的房子。

我欣喜不已："哇，原来这就是萧亮帮我准备的新房，跟我想的一模一样！"

"不就是一个破房子吗，用得着这么高兴吗？"雷奕明不屑地哼哼。

我脸上的笑容一收："好了，接下来你就可以回去了。"

"啊，回去？我不陪你装饰装饰啊？"他诧异。

我忍住笑："不用了，既然这是我要送给萧亮的礼物，当然是由我亲手来。你就放心地回去吧。"

雷奕明走了，我愉快地哼着歌跳着自创的舞蹈，我的包放在客厅的沙发上，手机在里面震动，那时我唱着歌在打扫房间，完全没有听到。

我摆弄着客厅墙壁上满满的气球。

我拿出一瓶香水喷洒在空气里，美美地吸着。

门口有响动，我停止唱歌，走到门口听了听，没有声响了。我又到阳台上往下看，看到萧亮的车正停在下面，我喜上眉梢。

"这么快就过来了，哈哈，米朵惊喜准备！"

我捧着一手的玫瑰花瓣蹲在门边。听到钥匙孔插进门锁的声音，萧亮打开门，敞开一道口子，却还没有走进来。

我看到门外萧亮的身影，兴奋的把玫瑰花瓣撒出去。

我大笑着："Surprise！"

叶琪正从门口进来，纷纷扬扬的花瓣都落在叶琪的头上。我的笑容僵在脸上，三个人面面相觑，都愣住了。

萧亮一脸诧异地看着我："你怎么在这儿？"

"你怎么会跟叶琪一起过来？"

叶琪疑惑着："对啊，这不是萧亮特意帮我买的新房吗？"

这句话让我如坠深渊，尴尬不已。这一切原来只是我和雷奕明的想当然。

我支吾地说："哦，对，他说房子太空了，让我过来帮忙打扫打扫，顺便准备欢迎你……"笑容像是僵在脸上的口香糖，让我无比厌恶此刻的自己。

叶琪笑着："真的吗，没想到你们这么有心，谢谢你啊，米朵。"

我干笑：没什么。

叶琪转向萧亮："不过，你不是说过没有别人吗？不过也是，米朵对你来说怎么会是别人呢。"

萧亮盯着我："这些都是你准备的吗？"

我眼神闪躲："对啊，我想送给你一个惊喜，所以……我楼下还有东西呢，你们等我啊，我一会儿就上来。"

我拉开门跑出去。

萧亮追过来："米朵你等等……"

我还怎么会等他呢？我就像是一个自娱自乐的小丑，现在场上的灯光全亮起来了，我的小心思被人窥探得无处遁形，米朵，你真的很可笑啊。

我狼狈地拿着包和提兜跑下楼，萧亮在后面追。

"米朵，你听我解释。"

我停住脚步，回头看着他："她说得都是真的吗，这个房子，是你买给叶琪的新房吗？"

"我不是故意瞒着你的，叶琪住在我家的时候，我爸曾经拿钱为难过她，我不想再让我爸有什么误会，所以帮叶琪准备了这个房子，我只是想了却一桩心事……"

"你的心事……你心事是一套房子就能了却的吗？如果不是因为还对她有感情，你怎么会为一个女人去做这种事呢？"

萧亮不悦："你这是什么意思，我们都已经走到今天了，难道你还会怀疑我的感情吗？"

"我就是因为太相信你的感情，所以才知道你不会那么轻易放下叶琪。更何况，现在的叶琪这么完美，她单纯、善良，甚至只为了你一个人而活，这世上除了你就再也没有能打动她的东西了，她爱你爱得这么纯粹，所以你心动了是不是？"

我不想怀疑萧亮，但经历了他为叶琪做的这么多事，我终究还是忍不住害怕了。我怕我们的感情比不过他们之间的过去，我怕叶琪会从我手中夺走萧亮。

萧亮愤怒地瞪着我："立刻把你的话收回去，我不允许你这么想。"

"你不允许？呵，你知道我真正的想法是什么吗？"

萧亮面露紧张。

"也许，你上次说的推迟婚期是对的，我根本就不该这么积极。"

随着我话音一落，手里的提兜忽然断开，里面的花瓣掉落出来，被风一吹，纷纷飘散起来。这些原本用来装点我们爱情的花瓣，此刻点点飞扬，就像四月末的樱花，昭示一段繁华热闹的季节逝去。

那天之后，萧亮越发珍惜和我在一起的每一天，他说他和叶琪深谈过一次，为她解决好工作问题，也解决了她的住宿，但是唯一不能给的，就是他的感情。萧亮已经计划好了婚期，无论是他还是我，都不想再拖延下去了。

萧亮要我提出一些婚礼现场的要求，婚礼是每一个女生从小就有的梦想，我想找一个人和我一起出谋划策，这个人自然是拥有一颗女王心的高雯了。正准备联系她的时候，雷奕明主动上门自荐。

我乐得有人愿意帮忙，便将几个案例摆出来和雷奕明挑选，看得眼花缭乱，我们俩累得趴在桌上，萧亮回来后看到我们这副如出一辙的表情，一脸不悦，挤入我与雷奕明的中间，发表他的婚礼意见。我喜欢教堂，古堡，但萧亮因为身份原因，要接待很多商业客户，不适合走那种风格，于是这个议题被暂且搁置了。

萧亮似乎想报复我与雷奕明的默契，突然打断我们热烈的讨论："雷奕明我已经安排你给我当伴郎了，你最好提前有个准备。"

我瞪了一眼："谁说他要给你当伴郎了？明明姐可是我这边的人，我还准备让他给我当伴娘呢！"

"伴娘都是女人，你会需要一个男人当伴娘吗？"

"那……那就让他当我的亲友团，反正我不能把他让给你！"雷奕明可是我在这里唯一的亲人啊，怎么能当伴郎呢。

雷奕明也附和道："就是，这事儿不怪我说你，一个大老爷们儿的干吗还那么讲究啊，伴郎就随便找找呗！你们公司不是有挺多员工吗？要不你去选选，只要别比我差太远就行。"

萧亮拌嘴总是输雷奕明一成，他也懒得和雷奕明多说，接了个电话就匆匆回了公司。

其实我的伴娘早已定了高雯，约她出来说的时候，她很是意外。

"我这么漂亮，你让我去当伴娘，这不是故意让我给你砸场子吗？"她一脸认真地提醒我。

我都被她的话给呛到了，不过，这就是我喜欢的那个高雯。

当然，约她出来我还有一件心事和她说，我不觉得叶琪就会这么善罢甘休，如果叶琪在婚礼前要继续闹事，我该怎么处理。高雯在娱乐圈混了这么多年，见过的手段不少，我想在她这取取经。没想到高雯认为我现在取经已经太晚，不如她亲自上阵，帮我制服叶琪，说着，她自信地拨了拨头发：

"要不怎么说恶人自有恶人磨呢，我就是那个专门磨人的小妖精。放心吧，我最近正准备跟你们公司拍广告呢，这几天肯定天天过来。如果叶琪敢有什么风吹草动，姐分分钟就替你摆平她。"

高雯的解决方式就是冲进我们公司，与叶琪针锋相对，最后还把本已经安排在品牌部的叶琪借去当她的服装造型师！

叶琪顿时脸色一变，三番两次拒绝。可她哪是古灵精怪的高雯的对手，沈东军玩味地看着口灿莲花的高雯，沈东军饶有兴趣地笑了笑，默许了一切。

叶琪最终只能心不甘情不愿地与高雯握手。

可没有想到，叶琪趁工作的空暇，打电话给萧亮，说自己头疼想起一些从前的片段。我在萧亮办公室看到他担心又欣喜的模样，有些酸意。萧亮歉意看着我，我知道他很想让叶琪赶紧好起来，可他这一走，原本我俩去婚庆公司拿请柬的计划就只能搁置了。我笑笑，安慰他我可以一个人去。

我带着一堆请柬回家，电话告知萧亮我等他一起来和我挑选，电话那头的萧亮好像有心事，一直传来焦躁的汽笛声。雷奕明发现我闷闷不乐，忙过来询问，得知事情原委后，他又一次说我傻，不知道主动去争取，并且要截断一切叶琪再次接近萧亮的机会。

我知道他说的对，可是做起来又是另外一回事，我不想强迫萧亮因为爱我而刻意改变，我不想看到他为难的样子。没想到高雯突然造访，她得意地告诉我们，她已经把叶琪刚刚实行的一条勾引计划扼杀在了萌芽状态。原来叶琪打电话的时候被她听到了，她临时指派叶琪去郊区的剧组拿她的衣服，估计等叶琪回来，都得到明天了。

我这才知道为什么萧亮刚才的状态有些不对劲，他肯定是接到叶琪的求助电话，焦急地去郊区接叶琪了。雷奕明嘲讽高雯好心帮倒忙，高雯不甘示弱地帮我又出了一招。她吩咐雷奕明打电话给萧亮，一本正经地告诉他，米朵可能失踪了。她随即把我的电话关机，得意地说："现在萧亮打你的电话也打不进来了。"

高雯的动作一气呵成，连一个反驳的机会都没给我。我不愿用这种手段把萧亮骗回来，可现在说什么都已经来不及了。雷奕明和高雯在一旁吃着薯片打开电视，全然一副心安理得的样子。我忐忑地在一旁等着萧亮回家，很快，他急匆匆地闯了进来。

雷奕明随意地转过身，招呼着萧亮："你回来了？刚才是我误会了，米朵出去看请柬，一直没接我电话，我还以为她失踪了呢。"

我被高雯推了推，也跟着装样子："听说雷奕明打电话找你了，肯定吓了你一跳吧？"

高雯清了清嗓子，总结陈词地说："既然回来了就好，我还以为你去郊区找叶琪了呢，害得我白担心了一场。"

萧亮只是盯着我问："刚才为什么不接我电话？"

我一愣："啊？我一直在外面呢，没听见你打过来——"

"那后来呢，既然都知道我在担心你，为什么没有联系我？"

我支吾着，脸颊通红："因为我……我也没想到你会这么着急……"

"他都跟我说你失踪了，你觉得我可能不着急吗？还是你觉得故意要我很有意思，所以跟他们联合起来开这种玩笑？"

我连忙站起来："这件事不怪雷奕明和高雯，是我想叫你回来的——"

高雯拉过我："哎，为什么不怪我们俩啊，这主意就是我出的！一人做事一人当，我高雯既然做了就没想过要否认，你有什么怨气就冲我来好了！"

萧亮深吸一口气，平静片刻才说："你们是为了叶琪才这么做的吗？"

我歉疚地走过去："对。我刚才后悔了，我其实不想让你一个人去见她。"

萧亮冷冷地看着我们："你们这次是真的过分了。"

他说完，转身离去。

高雯不服气地说："哎，他怎么说走就走了！"

萧亮的周边都散发着一种冷淡的气场，这一次我想萧亮是真的生气了。

我焦急地等待着，一直到晚上都没有萧亮的消息，好几次我拿起电话，想起萧亮离开前那个冰冷的眼神，我又放下了。我抱着萧亮的玩偶失眠了一晚上，天一亮，我给雷奕明打电话询问，凑巧高雯那边也联系我，原来沈东军知道她利用职务之便趁机欺负叶琪，指责她是名利场上打拼久了，习惯了用手段去达成目的的女人，高雯怒不可遏，要去将叶琪找回来。

于是，我、雷奕明、高雯还有沈东军一起往郊区赶去，我们打听到萧亮和叶琪正在郊区附近一个温泉中心休息。

来到温泉馆，萧亮正从房间走出来，叶琪拉住他，恳求他留下来照顾生病的自己。两人在日式的回廊上拉扯着，周围是温泉散发出的氤氲雾气，气氛怎么看都很暧昧。我紧盯着叶琪拉住萧亮的手，心里有些吃醋，雷奕明脸色一黑，站了出来。

"萧亮啊，我说你也真是的，叶小姐都病成这样了，你怎么能扔下她一个人离开呢？唉，幸亏我和米朵都来了，你也不用惦记上海的事儿了，不如就留下一起陪陪叶琪吧。"

高雯拨开沈东军的拦截，气冲冲地说："我们这才刚到呢，你们不会就准备走了吧？哎，我可把话说在前头啊，我这回是特意为了跟叶小姐道歉来的，在她原谅我之前，你们谁都不准走，必须得留这儿陪我耗着！"

我们六个人就这样僵持着，最后一起都留了下来。

在我和高雯单独的房间里，我一脸疑惑地拉住高雯："那我们还真留在这儿陪叶琪啊？"

高雯无所谓地一抬眉："来都来了，干吗不好好玩玩儿啊？再说了，你跟萧亮不是没和好吗，怎么着也得把你们撮合成了再回去。"

我顾忌地问："可我看叶琪都病了，萧亮肯定更生我的气，不管你们怎么撮合，他都不会原谅我的。"

"麻烦睁大你的眼睛看清楚，叶琪那是病了吗，人那叫白粉扑多了！化个妆就能把你们给骗过去，你们未免也太天真了吧？"

我握紧拳头："那她不是在骗我们吗，我现在就去揭穿她！"

高雯一把将我扯了回来："回来回来！这你就又没经验了吧，高手过招讲究的是此时无声胜有声，你把什么都说出来了，那这戏还怎么往下唱啊？叶琪故意在萧亮面前装生病，无非也就是想留住他，然后跟他过上两天的二人世界，培养培养感情。可既然我们这串电灯泡过来了，她的阴谋也就算泡汤了，接下来，就该是我们发动大规模反击的时刻了。"

"什么反击？"

高雯一拍手，胜券在握地说："将计就计。她不是想过二人世界吗，那你就跟萧亮过一个给她看看！"

高雯说完，一扭头开始打量我，我不知道她又想到了什么，一脸迷茫。

高雯一瞪眼："还愣着干吗，脱呀！"

我大惊神色，不敢相信自己的耳朵："啊？脱、脱什么啊？"

……

温泉池升腾出洁白的雾气。

青石板铺就的小路清透湿润。

我身穿浴袍，一边羞涩地抓着领口，一边被高雯拉着走向温泉池。

我犹像地询问："这行吗，这泳衣会不会也太暴露了？"

高雯瞥了我一眼："装什么呀，更暴露的时候萧亮不早就见过了吗？"

"嘘！你小声点儿，这儿还有别人呢！"我心跳加速。

"我高雯芙蓉出水的地方，可能会有外人在场吗？放心吧，我已经跟山庄说好了，这池子就是我们几个用，不会有别人进来的。"

我嘟囔："芙蓉出水……"

高雯拉着我来到温泉池前，一伸手抓住我的浴袍："来，都脱了。"

我连忙拉住她的手，尴尬地说："等等！我身材不好，一会儿他们看见了会不会笑话我啊？"

高雯打量我："就你这身材，连个让人笑话的地方都找不着，你瞎担心什么呀？你要是再不脱，一会儿叶琪可就下来了，难道你想把勾引萧亮的机会都让给自己的情敌吗？"

我顿时被说动，深呼吸几次，终于下了决心："我豁出去了！"

我正想解开浴袍，叶琪忽然身穿泳衣走了出来，我一见她，对比了一下自己的小胸，立刻把浴袍重新包好。

我冲她打招呼："叶琪，你也来了？"

高雯大声地说："你不是说自己病了吗，怎么还穿这么清凉啊？"

"既然你们都来陪我了，我总不能躲在房间不见你们吧？大家一起泡泡澡，也许我就好了呢。"叶琪反唇相讥。

就在这时，雷奕明忽然走出来。他二话不说就走上前，一把脱下了自己的浴袍，露出里面的大裤衩，高雯和我看着这一幕，都瞠目口呆。

雷奕明大喇喇地说："看什么，你们泡澡不脱衣服啊？"

高雯忽然脸红地背过身，紧张地说："你——你干吗这么突然就脱了啊，我一点儿心理准备都没有！"

不远处，沈东军正走过来，撞见这一幕，他顿时停住了脚步，眼神在高雯和雷奕明之间徘徊。

雷奕明大方地说："就凭咱俩之间的交情，不说老夫老妻吧，彼此也算是轻车熟路了，你跟我还客气什么呀？别跟那儿傻站着了，回头真把自己给冻病了。"

雷奕明这话听着真让人产生歧义，我知道他平时就这么一副不正经的样子，可是现在还有外人在呢，我瞪了他一眼，回头去看高雯时，一向高傲的她竟然满脸通红，露出少女般羞涩的神情。

"那——那你先到池子里去。"高雯指着温泉池角落，"蹲在离我最远的地方。"

雷奕明无奈："得，谁让我以前欠你的呢，蹲着就蹲着。"

他走入温泉池，按照高雯的要求蹲下："现在行了吧？"

高雯终于松了一口气，却发现沈东军走了过来。沈东军打量了一眼高雯的身材，眼神有些讽刺。

"怎么了，没见过像我这么完美的女人啊？"高雯恢复了她的女王范，故意摆了个pose。

"确实不太常见，现在我总算知道你为什么跟米朵做朋友了。"

高雯偏瘦，腿长腰细，但胸并不大，我意识到沈东军口中的意思，顿时一慌，捂住自己的胸。

高雯自恋地说："我就是身材不好怎么了，都长我这么漂亮了，要是再前凸后翘那还有天理吗？至于米朵，米朵她……她这叫长得纯你懂吗，不会欣赏！

沈东军讽刺地笑："我还是第一次听见有人用纯来形容身材的。"

我倍受打击，高雯则气得吹胡子瞪眼，却只能眼睁睁看着沈东军脱下浴袍进了温泉池。正在这时，萧亮走了出来。雪白的浴巾随意地搭在他的脖子上，松松垮垮的浴袍下，健硕的肌肉在水雾里散发出迷人的光泽，我本来就因为叶琪的事情不敢面对他，他这么一出场，我顿时又紧张又害臊。

高雯不动声色地向前推了我一把，我立刻栽进萧亮怀里，高雯顺势把我的浴袍拽下来，试图帮叶琪披了上去。

高雯温柔地说："看你，都生病了还穿这么少，快披件衣服。"

她拿着浴巾把叶琪一盖，我沉醉地靠在萧亮怀里，他的胸膛沉稳有力，就让我这么靠着，微抿的嘴角透露出一丝无奈的笑意。白色的雾气飘渺，这短短的时光，我仿佛陷入了一场梦境，不自觉地露出甜蜜的笑来。

雷奕明突然哗的一下站了起来。

"哎你们这大冷天的不进来干吗呢，我身为一名医生可真是看不下去了啊！"

萧亮只好松开我，一脱衣服，便露出长期锻炼养成的肌肉，隆起的块块腹肌像一幅精美的西欧油画，我忍不住咽了一下口水，雷奕明望着这一幕，又低头看了看自己，顿时有些心虚，装作不经意地走上岸边，拿过浴袍自己披上。

高雯奇怪地招呼雷奕明："哎，你刚才不还喊我们下去吗，怎么自己又上来了？"

雷奕明瞄了一眼萧亮的肌肉，装作不经意地说："哦，突然觉得挺热的，上来休息休息。"

叶琪讽刺地看了我和高雯一眼，走进了水里，我有些羡慕地望着她，前凸后翘，所有的身材要素都符合美女的标准，我再低头打量打量自己，叹了口气，当时减肥过猛，不该减的全减了。

高雯暗中扯了扯我，小声地说："过去啊，还等什么呢？"

叶琪开始在温泉池里游泳，微微上扬的脖子露出姣好的弧线，像一只高贵的天鹅。我顿时更受打击，支吾地说："我、我突然想起来忘拿手机了，你等我啊，我先上楼一趟。"

我说完，慌张地离开。

高雯在后面气恼地喊着："哎，你快点儿回来！"

高雯的声音渐渐消失在脑后，我在门口晃了一圈，又走了出去，我只想多耽误一点时间等他们洗完了再回去，没想到竟在这里迷了路。眼前出现一条幽远的小径，一路走过去，一个心形的玫瑰温泉出现在眼前，池水上洒满了新鲜的玫瑰花瓣，我忍不住走了过去，坐在池边上。

我正在发呆，突然身边响起一个熟悉的声音。

"胖子，一个人坐这儿干吗呢？"

我回头看到是雷奕明，又转过头，淡淡地说："没什么，想一个人静一静。"

雷奕明上前在我旁边坐下，陪我一起把脚泡在了池水中。

他似乎想起了什么，自顾自地笑着："还记得吗，小学的时候我们一起去学游泳，你不肯下去，咱们也经常这样在池边坐着。"

我回忆着："对啊，那时候我还是个胖子，害怕别人嘲笑我，就连衣服都不敢脱，只能等到所有人都走了，拉着你陪我在水边玩一会儿。"

"没想到过了这么多年，我们还能这样坐在一起。"

我失落地笑了，"对啊，没想到过了这么多年，我还是会像以前一样自卑。"

雷奕明顿时一愣："他们刚才就是随口开玩笑，你不会真被人给打击了吧？"

我闷闷不乐地说："也不算是打击，只是害怕被萧亮看见，连他也觉得我其实并没有那么好。因为叶琪的事，他已经对我够失望了，我不想再看见他那种失望的眼神。"

"那你就打算一直都这么躲着他吗？萧亮可是你的男朋友，你应该学会自己去面对他。"

"你之所以会这么有勇气，是因为你不知道那种被人亲手推开的感觉，在我是米美丽的时候，他就曾经狠狠地推开过我——"

雷奕明笑了笑："我怎么可能不知道被人推开的感觉，没有人会比我更清楚。"

我顿时一愣，意识到雷奕明是在说我。

一阵苦涩涌上喉头，我一脸歉疚，艰难地准备着措辞："雷奕明……"

我正想开口，雷奕明忽然看向我的身后，他一把捂住我的嘴，拉着我一起潜进了水池中。我惊讶地看向雷奕明，雷奕明对我做了一个"嘘"的姿势。

我隐隐地看到，萧亮正走过来，他四处张望一圈，向着我的方向越走越近，我正欲上前跟他打招呼，雷奕明却突然抓着我躲进了水池中的一角，同时紧紧捂住了我的嘴。

他什么意思，为什么要躲？这要是让萧亮知道了岂不是误会我们吗？

我欲挣脱雷奕明，没想到他却更紧地拉住了我。就在这时，我忽然看到叶琪从萧亮背后走出，紧紧抱住了他。

萧亮冷冷地说："你在干吗？"

"就当我求你，别推开我，哪怕就只有这一次也好。"

"我昨晚跟你说得还不够清楚吗？"

我和雷奕明冒出头，紧张地听着两人的对话。

"就算你什么都不计较，我和米朵之间也不需要有第三个人存在，我有她一个就够了。"

我闻言，顿时感动，一旁，雷奕明难过地看着我。

"是吗？"叶琪笑着。

她忽然松开萧亮，走到了他面前，叶琪当着萧亮的面脱下浴袍。我和雷奕明皆是一惊，雷奕明捂着我的嘴一起沉进水中，免得被叶琪发现。

我的耳边是水声阵阵，心中惊雷滚滚，叶琪她这是豁出去了吗？想起叶琪之前在温泉池边露出的姣好身材，我不顾雷奕明的阻拦露出了水面。

叶琪深情地询问着："看着我，难道你就一点都不心动吗？"

萧亮别过脸，呵斥她："把衣服穿上。"

叶琪靠近萧亮："你不是说你只爱米朵吗，那为什么还不敢看我？"

萧亮忽然平静地转向叶琪："因为我不想看到你这副不自爱的模样。"

他蹲下，帮叶琪捡起浴袍，给她围上。

我看到他突然无意识地朝我这边看过来，雷奕明再次将我拉到了水底，世界仿佛一下子安静了，我只能听到自己剧烈的心跳，我最后看到的岸上的画面，是叶琪捂住脸，悲伤地蹲了下来，用浴巾紧紧地抱住自己。

水底，我祈祷着叶琪和萧亮赶紧离开，我已经快喘不过气了，雷奕明发觉了我的不对劲，情急之下，他上前吻住我，把自己的空气渡过来，他的嘴唇柔软却有力，空气进入的同时，也侵占着我唇齿，我忘了呼吸，忘了思考，瞬间呆住了。

岸上，萧亮不在了，叶琪也已经离开，与此同时，雷奕明也抱着我从水底站了起来，随着水花溅开，我一把推开了雷奕明。

雷奕明结结巴巴地说："胖子，我……"

我冷着眼看了他一眼，愤愤地说："我现在不想跟你说话！"

我转身离开，脑袋里嗡嗡作响……

雷奕明，雷奕明他疯了吗？

我匆匆跑进酒店走廊，努力地平复着自己的情绪。

我用力地擦拭着嘴唇，拼命地摇晃着脑袋试图忘掉刚刚那荒唐的一吻。但无论我怎么努力，水底的那一幕都深深地烙印在我的脑海里。

我无法接受！完全无法接受！我甚至希望失忆的那个人不是叶琪，而是我！这样我就能忘记这个吻，忘记我和雷奕明之间这些莫名其妙让人讨厌的变化和事故！那是我认识了二十年，像亲人一样的人啊，是我最好的朋友啊！发生了这种事，我以后该如何面对他？

越想到这，我越是用力地擦拭嘴唇。

"你在干什么？"

我吓了一跳，一转身，萧亮站在身后。

我努力镇定情绪，挤出一个勉强的笑容："没，没干什么。"

萧亮探究地望向我："你的嘴……"

我慌了，紧张万分。莫非萧亮发现了什么？

萧亮问："你的嘴怎么破了流血了？"

我松了一口气，不自觉地摸了摸嘴唇："刚刚不小心弄脏了，我就用手擦了擦。"

"傻瓜，为什么要这么用力擦呢？"萧亮牵起我的手，眼里流露出关心，"这样我会心疼的。"

我看着眼前温柔的萧亮，心里更是愧疚和后悔，我刚刚要是坦然地走到他和叶琪面前，就不会发生后面的这些事了。归根到底，对于爱情，我还是没有安全感，我还是不够自信去捍卫我的爱情，曾经的米美丽没有拥有的资格，所以现在的米朵就更加害怕失去。

萧亮关心地问我："你刚才跑到哪儿去了？"

我掩饰地转移视线："那个……我心脏突然有点难受，所以就出去散步透透气。"

"心脏难受？那你现在好点了吗？要不要去看医生？"

我急忙摇头："不用不用，我现在已经冷静下来了。"

萧亮狐疑地盯着我，我顿时紧张地问："怎么了？"

"没什么，我只是担心你。"

我试探地问他："叶琪的事，你不生我气了？"

萧亮一怔，眼神有些不自然。刚才叶琪的所作所为，快要触碰到萧亮的底线了吧，叶琪根本就做不到她说的那样坦然退出。

萧亮沉吟着说："我后来想了想，觉得你也不完全是错的，我以后会跟她保持距离的。但是以后你不许再骗我了。"

我一把抱住萧亮，高兴地点点头："嗯！我以后再也不骗你了！"

萧亮笑，摸了摸我的头："傻瓜。"

他好像从我湿漉漉的头发拿到了什么，疑惑地问我："你刚才去了那个有花瓣的温泉池吗？"

我不想他知道我偷听了整场对话，急忙摇头："没……没有啊，我没去过那里！"

萧亮没有多说，带着我往回走，我心虚地低下头，可是低头间，我无意间瞥到他手里的玫瑰花瓣，是刚才从我头上拿下来的吗？他不会怀疑什么吧，我胡思乱想地跟在他身边走着。

可没走多远，我就看到雷奕明和高雯从对面的走廊走过来。我脚步一顿，不愿再往前走，萧亮没察觉到，拉着我朝雷奕明走去。

萧亮笑："雷奕明，谢谢你带米朵过来找我，我们和好了。"

雷奕明表情不自然地咳嗽一声："那什么，你们俩好着，我就不打扰你们了。"

"等等，既然一起来了，就当是度假吧，大家一起放松放松。酒店有炭火炉，晚上一起BBQ吧？"

高雯一边抹口红一边观察着我和雷奕明，我和雷奕明谁都不敢看对方。

我低下头："我就不去了，我身体不舒服。"

雷奕明跟着说："我也不去了，我心脏不舒服。"

萧亮疑惑地看着雷奕明："你也是心脏不舒服？这么巧，跟米朵一样。"

我尴尬不已，两个人太熟悉了，连撒谎的借口怎么都一样？

高雯收起口红，一把将雷奕明拽下，用力地亲了一下雷奕明的脸。

他的脸上瞬间出现了一个性感的唇印。

雷奕明急忙躲开："你干吗啊？"

高雯眼也不抬地说："没带镜子，想看看这个唇膏擦出来是什么效果。"

雷奕明急忙擦脸，我别扭地撇开头，高雯看在眼里，笑了笑。她亲热地摸摸雷奕明的脸："来，我看看，擦掉了没有。"

高雯突如其来的亲吻，好像在暗中帮我和雷奕明之间的尴尬解围，可是却一再地让我想起我不愿回忆的吻。

雷奕明擦拭着脸上的唇印，低下头的瞬间，头上的花瓣落了下来，正好落在了萧亮的脚下。我心里一惊，连忙看向萧亮，他却也在同一时间望向了我。虽然我跟雷奕明刚才的一切都是误会，我也从未对他萌生过什么暧昧的感情，可如果被萧亮知道了水池的那一幕，他一定会误会我们吧？

我不禁感到心虚不已。

高雯招呼我们："既然都来了，得吃饱了玩够了再回去，晚上举行篝火晚会吧！"

我和雷奕明再次不约而同地一起拒绝。

萧亮冷冷地看着我："你们俩的心是因为什么不舒服？是不是发生了什么我不知道的事？"

我紧张不已，雷奕明急忙一把将胳膊搭在萧亮肩上："咳，能有什么你不知道的事儿啊，你是谁，你是我的亮儿啊，我能瞒着你吗？那什么，米朵是女人，身体不舒服就别去了，我一大老爷们不能扫兴，今晚的篝火晚会我参加！"

萧亮望着我："你的心脏还是不舒服吗？"

"我……"

高雯急忙挽住我的手："别扫兴了，一起去吧。"

我只好答应，高雯开心地一把拉住雷奕明："走，跟我去把他们全部叫出来！"

我走到萧亮身边，想和他解释一下，张开嘴却不知道从何说起，高雯招呼着我一起走，我侥幸地期待着萧亮没有多想。

温泉馆依山而建的后花园。

夜色依稀可见，风吹入树林，发出唰唰的响声。

而我的心里是一片惊涛骇浪。

炉火旺盛地燃烧着，一旁，桌子上摆满了烤串和啤酒，众人围着炉火，表情各异。

我们的顺序是这样的：萧亮与我坐在一起，雷奕明和高雯坐在一起，沈东军和叶琪坐在一起；萧亮望着雷奕明，雷奕明望着我，叶琪望着萧亮，沈东军则望着高雯。我苦笑，这真是一个诡异的局。

高雯看了看雷奕明，又看了看我和萧亮，咳嗽了一声："哎哎哎，气氛怎么这么沉闷啊？老雷，活跃一下气氛啊！"

雷奕明兴致缺缺："我饿，没力气活跃，我还是给你们烤肉吧。"

"烤什么肉啊，肉都被你吃完了……"

高雯站起身，把一个酒瓶往中间一放。

"来吧，活场子的老把戏，真心话大冒险，不按规矩的人要吹一瓶啤酒！都必须参加啊，都给我 high 起来！"

雷奕明心事重重地看了身旁的我一眼，我则瞄向一旁的萧亮，萧亮面无表情地看着我。

高雯惊讶地说："怎么了，干吗一个个的都不出声啊？好吧，那我先来。"

高雯开始转酒瓶子，转到了叶琪，高雯露出得胜的一笑。

"哎呀，真巧，刚好我有个问题憋在心里好久了，今天就当着大家伙儿的面问出来。叶小姐，你为什么一直出现在萧亮身边，是不是对萧亮旧情难忘想找机会第三者插足啊？"

高雯这问题明显是在帮我，沈东军冷笑："你这个第四者操心人家的事干吗？"

高雯翻白眼："闭嘴！我就爱操这个心，你管得着吗！"

我紧张地注视着叶琪。

叶琪慢慢地抬起头，瞟了萧亮一眼："我不想回答这个问题，我喝酒。"

她咕嘟咕嘟地喝了起来，我心中一紧，萧亮的眼中闪过一丝担忧。

叶琪喝完："好，轮到我了。"

她转动酒瓶，正好指向雷奕明，我不觉担忧起来，她肯定不会放过这次机会。可是叶琪现在失忆了，应该不知道我们之前的关系吧。

叶琪露出得意的笑容："雷医生，听说你和米朵是特别好的朋友，其实我一直都挺好奇的，你们之间发生过友情范围以外的事吗？"

叶琪话音一落，萧亮顿时眉头一皱，雷奕明和我也有些心虚，之前在水底的事情，像海浪一样一波又一波地刷着我们的借口。

雷奕明一本正经地说："当然没有。"

我松了一口气，我并没有意识到，这个时候，还有一双眼睛没有看场上的任何人，只关注着我，些微的细节他都没有放过，那就是萧亮。

雷奕明接着说："因为我只把米朵当朋友。"

他说完，拿起一旁的啤酒咕嘟咕嘟地喝起来。

萧亮冷冷地说："如果你说的是真话，你为什么要喝酒？难道你刚刚撒了谎，你和米朵发生过什么？"

我和雷奕明都愣住了，整个场面陷入一种诡异的安静，好像沉埋在地底的秘密，终于被人点燃了。

高雯急忙打圆场："哎萧亮，你犯规了啊，你又不是提问题的人，雷奕明用不着回答你这个问题！来，雷奕明，该你转了。"

雷奕明闷闷地说："我没有问题要问，跳过吧。"

萧亮忽然起身，一把接过酒瓶："你没有，我有。"

他将酒瓶直接对准了我。

萧亮冷冷地说："在花瓣池里，你和雷奕明到底发生了什么？"

众人都安静了。

面对萧亮冷峻的眼神，我支吾着，本能地开始否认："我没有……"

萧亮步步紧逼："你明明去过那里，为什么骗我？"

高雯站起身试图阻止我们："哎，这是两个问题，犯规……"

萧亮大喝："高雯你闭嘴！"

沈东军将高雯拽下："你就安静点别参合了，没发现气氛一开始就不对吗？"

高雯悻悻地坐下，她愤愤不平地甩开沈东军的手，沈东军不理会她的抗拒，固执地将她圈在自己的保护范围里。

萧亮盯着我，语气强硬："回答我的问题。"

我紧张得眼泪都出来了："我和雷奕明……"

叶琪一副看好戏的模样，我支吾着，仿佛此刻说出来的不再是语言，而是炸弹，一颗随时会将一切关系都粉碎的炸弹。

雷奕明突然站起身："我们看见叶琪抱了你！"

他话音一落，全场都愣住了，萧亮和叶琪的脸色更是难看。

雷奕明继续说道："你还好意思问！是，我是和米朵去过花瓣池，就是我们亲眼看见你和叶琪暧昧不清，我为你着想怕你为难，才拉着米朵躲躲藏藏！"

高雯蹭一下站起身，一把拿起酒瓶指向叶琪："好啊！你还真干出这么不要脸的事啊！老娘警告过你的，你居然还敢打萧亮的主意？信不信我一瓶子砸死你！"

沈东军又好笑又无奈地叹了口气："你这个女人，还真是不听劝啊。"

叶琪无辜地看着萧亮，眼泪顺着脸颊滴落，分外楚楚可怜："我……我不是故意的，我只是一时情难自禁……"

高雯拿酒瓶指着她，表情不屑："放屁！你就是有预谋的，你……"

萧亮站起身，夺下高雯手中的酒瓶，气势强硬地挡在叶琪的面前。我们都知道高雯不可能当着大家的面做出太过分的事情，萧亮如此地慌张在意，我很难说服自己不放在心上。

叶琪充满期待地望着萧亮。

高雯喊道："你干吗？你还要维护这个小贱人啊？你想过米朵的感受吗！"

萧亮望向我："对不起，我错了，但请你相信我，我没有做过对不起你的事，我心里从始至终都只有你，我整个人也只忠于你。"

我的内心像被注入了一管强心剂，之前的苦涩顿时被甜蜜淹没了。只要他心里爱的人是我，其他的一切都可以忽略不计。

高雯笑了，故作亲热地挽住叶琪的手："听听，这回死心了吧？所以说你要听姐姐的劝嘛，不就不至于弄成今天这种当众被拒绝的下场？来来来，要不要陪你喝一杯消愁酒？"

叶琪甩开高雯的手，气得眼睛通红。

萧亮望向叶琪，担心地说："你先回房间吧。"

叶琪哭着离开，高雯得意地笑着："妖孽终于被赶跑了。"

沈东军笑："你刚刚抢酒瓶的架势够彪悍的啊。"

"那当然，我高雯当得起花瓶，也能抢得起酒瓶，敢拆我的朋友，这不是作死吗？"

萧亮有些担忧地望着叶琪离开的方向，我悄悄地握住了他的手，萧亮收回视线望向我，眼里充满了温柔。

雷奕明看了我们一眼，他站起身："好了好了，现在误会解除，大家继续吃喝玩乐吧！"

高雯笑他："这回你倒 high 了？好，刚刚玩了真心话，现在轮到大冒险了。"

雷奕明得意地笑着说：好啊，冒险什么？

高雯狡黠一笑，她嘟起嘴："MUA！"

高雯作势要亲雷奕明，雷奕明急忙躲开。

高雯大笑："瞧把你吓的，这次冒险的内容是接吻。"

"那我岂不是注定要吃亏吗？"雷奕明紧紧捂着嘴，认真的样子让人发笑。

"你也可以选择喝酒啊。"

雷奕明脸色一下就黯淡下来，我想起刚才雷奕明喝酒掩饰的样子，也有些不自在。

高雯魅惑地一笑："或者你也可以选择吻我。"

沈东军不满地瞪了眼雷奕明。

高雯把我推了出来，酒瓶往我手里一递，不容拒绝的语气："米朵你先来。"

我来？我根本就不想和高雯一起玩这个荒唐的游戏。我求助地看着萧亮，没想到他竟然当作没有看到我一般，雷奕明更是把眼睛瞥到一边，又偷偷地看了过来。他们是存心要看我的好戏了，在众人的注视下，我只好接过酒瓶，酒瓶在萧亮和雷奕明之间转动，我紧张不已，在心里默默祈祷着：萧亮，萧亮，一定要是萧亮。因为太紧张，我甚至闭上了眼睛，最后酒瓶定住了，我听到高雯的欢笑声，我急忙张开眼看，那个绿幽幽的酒瓶像是通灵一般，正好停在了萧亮面前，我松了一口气。

高雯和沈东军拍手起哄："亲一个、亲一个……"

萧亮牵起我的手，温柔地注视着我，低头吻了过来。

这是我熟悉的萧亮的吻，霸道中带着极致的温柔，我们之间所有的误会和担心，仿佛都因为这一个吻而烟消云散。一吻终了，我对视着萧亮的眼眸，它就像此刻头顶的星空一般深邃璀璨，不管有过多少次对视，依然像初见一般让我心驰神往，仿佛坐上太空船冲上云霄，不一样的心跳加速。

一旁的雷奕明砰然拧开瓶盖的声音拉回了我的思绪，他大口大口地喝着啤酒。

高雯将酒瓶放在雷奕明面前："老雷，你刚刚没问问题，这回轮到你了。"

雷奕明看了我一眼，他垂下眼睑，开始转动酒瓶，我再次祈祷着：不要是我，千万不要是我，可是这一次，我的祈愿落空了，酒瓶最终真的在我面前停下，那个黑黝黝的酒瓶洞口像一个陷阱一般，而故意放下这个陷阱的高雯在一旁幸灾乐祸地笑，我一脸紧张地看着萧亮，萧亮瞪着雷奕明。

他语带威胁地说："雷奕明，你可以选择喝酒。"

雷奕明倔强地伸长脖子，愤愤地说："我偏不。"

　　我愣住了，雷奕明的话让我始料未及。我一脸抗拒地低下头，抿住嘴唇，我很愤怒，对雷奕明也对自己。雷奕明，你到底在干什么？米朵，你难道就真的要眼睁睁看着这段友情变得面目全非吗？

　　不！我不能再忍耐下去了！

　　我猛地抬起头，大声地说："我拒绝！"

　　一旁的萧亮松了口气："既然米朵拒绝，雷奕明你还是……"

　　"拒绝无效，愿赌服输，谁都不能破坏规则。"雷奕明走向我，他的眼睛里透露出坚定与炙热。

　　所有人都没料到雷奕明的坚持，大家都安静了，萧亮握紧了拳头，而我则不知所措地站在那，我想逃跑。

　　凭什么拒绝无效？到底是谁在破坏规则？

　　"我不玩了，我要回房间……"我转身欲走，雷奕明一把拉住我，我哀求地看着他。

　　求求你，雷奕明，不要破坏这一切。

　　雷奕明面不改色，像恶魔一般诡异地笑了，我正欲推开他时，他突然扭头亲向旁边萧亮的脸。

　　雷奕明调皮地一笑："亮儿啊，我不能亲你的女人，就只能亲你了。"

　　萧亮本来已经有所动作，想趁雷奕明过来之前挡在我面前，被雷奕明这么一亲，他尴尬地坐下，使劲地擦着脸。

　　高雯生气地大喊："犯规！犯规！罚酒！罚酒！"

　　雷奕明笑着喝酒，酒瓶放下的那一刻，他脸上闪过一丝的失落。

　　我打开一瓶啤酒，和雷奕明干杯。

　　我努力地笑着说："谢谢你的不亲之恩。"

　　雷奕明也笑："我今儿可是见识了萧亮的大肌肉，要是为了玩个游戏就挨他几下揍，这可不值当。"

　　我们都笑着，都在努力地不让对方为难，酒瓶相撞，白色的泡沫源源不断地从瓶口涌出来，收也收不住，就像我们当初直言不讳、无话不谈的青春一般，再也回不来了。

一爱成痴，一念成魔

17

拾柒

　　忘记一段感情有很多种方式，有的人彻夜"嗨歌"，有的人独自旅行，有的人，只需要一场新的恋情。

　　雷奕明的新恋情来得让人觉得有点突然。

　　那天晚上，我正在画设计稿，萧亮来到我家，他是因为雷奕明带了回家过夜的女朋友被赶出来的。萧亮认真地说："放心吧，雷奕明这次不是随便谈的，看得出来，这一次他跟那个女医生都是认真的。"

　　女医生？应该就是方文熙吧，原本经常互相调侃的两个人，竟然已经到了互相到家里过夜的关系。萧亮和我讲起雷奕明和方医生之间的情况，我一边听着，一边保持着我该有的笑容。是的，我应该高兴，这是我们之间最好的结局。

　　午后的咖啡馆，长着绿色藤蔓的窗台边，我和方文熙相对着坐下，可能是有过类似的经历，我一直对方文熙很有好感，我不知道她约我出来是有什么事。

　　方文熙有些拘谨地说："不好意思啊，突然间把你约出来。不会影响到你工作吧？"

　　"没什么，听说你跟雷奕明恋爱了，我应该当面祝福你们才对。"

　　方文熙脸上闪过一丝失落："其实……我把你叫出来，就是想跟你解释这件事的，雷奕明跟我之间不像你们想的那样，你千万不要误会他——"

　　我打断她："那都是过去的事情了，他已经放下我了，打算开始一段新的感情。而我，自始至终，对萧亮的感情就没有变过，我对雷奕明唯一能做的就是希望他能早日找到属于自己的幸福。"

我看得出来，方文熙一说起雷奕明是如此的欢喜又是如此的卑微，我必须和她摆明我的立场，让她可以放心地去喜欢，不要再因为我的存在而影响他们的感情。

方文熙试探地看着我："如果没有萧亮，你会对雷奕明动心吗？"

方文熙的提问让我始料未及，我从来没假设过这个问题。我的大脑飞速浮现出一幕幕与雷奕明相处的时光，他的温柔，他的搞怪，他的仗义……

可是没有如果，我也不愿去想这种假设，我爱的是萧亮，我从来没想过第二种可能。

我对方文熙笑了笑："对不起，我没办法回答你这个问题。"

方文熙惋惜地叹了口气，我能感觉到她对雷奕明的在乎和深情。雷奕明，你这个笨蛋，你为什么就是不能让我放心呢，你为什么就是不能好好地幸福呢？

天色大亮，洗漱完毕后，我拎起包，打算上班。

小区门口蜷缩着一个人，他看到我出来慌忙起身，居然是雷奕明。看样子他已经在门口等候多时，十二月的上海，早上正是寒冷透骨的时候，我担心地扶起他，他哆哆嗦嗦走过来，牙关打战地说："答答答案，给我一个答案。"

"什么答案？"

"昨天方文熙问你的问题，我要一个答案。"

我低下头避开他倔强的目光："我不想回答这种假设的问题。"

雷奕明拦住我："不行，我必须要一个答案。如果没有萧亮，你会不会对我动心？"

我咬咬牙，狠下心："当然不会。"

我举手，打了一辆的士，雷奕明亦步亦趋地跟在我身后："我不信！你今天必须得跟我说一句实话，要不然我就一直缠着你！"

他果然说到做到，即使我上了的士，他也不甘心地开着车追过来，我不得不在公司外停下。

雷奕明追上前拉住我："如果你真的不会，那你当时为什么不回答方文熙，不回答就证明你犹豫了，你犹豫就证明你也有可能爱上我！"

我终于忍不住发飙了："雷奕明，你到底想让我回答什么？我根本不会去设想这种如果，因为我心里只有萧亮！我是不可能去伤害他的！哪怕如果也不行！"

雷奕明一愣，红着眼睛低下头："所以你选择了伤害我。"

我哽咽着逼自己说出残忍的话："对，在你们之间，我只能选择伤害你。"

雷奕明隐忍许久后，终于点点头，痛苦地说："好，那就让我一个人受伤吧，总好过让你们也跟着难过。"

他说完，转身离去，我欲喊出雷奕明的名字，却逼迫着自己吞了回去，我隐忍了许久的眼泪大滴掉落，我小声哽咽着："雷奕明，对不起……"

对不起你对我的温柔，对不起你过往的照顾，对不起你一直的付出，但你的深情我真的回报不了也负担不起。我用最伤害你的方式，让我不再继续伤害你。

回到公司，我坐在格子间，脑袋里依然是雷奕明渐渐走远的画面，叶琪的电话打来，冲破了我所有的思绪。我去萧亮的办公室见叶琪，本以为她又会想办法留在萧亮身边。却没有想到，叶琪眉目间一片清朗，她居然祝福我和萧亮的婚姻，决定在我们结婚之后，就去美国疗养。这突然的转变让我应接不暇，难道那日在温泉馆她伤心离开后，已经想通了吗？

叶琪随即送了我一个婚前礼物，是去美容会所做新娘保养，当着萧亮的面，我不想让他再为了我和叶琪的关系难办，既然叶琪退一步，我也应该退一步，我接受了叶琪的邀请。

我进入这家美容院后，才开始后悔。他们全程都在对我的脸进行美容，我忐忑不安，毕竟我的整容手术时间不长，我怕这样的美容会出事。没想到怕什么来什么，我的脸开始发红发痒，我不得不躲到厕所里检查情况，我恐惧地搜索着手机里谁能帮助我，唯一的一个名字浮现在我的眼前——雷奕明，只有他知道我的秘密，可是我不久前还伤害了他……门外叶琪不停地敲门询问，我一慌，按错了键，电话竟然打了出去。

雷奕明来到美容院接我，那时我正被困在卫生间捂着满脸的红肿出不得。雷奕明没有多说话，只是带着我匆匆离开，出门的时候，他用衣服给我遮住脸，我穿着浴袍牵着他的手走出，我的眼睛被蒙住了，半边身子都依偎在雷奕明的怀里。周围的路人发现衣着不整的我，纷纷议论，我害怕地抓住了雷奕明的手。

我们一起去整容科室检查，还好只是一般的护肤品过敏，过一周就会好，我平静了不少，端详着镜子里这张祸因而来脸，她明明是美丽的，可是在阳光下，她却充满着谎言带来的丑恶，我轻轻地叹了一口气。

我不应该再去打扰雷奕明的，可他是我慌不择路里唯一的光明，就像我一直以来行走的脊柱一样，陪伴我走到现在，突然间被抽空，我便无法站立成我想要的样子了。

雷奕明似是猜到了我的内疚，也感受到了脸上的过敏对我的打击，他安慰我说："胖子，我现在是以朋友的身份跟你说话。你记住，不管以后你的脸出现任何问题，或者有多少人嘲笑你，指责你，整容都不是你的错。你看看这个科室，再想想你当初来这里接受治疗的情形，你挨了多少刀下去，那都是一般人无法承受的疼痛，所以你没什么可心虚的，更不用害怕暴露自己以前的样子。"

我感动地点点头，可萧亮他能接受这样的我吗？

一波未平一波又起，我请假在家休养，突然在公司内部邮箱看到一封邮件，里面的照片就是我穿着浴袍捂着脸，依偎在雷奕明的怀里走出来，手指上萧亮送的钻戒璀璨醒目，这是通灵珠宝限量款的戒指"岁月留痕"，目前这款产品只有我一个人可以戴，即使捂住脸，我的身份也在指间的钻戒上昭然若揭。

我心中一凉，这个照片上我和雷奕明的关系太容易让人误解了，萧亮会相信我吗？董事长最看重声誉，他们……会怎么想我？

我正想着，门铃声响起，萧亮呼唤着我开门，我正想和他解释，走到门口，突然看到镜子前自己的脸，她看起来越发红肿，有了当初米美丽的影子，可她又不太像米美丽，也不像米朵，就像一个怪物，一个靠不停蚕食着谎言而活的怪物。我伸到门边的手，停住了。

我跑到门前，慌张地找借口："那、那个，我现在脸色有些不太好，要不我们还是别见了吧，我不想让你看见我生病的样子！"

"你先把门打开，让我看你一眼。"

"不用了，我现在真的不方便见你。"我开始伪装，痛苦地高喊着，"啊，啊，我的肚子！"

萧亮紧张地问："你怎么了？"

我可怜巴巴地说："我肚子疼！萧亮，我得去上厕所了，要不我们还是明天再见吧，等我好了就立马过去找你，行吗？啊，我真的忍不住了……"

萧亮迟疑片刻终于答应，听到脚步声渐行渐远，又通过猫眼看了一眼，我终于松了一口气。

我以为躲过了一劫，没想到萧亮见不到我，转而去找雷奕明，而高雯为了帮助我，说照片中的人是她，还利用沈东军拿到了同款的"岁月留痕"钻戒，她本以为可以糊弄过萧亮，没想到把这件事情越弄越糟。我听雷奕明和我说完，懊恼不已，只想赶紧去找萧亮解释清楚。可是我的脸……只要一检查，所有的过往便无处遁形了。

正在我为了这件事焦虑的时候，我的电话铃声响起。

"怎么办，肯定是萧亮来电话问我了！

雷奕明也焦急："就……就说你当时皮肤过敏了，叫我过去是为了救场的！"

可是如果我只是过敏应该找萧亮啊，我和雷奕明早就应该撇清关系的。

铃声一声比一声急促。

雷奕明催促我："你拖得越久他就越怀疑，先把电话接起来再说！"

我只好一咬牙拿过手机，却在看到来电显示的瞬间一怔——是萧董事长打来的电话。

雅致的茶馆，董事长正襟危坐地喝茶。我像一个被捉赃的小偷一样坐立不安。

董事长询问我照片上雷奕明的关系，我将他作为好朋友陪伴我整容康复的情况一一坦白，如果不是因为这件过敏事件涉及到我的整容秘密，我也不必这么惊慌失措。我不打算再继续隐瞒下去了，今天将萧亮拒之门外的行为让我深深厌恶自己，我的过去不可能抹掉，这样欺骗萧亮的生活不是我想要的。

我把我打算和萧亮澄清的想法说出来，就得到了萧董事长的驳斥。

他瞪着我："那你在一开始就不应该骗他！现在你祸都已经闯下了，如果你在这时候去跟他坦白，那不就等于再去伤他一次吗？可别忘了你自己答应过我的，永远都不会让我儿子受到任何伤害。"

萧董事长告诉我，他已经去医院帮我把所有的资料都处理干净了。我很诧异他为什么要帮助我？萧董事长的眼中闪烁着一个父亲的慈爱，他说："就算你在别的地方犯了错，起码有一点从来都没有骗过我，那就是你对我儿子的感情。要不然的话，我也不会这么容易就相信你。萧亮是从小就受到过伤害的人，当年我和他母亲亏欠他的，现在是再也没办法弥补回来了，对我来说，唯一能在感情上弥补他的，也就是让你去替我照顾他了。"

我不禁被萧董事长的话打动。

萧董事长说："如果你还能体谅我这个做父亲的一番苦心，就不要再去动刚才的心思。从现在开始，你就把整容的秘密都带到棺材里去吧。"

我心中一颤，忍不住答应了董事长，萧亮虽然失去了妈妈，但他有一个很爱很爱他的父亲。为了董事长，我也不能把这个秘密公之于众。

我决定在萧亮亲自去查找这个事件答案之前，勇敢面对萧亮。

我推开他的门，他正对着窗外发呆。

"我刚才已经说过了，现在没有心情处理公事。"他以为我是齐宇。

我往后看了看轻轻掩门离开的齐宇，愧疚地从后抱住了他："不要转过来，我现在还没有自信面对你。"

"如果你是为了照片的事，我都已经问过雷奕明了，他说里面的人不是你，是高雯。"

我嘲讽地笑了笑："如果你连我的样子都认不出来，那我们还会走到今天吗？我之所以没有跟你解释，是因为我现在真的不能见你。"

他转过身，我深吸一口气，摘下墨镜和口罩。

萧亮看到我的脸，顿时脸色一变。

"我去美容院做按摩，不小心皮肤过敏了。因为当时整张脸都肿起来，所以才会找雷奕明来帮我。照片就是那时候被人给拍下来的。"

"你出了这种事应该先来找我……"

"可是我不想让你看见我变丑的样子。从我们相遇的那一天开始，你见到的就是我最好的一面，如果我突然间变成了一个丑八怪，你还会用现在的眼神看着我吗？"

"你可以试试，等你哪一天老了，丑了，甚至毁了容，我还会不会这样看着你。"他信誓旦旦地说。

我顿生希望："怎么会呢？就算我真的毁容了，也可以去做整容手术，然后重新恢复现在的样子……"

萧亮严厉地打断我："难道你到现在还不明白吗？我宁愿要一个残缺的你，也不想让你对我装出一副完美的样子，我要的不是一个戴着面具骗我的人！"

我难过地低下头："对啊，有些时候，我比你还想要把这张面具摘下来，然后让你看看我真实的脸，就算你会觉得失望，可你起码会相信我是真的爱你。"

他没听懂我的含意，吻了吻我的额头，轻轻抱住了我。

我酸涩地陷入了缄默之中。

回到公司，之前在美容院的照片在公司内部网传得沸沸扬扬，虽然被齐宇及时删除，但是依然留下了不少存案，幸亏刘思源的帮助，才将一些张贴出来的及时销毁。我向刘思源表示感谢，却在她的座位上发现了照片的原件。我不露声色，这件事情，或许叶琪和林子良都脱离不了关系，我收拾好东西，决定去叶琪家找她。

叶琪出国前还是暂住在萧亮家，然而等我到达时，叶琪不见了，地毯上是一瓶散开的安眠药。

叶琪自杀了？

我匆匆赶到医院，叶琪刚从急救室出来，萧亮守在她的床边，原来她在服药昏迷前，打了电话给萧亮。

看到她生病检测仪上跳动的线条，我松了一口气。我隔着重症监护室的玻璃，看到叶琪正虚弱地躺在床上，而萧亮神色凝重地站在一旁。

萧亮心疼地凝视着她："为什么要去做这种傻事？"

叶琪虚弱而难过地笑了："我以为，我以后再也见不到你了……"

我能感受到叶琪声音中的无助和痴狂，还有这对于萧亮的震撼。我停住了脚步，愣在门口看着他们。

萧亮语气冰冷："不管是为了谁，你都不应该伤害自己。"

叶琪向萧亮哭诉着自己没有记忆，也失去了萧亮，已经没有活下去的意义。现在的她活在这个世界上，只会是萧亮的污点。说着，叶琪泪流满面，萧亮紧绷的神色有所松动，我知道，他被打动了。

果然，萧亮答应叶琪，他永远都不会抛下她。叶琪哭着抱住了萧亮，萧亮一愣，伸手拍了拍叶琪的背。

这时，萧亮忽然看到了病房外的我，他推开叶琪，走了出来。

萧亮追上我，将我拉到他身边。

"你不是会是误会我对叶琪的感情吧？我刚才答应照顾她，是因为她刚刚才受过刺激，我不想再给她造成什么伤害。"

我自嘲地笑了笑："你都已经把话说到这个份儿上了，我还有什么资格误会你呢。你还是回去好好照顾叶琪吧，我先回去了。"

萧亮上前拦住我坚定地说："如果你觉得不安，我们现在就可以领证结婚。"

我顿时一愣，诧异地看向萧亮。

"你之所以会这么难过，不就是因为不能确定我的感情吗？我答应你，等叶琪一出院，我就立刻准备跟你结婚，等我们确定下来，你就再也不用害怕我会为了别人动摇了。"

"可叶琪都已经为你自杀了……"

"我说过，她只是一个需要我去照顾的朋友。不管发生什么，我都不会让别人影响到我们之间的感情。"他态度坚决。

有他这句话，我就已经满足了。如果萧亮还是想去照顾叶琪，那就去吧，我不想让这份爱情变成我们的枷锁。

萧亮感动地将我揽到怀里："最近发生了太多事，我都已经很久没有停下来好好看看你了，可是我想让你知道。"萧亮的手指细心地摩挲在我的脸上，拂过我的眉毛、眼睛、鼻子，他深情地说，"不管你有任何委屈难过，都要让我看到，不要在我看不到的地方一个人扛，对我来说，你的感觉才是最重要的。"

这时，病房里突然传来玻璃瓶子碎裂的声音，我们脸色一变。

萧亮和我冲进病房，叶琪正捡起地上的碎玻璃划在自己的手上，鲜血滴落下来。

萧亮惊恐地制止她："你在做什么，把手里的东西放下！"

我匆忙跑出去，带着医生走进来。

医生慌张地说："你别冲动，先把手里的东西放下！"

"不，你们让他答应我，他不答应我就割下去！"

医生无奈地看着萧亮："这位家属，你现在千万别再刺激她，快想办法把她安抚下来！"

萧亮看向叶琪，又看向我，面露难色。

"我——"

他话音未落，我忽然开口打断："我答应你"。

叶琪和萧亮同时一怔。

我缓缓地说："我答应你，不跟萧亮结婚，我答应你，不会逼着他离开你，只要你想，他会一直照顾你。现在，你可以把手里的东西放下来了吗？"

叶琪还有些迟疑不决："不，你说了不算，我要让他亲口答应我。"

我笑着说："你别忘了，萧亮他是我的男人，就算他要让步，也要由我先点头。现在我已经答应了，他就算为了我也一定会做到。现在，你可以把手里的东西放下了吗？"

叶琪激动地喊："你凭什么！你凭什么这么对我，我要的是他，我不要他为了你来可怜我！"

我正欲开口，医生连忙提醒："病人随时可能有自残行为，不要再继续刺激她了！"医生转头看着萧亮，"你先把她安抚下来！"

萧亮难过地看了我一眼，转向叶琪，他俊朗的眉宇间满是痛苦："把东西放下，我答应你。"

叶琪手里的玻璃应声落地，她也随之虚弱地摔倒。

萧亮连忙抱住她："叶琪，叶琪你怎么样？"

我失望地看着这一幕，慢慢后退。

叶琪拉住萧亮，虚弱地喃喃："别离开我好不好，没有你在我身边，我真的好怕。"

萧亮握住她的手，点了点头："我就在你身边陪着你，我不会走的。"

这一刻，我是那么多余，我继续一步步后退着。

萧亮隔着人群望着我，顿时欲松开叶琪走向我，叶琪却重新抓紧了他，一旁，医生正在手忙脚乱地为叶琪检查。

医生大喊着："先把她放到床上去！"

萧亮把叶琪放上床，医生开始为她包扎，他根本无暇再顾忌我了，我再也控制不住心里的委屈，哭着跑了出去，不会有人出来追我，不会有人在意我的失意，我关了手机，匆匆离开。

我不知道我还能去哪里，就这样迷迷糊糊地走着，居然步行走了几公里路到了雷奕明的家，他不在家，我抱膝坐在家门口，眼睛怔怔地盯着前方的地面。良久，听到脚步声，我发愣抬起头。在看到雷奕明的刹那，我憋了许久的眼泪掉落下来。

我把叶琪自杀的事情讲给雷奕明听，我明明是当着叶琪的面主动妥协的那一个人，却为什么还会这么难过，是因为萧亮的态度吗？萧亮的心疼，萧亮的于心不忍。我苦笑着说："为什么我每一次难过的时候，身边都是你呢？"

雷奕明皱眉看着我："心情不好就别逼着自己笑，我宁愿看着你大哭一场。"

"我有什么可哭的？跟萧亮这条路是我自己选的，是我自己控制不住地爱上他，我享受了跟他在一起的快乐，也注定要承受随之而来的痛苦。"

雷奕明想了想："你等着。"

他起身拿出几瓶啤酒摆在我面前，打开："来，把它喝了。"

我疑惑地看向雷奕明。

他玩世不恭地笑着："你不是哭不出来吗，哭不出来就喝酒，让自己往死里醉一场，醉完就什么都忘了。我有经验，来吧。"

我拿过酒连灌了自己几大口。

"现在想说什么就说出来，反正你醉了，不用再顾忌任何人。"

我喘了一口气："好，我说。"我吸了一口气。大声地在房间里喊着，"我讨厌叶琪，我讨厌她抢走我爱的男人！"

雷奕明给我开酒："继续说！"

我再次灌完一大口，便更大声地说："我讨厌萧亮，我讨厌他有个前女友，我讨厌他有个摆脱不了的过去！"

"说得好，继续！"

我忽然变得低落："但我最讨厌的那个人是我自己。她真的好虚伪，明明嫉妒叶琪，明明很讨厌萧亮去照顾她，可是为了不让萧亮讨厌我，为了维持他心里善良单纯的形象，我只能表现得很大方，我真是讨厌死那个通情达理的我了。"

雷奕明拿起一瓶酒跟我碰杯。

"对，你虚伪，你明知道我喜欢的是你，却还是要坚持跟我做朋友，让我每天都看着你为了别人开心，为了别人难过，我的心都快被你伤透了。"

我看着雷奕明，说不出话来。

雷奕明继续灌了一口："你不光虚伪，你还自私，我明明都已经决定要放下你了，你却还是动不动就找上我，让我动摇，让我为了你难过，让我忍不住地心疼你！每次当我看着你为了别人难受，我就会忍不住地恨，我恨你爱的人不是我，我恨你跟我在一起二十年，为什么爱上的偏偏是别人！"

他再次喝了起来。

我回过神："对，你说得没错，我就是一个自私又虚伪的人，我不舍得放弃我和你这过去的二十年，所以我厚着脸皮以朋友的名义让你不离开我。我明明那么讨厌叶琪，可我又在跟她做着一样的事，我错了，我根本就不应该再来打扰你。"

我站起身，想离开。

雷奕明急忙上前拉住我的手，他有些自嘲地笑了："你虚伪，谁又能说自己一直都活得很坦率呢？甚至现在和你一起喝酒的我都是虚伪的，如果不是把这个虚伪的自己关在一个名叫朋友的笼子里，我连待在你身边的理由都没有。"

我心脏的某个部分痛得快要坏掉，我哀求着："雷奕明，让我走吧……"

雷奕明紧紧地拽住我的手："起码我现在还有资格做你的朋友，对于我来说，这样就已经很幸福了，胖子，如果你走了，我就真的一无所有了。"

雷奕明的话似有千钧击打在我的心口，我看着他，再也控制不住地哭了起来。

雷奕明慌乱地擦着我的眼泪："胖子，别哭，你一哭我心里疼。"

急促的敲门声打断了我俩的对话，雷奕明打开门，萧亮站在门外。

萧亮黑着脸："你果然在这里。你就这么喜欢在别的男人面前流眼泪吗？"

我愣住了，一时间不知该如何反应。

雷奕明生气地吼道："你有什么资格指责米朵，你不是在医院照顾你的老相好叶琪吗？"

萧亮不理雷奕明，一把将我拽了过去："你跟我走。"

萧亮拉着我走下楼，突然他站定，一把抱住了我。

"对不起，我不该对你发脾气。"

"不，是我不该来找雷奕明……"

"不是你的错，是我没有顾及到你的心情，才会把你推给了别人。"萧亮温柔地看着我，眼神里透露着坚定，"其实我就是想告诉你，我从来没想过要为了叶琪放弃我们的婚礼，不管以后会发生什么，一切的后果都由我去承担好了。"

我鼻子一酸，紧紧地抱住萧亮。此刻我更加坚信，为了眼前的这个男人，所有的委屈和等待都是值得的。

我抬头凝视着萧亮，他的眼神如此坚定。叶琪和我都差点忘记了，他是个重感情的人，但他也是在商场运作多年的上位者。一再用感情捆绑他，等到越过了萧亮的承受范围，他便会收回他的仁慈。

萧亮主动找叶琪谈话，我不知道他具体说了什么，但我知道，他曾经隐忍的那些不愿说出来伤害叶琪的话，还是说出口了。

我接到了叶琪的电话，她请求我去酒吧见她一面。

我略一思忖，大病初愈的她被深爱的人伤害，而我是间接的始作俑者，于情于理，我都要去赴这最后一次约。

酒吧灯红酒绿，人声喧哗。

我走进包厢，叶琪一人在喝闷酒。

我站在她身后思索了片刻，最后落座："你这么晚叫我过来，应该不会只是想喝一杯？说吧，你为什么找我？"

叶琪慢悠悠地转动酒杯，目光悲伤："你知道吗？他再也不肯回头看我了。来，干杯，祝福我这个情敌终于放弃了，也谢谢你们帮着我解脱。"

她端起酒杯，我略微迟疑，本不想喝酒，看到她期待的目光，只好在她的注视下喝了下去。

我想起昨晚和雷奕明的情形，忍不住说："其实，我身边也有一个跟你很像的人，为了爱，他也一样付出了很多。希望你们都能找到自己的幸福。"

叶琪笑："是吗？那为了你那个朋友，干杯。"

我再次跟叶琪干下一杯，觉得有些迷糊，甩了甩头。

奇怪，怎么那么想睡觉呢？

叶琪突然站起来，居高临下地望着我，眼神渐渐冰冷："你说的那个人就是雷奕明吧？要不是因为他，你早就被那场大火烧死了吧？"

"大火……你记起那场大火了？"

叶琪优雅地喝了一口酒，慢慢地回忆着："我不光记得那场大火，我还记得当初萧亮是怎么保护你，记得他为了你来伤害我，甚至连我流着泪求他，他都不肯再看我一眼。你知道吗，其实我比你更希望能忘掉那段记忆，我想变成一个像你一样单纯的人，我甚至想要模仿你……只了为了他能重新接受我。"

叶琪露出迷醉而疯狂的神色，她的声音我渐渐听不清楚。原来我之前的预感是对的，她早就恢复了记忆，她一直在等一个机会抢回萧亮。

我痛苦地捂住脑袋："我的头，我的头好晕……"

叶琪疯狂地笑了："可是他没有，没有人相信我会变好。从我脱掉衣服却被他拒绝的那一刻开始，我就决定了，我要做回那个叶琪，我要重新当一个坏人，因为只有坏人才能把他重新抢回来！"

"你到底对我做了什么，你疯了是不是……"

"对，我疯了，掉进爱情里的女人都是疯子，我在你的酒里多加了一点东西，哈哈，为了他，我心甘情愿。"

随着她话音刚落，一行悲哀的泪水顺着她的脸流了下来，而同时，我勉强站起来的身体像失重一样栽倒在地上，我失去了意识……

好沉重的一个梦，连梦里都是叶琪的笑声。

不知道过了多久，我咳嗽着醒来，隐约看到了一个模糊的人影。那人见我转醒，慢慢地走近我——是叶琪。

我这才意识到自己手脚已经被捆住，置身在一个废弃的工厂内。

我试着挣扎了两下，却丝毫没能挣脱。身体能供给的力量有限，看来叶琪给我的那杯酒，是有问题的。

叶琪环视四周，得逞地笑："这个工地，今天下午就会被人爆破拆除，在那之前，是不会有人发现你在这儿的。"

我心中一惊，怎么也没想到叶琪竟要对我下此狠手，我激烈地询问她："你要对我干什么，你真的疯了是不是？"

"一个人想得到不属于她的东西，就注定要付出相应的代价。你的脸，你的爱情，原本都不是应该属于你的，你靠着谎言得来的东西，最后也会在谎言中失去。所以你放心，直到你死了，我都不会让萧亮知道这件事的。"

"不，萧亮是一定会发现的，他一定会来救我，你用这种手段来害我，他是不会原谅你的！"

叶琪突然压低声音，眼睛兴奋地发红："听，外面好像传来了爆破声，很快，这一整幢楼都要消失了。而萧亮根本不会知道这件事，他很快就会回到我身边。"

在叶琪述说的同时，我在挣扎时无意把外套蹭到了身下，我好像感觉到了我的手机还在口袋里，我慢慢地把外套口袋蹭向身后，用被捆住的手摸向口袋。

叶琪还在继续说着："其实我们的爱情也是这样，你取代了我，拆掉了我的幸福，现在，我要重新把你取代回来。很公平，不是吗？"

我摸出了手机，凭着直觉解开锁，用手指摸索着比划出键盘位置，最终调到了拨打电话的界面。同时，我不停地说话和叶琪拖延着时间。

"不，现在还没到你说的那个地步，叶琪，你再给我一次机会，让我去跟萧亮把真相说出来，就算我们要分开，也给我一个告别的机会好不好？"

我说着，按下了手机拨号中的一号快捷键。

叶琪笑着："告别？这个告别的机会，早在我受伤以前就给过你了，是你自己没有珍惜。你以为，我这次还会上你的当吗？"

我没有说话，额头上的汗滴顺着脸颊流了下来，我忐忑地等待着手机接通。我发誓我从没有一刻像现在这么紧张害怕过。

叶琪很快感觉到了我的异常，她狐疑地打量我，慢慢走近，我慌乱间将手机拨到一旁的地上，尽量不让叶琪看到。

叶琪满意地笑着："既然你没什么好说的，那也就到我们告别的时候了，米美丽，再见。"她开始往回走，我迫切地想看电话到底接通了没有，可就在我找手机的时候，叶琪突然走了回来，她猛然揪出我的手机，"没想到你还不死心。"

她狠狠挂断电话，一把将手机摔了出去，手机屏幕顿时碎裂。

叶琪恼怒地抓住我的头发，疯狂地喊叫着："你竟然还想瞒我，你这个贱人！"

我挣扎着，奋力站起身："你有什么权力把我绑在这儿，你放开我，放开！"

我与她厮打起来，争执间，叶琪狠狠把我推了出去，我不小心撞到一旁乱七八糟的钢铁废料，废料纷纷砸在了我的脑袋和身上，叶琪见状，害怕地后退两步，转身跑了出去。

我眼前一黑，几欲昏倒。我倒在地上，头越来越疼，视线渐渐模糊，额头上的血流下，我衰弱地发出几个字眼："救我——"

我的知觉正在渐渐消失，迷蒙中，仿佛听到一声尖锐的刹车声，紧接着是大力地砸门。我的眼皮如此沉重，以至于我只能撑开一条缝，破旧的大门被打开，无数的光亮从大门外射进来，照得满天满地的灰尘上下起舞，光芒中，我看到一个高大的身影，他像天神一般踩着金光而来，他冲向我的身边，我耳边朦胧响起他几近沙哑的喊声。

"胖子！"

我所有能感知的全部世界，瞬间陷入无尽的黑暗。

就算你不原谅我，也请你一定要原谅你自己

18

拾捌

无尽的黑暗，我四周一片混沌，像一条迷失在黑色河流里的游鱼。

我不知道我应该去哪里，我向往的光明，似乎只是水面一碰就碎的倒影。

我拼命地游向前方，我知道，等到乌云散去，我总会看到天上，那一颗指引南北的星星，它的光芒那么的温暖，是我所有关于梦想的期许。

手上传来一阵灼热的触感，血液通过那里一点点地温暖了我的心房，我听到自己心脏的跳动声，我还有知觉？我还活着？

我虚弱地睁开眼睛，萧亮正一脸担心地看着我，胡子拉碴，黑眼圈很重，他哽咽地握住我的手吻着，既痛苦又感动："谢谢你，谢谢你能醒过来。"

我幸福地笑了笑，突然间像是想到了什么，忙看向四周："雷奕明呢？"

萧亮脸上闪过一丝不自然："他把你交给我就出去了，让你不用担心他。"

我心事重重地看了门口一眼，雷奕明，他又一次救了我。

萧亮为我所经历的一切感到非常自责，我并没有告诉他这是叶琪所为，因为叶琪至今都没有告诉萧亮我整容的真相，一旦萧亮去找叶琪，那岂不是……

我在心里暗暗忖度着，

萧亮抱着我承诺："不管伤害你的人是谁，我都不会让这种事再发生第二次。"

我的伤口开始一点点好起来，叶琪在一个无人的下午过来看我。

我克制住心底对她的恐惧，催促她离开。

叶琪反而走到我床前："怎么，看见我害怕啊？还是担心我会把你整容的秘密都跟萧亮说出来，所以见到我心虚呢？"

我心中一惊："你什么意思？"

叶琪笑着："意思就是我要你去跟萧亮解释，向他证明伤害你的人不是我。我不管你用什么办法，都必须要让他重新接受我，否则的话，我就把你整容的秘密告诉他。"

我忽然笑了，越笑越厉害。

"你笑什么？"她疑惑地看着我。

"看到你这个样子，我才明白萧亮为什么没有办法爱你。你看到的永远都是自己的欲望，为了达到目的甚至可以欺骗所有人。叶琪，谎言是无法换来爱情的，你做的一切只会让萧亮离你越来越远而已。"

叶琪不屑地说："你还好意思指责我，那你呢，难道你就不是在欺骗他吗？"

"对啊，所以我才要感谢你。如果不是看到你做的这些，我也许永远都不会意识到自己有多可怕。原来，我已经在不知不觉间变成了跟你一样的人。"我深呼吸一口气，释然地说，"所以，我决定了，我要亲自把整容的秘密告诉他，这件事就不用你费心了。"

"你疯了？你苦心经营了这么久，现在马上就要和萧亮结婚了，难道你打算自己去毁了这一切吗？你舍得吗？"

我平静地说："我不舍得，可我更不舍得让自己变成你。我宁愿失去他，也不会让自己变成他最讨厌的人。"

"好，呵呵，太好了，这样一来，我就能看着他像当初拒绝我一样拒绝你了。一想到他会用看陌生人的眼神看你，不管你怎么哭，怎么求他，他都不会再为你动心，最后还会把你远远地一脚踢开，哈哈哈，谢谢你，谢谢你这么为我解恨，我等着你们上演好戏的那一天。"

她说完，走了出去。

我沉默地看着身上的伤口，生死场上走了一圈回来，我在心里已经打定了主意，哪怕我的幸福是水面上一戳就破的星光倒影，我也要去试一试。

几天后，我的伤口结痂脱落，情况一天一天好起来。

萧亮突然拉着我要带我去一个神秘的地方，他紧紧捂住我的眼睛，我抓住他的手，他的步伐停下来，突然松开手。

我忐忑又期待地睁开眼睛。

礼堂挂灯华丽璀璨，粉红色的地毯通道犹如通向幸福的天堂，到处摆满了情侣款的兔子和熊，连糕点上的花纹都是根据我们俩的形象设计出来的 Q 版熊先生和兔小姐。华丽和童话毫不突兀的结合在一起，一个大大的指示牌上写着："萧亮先生和米朵小姐订婚晚宴。"

我顿时愣住了。

"我根据我们两个人的故事布置的，你喜欢吗？"

我点点头，感动得说不出话来。

"本来想订婚前一天才带你过来的，给你一个惊喜。可是你这次受了伤，我一天都不想再等了。自从叶琪醒来以后，我做过很多让你失望的事，当雷奕明带着你回来的时候，我觉得自己就快要疯了，我发誓我不会再让别的男人去保护你。米朵，答应我，再重新相信我一次，好吗？"

"我从来都没有怀疑过你……我只是没想到，曾经我那么努力喜欢过的人，会这么快就跟我走到一起。"对我而言，这是一个奇迹。

萧亮笑了，充满向往道："从我妈离开以后，我也没想过自己还会有一个完整的家。但我感激命运，让我遇见了你。"

他轻轻地抚摸着我额头上的绷带："你就像是我的阳光一样，照亮了我的生命。我要邀请所有的亲人朋友，还有媒体记者，我要让他们知道，我，萧亮，终于找到了要共度一生的那个人。"

我的脸上闪过一丝迟疑，避开了萧亮的目光："我还有些话没和你说，但我无法当面告诉你，再给我一天的时间，一天之后，我告诉你答案，同时，你也会告诉我答案。"

萧亮疑惑地点头："我已经准备好了接受你的一切，包括你的过去。"

是时候在婚礼前公开这一切了，我不知道他的抉择是什么。这不仅仅是我的过去，也是我难堪且不光鲜的前生。

晚上，我拿着信纸，不知从何处下笔。

脑海像放映机一样，自动播放着过去的点点滴滴，冷漠的萧亮，还有霸道的萧亮，最爱的是那个深情的萧亮，眼眸像是天上的星星一般。和他的相处有幸福快乐，也有难堪痛苦，还有怀揣着秘密后的不知所措与茫然。

或许我写下这封信，袒露一切，这一切都可能不复存在了。

我鼓起勇气，开始动笔：

在把我所有的过去告诉你以前，我想让你知道，我是真的很爱你。如果你知道我的秘密以后，还愿意让我当你的妻子，我会在订婚的礼堂等你，一直等到你来为止……

天亮后，我把信交给护士，要她转交给萧亮。

望了眼整洁的病房，我迟疑地走出了医院。

我没有想到，这欲坦诚的秘密，再次被命运玩弄。

我平静地坐在化妆台前。

底妆、描眉、眼线、眼影、口红，我扫了一眼旁边的 My Queen 项链，轻轻地戴上它。

不知道萧亮看了我的信会不会来订婚现场。

不过不要紧，我说过，我会等他，直到他来为止。

我站起身，纯白的礼服让我比平时多了一份美丽与正式，很美。

我对镜子里的女人说："那么，米朵，你愿意嫁给我吗？"

"我愿意。"我悄悄在心里告诉自己。

万事俱备后，桌上的手机却没有任何电话与短信进入。很快，规定的婚宴时间到了，我独自一人走入典礼现场，萧亮还未到。

我失望地攥紧了手机。

一些宾客议论纷纷，工作人员提醒我仪式时间开始了。

我犹豫片刻，鼓起勇气准备走入会场，正在这时，身后传来了萧亮的声音。

"你真的打算一个人去面对他们吗？"

我一愣，意外地看向萧亮。

"如果我不来，你打算怎么收场？"

我支吾着，紧张得不敢看他："我不知道。你……你是否愿意原谅我？"

萧亮握紧我的手，温柔笑道："既然我来了，当然是已经准备好了接受你。"

我悲伤地说："你知道吗？我刚才想进去宣布的消息……是我们分手的消息。"

"傻瓜。我早就告诉过你，只要你愿意对我坦诚，不管真实的你是什么样的，我都愿意接受。"

我惊喜地抱住萧亮，这是真是吗？这不可奢求的原谅，居然真的被我等来了！像是经历了一场长途的跋涉，原本以为即将走向一场死局，但是幕布掀开，等待我的居然是一片新生的绿洲。

那么，今后我可以作为米朵，作为米美丽真真实实的生活着，不必再担惊受怕，不必再受人要挟的生活了吧！

"萧亮，谢谢你！"我搂住萧亮，把脸贴在他的胸口。

这时，场内传来主持的声音，我们默契一笑，挽着手走入了婚宴厅。

萧董事长早举起酒杯在人群尽头等候着我们："以后好好地过日子，别再折腾我这把老骨头了。"

"您放心，我一定会好好照顾萧亮的。"

萧董事长信任地看向我。

放下酒杯后，我与萧亮一同上台。

掌声雷鸣响动，台下坐着的高雯冲我抛了一个飞吻。

正在萧亮发言的时候，雷奕明突然匆忙走进来，看着他发愣的样子，我有一丝难过，但忙调整情绪："对，我也要感谢……感谢成全我们的人，在以后的生活中，我和萧亮在一起的每一天，我们都会很努力的去幸福，我都会想起你们，祝福你们，希望你们能过得像我们一样幸福。"

萧亮将我拉到怀里，当众亲吻着，我被他的情绪感染，回应着他的吻。我们如此的旁若无人，如此视若珍宝。台下响起一阵欢呼声和掌声，我沉浸在这样的祝福里。

可是突然，声音变得有些不对劲，大家纷纷在议论着些什么，我顺着众人的目光往屏幕上看去，那个原本播放着我们的VCR的屏幕，出现了我整容前所有的照片资料，我愣住了，叶琪嚣张地走上了舞台。

她冷冷地看着萧亮："看着她这副样子，难道你还愿意娶她吗？"

为什么叶琪还敢出现在这里？萧亮说过他没有给她入场的资格。林子良朝我得逞一笑。原来他至今还在帮助叶琪，我紧握着他手头身世的秘密，他肯定不敢让我嫁入萧家，所以叶琪利用他出现在我们订婚现场内。

我转头看去，屏幕上是我整容前的照片，虽然胖乎乎的，可是我笑得很快乐，是时候把这一切和大家公布了，我安定好心中的慌乱，打定了主意。

萧亮的反应在我意料之外，他好像完全不知道一般怔住了："这是什么意思？"

"什么意思？难道她没有告诉你吗？这就是你的未婚妻啊，是她整容以前的样子。"叶琪疯狂地笑着。

保安上台赶叶琪离开，她疯狂地对我道："米美丽，你说啊，你不是答应要把整容的事告诉萧亮吗？为什么到现在还没有开口？你说！"

场内一片沸腾混乱。

我透过人群看向萧董事长，他淡然的面孔透露出慌张的神情，而我知道，这个时候我不能慌。我深吸一口气，目光从台下转回萧亮的脸："她说的都是真的，我在遇见你之前，确实整过容……"

萧亮一把扯过我："你说什么？你再说一遍！"

"你不是已经知道了吗？昨天我的信里就重点告诉了你这个事实啊，你不是看了吗？"

萧亮不可置信地松开我："什么信？医生给我的信是雷奕明写给你的情书，原来你不仅瞒着你和雷奕明是青梅竹马的事情，你连这张脸，这个身份都是假的。"

我愣住了，怎么会这样，什么雷奕明的情书？这一切都是怎么了，我好不容易放下警惕，卸下面具和盔甲，却迎头遭到了致命的一击。我看着萧亮愤怒而悲怆的脸，想起当我还是胖子的时候，他狠狠地将我推开的样子，一切似乎又回到了原点，或许这一切，只是一个叫做米美丽的胖子做的一个梦呢？可如果是梦，为什么心会那么痛，拥抱过的怀抱会那么寒冷，亲吻过的嘴唇会那么苦涩——

叶琪幸灾乐祸地大笑，笑声透过扩音器，显得刺耳尖利。

我呆呆地转向众人，众人指指点点的目光仿佛如一把将利刃向我投来，最让我难以面对的是萧亮难受的模样。

他依然不可置信地看着我："你就是那个米美丽吗？是以前那个千方百计想接近我的胖子？"

我再次点头："是我。"

我一直就想承认这个事实，我也预见到它的困难与尴尬。可我没想到在今天这个订婚宴上被叶琪曝出来，那么难堪，比我想象中的难堪百倍。

他生气地推开我，双眼通红，步步后退，望着屏幕上肥胖而丑陋的我，他突然说："我做不到。"

什么做不到？我受伤地一愣。

"跟你在一起，我做不到。"

他如此决然地看着我，神色惊恐而愤怒。

又是叶琪一阵开心地怪笑："你终于也有这一天了，你终于也被他一脚踢开了，哈哈，你还以为他有多爱你，其实他要的也不过是你这张脸而已，你这个丑八怪，凭什么能得到他的喜欢？"

我无力地解释："不是的，不是这样的，萧亮他是爱我的……"

我拉住他的手，想挽留他。他目光决绝，一个一个把我的手指掰开。

台下，突然萧董事长手中的酒杯掉落，急促而痛苦地喘息着，摔倒在地，桌子也跟着被掀翻，发出一阵稀里哗啦的声音。

董事长心脏病发作了吗？我心中一惊。

林子良惊恐地大叫，场面更加混乱，我与萧亮慌忙地冲下台。他背起萧董事长，穿过拥挤的人群，匆匆往外走去。最后看向我的目光，利剑一般冰冷。

热闹的大厅瞬间安静下来，我颓废地坐在地上。

什么都没有了！萧亮彻底放弃我了，董事长被气得进病房了。

叶琪满意地转身离去，高雯担忧地看着我，但被沈东军拉住了。

我失神地坐在地上，冷眼看着满地的杯盘狼藉，穿着婚纱的我，像一个漂亮的小丑，带来的是最无法原谅的灾难。

这时，一只手伸在我面前。

"站起来，你还有我。"雷奕明的声音如此温和。

"不行，我不能走，我要去医院，我要亲口跟他解释所有的事。"我发疯一般推开他的手，跑出了大厅。

我赶到医院的时候，萧亮与林子良似乎正在争执着什么，两人似乎要打起来，看到我过来，林子良松开萧亮的领带，转向我，恶狠狠地唾骂着。

我没有回答，眼巴巴地走向萧亮。

他冷冷地说："我也不想看到你，如果你真的对我有一丝愧疚，那就立刻在我眼前消失。"他转过身，不再看我。我一步步地退到走廊远处，静静地望着萧亮，他眼也不眨的看着急救室的灯，董事长正在紧急地进行救助。

不久后，医生走出来说暂时抢救过来，要求两个儿子进去说话。

萧亮捶了一拳墙壁，匆忙走入了病房。

我满怀期待地等待着，也许董事长会好起来，那么一个舐犊情深的老人怎么会被病魔打倒？我不停地向上苍祈祷着。可是隐隐约约，我听到病房里的争执声，那是萧亮的声音，他和董事长发生了什么？

不多时，萧亮气冲冲地走了出来，看到我，他更加地生气。

"我想知道董事长怎么样了，他还好吗？"我满目焦急。

"你还有脸问他好不好，难道你不知道他都是为了你才变成这样的吗？你还有什么资格出现在这儿？"他几乎是怒吼着。

我愧疚地低下头，忍受着萧亮的责怪："对不起，如果骂我能让你心里好过一点，那你就骂吧，我对不起你……"

"事到如今，你说对不起还有用吗？米朵，不，我要娶的那个米朵根本就不存在，我现在应该叫你米美丽才对。如果我没记错，你以前应该还勾引过我吧？也就是说，你从一开始就知道我的身份，千方百计地进公司也是为了接近我，你在我面前装出这幅单纯善良的样子，其实也不过就是为了有今天，为了让我爱上你！"

他斜睨的眼神像刀一样锋利，斥责像利箭一样穿心而过，我痛楚不已，艰难地摇着头："不，不是这样的……"

萧亮凄凉地笑着："如果不是叶琪爆出这件事情，你还打算瞒多久，你还要把我耍成什么样才甘心？"

我努力地辩解着，似乎多说一句，就能让他舒服一点："不，我从来就没想过要耍你。我一直想把整容这件事情告诉你的，可是每一次都话到嘴边又说不出口，我越爱你，就越不敢冒这个险……我信里交代了我所有的秘密，可是我不知道为什么会变成雷奕明写给我的信，为什么事情会变成今天这样？萧亮，这其中肯定是有什么误会，对，你去我住院的病房，去问问那里的护士，我真的没有要骗你，我想把一切都告诉你的！"

我慌乱地拉住萧亮的手，萧亮甩开。

"你到现在还在编借口，跟我说实话就那么难吗？从我们一开始认识，我给了你那么多次的机会，我明明说过我最恨的就是别人的欺瞒和背叛，可你还是一而再，再而三的骗我，你连这张脸都是假的，还凭什么让我相信你的心？"

"可我是真的爱你，我从来没有因为这件事骗过你……"我心碎得快说不出话来。

"我不想再去分辩你哪句话是真，哪句话是假。或者说，我们之间所有的都是假的，我爱的根本就是一个不存在的人。现在那个人消失了，请你也滚出我的世界吧。"他冰冷的眼神，像宣布最后的刑罚一般。

急症室的仪器发出的"滴"声，紧接着，是林子良的哭喊。我和萧亮都吓了一跳，萧亮慌张跑进急诊室。

我被隔绝在门外，只听到里面一阵动荡，林子良紧急呼叫着医生，医务人员匆忙地走来走去，最后一切停顿，诡异的安静过后，我听到萧亮声嘶力竭地呼喊着，周遭还伴随着林子良的哭声。

这真切的悲痛贯穿了我的心，董事长，那个包容我的尊长，就这样走了吗？走廊上，我顺着墙壁慢慢滑坐在地上，失去了一切反应。

天不知道是什么时候黑掉的。

夜空里不再有星星。

天空突然淅淅沥沥下起了大雨。

我失魂落魄地走在大街上，高跟鞋不知道什么时候跑丢了，另一只鞋子也因为跌倒而弄坏，我脱下高跟鞋，试图把断掉的鞋跟连接起来："不，我还能把它修好，我们还能恢复以前的样子，我一定可以……"

我双手发抖，却始终没有成功，最后，只能痛苦地握着断裂的鞋跟和鞋哭了起来。

"为什么我们回不去了，为什么？"

我哭着哭着，忽然有一把伞停在了我头上，仿佛世界上所有嘈杂雨声就此止歇。我茫然抬头，雷奕明蹲在我面前。

我无助道："雷奕明，我的鞋坏了……它以前明明是很好的，我把一切都毁了，我毁了我自己，我毁了我爱的人……"

雷奕明一言不发，拿过我手里的高跟鞋，一把扔了出去。

"你干什么？你为什么要扔掉它？它只是坏了而已，我还可以修好它，我还要回到以前的样子！"

"你回不去了。"

我认真地看着他："不，萧亮他……他只是在气头上，等他生完气就好了，他还会像以前一样原谅我，还会重新看我，重新抱我，重新再爱我一次……"

"他不会了。"

我执拗地继续自说自话："他一定会的，因为他爱我，他亲口说他爱我！雷奕明，你帮我去劝劝萧亮好吗？你不是爱情专家吗？你一定能让萧亮原谅我，让他像从前一样爱我，你能做到的对不对？"

雷奕明咆哮着："我做不到！因为只有我一个人会这么爱你，只有我！"

我愣住了，雷奕明眉宇间凝滞着说不出的悲伤，仿佛此刻的我有多狼狈，他就有多责备自己。为什么我一开始喜欢的不是他呢，或者他没有对我动心该多好，这样就不会多一个人难过了。

"他爱的那个人都不是你！没有一个人会爱上那个叫米美丽的胖子！除了我！不管你曾经爱过谁，你的脸是真的还是假的，只有我会一直陪着你。无论你整容以后变了多少，变得有多可怕，只有我还会一直爱你。对我来说，世界上只有一个米朵，也只有一个米美丽，她们只有在我面前才会变成同一个人。胖子，你就像是我一生中唯一的那一朵玫瑰，哪怕你被别人踩了，碎了，在我面前，你还会是一样的美丽。"

他上前拥抱住我，低声温柔道："你的生命中也只会出现一个雷奕明，只有他永远都不会放弃你。"

我不想放弃这段感情，我不想他一直都生活在对我怨恨里。这样的执念支撑着我，我去医院找到了当初要医生转交给萧亮的那封信，虽然一切已经无法重来，但这至少能给我们残破的爱情些许安慰和暖意。

天气阴沉，空中滚过几声响雷。

萧亮家楼下，我独自徘徊着，抬头望向萧亮窗口的地方，我只看到半闭的窗帘。不知过了多久，天空响过惊雷，很快就开始下雨了。

最近的雨特别的多。

我四处环视一圈，想找一个避雨的地方，却始终没有找到，只能脱下衣服，撑在头上继续等待着。

我大声地呼喊："萧亮，萧亮！"

那个空荡的窗口，终于出现了我期盼的脸。他端着酒杯，面无表情地看着我。

我看到萧亮，连忙拼命挥手："我就在楼下，我会一直等你的！"

萧亮猛地一把关上了窗户，我有些失望，还是冲自己鼓励地笑笑。十二月的雨可真冷啊，我被淋得四处乱转，不停地搓手暖和着自己。我一边打喷嚏一边走到角落，缩成一团发抖。忽然，有人将一件外套披在了我身上，我抬头，看到萧亮，我不可置信地眨了眨眼睛。

萧亮转过脸冷冷地说："上来吧。"

我跟着萧亮走入家中，哆哆嗦嗦地站在玄关不好意思进去，身上的水淌到地上，犹豫着没有往屋里走。

他回头看了我一眼："不进来吗？"

"不了，我身上挺脏的，在这儿跟你说话就好。"

"你这么辛辛苦苦地守在楼下，应该不会就是为了跟我说几句话吧？"

我这才想起了什么："对，我有个东西要交给你。"

我从怀里掏出信封放在一旁的柜子上，还好一直把这封信捂在怀里，才没有被打湿。

"这是我那天在医院留给你的信，我去跟护士要回来了……虽然现在到你手上已经晚了，但是它至少可以证明我没有骗你，我当初是真的想要跟你坦白的！"

萧亮不屑地笑了："都已经到现在了，你给我看这些还有用吗？"

我被他推出门外，悲伤地望着他，萧亮冷着脸一把摔上门。

我靠在门上，不停地道歉："对不起，萧亮，真的真的对不起，对不起……"

我淋得湿漉漉回家，雷奕明憋着气无微不至地照顾我，趁我睡着后，他偷偷打电话联系萧亮出去，他走出门，我睁开了眼睛。

雷奕明和萧亮在酒吧门口争执着，我穿着兔子装，站在酒吧外的街道上偷偷看着萧亮。不管我的心里是多么难过，至少这一只兔子的脸是笑哈哈的，好像从来都没有忧伤过的样子。

雷奕明一把揪住萧亮，大喊着："你什么意思，你真想让她死给你看是不是？"

萧亮讽刺地笑了："死有用吗？她死了，我爸就能重新活过来，我爱的那个米朵

—— 百变风情 ——

当你被交织在一起的光芒迷乱了视野

我依旧愿意安静地凝视你

那些流转的光够不够暖和你

我怕你错过了那些专属于你的美丽

就能变成真的吗？那个女人害得我失去了生命中最重要的两个人，她在我身上偷走了我的爱情和幸福，你觉得，这一切是用死就可以挽回的吗？"

雷奕明呵斥："你给我住嘴。"

"让那个女人好好活下去吧，反正我心里已经不怪她了，从今以后，她也只会生活在一个我看不见的世界里而已。"

雷奕明狠狠地打了萧亮一拳："我让你给我住嘴！"

萧亮从地上爬起来，上前回了雷奕明一拳。

"这一拳应该我打你，因为是你把她让给了我！"萧亮嘲弄地说。

雷奕明再次打回萧亮："我不准你这么说她，那是我这辈子最爱的女人，我自己都没有舍得让她难受过！"

萧亮说："你知道吗？我爸走了，你是我最后一个朋友。可连这个朋友，都被她给夺走了。"

他每一句话都像利箭一样把我钉在原地。

雷奕明望着天空，喘息着。萧亮忽然说："你把她拿走吧。"

我愣住了，这几个字反反复复地敲打在我的耳膜上。

萧亮对雷奕明无所谓地笑："你不是喜欢吗，我把米朵送给你了，你拿去吧。"

雷奕明生气地质问："你说什么？"

他一边说着，一边挥动着拳头，将萧亮打到了马路上，而我担心萧亮被过往的车伤到，连忙走过去。

我穿着兔子装，笨拙地一步步走到萧亮面前，对着萧亮伸出手。

"滚。"

兔子艰难地蹲下，伸手拉萧亮起身。

萧亮哭着："我叫你滚，你听不懂吗？"

他这么漂亮的眼睛，怎么可以流泪呢。兔子摇摇头，上前拉萧亮的手，萧亮一把将兔子推了出去，我努力地支撑着兔子身体的平衡，却还是跌倒在地上。

雷奕明生气地扯过萧亮："你干什么？"

我爬起来，重新来到萧亮身边，对着他跳起当初搞笑的舞来，萧亮忍无可忍地上前一把拽过我，扯下兔子脑袋，我满脸是泪，在萧亮面前低下了头。

"我知道你已经不要我了，我只是想再逗你开心一次。这样的话，起码我留给你的不止是伤害，不是吗？"我用力地忍住眼泪。

萧亮看着我，他动了动嘴唇，我知道随便一句都是将我凌迟的话语，可是他最后什么都没有说。

我恳求地拉住他："萧亮，你就再原谅我一次吧，就算不能原谅我，也要原谅你自己，我之所以这么爱你，不是为了让你一辈子都怀着仇恨生活的。"

萧亮痛苦地深吸一口气，转过身离开。他是如此地疲惫，让我心寒的疲惫。

我追上一步："我答应你，以后不会再去纠缠你了。"

萧亮顿住脚步。

他终于对我的话有反应了，看来他要的就是我这样的承诺，我苦笑："我不会再去通灵珠宝，不会再出现在你熟悉的那个位置上，不再去敲你的门，也不会再去下班的路上堵你。我不会去你家，更不会再远远地看着你。从今以后，只要你能好好地生活，我再也不会出现在你的生活里。你只要再答应我一句，不要再为我难过了，好吗？"

萧亮一直没有转身回答我。

我执拗地问："好吗？"

"我答应你。"他长长地舒了一口气。

我哭着笑了，上前两步，迟疑片刻，却还是在萧亮身后抱住了他，沉醉地靠在他的后背上。

"萧亮，谢谢你。"

谢谢你所给我的一切，快乐也好，痛苦也好，我都一并收下，那都是我原本黯淡平凡生命里的恩赐。

感觉到萧亮的挣扎，我连忙松开手，退到一旁。

我努力地让脸上的表情看起来像是在笑："你走吧，我就在这儿看着你走。"

萧亮转身离开，我穿着兔子装静静地望着他。萧亮坐入一旁的车里，久久没有发动，正当我哀寂的心再次生出涟漪时，汽车发动声响，载着萧亮渐渐走远，我情不自禁地追了过去，他离我越来越远，我渐渐追不上了，我终于像一个小孩一般号啕大哭，哭着哭着，忽然被身后的人一拽，雷奕明一脸坚定，将我紧紧地按在了他的怀里。

"我一直在你的身边啊——"他的声音轻得像一声叹息。

夜凉如冰窟。

星辰俱灭。

黑夜没有尽头——

日光清浅，透过樟树漫射进我的窗口。

门前的小溪涓涓流淌，不远处是一座古韵悠悠的青石板桥，时不时有旅游的情侣在上面欢笑着合影，隔着潮湿的水雾看去，像是画布上的点点墨渍。我安静地看着眼前的景色，小桥流水，白墙灰瓦，这是我长大的地方，不管受了多么严重的伤，都能将我治愈的地方。

我心有所感，将已经凉了的茶杯放下，打开设计稿纸试图描摹一下，刚画了个线条，就再也画不下去了，我沮丧的皱着眉头。自从和萧亮分手之后，我再也设计不出满意的作品，而且只要意识到自己是在设计珠宝，就会想起那双钻石般精致漂亮的眼睛，他曾经那么幸福地看着我，又那么冷漠地拒绝我。

为了疗伤，我瞒着雷奕明独自逃离上海回到乌镇老家，却没想到雷奕明也跟了过来。

在文熙的帮助下，他被医院调往乌镇负责相关医疗项目。

我的感情已经是一片疮痍，给不了他任何回应，所以我一再拒绝他再次侵入我的生活，甚至要爸妈帮着我一起骗他说我不在。他还是固执地要在这个小镇留下来，工作之余便会来我家和我爸下棋，常常逗得我爸哈哈大笑，爸妈竟然还叫他来家给老房子搞装修，这让我不得不去在意他。

当有一天他没有按点来我家和我爸妈唠嗑时，我有一种不祥的预感，爸妈也觉得情况不对。我托妈妈去打电话去雷奕明的诊所询问，他诊所的同事告诉我，雷奕明在下乡义诊时，不幸遇到山体滑坡，下落不明。

我不顾父母的阻拦，在灾难现场连夜寻找他，我多么害怕当我找到他的时候，他那双一直温暖我的手会突然失去温度。

那一晚是我永远的噩梦。满地的乱石和黄泥，救援人员披着雨衣，手电筒发着微茫的光，大家在山路上到处寻找着。我从未见过那么大的雾气，天气不稳定，再加上很可能有二次塌方的危险，救援队不得不发布指令临时撤退。

撤退时我一脚踩空从山上滚了下去，慌忙地抓着周边的植物，却不得法，一直滑到下面。

突然，我发现前方的草地里正躺着一个人，慌忙跑过去，拨开那个人脸上的泥泞和血迹，那是我从小到大，再熟悉不过的脸。

我喜极而泣地呼喊："雷奕明！"

我轻轻地拍打着雷奕明，雷奕明依然紧闭着眼睛，我慌忙地用手指试探他的鼻息，又俯下身去听他的心跳，终于放心地松了一口气。

我又哭又笑："谢谢你还活着！太好了！你还活着！"

远处，点点亮起的手电筒光晃动。

我听到有人说："队长！找到了！"

我虚弱地笑了笑，脚步艰难，一阵晕眩，眼前一黑便倒了下去。

黑夜像海一般无边无尽，我紧闭着眼睛，仿佛听到监护仪发出的生命信号虚弱的警示鸣，手术工具碰撞，在空气中发出冰冷的声响，是谁的呼吸声越来越虚弱，恐惧像潮水一样席卷着我的思绪，我不安地晃动着头，猛然睁开眼睛。

"雷奕明——"我声嘶力竭地呼喊着。

妈妈急忙上前："美丽，你醒了？"

我看了看周围的病房情况，干净整洁的病房，只有我一个病人，我一把拉住护士。

"雷奕明在哪里？"

爸爸摸摸我的额头："闺女，你先好好休息，别激动……"

"你快告诉我，雷奕明现在在哪？"

护士走了过来："你冷静一下，那个病人正在 ICU 抢救。"

我拔掉自己的针管，没找到鞋子，干脆光脚跑了出去。

妈妈在后面呼喊着："你这是在干吗？"

"我要去看他！让我去看雷奕明！"

我强忍着脚上的疼痛走了出去，我来到手术室门口，我虚弱地倚靠在一旁的墙壁上，对着虚空不断祈祷着："雷奕明，求求你，你一定要平平安安地出来。"

突然病房门打开，几个医护人员匆匆走出。

"通知血库调用血浆。"医生神色紧张。

我拉住医生："医生，他怎么样，醒了吗，严不严重？"

"我们会尽力抢救的。"

我恳求着："你可不可以让我进去看看，我就看一眼，我想陪在他身边。"

医生摇头："这不可能，手术期间任何人都不能进去。"

护士走了过来，她劝我："你还是回去继续输液吧，你伤口严重感染，已经开始发烧了。"

我含泪哀求："我不能走，我要在这里陪着他，我要留在离他近一点的地方。"

护士叹了口气，摇摇头离开。

我流着泪，全身无力地滑坐在一角。

手术室上亮着的红灯，像猛兽的眼睛，蚕食着我不多的坚强，我全身发抖，因为高烧带来的晕厥，我的眼睛一点一点地闭上。

不知过了多久，剧烈的疼痛撕扯着我的心，雷奕明，我所有关于温暖的记忆，你都占了一大半。你知不知道，失去了你，我根本就不可能一个人走下去啊。

我泪眼模糊地醒来，手术的门突然打开，雷奕明在病床上，被推了出来，面容苍白，似乎没有生命气息。

我几近绝望，摇摇晃晃地走过去，医生拦住我。

"病人刚刚度过危险期，现在需要静养。"

这一句话，我仿佛听到了神迹，这是始料未及的惊喜。

我坐在雷奕明的病床前，握住雷奕明的手。我趴在他的肩膀上，呜呜地哭起来。

我曾深爱着萧亮，但从一开始我就知道，这个人不属于我，他离我太远了，他颠覆了我所有的过去，让我原本黯淡的人生发出光来。他走了，就把所有的光都带走了。雷奕明他就像空气，他一直存在于我的周围，我经常忽略了这种存在，可当有一天我的生活里没有他的时候，我才发现原来我一直都在依赖他。一想到如果他会离开我，我就从心底里发冷，如果这个世界没有雷奕明了，对于我来说，将是无法扛过去的寒武纪。

"只要你愿意醒来，你要我做什么我都答应你。"我哀求着。

握住的手突然动起来，轻轻擦掉了我的眼泪，雷奕明睁开眼睛，脸颊苍白，嘴唇干涸，对我虚弱地笑了笑。

雷奕明嗓音喑哑："胖子——"

我不敢置信地看着那双终于睁开的眼睛："你……你醒了？你真的醒了？"我擦了擦眼睛，用力地闭上眼再看了看，雷奕明苍白的面容上露出温和的笑意。

"对不起，我做了一个很长的梦，那个梦太美好了，要不是听到你呼喊我的声音，我真想就这样一辈子不醒来。"

"不许不醒来，告诉我，你梦到了什么？"

雷奕明沉吟了一会儿，最后怀念地说："在梦里，那个叫米美丽的女孩是喜欢我的，我们就住在乌镇，日子很简单，有了一个小家……"看到我垂下来的眼睫，他笑笑，"只是个梦而已，不说了——"

我盯着床单上他苍白到指尖的手，心疼不已，我真的可以给他想要的答案吗？我叩问着自己的心。

次日，爸妈都过来看雷奕明，大家的脸上都露出了长久未见的笑意。雷奕明身体还很虚弱，却变着法儿逗爸妈开心，爸妈走后，我拿妈妈煲好的汤喂他。

雷奕明原本轻松随意的脸上，突然露出认真的表情。

"我们试一试，可以吗？"

试什么？汤？我尝了一口，鲜美可口。

雷奕明笑着刮了下我的鼻子："给我一次机会，我们试着在一起好吗？"

他的目光太过炙热和恳切，以至于让整个病房的温度悄然上升，我避无可避。只好放下汤碗，匆匆忙忙地走到门边。

"别走，你要是不喜欢，以后我再也不问这种话就是了……"他最后的几个字，轻得好像一场夜雨。

"你让我再考虑考虑，我……我明天告诉你……"

我落荒而逃。

回到家中，我久久无法静下心来，为了不让爸妈担心，我将自己关在房间。在雷奕明昏迷的时候，我曾经答应过他，只要他愿意醒过来，不管是要我做什么，我都愿意去做。可是我无法欺骗我自己，在我的心里，萧亮依然是我彻夜难眠的执念。

我拿出手机，拨通了那个默念过无数次的号码。

萧亮冷漠的声音里带着些微的诧异："米朵？"

"是，是我……"我紧张而小心的回答。

他的声音逐渐冷下去："你找我有什么事？"

"你过得还好吗？"

"如果你是来和我来寒暄的，那就算了，我不想听到你的声音。"

我着急地说："你先别挂，这可能是我最后一次和你打电话了，你放心吧，我……我决定答应雷奕明和他在一起，我保证以后不会再来打扰你了。"

那边顿了一顿，长久没有声音。

"萧亮，你还在听吗？"

他冷淡且疏离地说："没有其他地事情的话就挂了吧，我对你们的事情没有兴趣。"

"好。"我心里的最后一分执念也放下。

我拿着电话，久久没有挂，那边传来鼻息抽动的声音，像是谁压抑的哭泣。

我愣住了，试探地问："萧亮，你，你是在哭吗？"

电话突然掐断了，快得好像一切只是我的错觉。我嘲笑自己自作多情，他还是恨着我的吧，当初他逼着我离开的时候，那双冷淡的眼至今都不能忘记。或许不再见，是我能对他做的最好的事情，我挂断电话，对自己笑笑："忘了吧。"

次日上午，我打开门去医院。却发现门口正蜷缩着一个人，他穿着医院的病服，他看到我出来颤颤巍巍地站起来，伤势未愈的身体差点摔倒。

我赶紧扶住他："雷奕明，你干吗不在医院好好待着，偷偷跑出来做什么？"

他哆哆嗦嗦地说："告、告、告诉我，你的答案——"

我愣住了，这一幕如此熟悉，时光好像一夜之间倒回了上海，他顶着深冬的寒冷在小区门口等了一晚上，追问着我会不会对他动心，眼睛里闪烁着少年才有的清澈和期待，而我曾那么决绝地伤害过他那颗纯粹的心。

一直以来都是雷奕明在温暖我，守护我，而这一次，该换我为他做些事情了。

我深吸一口气："我答应你，我会努力让自己爱上你。"

雷奕明的身体一瞬间僵硬，不可置信地看着我，冬日的暖阳从层层叠叠的雾气里透出半张脸。突然他一把抱住我，我知道他肩膀上有伤口，刻意退了退，雷奕明更加用力地将我搂了回去。

雷奕明斩钉截铁地说："这一次，我不会再把你让给任何人。"

一切都好像很顺利，我正在忘记过去，我也正在适应当下。

可是萧亮的电话就这么毫无预兆地打来了。

雷奕明若无其事地将电话交给我，我万没有想到里面会传来萧亮的声音。萧亮问我当初车祸的事情，他查到了当初造成米美丽车祸的原因，原来就是他间接促成的。可无论是谁，我已经不想和他追究过去的事情了。

萧亮的语气冰冷急促："对我来说，这件事很重要，原来你……"

我看了看身边的雷奕明，他笑着给我一个宽慰的眼神，我内疚地打断电话那头的声音："我不想再说起那些事情了，也请你不要再揭开我的伤口了，你要我离开你，我做到了，也请你也不要来打扰我。"

我挂断了电话，紧紧地抱住雷奕明，我急切地要在他身上获得一些坚定和勇气一般。因为仅仅听到萧亮的声音，我故作的坚强和冷漠就已经兵荒马乱了。

雷奕明安慰地拍了拍我的背。

我和雷奕明走在去诊所的路上，我担心地看着他："你才刚出院，就去诊所给别人看病，要是没看好人家，病人追到家里来揍你，我可不给你开门。"

雷奕明信誓旦旦："就冲你这句话，我一定用生命看好每一位病人。"

他去买重回岗位送给同事的见面礼，我百无聊赖在报刊亭翻报纸，突然看到一则新闻《通灵珠宝总裁萧亮"被离职"，珠宝王国如何再续神话》配图为林子良春风得意的照片。

我愣住了，我离开之后，萧亮治理下的公司每况愈下，林子良不知道用什么手段，夺走了萧亮在公司所有的权力，萧亮被逐出了公司，成了业内的一个笑话。

雷奕明回来后，发现了我的不对劲，喊了我一声。

我淡淡地放下报纸，朝他微笑，为免他看到这份报纸，我忙拉住他往回走。

走到他诊所附近，雷奕明突然要去给诊所看病的小孩买点吃的，他转身就不见了人影。我不疑有他，沿着青石板，慢慢往回走。

诊所内，我正打扫卫生，雷奕明回来后，一直偷瞄着我，观察着我的神情，我怕他看到我的担忧，于是不停地躲避着他的目光。

他突然放下病人的资料，坦然对我说："那份报纸我看到了。"

我冲他歉意地笑笑："你别生气，我只是怕你误会。"

"我生气的不是你关不关心他，而是你隐瞒我不跟我说，与其这样，我宁愿退回到原来的位置，至少那个胖子，她让我感觉到，我是值得她信任的。其实我看了那个报道也很担心萧亮，不知道他在那边能不能挺过去。你看，我都没有办法忘记的人，又怎么会让你去忘记呢？所以，你可以大大方方地告诉我你对他的关心，你的矛盾，你的痛苦，拥有这些复杂情绪的人，才是我爱的那个你。"

他认真的神情让我触动，他如此宽和的爱着这个不完美的我，一直站在我的立场上替我考虑，不让我有半分为难，我又怎么忍心伤害他呢？

我默默地打开了一直没看的邮件，很多是齐宇发给我的，他报告着萧亮的动态，我会点开看，但看完即删，从不回。

根据董事长的遗嘱，萧亮继承他股份的60%，林子良继承20%，他两任妻子分别是10%。萧亮为新任董事长，但他却一蹶不振，不理公司事务。林子良因董事长的过世而疯狂报复，叶琪被他以绑架罪与经济诈骗罪送进了监狱，也算恶人自有恶人磨。但他将董事长病发归罪于我与萧亮，联合一直蠢蠢欲动的韦雪儿说服股东成为新一任执行总裁，从此掌握实权。

萧亮在董事长死后一直过着浑浑噩噩的生活，被逐出公司之后一直没有好转，好在萧亮的母亲过来参加他父亲的葬礼，之后一直陪在他身边，不然董事长去世，以及我的离开，萧亮的世界就只剩下他一个人了。

"米朵，回来吧，萧总依然爱你！"齐宇在信的最后这样写道。

我黯然地删掉邮件，关了电脑。

我对萧亮的伤害已经弥补不了，我现在唯一能做的事情就是不去打扰他。更何况现在的我哪里有能力去帮他，以前我还想当一个珠宝设计师，可是现在拿起笔，脑袋里只剩下一张白纸，所有的灵感都早已消失。

这也是对我当初贪心的报复吧，本身明明是一个大胖子、大丑女，却还想试图去触及另一个世界的美好。

我痛苦伏在桌上，悄然而入的雷奕明揽我入怀："胖子，相信我，灵感不会消失，等你走出这个心结，你会把它重新找回来的。"

要走出心结谈何容易，我从没有一个晚上，忘记过那双星星一样的眼睛。我梦到我一拐一瘸地追着车跑出两步，却又吃痛，只能趴在地上哭得肝肠寸断。

我睁开眼睛，睡意全无。这是我不与人说的苦楚，自从告别上海后，这场诀别无数次侵入我的梦。

一宿的梦，一宿的泪。

我的这一切又怎么能骗过雷奕明呢，他看得出来，虽然我离开了上海，但是却依然没有从过去走出来。周日的下午，他借口要我帮他去看一个病人，把我糊弄到了我们一起读书的小学。学校早就迁移了，这里是一片待拆的老房子。

我指着前面生锈的小铁门："这不是以前学校的后院吗？那儿有一棵大树，小时候你刚转学过来的时候，经常一个人躲在这里。"

雷奕明似乎看穿我的心事，要我进去看看。

我犹豫："都已经过去这么久了，听说后院那棵大树也被移走了，当初被连根拔起的时候，它的根茎太多，地上露出一个巨大的坑。如果树也是有感情的话，它该有多疼。我们还是别进去看了，没有看到，一切就还是我们心里的样子。"

雷奕明拉住我的手往前走："我就知道你不敢面对，来，就当陪我看看。"

我只好跟上，旧时的草木，曾经的锻炼器材，还有那一棵盘根错枝的老树，居然都原封不动的存在着。我惊讶地捂住嘴："那是……雷奕明，我不会是在做梦吧？我好像看到那棵被拔掉的大树了，你也能看到吗？"

雷奕明笑："傻瓜，我当然看得到，我记得小时候被人欺负，是你站出来，在这棵树下，把我从一大帮男生的威胁下救出来。那时候，你的笑容好像是会发光的。"

"好汉不提当年勇，我还记得你冒着被摔断腿的危险，爬上去刻我们俩的名字呢，不知道还在不在，我找找。"

我抬头寻找着，雷奕明连忙指着一个位置，米美丽，雷奕明，三字对三字，工工整整。

我愣住了。

雷奕明得意地说："你看看，是我的字迹吧？所以啊，别说过去再也回不来了，过去的一切都还在这里，什么都没有改变，所以不要害怕去面对。"

我摇摇头，决定拆穿他的温柔："雷奕明，你别安慰我了，这不是我们当初的那一棵树。当初你上去刻字摔伤了腿，躺在病床上养伤，我一个人来这里玩，在我们的名字后面，又加了一行字。"

在雷奕明和米美丽后面还加了一句话——"永远在一起"。

雷奕明笑了，叹气："你啊，我好不容易找到一棵相似的树，准备了好几天以假乱真的计划，还是被你发现了。不过，能够找回来一句我差点错过的话，我很开心。"

我感激地看着他："谢谢你，又在想办法让我站起来，已经过去的东西，就让它留在回忆里好了。"

雷奕明说："过去不就是在这里吗？只要我们心里还有它，它就永远存在。时过境迁并不意味着消失，遗忘才是。胖子，人的回忆是有力量的，它可以穿越时空。相信记忆的力量，勇敢地走下去吧，一切都在你的心里存在着，那些美好的时刻都会被你记住，你什么都不曾失去。"

头脑的某处似乎注入一束清明的光，照亮我晦暗且自我封闭的领域。

一片绿叶幽然落下，我伸手，它稳稳落在我的掌心。

我深爱的人，请你一定要幸福

19

拾玖

日光潋滟，清风拂过窗台。吹动桌子上的那片落叶。

我将那片叶子夹在我的稿纸内，我空白已久的设计稿上，一副对戒的设计稿跃然纸上。我开心不已，雷奕明说得对，时过境迁并不意味着消失，那些过去的回忆，不论幸福还是悲痛，都是我的创作土壤，灵感不仅仅来源于那些美好的存在，它也能在悲痛的分别中开出花来。

我来到雷奕明的小诊所，将设计稿拿给他看，这是一副对戒，男戒和女戒上的两个钻石，是由同一个钻坯切割而来的，它象征着天生一对，永不分离的感情，我给它取名叫"穿越时空"。

我想即使穿越了时间和空间，如果心里还有想念，那终究是会相见的吧。只是我不知道，相见时是爱还是恨。

这份情感是我心里的禁忌，我永远都不会再和别人提起。这份设计还有一个寓意是可以说给雷奕明听的。

那天在大树下，他告诉我说人的回忆是有力量的，它可以穿越时空。从小到大，我的回忆里有太多的雷奕明，当我意识到的时候，他已经带着巨大的力量在我的心里生了根，所以得知他发生灾祸时，我才会陷入那么深刻的痛楚。

雷奕明拿着那份设计稿纸，听完我的解释，双手竟有些颤抖，许久他轻轻的叹了一口气。

"要是这个可以制作出来，会很好看吧。可惜在这里，没有办法实现你的梦想。胖子，如果你愿意的话，我可以陪你回上海去……"

我摇摇头，拉紧了雷奕明："我在这里很好，我想一辈子都留在这里，我在这里一样可以做设计。"

"可是……"

我不想他再说起上海的事情破坏心情，晃动着他的手提议晚上好好吃一顿以示庆祝！我们提着菜走在大街小巷上，路过的阿叔阿姊打趣我们是一对小夫妻，我们也只是配合地笑笑。

不知道是不是我的错觉，在某个不经意的回首里，我好像看到萧亮的身影。我嘲笑自己的不死心，他怎么会过来呢，他的心已经被我伤透了。

可当沈东军出现在我家的时候，我开始猜测那天看到的萧亮或许并不是我的错觉，难道他真的过来找我了吗？

沈东军唤回我的思绪，他笑道："怎么，不认识我了？"

我回过神来，尴尬地问他为什么过来了。

"过去几个月了，你休息得也应该差不多了，和我一起回去吧，我想聘请你做我们新品牌的首席设计师。"

首席设计师，我经验不足，怎么担待得起？更何况我一直以来都没有设计出作品，直到最近和雷奕明去了一趟旧日的学校，才稍微有些灵感，可这些又怎么足够呢。

沈东军信誓旦旦地看着我："我一向相信我的眼光，所以我才会推了所有工作来到这里找你，工作能力上，你出任何问题，我来给你担当全部的责任，除非……你还有其他担心。"

我深吸一口气，说出最真实的情况："我……我不想回去面对萧亮，我答应过他，我不会再去打扰他的世界，我也不想再面对过去的事情。为了走出过去的阴影，我已经很辛苦了。"

沈东军正色看着我："逃避能解决问题吗？如果萧董事长还在，他会期望你在这边躲着吗？现在通灵珠宝面临危机，林子良为了赢得股东的支持，让出了不少公司利益；萧亮被逐出了通灵珠宝，我们需要发展一个新品牌重新振作起来。"

我愧疚地低下头，难以回答。这一切似乎和我无关，但如果没有我，好好的通灵珠宝，又怎么会变成这样。

这时，雷奕明突然从外面走来道："她愿意。"

雷奕明将沈东军拉走，我不知道他们商量了什么，但是雷奕明一脸胜券在握地把说服我的任务揽到了身上。

沈东军离开后，雷奕明拉住我，语重心长："胖子，你该去面对了……有的事情迟早会到。既然已经来了，为什么不去面对呢？"

"你不是说过不会逼着我做决定了吗？"

"胖子，当初我执意让你离开上海，是想让你恢复过来。可人是有惰性的，一旦在一个舒坦的环境里待久了，就会忘记自己的梦想，忘记要为了梦想去奋斗，我不希望你变成这样。"

我倔强地说："不，我不愿意离开这里。"

"我明天会申请医院结束我的医疗援助期，如果你不肯走，那我只好一个人回去了。"

雷奕明说完，竟然头也不回地离开了我家，他好像吃定了我拗不过他一样，我还偏不信了。

……

我怎么都没有想到雷奕明会用这招。

次日，爸妈在家门口送雷奕明离开，本着要我送送雷奕明的说法，将我推上车，我扭头一看，爸妈居然把行李都给我收拾好了，我推了推紧锁的车门，欲哭无泪。

原来这就是雷奕明说服我的方法，他联合爸妈诓骗我，将我骗上车。

乌镇的水乡风光渐行渐远，爸妈的身影在后视镜中也渐渐消失。

我恼瞪了驾驶座上的雷奕明："我还没有吃够那个肘子，还有爸爸做的那个……而且，就算到了上海，我也会跑回来的。"

"你说真的？"

"当然，千真万确！"

雷奕明一个转弯，将车子停在了路边。

他酷酷地看着我："你不是要回去吗？现在还没有开太远，你有本事现在就走。"

我看了看高速公路上的荒凉的天色，犹豫了。

他失落地说："既然我没有办法让你心甘情愿地回去，这样强行带走也挺没有意思的，你走吧，当初你在上海抛下我回家，我是一个人来这里找你的，现在我也一个人回去好了。"

我心软了，拉住他的手："雷奕明，你不会真生气了吧？我和你在一起那么开心，你为什么一定要带我回去，非得要把我推到别的男人身边去呢？"

他认真地看着我："不是推开你，而是陪你一起去面对。如果你迈不过萧亮这个坎，你一辈子都要生活在他的阴影里，不管你在我的身边笑得多么开心，你的笑容里总有一处阴影存在，它让我为你难受。胖子，勇敢一点好吗？为了我，也为了让你的爸妈真正地放心。"

他这几句话，句句说到了我的心坎里，我看着雷奕明，点了点头。

刚到上海，沈东军马不停蹄地安排我去参与通灵珠宝的会议，会议室内挂着横幅："庆祝通灵珠宝副线品牌 DESTAIME 成立！"

我轻轻推门而入，看到我，所有开会人员一脸惊诧，我与沈东军对视一眼，走到台上，做了一个简单的自我介绍。

我不敢看向萧亮，但我能想象到他的震惊与愤怒。

是的，我出尔反尔，又来到了他的世界。果然，他会后就找上沈东军要辞退我，但沈东军总是能轻易说服别人。我向沈东军报告我的入职登记已办妥。突然孙菲菲推门而入，看见我很是意外，但随即脸色恢复了自然。

她又亲热又似埋怨地看着萧亮："米朵回来，你怎么都不和我说一声？"

萧亮疲惫地闭上眼睛，叹息着说："你不应该回来的。"

我低头沉默，果然，他是不欢迎我的。

沈东军狐狸一般的眼打量了我们三人，随即解释道是他去乌镇把我找回来，担任新品牌的设计师。过去的事都已经过去，现在只是公事公谈。

孙菲菲对萧亮本来就余情未忘，更何况他又与我彻底分手了。看着她紧紧挽住他的手，我移开了视线。

沈东军怕此事对我心理造成影响，特地给我开了一场"政治课"。

他将我叫进办公室，单刀直入地问："你还在意萧亮吗？"

我心绪复杂："我……我要是说完全不在意那肯定是假话，但这种在意与感情无关。经历过那些事以后，我见到他已经不是当初那种心情了，可是我没办法完全屏蔽掉他的眼睛。一看见他，我就想起很多以前的事，我原先建好的防线一下就被瓦解了。"

"你可以被瓦解，但在瓦解之前，你要想清楚，你回来通灵珠宝的身份到底是什么，是一名珠宝设计师，还是萧亮的前女友。"

我坚定道："我是一名珠宝设计师。"

这句话一出口，我的心里似乎轻松了不少，一些我不想提及的纷乱思绪，似乎都烟消云散了。沈东军笑了，他提出要请我吃饭，我忙拒绝，晚上得给雷奕明做饭。他打趣着："你赶紧回去吧，估计雷奕明现在心里七上八下的，毕竟他的女人现在可是和他的情敌在同一个公司上班啊。"

我白了他一眼："不许你取笑他，雷奕明才不会像你说的那样呢。"

"你们俩好好的，千万别分手，别让他再来动摇高雯。"

"看来你对高雯很在意嘛，只有在这种时候，我才觉得你是个正常男人。"平日的沈东军精明又强势，同时又让人捉摸不透。只有说到高雯的时候，他才露出不一样的情绪。不过高雯早就放下雷奕明了，不然以她的个性，可不会轻易去听其他男人的话。

沈东军笑笑："好了，你赶紧回家找你的雷奕明吧，我也得去见那个难搞的女人了。"

沈东军的脸上露出幸福的微笑，想起当初在韩国那个一个人抵得上一个团的挑刺鬼也有这一天，我也不由得笑起来。翌日，我去设计部报到的时候，一些同事议论纷纷，拿着过去的事情对我指指点点。我没有避讳，磊落地向他们做了一番简短的自我介绍后，我突然接到通知，萧亮要我去他的办公室。

我来到萧亮的办公室外，看到孙菲菲的父亲正在里面和他说话。

"我们这样的家庭，大都是家族联姻，哪个不是看着对方的门第决定儿女的婚姻大事？在这一点上，我女儿绝对不比任何人差。你不是想利用我们孙家的财力去重整你们通灵珠宝吗？可以，你可以利用我们去做任何你想做的事情，但是你不许辜负我的女儿，否则的话，我会让你和你爸所有的努力都化为乌有。"

原来萧亮和沈东军成立起来的这个副线品牌一直都受到孙家的支持，暗中达成了这样的协议，那萧亮呢，他会怎么回答？我耳朵贴在门口，迫不及待想听到他的回复。

"如果你是因为米朵回来工作的事情来找我，你尽管放心，我根本没有想过要让米朵参与这个项目，我现在巴不得让她离开。"他的语气绝然。

我心中一痛，仓皇地离开。原来我以为的帮助，在他看来是如此的不值一提，那我是不是该如他所愿？

下午，我抱着一沓资料从会议室出去，一份文件被风吹走，我勉强蹲下去捡，抬头时，林子良正居高临下地看着我。

"你这个样子，倒真像是刚来公司的时候那个打杂的花瓶。我现在真后悔当初让你进来。"

他当然后悔，因为现在公司只有我知道他的秘密。如果我揭露了他的秘密，他将一无所有。

我站起来，无所谓地笑道："谢谢林总夸奖，不知道林总现在当总裁还当得顺心吗？"

"你说这话什么意思？我告诉你，现在这个公司，有些话，你不可以乱说。你要看清楚，已经没有人会在这个公司护着你了。"

他说得对，没有人护着我了，如果那样的守护带来的是如此痛彻心扉的结局，我宁愿让彼此都保持距离。我再也不想成为任何人的负担。

我淡淡地说："每个人都在自己的位置上，原本就不该有人护着我。不过林总的威胁恐怕对我没有什么作用，毕竟，在我们两个之间，我才是握着对方把柄的那个人。林总，回到你应该去的位置，不要让萧董事长失望。"

他恼羞成怒，向前用力推了我一把，我撞在墙上，文件掉落满地，他恶狠狠地看着我："你这个杀人凶手，你不是要去曝出我的秘密吗？我不在乎，你尽管去说，大不了到时候鱼死网破，我拼了这条命都不会放过你们。"

他一脚踩上掉落在地的文件，嚣张地离开。

我望着他离去的背影，手握重权后的林子良越来越嚣张。可他对萧董事长的敬爱明明也是真心实意啊，难道他走入极端，以为我与萧亮是害死董事长的罪魁祸首，决心对付我们？

我来到萧亮的办公室，很想问问他关于林子良的事情，但是话到嘴边，我又咽了下去。我不过是一个设计师，在我职权范围外的事情，不是我应该关心的，之前的米朵，就是一次次跨越萧亮所划定的安全范围，才让彼此走进了死胡同，这一次，我应该注意了。

我公事公办地把"穿越时空"的设计稿递给萧亮，正准备离开时，萧亮边看稿边道：

"稿子我还没看完，谁准你离开的？"

我看了下手表，已经七点多了。萧亮另有深意地说："在必要的情况下，公司有权要求下属适当延长工作时间。你不会是离开得太久，所以把这些该记住的全都给忘了吧？"

我突然回忆起那时候和他一起深夜加班的情况，我有些惆怅。

萧亮翻了翻我的设计稿，要我讲述"穿越时空"的设计理念，我支吾着不肯说，他嘲讽我越来越退步，要我复述一下当初"柏林之星"的设计理念。

我艰难地开口："'柏林之星'是……是用星星来象征……象征自己爱的人，萧总，要不我给您一份完整的报告吧，我口头上说不清楚。"

我不敢再说下去，回忆太痛，伤己及人。

萧亮痛苦地看着我："看样子，你是把自己曾经设计过的东西全忘了。那好，我问一个不是你设计的，My Queen，你还记得吗？"

我摇摇头，我怎么会不知道呢？那是他对我炙热的告白，可是事实证明，我并不是他唯一的爱。当我们分手的时候，这一切就应该交给过去，不应该再留在记忆里。

我们就这样默默对视着，不知过了多久，我强忍着泪，避开了他的目光："我已经把它们全忘了。因为我曾经答应过一个人，再也不会去打扰他。"

"你答应过那个人的事多了，为什么偏偏只有这一件做到了呢？"

他目光霍霍地看着我。

我哑口无言，转身欲走。

"我叫你留下！"他语气霸道。

我强装平静，慌乱地离开："对不起，我男朋友还在家里等我。"

"雷奕明是我的男朋友"，我默念着这几个字，像一句咒语一样，让我纷乱的心得到冷静。我答应过雷奕明我会努力爱上他的，我还没有尽全力，怎么能就此动摇呢。我拎起包，匆匆下楼。

公司楼下，雷奕明似乎已经等候多时，正要上车离开时，我发现雷奕明并没有上来，街道中间，他和跟过来的萧亮对峙着，我难受地避开萧亮的目光，拉起雷奕明的手："走啊，你不是说饿了吗？"

雷奕明狠狠地看了萧亮一眼，发动汽车，突然又道："把安全带系上。"

"哦。"我有些心不在焉地笑笑，系好安全带，这短短的过程，我一直不敢看后视镜中的萧亮。

没有心情做饭，雷奕明带着我直接去路边吃烤串。

夜风吹走了身上一天的疲累，想着这一天的经历，我越想越气愤，狠狠一拍桌子："你说，萧亮他凭什么故意为难我？当初我都是为了帮他才回来的，他这不是明摆着恩将仇报吗？"

雷奕明也起劲："就是，一个男的怎么能这么小心眼儿呢？他也太不够意思了！"

我狠狠咬下烤串上的肉："我看他岂止是小心眼，他简直就是公私不分！就算我跟他以前有过节，我不也是一样要忍着吗？什么时候因为看他不顺眼就扔掉工作了？"

"说得对，他不还是公司领导吗，觉悟还不如你一个小职员呢！像你这么优秀的设计师，他想上门求你还得排队呢，排队咱也不能答应他！"

因为雷奕明的顺势利导，怒气突然消失无踪，我感动道："你怎么不担忧我失业后，要承担起养我的重任啊。"

他郑重地拿出钱包往我面前一放："密码是你生日，想怎么花就怎么花。虽然我不赞成你放弃梦想，但也不希望你一直都这么辛苦。以后有我给你做后盾，你就把这份工作当成一个爱好，想干就干，不想干拉倒，谁的面子也不给！"

我失笑，女人大抵如此，听到男人说养自己时，会窃喜，会得意，因为这一份未知的承诺也代表着一种认可。

"那咱们就这么说定了，以后你负责赚钱养家，我负责花钱败家。怎么样？

雷奕明一拍桌子："成交！"

我们都笑了，一天的阴霾散去，明天又变得简单起来。

因为萧亮，我萌生了辞职的念头，沈东军不同意，甚至怪到萧亮身上。萧亮没辙，被迫当说客。我回家的时候，萧亮正在楼下等着。

他放下姿态，认真的看着我："如果真的是我想错了，那我跟你道歉。"

我有些心软，脸上却很快又恢复了冷淡："你等在这儿，不会就是为了问我这件事吧？"

他别扭道："咳咳，是沈总让我过来找你的，他叫你立刻回公司。"

我没有听，继续往上走。萧亮提高声音："沈总说如果你不回去，那就会连我也一起辞掉。"我一怔，停住了脚步。

"难道你想让我也跟着你一起丢掉工作吗？"

我迟疑片刻，掏出手机："那我自己和沈东军说。"

萧亮夺下我的手机，开口道歉，但随即又怕我误会一样，连忙道："跟你道歉不是为了要留住你，更不是因为我心里想让你回来，而是……而是因为我已经不在乎你了，就算你再回到公司，也不会再带给我任何影响的。"

曾经的萧亮又怎么会轻易和人低头道歉呢，过去的这半年，他果然变了很多。我们俩都在彼此看不见的地方成长着，改变着——

我平静地说："那……你就更不用再把我招回去了，比我优秀的设计师有很多，你还是另请高明吧。"

"可现在能真心帮我的只有你。你不是想弥补以前给我造成的伤害吗？我需要你帮我拿回通灵珠宝。"他一脸认真。

我转身，定定地看着他。这张当初不可一世的骄傲的脸，如今收起了锋芒，像一头蓄势待发的野兽。

他使出了杀手锏，触及了我内心的歉疚，一招中的，我没有理由拒绝。

最终还是决定留在公司，雷奕明对我反复无常表示很无语，但二十多年的相处，他唯有无条件支持我。

早晨，梳洗完毕，我决定再次去上班。

雷奕明匆匆送我去公司，作为让我回来上班的交换，雷奕明吻了一下我的脸。我懊恼地擦拭着被还没洗漱的雷奕明亲吻的脸颊，嘟囔道："臭雷奕明，流氓。"

这时，萧亮恰巧从办公室走出来，我们都是一怔，我迅速别开了眼神，毕竟昨天还说要离开，今天又听话的跑回了公司。

他看见我，表情有一丝薄怒，我纳闷，昨天不是他要我回公司的吗？怎么回来了他还是不高兴。

我向他打了个招呼，正要离开，突然孙菲菲叫住我，向萧亮提出要我去她那儿当几天做助理。

我茫然，虽然我在通灵珠宝是助理起家，可是现在通灵珠宝不是正缺设计师吗？难道孙菲菲觉得现在的我还会威胁到她和萧亮？所以故意将我调开？

我正在想怎么回复孙菲菲，萧亮走到我面前，利落地拒绝了她。孙菲菲尴尬地笑："你这是什么意思？区区一个设计师，你不会不舍得借给我吧？"

"你也知道米朵是一名设计师，她不是一个助理。"

我顿时有些感动，我一直都想得到这样的肯定，它比任何的鼓励都让我心动。

孙菲菲不悦道："可我毕竟也是公司的股东，难道连调用一个职员的权力都没有吗？"

萧亮想说什么，看了我一眼，把孙菲菲单独叫去了办公室。

我忧心忡忡地看着他们的背影，孙菲菲是骄矜的大小姐脾气，她家又是董事会的股东之一，萧亮应该不会与她撕破脸皮吧？

不出所料，过了两天，就传出了孙家要撤股撤资的决定。

这于新成立的通灵珠宝副线品牌项目来说，无异于雪上加霜。

我有些惆怅，萧亮从来不是受人威胁的人，当年董事长逼他与我分手，他舍弃通灵珠宝追到韩国。没想到现在萧亮还是这样随心所欲，可是这事因我而起，赌上的毕竟是董事长一辈子的心血，我心中歉疚非常，只得用更加勤奋的努力去弥补。

夜风吹进办公室，我打了个喷嚏，起身关窗，从写字楼望向窗外的万家灯火，这才意识到已经天黑了，烦恼的心情加上连日的加班，头突然难受得紧。

正在这时，萧亮经过我办公室，迟疑片刻，问我怎么还在加班。

我意外地看了他一眼，忙站起身，谁知头脑更加晕眩，他连忙上前搀扶住我。

我不自在地松开萧亮："可能是看久了资料，有点儿头晕。"

萧亮别扭道："你的设计都已经通过了，忙得差不多了就回去吧，别伤到身体。"

我试探地问："听说，公司在融资方面似乎出了什么问题，消息是真的吗？"

"你现在是在担心我吗？"

我情绪复杂："我们是一个集体，我当然关心公司的情况。"

萧亮转过身，定定地看着我："那你这么拼命，也是因为关心公司的情况吗？"

我不敢面对萧亮直勾勾的目光，低下头道："当然。"

他的眸子突然蕴含了万千深情，低声道："那如果我说，我最在乎的根本就不是公司呢？"

我无法抑制住突然加速的心跳，萧亮，不要在这个时候摇动我的心情，我现在只想好好帮你保住公司。因为紧张，我身体更为痛苦虚弱。我还想和他说些什么，可是晕眩感来得如此突然，我体力不支，虚弱地倒了下去。他一个闪身抱住我，焦急地问我怎么回事。

我勉强睁开眼道："没事儿，我……我休息一会儿就好了……"

虽然想努力站起来，可现在的状态只能让我虚弱地靠在他怀里，萧亮心疼地抚摸着我的头发，我想抗拒，可眼前的一切慢慢变得模糊。

我在暌违已久的怀抱着睡了过去……

再醒来时，雷奕明和衣躺在我身边，蜷缩成一团靠着我。

这傻瓜，怎么不盖被子？我轻轻掀起棉被盖在他身上，自己准备下床。雷奕明突然惊醒了，他关切的询问我的情况，我解释只是因为加班比较劳累。

雷奕明愤然打断我："难道帮他保住公司就那么重要吗？让你连自己的身体都不在乎了？"

我一怔，继而愧疚地辩解："我答应过董事长要帮他……"

他不罢休地追视着我："除此以外呢，难道就没有什么其他的原因吗？"

我支吾道："雷奕明，我已经说过要跟他保持距离了，萧亮是不会再打扰我的。"

"但我想要一个保证。"

我疑惑："什么保证？"

他从怀里掏出钱包，把一张小纸条递给我："它现在还有用吗？"

上次我要辞职，雷奕明次日就找了一大堆招聘报纸给我，后来我被萧亮说服又放弃了辞职的念头。愧疚之下，我写了一张纸条给他，纸条上写着四个字，"我答应你"。无论何时何地，他的所有要求我都会无条件答应他。

我愕然："当然有用，你有什么要让我答应的？"

他沉默许久后："我要你答应嫁给我。"

我顿时愣住了，惊讶地望着雷奕明。

他扬起纸条，焦急道："现在，你可以答应我了吗？"

我迟疑片刻，心中充斥着愧疚，最终，我还是从雷奕明手中扯过那张纸条，把它撕碎，扔进了垃圾桶。

"不需要用它，我答应你。"

雷奕明意外，结结巴巴道："你、你说什么？"

我吸了一口气，大声告诉他："我说不需要用这张纸条，也不用任何人强求我，我，米美丽答应嫁给你，雷奕明。"

他一脸震惊，如果一定要这样的答应他才能心安，那我就给他这份心安吧。从当初他命悬一线，我梦到他离开这个世界的时候开始，我就意识到他对我有多重要，雷奕明为我付出的太多，我为他考虑得却不够，从离开家回来的路上我就暗暗告诉自己，我不能再像以前一样自顾自地任性生活了。

而此时，孙菲菲也向萧亮提起了两人的联姻，却被萧亮拒绝了，接连等着他的是一系列的质疑与发难，萧亮和沈东军承担了巨大的财务压力。

在月度会议中，已是总裁的林子良借故生事，要罢免萧亮的职位，免除他在本公司内一切权力。除他本人所持有股份外，其余行动与通灵珠宝皆无任何联系。

萧亮冷冷道："我以公司股东的身份，反对林总所做提议。我个人在工作中没有任何失误，林总作为总裁无权对我进行罢免。"

林子良得意地笑："公司股东？且不论经过这次变动，你的股份还能剩下多少，就凭你一而再、再而三地弃公司利益于不顾，一直害得公司走到了今天这种地步，你觉得你还有资格留在这儿吗？你还有资格面对去世的董事长吗？"

萧亮反驳："董事长？看看你现在的嘴脸，你还有什么资格提我爸？"

林子良生气地说："我没资格？你别忘了是谁让他失望，是谁把他活活气死的！你做出这种伤天害理的事，还有脸让大家支持你？各位！不管我们之前有过多少分歧，看在我爸曾经带着你们打下江山的分儿上，我请求你们支持我的决定！"

沈东军站起身，愤怒道："别忘了我才是一直跟着董事长的人，他曾经亲口嘱咐过我辅助萧亮，萧总才是董事长选中的继承人！"

沈东军的辩驳并没有实际的作用，林子良早就和雪儿做好了工作，投票开始，一些公司的老股东纷纷选择了林子良的战壕，形势急转直下，林子良得意地看着萧亮。

我推门而入，冷冽道："我不同意。"

林子良一见我，顿时心慌，忙歇斯底里要保安赶我出去。

我无畏地盯着他："用不着保安，我说完了自己会离开！各位，林子良他根本就不是董事长的亲生儿子，他一直都在骗你们！"

我不愿与林子良多说，拿出验血报告直陈其事。

一片哗然惊诧，萧亮也震惊地看着我。

我心中一片坚毅，林子良，我说过我不准你伤害萧亮。就算你当初对付我，我也未必会拿出这个筹码，但你如此逼迫萧亮，如此无视萧董事长的嘱托，我绝对不会放任你这样嚣张下去。

我义正言辞地说着："董事长第一次住院时，医院就验出了血型问题，但他一直隐瞒，我也不想破坏当时萧董事长享受天伦之乐的幸福，这个秘密一直被隐瞒于世。

但今日……"我看了一眼萧亮。所有伤害你的人，比伤害我还过分。

林子良打断我："她这是在胡说八道！我爸早就已经认可过我了，他会认一个不相干的人当儿子吗？你这是在污蔑我的身份！"

萧亮一把抓住林子良，痛心疾首："跟我说清楚，你一直都在骗我爸吗？"

林子良气急败坏："我当然没有骗他，不然他也不会给我留下那么多遗产！你们合伙气死了我爸，现在又要来污蔑我，你们……你们简直是狼子野心！"

林子良又开始混淆视听，我正打算接话，萧亮抢先了一步。

"我爸不是因为她整容才去世的！他早就知道了米朵整容的事，是因为保护我才一直隐瞒的。爸到去世之前都想成全我们，如果不是你跟叶琪联手，破坏了那场订婚典礼，爸是不会受到那些刺激的，他就不会离开！"萧亮辩解着。看着他毫不犹豫地为我站出来的样子，我有一瞬间的惊愕，萧亮，他是已经原谅我了吗？可随即一阵苦涩涌上心头，如果他的原谅来得早一点，我的心也不会死得那么彻底了。

众人将惊诧的目光投向我。

林子良继续力不从心地解释："爸爸人都已经走了，你当然可以随便编排，不过大家可都是眼睁睁的看着的，谁害得公司频频出事，谁又能挽救这家公司，他们的心里一清二楚！"

股东们连连点头，发出各种议论，萧亮临危不乱："你不是说自己是爸的儿子吗？那就去跟我做个血缘证明好了。"

一句话，堵得林子良脸色剧变，但他依然固执地辩驳着："好啊，我当然会奉陪到底。"

会议被迫中断。第二天，传来了林子良试图离境出国的消息。我与萧亮也没有继续追究，因为他的逃离就是最大的证明。

但让我们意想不到的是，林子良自首入狱了。告诉我这个消息的，是刘思源，她神色安详，仿佛这是最好的安排。

我震惊不已，权欲滔天的林子良怎么会中途罢手？

刘思源抚摸着稍微隆起的小腹，露出了一丝温柔的笑容。

我所有的疑惑得到了解释，原来最后是爱，解救了一切的罪恶。

我望了望身后的公司大厦，林子良的故事终结了，那我也该为另一个故事画上句点了吧。

我该了断我与萧亮的感情了。

通过齐宇，我把我即将和雷奕明结婚的消息告诉他，萧亮约我去他家见面，感谢我在董事会议上对他的帮忙。我想了片刻，还是决定赴约。

我到了萧亮家，他闭口不提董事会议的事情，我打算走的时候，他指着家里的各个角落告诉我，和我分手之后，他不想见阳光，也不想见人，靠着不停地喝酒过日子。我闭上眼睛不去看家里的物件，萧亮抓住我的肩膀，眼眶通红："你以为我喝酒是为了忘掉你吗？不是！因为我喝醉以后才能重新看见你！"

我被他突然的爆发镇住了，心疼得厉害，可理智告诉我应该保持距离，我推开他。

"那又怎么样？我们已经回不到以前了。"

萧亮声音嘶哑："可是我忘不了你。"他发抖地抬起手，想要碰触我的脸颊，目光里满是怀念，"如果我愿意放下以前的骄傲，就像你对我一样卑微地求你，你还会重新回到我身边吗？"

我强忍情绪否认："对不起，我不能做对不起雷奕明的事。"

我心烦意乱地转身打算离开，萧亮一把将我拽了回来，他突然关上灯，将我困在了自己怀里。黑漆漆的卧室，我感觉萧亮的鼻息就在我的耳边。

我惊慌地推打着萧亮："你干什么，放我出去！"

萧亮突然按了一个按钮，一盏星空灯点亮，整个房间充满了金色的星星，中间簇拥着一轮弯弯的月亮。随着淡淡的音乐响起，我一下看呆了。

萧亮深情地看着我："米朵，你还记得吗，你曾经说我就像你的星星一样，而你就是我的月亮。星星可以有很多，月亮却只有一个。不管你最后选择了哪颗星，也无论我这颗星在你心里还会不会发光，对我来说，你都是我要永远守护的那个月亮。"

我纠结地与萧亮对视着，我努力地克制自己，抬起手挡住了他的眼睛。他有一双能让我走火入魔的眼睛。

我痛苦地恳求着："就当我求你，你能不能别再纠缠我？"

萧亮心疼地凝视我片刻，终于慢慢地松开了我。他重新打开灯光，房间里亮了起来。

"我知道，我在你最需要的时候伤了你，那些伤口就算看不见，也不代表你就没有为它疼痛过。米朵，我会等着你的伤口痊愈的，一直等到你原谅我为止。"

我不想他再对我抱有期待，更不想让自己还有其他的想法，我劝阻他："你到现在还不明白吗，我不是因为你伤害我才这样的，我是为了雷奕明，因为他才是要保护的那个人，我是不会为了任何人去伤害他的！"

萧亮惊讶而痛苦："那我呢？难道你就一点都不爱我了吗？"

我一把推开萧亮："你已经没有资格再问我这些了。"

我说完，转身离开。

萧亮望着我的背影，坚定地说："从现在开始，我永远都不会再放弃你，以前你为了挽回我而付出的，我会全部都为你做一遍，不管你怎么伤害我，拒绝我，即使你的心里已经没有我——"

我的脚步毫不停顿，一脸坚定。

萧亮继续说着："——我也会一直爱你。"

回答他的只有我最后的背影，门砰的一声关上。

可是我没有想到他并没有就此罢手，短信、邮件、电话……所有能联系的方式，他都一一试过。

我最后还是答应再赴他最后一次约，当做这段感情的终结。

萧亮将我约在我们第一次约会的餐厅，他却不再是初见时的状态，神情困顿地倚在椅子上，让人心疼的颓废。

萧亮认真地看着我："我想再问你最后一个问题。你是真的决定要嫁给雷奕明了吗？"

我坦然承认。

萧亮眼眸中的光芒一点点熄灭，他盯着我的眼睛，声音的颤抖泄露了他的心："米朵，你是真的爱他吗？"

这句话像一根细密的针扎在我的心口，我低头避开萧亮的眼神。

我刻意地笑着："我都决定要跟他生活一辈子了，难道还不足以回答你吗？"

"我要你认认真真地看着我，你心里是真的爱他吗？"

我笑着："你还想要什么回答？我是不可能会伤害雷奕明的。"

萧亮坐直了身体，靠近我："可那跟爱是两回事。"

我欲起身："如果你不想再谈，那我还是回去好了。"

萧亮不依不饶地追问，语气却不再霸道："回答我！起码让我死心。"

我望着他，迟疑片刻后，坦然地说："好，那我就实话告诉你，我和雷奕明之间跟你不一样，不管发生什么，我们都不会抛弃彼此。"

萧亮脸上闪过一丝受伤，不再争辩。

我转过身，心情复杂而痛苦："就当是我求你了，不要再来打扰我们……好吗？"

萧亮站起来，我以为他还会对我做什么，结果他只是叹了一口气，缓缓地说："如果……你们真的要结婚，起码给我一张请柬好吗？"

他终于让步了，可是为什么我会难过得说不出话来？是因为这个卑微妥协的人，是曾经无数次仰望过的，那个冷漠疏离的萧亮吗？

他见我不说话，宽慰我："你放心，我只是想看一看而已，不会出现在婚礼上打扰你们的。"

我迟疑许久后，终于发声："好。"

婚礼开始得比我想象中快。

爸妈从乌镇赶过来参加我们的婚礼，他们喜气洋洋，精神矍铄。我心里暗暗慰藉，是我让他们担心得太多了，终于可以让他们松口气了。

高雯出现的时候还是那么光芒万丈，她是我的伴娘，也是我见过的最漂亮的伴娘，她感慨地抱住我："米朵，没想到你真的要嫁给他了……"

是啊，因为萧亮，我误会过她。因为雷奕明，她误会过我。尽管她自恋、臭美，但她磊落、直率、仗义，反观我，倒一直在伤害他们，真希望沈东军就是那个给她幸福的 Mr. Right。

我紧紧地抱住她。

刘思源也意外地出现在我的婚礼之上。

我心情复杂："思源姐，你也来了。"

刘思源自从我与萧亮出事后，就辞职不见人影了。我很少见她，但今天笑容温和淡雅，与之前的心性大相径庭。

"米朵，恭喜你。"

我感激地点点头，有些不自在，毕竟林子良的身份被揭穿是因为我，间接来说，我是破坏他们幸福的刽子手。

她似乎猜到了我的顾虑似的，安慰地说："我现在还在等着子良呢，跟我们的孩子一起。"刘思源幸福地摸着日渐凸起的腹部。

她因丰腴而显得越发精美的脸上，是幸福的笑容。我心下一阵宽慰，洗尽铅华，她终是得到了命运的祝福。

这时，高雯提醒我到了摄影留念的时间。

高雯拨了拨她的头发，美美地冲我笑笑，却突然一本正经地说："米朵，我是从一出生就这么漂亮，但你是自己活成这么漂亮的，我羡慕你，也祝福你。现在我把你托付给我曾经最爱的男人，也把那个男人托付给你，你们可一定要替我照顾好对方，最好是能让我一直都羡慕下去！"

我看着她笑了，眼眶早已湿润。她是我见过的最美的女人，也是我最好的闺蜜，经历了伤害和苦痛，还能在最后得到她的祝福，我真的很感激这一份幸运。

摄影师拿着相机问我与雷奕明的朋友是否都来齐了？

高雯也问："米朵，没有其他的人要来看你吗？"

我脚步一顿，整个婚礼现场充斥着无数张熟悉的脸孔，却偏偏没有那双星芒一般的眼睛，萧亮说过他不来的，应该真的不会来了吧。我掩饰地冲大家笑笑，但到底还是分心了，摄影师提醒我好几次看镜头，我都游离在外。

雷奕明失落地看着我，我心中一惊，忙面对镜头，扯出一个勉强的笑容。

摄影完毕后，我难受地捂着心口，走入化妆间，不管是拍照，还是和朋友们寒暄，这些都是我曾经历的，只不过当初陪在我身边的那个人是萧亮。我曾那么认真的相信，我会和他走到最后的……不，不，米朵，你不应该想这些了，过去已经回不来了，现在的你，是雷奕明的新娘，他是世界上对你最好的人，你应该用你的余生去爱他，我默默警醒自己。

雷奕明不知什么时候来到了我的身后。

他看出了我的情绪，我愧疚不已，我的表现又伤害了他吧。我就是这么蠢，连掩饰情绪都不会。

雷奕明深吸一口气，温柔地摸着我的脸颊："胖子，你知道吗？按照礼节，新郎和新娘是不能在结婚前见面的。我既然来见你，就是做好了一切不好的准备。"

我脸色一变："你这话是什么意思？"

雷奕明艰难地说："萧亮要走了，离开这里去韩国。而且他这一走……永远都不会再回来。"

我愣住了，萧亮要离开？是因为我与雷奕明结婚的消息吗？那通灵珠宝怎么办？我心神不定，焦虑不已。

"如果你要去找他，现在赶到机场还来得及。"

他无所谓地笑笑："别以为我做这个决定很容易，看着你穿着婚纱站在我面前，我只要再忍一忍，就可以跟你过一辈子了……可是我不能。胖子，我还是想把最后的选择权交给你，你自己决定吧。"

他转身离开，我怔怔地看着他的背影，心头闪过一丝不祥的预感。

我坐在椅子上思考许久，最终拿起口红，将唇妆补上，我要嫁给雷奕明，这是我必须要做出的选择。

我没有来得及将我的想法告诉雷奕明，婚礼仪式开始时，新郎缺席了。

我的手臂放在爸爸的臂弯里，心在瑟瑟抖。

众人议论纷纷，高雯使劲拨打着电话，但只有冰冷的女声提醒：无法接通。

我静静地站在红毯中央，喧闹声离我那么远，我盯着大门，我的新郎，我已经心甘情愿地放弃所有选择了你，你怎么能在这个时候离开。

他不来，我就等到他来为止。

这时，教堂的门突然被推开。

竟然是一头是血、衣衫褴褛的萧亮。

我惊诧不已，难受又失望。可心底也有某处在隐隐庆幸。这复杂的情绪让我陷入一种可耻的罪恶感里。

他颓靡地看着我："对不起，我还是没有办法离开你。"

我张望着四周："为什么？为什么来的人会是你？"

萧亮像孩子一般难过地哽咽："我不想让你嫁给别人。"

一句话让我坚硬如铁的心再次凿出一个洞来，萧亮，你能不能放过我，我已经背负了太多的罪，我不能再辜负大家的祝福，不能再辜负雷奕明了。

我决然地推开萧亮："不，我要找雷奕明，我要去把他找回来！"我回过神来，提着裙角，匆匆往外跑去。

我一边慌乱地大叫着雷奕明的名字，一边到处寻找。

但回答我的，都是死寂的心跳。

一种终于要失去雷奕明的恐慌攫住我，我举步维艰。可我不能停下，我要找到他。

我找到化妆台，突然发现雷奕明的信件。

泪水突然不受控制，汹涌喷出，比我的理智先于一步作出判断。

——他离开了。

"胖子，我以为我永远都不会舍得离开你……只要能看到你笑，我就好像看见全世界都变得开朗起来。曾经我以为，只要能把你留在我身边，照顾你，保护你，就能让你永远保持那个开心的笑容，我以为那就是我最大的幸福。可是到今天我才发现，原来我的幸福从来都不是拥有你，而是在我退到你的身后，只能以朋友的身份守护你的时候；我最开心的也不是你能对着我笑，而是那个能让你笑出来的人，他就在你的身边陪着你。胖子，我还是舍不得对你狠下心，只有逃走，我才能放手成全你。从今以后，即使你的世界里不再有我，至少也还有那个无忧无虑的笑容。只有笑着的你才是最美的，我深深爱着那样的你。"

信纸飘落在地。

我喃喃自语："雷奕明……"

我转过身，正欲继续寻找雷奕明，萧亮突然悲伤地站在我身后。

他抬手，想擦掉我脸上的泪水。

我推开他，双肩颤抖："你为什么还要来找我，难道这一切还不够吗？"

"对不起。"

"当初我还是个胖子的时候，你出现在我面前，像对待怪物一样看待我。后来我变得漂亮了，你又给我希望，然后又把我狠狠地踢开。现在雷奕明治好了我，你却又回来让我再次伤害他。"

我歇斯底里吼着，我从不知道我对他的怨气有那么重。

他伤心地看着我，继续喃喃着对不起。

我绝望地大喊："我恨你，我恨你让我变成了现在这副样子，我宁愿我不优秀，不漂亮，我宁愿从来没有得到过你的爱，也不想因为你去伤害雷奕明。但我最恨的还是我自己，我明明知道我错了，却还是会一次次地被你动摇，为什么我就是不能逃开你——"

他再度试探地走近一步，眼神里的悲伤无可抑制。

"萧亮，我们是不配幸福的，他走了，我们根本就不配在一起！"

我推开萧亮，失魂落魄地跑了出去。我悔恨今天的种种表现，如果我不在婚礼上想起萧亮，不让雷奕明感觉到我的情绪动荡，如果我再冲他笑得开心一点，如果我能控制好我的心，是不是今天的婚礼就会如期地进行下去？雷奕明，我求求你，求求你再给我一点时间，我一定会忘记过去的一切，忘记我心里的那个人，求求你再给我一次机会弥补你。

我慢慢地看向自己的手掌，手心里萧亮的血与我的泪模糊在一起，倒影出雷奕明的笑脸，他轻轻地挥手，对我说了声再见。

我看着收拾得空荡荡的家，绝望地跌坐在地。

分离是为了更好的重逢

20

|

贰拾

窗外日光正好。

咖啡香味氤氲，如果不是因为雷奕明的失踪，这样的午后是我一生最渴盼的静好。

我与高雯侧着头看向窗外。

"还是没有找到他吗？"

我摇摇头："找了我们一起去过的所有地方，都没有。"

"那萧亮呢，听说他一直都在等你……"

我淡淡一笑："我明天要去比利时，放下上海的一切，去国外重新开始。"

说我逃避也好，说我绝情也罢，没有理清自己的感情之前，我不敢再面对这纠缠纷扰的一切。

高雯忧伤道："上一次你走，是因为没有办法面对他，可他至少还是在的，我知道你迟早还会回来。这一次呢？这一次连他都不见了……你还回重新回来吗？"

"也许吧，等我已经完全忘记了他们，或者我可以重新面对的时候。"

她不舍地看着我。

高雯这个姑娘一旦认定了人，就会对人掏心掏肺地好。

我感动又难过地拉住她的手："虽然我以后不能再经常见到你了，可你身边已经有沈东军了不是吗？有他在，你一定会过得很幸福的。"

她别扭地抽回手："干吗说他呀，我宁愿用一火车的他来换一个你！"

她总是这样，嘴硬又傲娇。可我看得出她眼角眉梢的甜蜜。我惆怅地别过头。

次日，我把行李箱放入出租车的后尾箱，降下窗户。

上海的风湿润而缠绵，连回忆都似乎散着潮湿的咸味。

不远处，机场静默而待。

起风了，发丝飘散，迷离了我的视线。

上海，再见。

三年后。

沈东军带我走上通灵珠宝设计总监办公室。

我又涩又喜地打量着通灵珠宝的一切，新旧未变，只是原先熟悉的同事却换了容颜。

物是人非，那他呢？

沈东军走过来，冲我皱眉："我这次把你挖回来可是费了不少力气，如果你再不答应，我可就要扔下高雯去国外抓你了。"

"高雯最近怎么样，身体还好吗？"

他宠溺地笑笑："别提了，怀孕胖了二十多斤，跟你整容前差不多。"

我轻轻失笑，真好，至少我们之中有这么一对替代我们幸福着。

他在设计部外停住脚步，要我先休息一会儿，待会儿再开高管会议，正式介绍我的加盟。

我转身欲走，他突然像想起了什么："你这次回来，难道就没什么其他想问的了吗？"

我艰难地开口："我都已经听说了，他在三年以前就去了韩国，这三年……应该一直都没有回来过吧？"

他点点头："消息倒是挺灵通的。没错，他在你离开以后就扔下了所有东西，说是要彻底告别你。怎么，你就不想再重新把他找回来吗？"

我笑了笑，没有直接回答："那我先回办公室了。"

我用了三年才能正视自己的感情，正视自己的心。抛弃掉所有冗杂的枝蔓，我爱的人，从始至终都只有萧亮一个，只有看到他，心脏才会像坐过山车一样的猛烈跳动，只有他的一个眼神的变化，我才会魂牵梦萦，只有他在我的身边，我才会觉得不要说一句话就已经胜过了千言万语。

不是恩情，不是亲情，更不是友情，而是生命里可遇而不可求的终生挚爱。

要不是雷奕明最后放开我，成全我，顾虑太多的我，差一点就将心里的声音狠狠地埋葬在那场婚礼上了。想起不久前和雷奕明的重逢，我脸上扬起笑容，我一定要成为更好的米朵，努力幸福，才能对得起他的付出。

我想重新找回萧亮，可是三年了，他还会等我吗？还爱着我吗？还是——我们就此错过了呢？

我可以回答我自己的心，却无法替他回答。

我走到设计部总监办公室外，上面的标牌上印着"米美丽"三个字。

是啊，我终究还是要以米美丽的身份重新开始上海的一切，包括职场与感情。

我迟疑片刻，推门而入。

在我抬头的瞬间，办公椅突然转过来。

座椅上的人神色如初，过去的三年仿佛只是大梦一场。

萧亮含笑，似乎已等待良久。

他的声音清冽得仿佛阳光穿透尘埃：

"好久不见，你还好吗？"

我的心脏一瞬间抽紧："你……你不是已经在三年前离开了吗？"

"本来是想走，可是后来……还是没舍得离开这里。"

原来他一直都在，原来不是我一个人走不出这段感情。

我捂住嘴，泪盈于睫。

"我一直都留在这里等你。"

窗外日光万道，均匀地映照着这个城市。

很久之前的梦境突然闪回脑海：

他星芒般的眼睛含着笑意，近在咫尺的脸俊美无俦，恍若初见。

原来，这不是一场没有结局的梦。

雷奕明：有的人就是喜欢胖子啊

SPECIAL 01

壹

酒吧灯光闪烁，音乐喧闹，疯狂的男女放肆地扭动着肢体，眼里的迷乱如出一辙。彼此寂寞，又不甘寂寞。

我一边喝酒，一边打量着舞池里跳舞的女人。酒保递给我一杯 tomorrow。

我忙拒绝，这玩意儿有毒，上一次以为喝了一切就可以翻篇儿了，结果一觉醒来我就跑到韩国去找胖子了，一路爱恨离愁差点毒发身亡，现在好不容易才缓过来，果断得戒了它。

旁边酒友的脸被灯光晃得五颜六色，他们调侃地问我："看你平时女朋友换得这么勤，是不是就喜欢那种性感火辣的？就像那边那个，大长腿、小蛮腰、超短裙、披肩长发、烈火红唇的？"

我瞄了一眼场上一个热辣的妹，把酒杯一放，打了个酒嗝，冲着这家充满了无数回忆的酒吧大喊了一句："我喜欢胖子。"

大家哈哈大笑，只当我是在说笑话。

看着这一张张好像熟悉又好像陌生的脸，我突然没有继续待下去的兴趣，而这时，手机响起，我一看，居然是萧亮。

他戏谑地问我是不是又在酒吧买醉，我赶紧走到音乐小一点的地方糊弄过去，这个家伙纯粹就是借机嘲讽。我满不在乎地回复："这会儿比利时是白天吧，怎么？米朵不搭理你，所以你算好了时间过来和我聊天？"

他冷哼一声，最后告诉我，是米朵算着国内的时间，要他过来劝我早点回家休息的。我的心中闪过一丝暖意，萧亮顿了顿，问我要不要和米朵说话，我用女朋友在身边不方便的理由拒绝了。

在婚礼上落跑之后，米朵一直没有放弃寻找我，在老家的小院里，她终究还是找到了我，她劝我回去和她完成婚礼，可是我又怎么忍心继续利用她的善良去成全我的自私呢？她愿意为我穿上婚纱，已经完成了我长久以来掩埋在心里一个梦想，对于我而言，到这里就应该知足了，她向我妥协得越多，我就越发贪婪，越发控制不了我自己。内心盘踞着的那条毒蛇已经吐出了蛇信子，这样下去，我只会向她无止境地索取，又怎么能给她带去幸福呢？

我笑笑，我自诩为情感高手，但却是这个毫无感情经验，毫无美貌，只剩下一腔孤勇的胖子，教会了我什么是真正的爱。

她总是觉得对我有亏欠，觉得我为她付出了太多，我一直没有告诉她，其实为她付出的时候，我是那么的幸福，幸福到觉得每一天的太阳升起来都是有意义的。我所有的情绪，好的、坏的，都是在提醒着我那么真真切切地生活着。或许这种感觉，她也有过，是在她那么执着地追求着萧亮的时候。

人的一生可以被很多人感动，也可以对很多事情念念不忘，但唯独心动，是可遇不可求的。这种感觉我懂，所以当初不管我怎么努力，我也无法喜欢上高雯，因为我的心里很清楚，米朵才是我的求而不得。

而我既然懂，又为什么让我爱的女人去品尝这种爱而不得的痛苦呢？她既然遇到了让她真正动心的人，我又怎能擅自替换她的幸福？

所以我退出，重新获得了我最亲爱的发小和最亲爱的兄弟。去机场送她和萧亮去比利时度蜜月，我拥抱着他们，除了祝福以外，没有了任何想法。我预想这个结果已经很多次了，我所有的表情和对话都已经排练过无数遍了，连拥抱的力度都掌握得恰到好处。只不过这一次，不是排练，是真实地发生了。

我独自走在回家的街道上，晓珊的电话匆匆打来，通知我回医院出急诊。我对着后视镜整了整发型，部门里新来的几个医生扛不住事儿，关键时刻，还是要靠饱受广大妇女好评的雷医生出马。

急诊病人是一个年轻的孕妇，体型很胖，孕吐得非常厉害。她一脸狼狈地被人推着往急救室走。她好像想说些什么，奈何吐伤了喉管，一直说不出囫囵话来。她看到穿着白大褂走过来的我，露出求助的目光，我被那双眼睛盯着，不禁愣住了。那是一双极为清澈的眼睛，点墨一般的瞳孔，无辜而失措。

身边的同事正补充着一些狗血剧情，无非是妙龄少女怀孕被弃之类的老梗，我进去一检查，差点笑出声来。我把急诊室的同事都轰出去，递给她一碗催吐汤，她一脸担忧地看着我。

"你放心，我有个朋友遇到过和你一样的情况，喝了你就不会这么难受了。"女孩盯着我的眼睛看了几秒，那神情认真得就像一个小孩在确定对方是好人还是坏人，最后她闭上眼睛，听话地喝下去，很快，她脸色一变，挪动着庞大的身躯，在盥洗槽吐了个干净。她不停地咳嗽，一直被堵住的喉咙终于通畅的发出了声。

我拍打着她的背，递上一杯清水："好了好了，吐干净就好了。"

女孩一脸惊慌："我是不是食物中毒了，要不要洗胃？"

"你放心吧，不是食物中毒，只不过你绝食太久，恢复进食又吃得太猛，肠胃受不了。再说了，减肥是讲究科学方法的，像你这样胡来只会让自己变成一个努力减肥的死胖子知道吗？"

我努力地憋着笑，胖到被当成孕妇送到妇产科的，她算是建院以来的头一例了。

女孩好像被人发现了自己不可告人的秘密，羞涩地看着我："你都知道了，我……我也不想这样的，可是他们都笑话我，笑话我胖……"

"笑话你胖的人，在你最需要的时候，他们在你的身边吗？"

女孩看了看四周，她失落地摇摇头，裹紧了衣服："他们都不喜欢和胖子做朋友，而且我还这么丑。"她的声音越来越低，我无奈地叹口气。

"你需要帮助的时候，他们不仅不会来帮助你，只会在一旁指指点点，这种根本就不在乎你的人，你又为什么要在乎他们的看法呢？胖是你的事儿，碍着谁了，再说了，胖子都是潜力股，你都不知道你可以变得多优秀。"

女孩惊讶地看着我，好像我说了什么天方夜谭的事情："医生，你说的是真的吗？我还有救吗？"

她迷蒙的样子配合着那张肉呼呼的脸，让我想起了当初原版的胖子，我忍不住上去拍了拍她的头。"当然是真的了，要是没救还把你送到医院来干吗？别垂头丧气的，麻雀还能变凤凰呢，只要你愿意，一切都有可能。"

女孩终于露出了点笑容："医生，谢谢你。"

我看了看时间："好了，我的心灵鸡汤灌完了，你去吃点东西吧，出门左拐有家粥店不错，记得一定要控制自己只能吃一碗，不然我就把你今天的糗事昭告全医院。"我一脸凶神恶煞。

女孩不可思议地看着我，好像终于意识到了这个威胁的杀伤力，她乖巧地点了点头，胖乎乎的身体挪动着，迈着外八字腿走了出去。我仿佛听到大地轻微的颤动，这种感觉如此熟悉，我忍不住笑了。

科室的时钟滴答滴答，晓珊比我还着急地盯着上面的针盘。她不好意思地看着我："雷医生，我男朋友今天出差回来，说是有礼物要送给我，就在楼下等着呢，你能不能帮我掩护一下，我先下个班？"我大手一挥，准了。

窗外的日色正好，多适合约上几个朋友一起出去玩儿啊。可是我还能约谁呢？米朵和萧亮在国外如胶似漆地度蜜月，文熙那儿听说有个小她两岁的研究生小鲜肉在倒追她，而高雯……算了，沈东军的醋坛子能把我腌成一坛酸萝卜。

突然有一片乌云袭来，将门口洒进来的午后阳光遮住了一大半。我一抬头，这乌云不是别人，正是那天送走的胖姑娘。

"医生，我……我想来看病……"她怯怯地说着，一对上我的视线，她又低下了头。

"你怎么了？我这是妇产科，你是怀孕还是有妇科疾病呢？"

女孩摇摇头，又垂了下去，紧抿住嘴，一副不知道怎么开口的样子。

不会真有什么难言之隐疾吧，我打开电脑，录入她的情况。

"名字？"

啊？她好像刚听到一般，抬起那双迷蒙的眼睛看着我。黑色的瞳孔，朝露一般晶莹剔透。

"我问你的名字。"

"我叫露露。"

我暗暗思忖着，挺好，我记得我有个前女友也叫这个名字，不过那个露露可是出名的性感尤物。

她瞄了我的屏幕一眼，摇摇头："不对，不是这个字。"她拿起一旁的纸笔，唰唰写了起来。

"你看，是这个。"

我看去，她画了一只栩栩如生的鹿脑袋，表情如她一般迷蒙呆滞。

"你这几笔倒是画得挺好的。"我忍不住一再打量着那幅小画。

她又把头低了下去，声音像小蚊子一般："你可以叫我小鹿，我是一个儿童故事的插画家，我每天就是宅在家里画画，所以才让自己胖成这样的。"

"看来是缺乏运动导致的健康问题，你既然挂了我的号，你就说说，有什么妇科症状？"

她再次摇摇头，我大感不解："那你不会是真的怀孕了吧？"

她更加激烈地摇头，脸红得像只番茄："才不是，我……我根本就没有人喜欢，又怎么会怀孕……"

我把电脑一关，靠在椅子上："说了半天，敢情你是来找我聊天的啊？你这是在占用医疗资源。"

她像一只被抓住的硕鼠一般，低下头偷偷地瞄了我一眼："你，你别生气，我在外面等了很久，就为了等到你快下班的时候，前后也没有其他的病人了，我才挂的号。"

"你找我有什么事儿？"

她深呼吸，像终于鼓起了勇气似的抬头看着我："雷医生，你，你下班后有空吗，我想请你吃个饭，感……感谢你上次在医院帮我，我才没有那么丢脸。"

想起那天的事，我无所谓地挥挥手，不过是件小事，正想拒绝她，可看到那双大眼睛里可怜巴巴的神情，胖乎乎的脸挤成了包子才有的褶皱，我心软了。

"还是我请你吧，就当我祝福你顺利出院，说吧，你喜欢吃什么？"

女孩的眼睛亮晶晶的："真的？你同意了！我，我喜欢吃猪蹄！"

我一呛："咳咳，怎么又是猪蹄，能换一种吗？"

女孩毫不犹豫地说："那就吃鸡腿好了，我知道有一家的鸡腿特别好吃。"

我扶住额头："你接下来是不是还要向我介绍烤肉？"

女孩眼睛一亮："对啊，烤肉也不错，你也喜欢吃吗？"

我喉头一甜，差点流下两行热泪。

这个世界没有无缘无故的胖，也没有无缘无故的瘦，她的习性怎么和胖子那么像，我才不会纵容她让我重新回到那段辛酸的回忆里去。不过等等，我现在是在哪儿？我怎么会在一家猪蹄店里，而且还是我以前经常带胖子来的那家！

女孩笑嘻嘻地看着我，将刚摆上来的一份猪蹄放在我面前。

"谢谢你愿意陪我出来吃饭，这是我最喜欢吃的一家猪蹄店，味道特别地正宗，肥而不腻，口感特别好。"

一到这里，她瞬间就没有了在科室的紧张和局促，和老板熟悉地沟通着，胖乎乎的脸上露出自在和满足的笑容，完全就是米朵没有整容前的派头。

我嫌恶地戳着碗里的猪蹄："你知不知道这玩意儿的热量有多高，你跑个四百米才消耗掉这一口，你数数自己刚吃了多少口？不过你上次完整跑完四百米应该还是初中毕业时的体育考试吧。"

不知道为什么，每当从她身上看到米朵的影子，我都忍不住挖苦她，好像这样我的心里就能舒服一点。她已经飞速地吃光了一碗猪蹄，正要把汤都喝下去，听到我这么说，张大嘴愣住了，赶紧放下碗，呆呆在看着我，眼神失落。

"我……我还是不吃了。"她怯弱地说。

"好好的干吗不吃了，我刚才是在激发你的斗志，今天吃饱了，明天再减肥也来得及，来，你把我这份先吃了吧，吃饱了才有力气减肥。老板，这一桌再加一份，哦不，两份！"

我把眼前的猪蹄递给她，她感激地看着我，迟疑地说："雷医生，谢谢你，你知道吗，那天去医院是我这几年最快乐的时候了，谢谢你那天保全了一个胖子的自尊心，虽然真的很狼狈。"

敢情她就为了这么点事一直耿耿于怀。

我无所谓地挥挥手，"这种小事儿你别记在心上，说来也是凑巧，我以前有个铁磁的胖子朋友，你试过的那些减肥方法啊，她通通都试过，所以我一见你这症状吧，就知道是怎么回事。再说了，不管是胖还是瘦，都不能耽误你过得快乐对不对？"

女孩点点头："你那个朋友，最后瘦下去了吗？"

"瘦了，她出了车祸，治疗期间她进行了科学的减肥规划，把当初一口一口吃出来的体重，一天一天地减了下去，最后成了一个大美女呢，怎么样，励志吧。"我的眼里掩饰不住地怀念，当初胖子在跑步机上挥汗如雨的身影，不小心吃多了偷偷去卫生间抠着咽喉吐掉的情形，都历历在目。

胖女孩盯着我看着，她突然问道："你是不是喜欢她啊？"

我想也不想地回答："喜欢，当然喜欢了。这么善良又坚强的女孩，谁会不喜欢呢？"

她再次低下头，怯怯地问我："那……你是喜欢减肥前的她，还是减肥后的她呢？"

我叹了口气："我喜欢她，和她的胖瘦无关，在她还是一个大胖子的时候，我的世界就已经在围着她转了，只不过我自己一直没有发现而已，等到我发现的时候……"我苦涩地笑笑，"一切已经来不及了，她变成了一个大美女啊，可抢手了，所以你不要灰心，胖子都是潜力股，以后喜欢你的人多了去了呢。"

"可是……要是我一直瘦不下去呢？"

"那也无所谓啊，健康就好，有的人就是喜欢胖子啊。"我不假思索地说。

她突然抬起头看着我，眼睛一眨不眨地盯着，老板把热乎乎的猪蹄端上来，她也没有动。我伸手在她眼前晃了晃："喂，菜上来了，赶紧吃吧。"

她突然抓住我的手，胖乎乎的手软趴趴的，只有常年握笔的地方长了一块硬茧，她的神情严肃而紧张，像要宣布一件终生大事一般："雷医生，你能不能帮帮我，帮我减肥，我想瘦下来，非常想。"

被她突然一抓，我筷子上的猪蹄差点掉到桌子上。我疑惑地看着她："好好吃着猪蹄怎么吃出这么大减肥动力来了？"

她的眼里闪烁着莫名的光芒："我以前都是为了别人的目光去减肥的，可是这一次不一样，我好像……好像对一个人动心了，我想让自己变得更美好的一点，让我喜欢的那个人感受到我喜欢他的决心和心意。雷医生，你不是陪着你的胖子朋友一起减肥过吗？你肯定有经验，你就帮帮我吧？"

她的眼睛直勾勾地看着我，肉肉的脸挤出包子一般的褶皱，一双乌溜溜的眼睛里充满着晨雾一般的水汽，小鹿，这个名字还真是适合她。

我无奈地点了点头："好好，帮你。"又是一个为爱疯狂的胖子，我怎么一碰到胖子就不忍心拒绝了呢？

"真的！"她像收到礼物的小孩一般笑起来，圆溜溜的眼睛弯成了两轮月牙。

我从来没有遇到过这样的眼神，她看着你的时候，专注的眼眸里好像全世界只剩下她眼前的这个人一般，纯粹而充满力量。在这样的对视里，我的心脏有一丝急促的跳动。来不及辨认，她便错开视线，匆匆低下头，埋头默默地吃着猪蹄，露出一对红透了的耳朵晾在外面。

我暗自思忖着，我想我回去得把当年米朵的减肥食谱再研究一下，再把小鹿的身体做一下健康检查，针对她的各项指标做一下减肥规划……

看来，明天开始又要忙碌起来了。

高 雯：没了爱情，还是我高雯吗

SPECIAL 02

|

贰

嗨，我是高雯，我是一名演员，在戏里我演绎着别人的爱情故事，戏外，我也同样经历着属于我自己的故事。"不疯魔不成活"，这句话是我高雯的座右铭。没错，在爱情里，我就是一个不折不扣的疯子。我的爱情故事里换过好几个男主角，每一次都轰轰烈烈，无论是开始还是结束。我可以不顾一切地去爱，也可以决绝潇洒地离开。

我以为我高雯拿得起放得下，直到我遇见你，雷奕明。

第一次见到你，是在片场。我和导演闹了矛盾，逃离片场时误打误撞地上了你的车。你带着我，哦不，准确来说，是我胁迫着你，过了一天逃离工作、逃离闪光灯的生活。在你眼里，我不是明星高雯，我只是高雯。我难得地感到了轻松，我在你面前卸下了防备，现在想想，那感觉就像是一场私奔。只是我忘了问你，你当时在等谁？

很久之后，在我们分手后，我才明白，你等的是米朵，我唯一的好朋友，米朵。

我喜欢米朵，她单纯善良，和我以往接触的人完全不同，我忍不住想要靠近她，想让她成为我的朋友。雷奕明，你知道的，我很任性很霸道很骄傲，喜欢的人我就一定要得到，比如米朵，比如你。但我不知道，我喜欢的两个人竟然互相认识，而你喜欢的人竟然是米朵，米朵一直喜欢的人竟然就是萧亮。命运给我们四个人开了个天大的玩笑，但是又能怎么办呢？如果再选择一次，我还是会选择坐上你的车，我还是会选择爱上你。

第二次见面，是在韩国。我和萧亮出席活动，没想到竟然在同一家酒店里又遇见了你。也许你不知道，我也没有告诉过你，其实那次再见到你时，我的心跳了一下，我上扬的嘴角不经意地透露出了心底的秘密，我很高兴，很高兴又能遇见你。以至于我高兴得再次忘了问你，你来韩国找的那个朋友是谁？

后来我才知道，还是米朵。

而我却傻傻地以为你，你喝醉后说的那个喜欢的女人是我。对啊，现在想想，那时候的我真傻，我以为是你在自作多情，没想到最后执迷不悟的，是我高雯。

第三次见面，第四次见面……我开始用不同的理由去找你，接近。那时的我还不知道，我已经被你吸引了。对，就是你，雷奕明。我也搞不明白，为什么是你。我的骄傲让我不愿意承认这个事实，而过去感情的阴影也让我没有勇气再去碰触爱情。

也许是为了让我告别过去重新开始，韩彬又出现了，随之带来的是一连串的打击和毁灭。艳照事件让我的事业一落千丈，就在我被所有人非议和攻击的时候，是你和米朵救下了我。在我最落魄最绝望的时候，是你和米朵义无反顾地站在我的身边。回想那些艰难的日子，我竟觉得特别的幸福，因为有你，你像一个守护神一般守护着我，鼓励我，让我体会到平淡才是真。

从那一刻起，雷奕明，你成了我高雯生命中最重要的人。我无法抑制地爱上了你，我完全忘记了上一段感情给我的伤痛，抛下了骄傲与矜持，满腔热情地开始了对你的追逐。而你却开始有意无意地逃避我，我不理解也不甘心。为什么？我是高雯啊，是那个男人们都难以抗拒的高雯啊！其实我从一开始就错了，我一直在用我的方式去爱你，盲目，横冲直撞，所以到最后头破血流。我忽略了最关键的一点，在你的生命中同样有一个重要的人，米朵。

万幸这场艳照风波帮我重新清理了我的交际圈，Jason并没有背叛我，绯闻稍一平静，他拿着通灵珠宝的广告代言与剧本找上我。然后一切都奇迹般的好起来了，你陪我一起走红毯，你在闪光灯前拥抱我亲吻我。当你的嘴唇吻上我的那一刻，我觉得时间都停止了，一切都安静了，只听到剧烈的心跳声。

后来的日子，是我最幸福的一段时间。但那是一场梦，一场美得让人沉沦却不得不醒来的梦。

天知道，那时我只是在唱独角戏。

你不忍心伤害我，一直没有说出真相。

那天，米朵因为叶琪纵火，几乎葬身火海，你本能地冲进去救下了她。我蓦然心惊，后来我一直想问你，如果那天是我被困在危机之中，你会不会也像去救她一样的义无反顾。

也是从那一次，我看到了你的真心。

我开始逃避，开始自欺欺人，我逼迫米朵远离你，我一次次阻止你说出你的真心，我变得自私霸道不讲理。但最终，我还是失败了，我高估了自己，也低估了你对米朵的感情。而你，也失败了，你失去了米朵。我们都是感情的失败者，败就败在爱上了一个不爱自己的人。

那夜的摩天轮，是我坐过的最悲伤的一次，两个人不管怎么努力，无法跨越的距离永远都在，你在我身后整整追了我一圈，我始终没有回头看你。总算在我们的感情里，不再是我一个人看着你的背影难过了。

我远走好莱坞，他们说，时间能涤荡一切恩怨情仇。在那段日子，我放下我的怨恨与不满，但唯一无法被时光磨灭的是我对你的思念。

和你分手之后，我失去了那种为一个人心跳加速、茶饭不思喜形于色的感觉，我又重新戴上了大明星高雯的面具，冷漠高傲。我以为我已经失去了爱人的能力，直到我遇见那个愿意包容我一切的男人——沈东军。

他跟你完全不一样，甚至可以说是我最讨厌的那种类型。他霸道、毒舌、专制、不讲理。可为什么每次我失魂落魄的时候，出现的总是他？而他总是手里拿着那份该死的合同来制约我？我高雯是谁，岂是你一个沈东军能制约的？所以，我开始处处和他作对，莫名其妙的，我发现无论生活中还是工作中，总会出现他的身影？更荒唐的是，有一次我喝醉后做梦，梦里竟然出现了他的脸，平时那张自以为是的脸上竟然流露出心疼与关心？而梦里，我竟然主动吻了他！

这个阴魂不散的沈东军！

不知道为什么，每次见到沈东军，我所有的防备和伪装都会被他一一戳破，感觉他看透了我所有的内心。好吧，既然如此，那我就不再伪装了，我把我所有的缺点都袒露在他面前，我的骄纵蛮横霸道不讲理，我像一只刺猬把刺都指向了他，可是他竟然变得温柔起来，他包容我保护我，我甚至从他的眼睛中看到了当初我看雷奕明的眼神？

我下意识地想避开这种眼神，对爱情失去信心的我决定要远离这个男人。可偏偏他就是要顽固地霸道地闯进我的世界。每次去通灵珠宝的时候，都会看到他那张欠揍的脸，连去郊外拍广告，他都要阴魂不散地跟着，甚至还让导演掉换掉我的性感衣着。我忍无可忍地对他发脾气，他第一次向我坦白了他对我的情感。

莫名地，我内心竟有一丝窃喜，居然还伴随着一丝心悸？

我们的车被困在野外，当晚我突然发烧了，他一直守在我身边，整宿未眠。醒来看见他那关切憔悴的脸，有一瞬间，我突然有了想再爱一场的冲动……

直到那天林子良要对付萧亮，他欲压上全部身家。在咖啡厅里说，他即将要变成穷光蛋了，如果我真的对他一点感觉都没有，那就趁现在离开他吧，不管他将来是成功还是失败，从此不会再回头纠缠我。

我没想过他要主动跟我告别。那怎么行！我高雯看上的男人，没有我的允许，怎么能随便离开！

我扬起头，骄傲地告诉他，我高雯养个小白脸还是没问题的。

他惊讶地看向我，这个平日里冷漠毒舌的男人突然变得结巴了起来，他吞吞吐吐地问我什么意思。我突然一下就慌乱起来，像一个刚告白完羞涩的少女，我想逃跑。我强装镇定地转身欲走，他一把抱住了我，兴奋地在原地打转。阳光洒在他满布笑意的脸上，我看着他，心就这样渐渐被融化了……

我沦陷了，我动心了，我再一次爱上一个人了。

我不是大明星高雯，我是高雯。我就是那个为了爱情可以不顾一切，飞蛾扑火的高雯，那个每一次爱上一个人之后就会全心投入的高雯。

没了爱情，还是我高雯吗？

刘思源：即使在地狱，也会有曼陀罗盛开

SPECIAL 03

—
参

下过雨的午后，空气不再闷热。

一阵清爽的风吹过，知了声声，越是喧嚣，内心反而越是宁静。

向南站在楼下的小院等我，他冲我笑了笑，依稀还能看出少年时的影子，但眼神已经是成熟和稳定。他给我和宝宝送来了礼物，告诉我他即将派往另一个城市担任分公司工作。神色间，是对未来的跃跃欲试以及对我的隐隐担忧。

年少时的爱情就像是一场极昼，是永远不会天黑的世界，我们拥抱着，就好像可以到达世界的尽头。出了校园之后，随之而来的种种压力，像是在极夜穿行，处处受伤，碰壁。我们除了爱情一无所有。爱情曾经是一瓶满满当当的水，已经在极昼时过分挥霍，在那太过炙热的日光下蒸发得所剩无几。

极夜的时间到了，这旷日持久的黑夜里，我们居住在这不到二十平米的小房间，两个异地漂泊的年轻人依赖着，生存着。

向南在日复一日的游戏中放弃了对生活的挣扎，而我在通灵珠宝咬紧牙关一路攀爬，高仿的名牌肩包渐渐破了皮，我如此固执地将这些名牌贴在自己身上，好像多贴一点，我就更加有勇气和力量去迎接未来。

我撒了一个又一个的谎言，告诉别人我有一个富二代男朋友，我买得起这些昂贵的奢侈品，我苦心孤诣地构筑我精致而虚荣的美好世界，直到最后轰然倒塌。

向南为了让我看到希望，去咖啡馆工作，还在我生日那天送了我一个名牌包。我

感动不已，这个包虽然是旧款，却可能倾尽了他的所有。我宝贝地将这个包带到公司去，恨不得让全世界都看到他对我的好，也暗暗自我催眠：向南已经觉悟了，他一定会给我一个美好的未来。可当我知道，这个包其实是从客户那偷来的时候，我心灰意冷。他因为这个包遭受了客户的讹诈，看着他慌乱的样子，我忍不住站了出来，掏光了钱夹所有的钱为他解围。

向南感谢我，再一次向我承诺着未来，我的心已经在他一次又一次的食言中跌入了谷底。我当时不知道，原来我和讹诈的客户争执，掏钱为向南解围的时候，林子良竟然在一旁看到了，他暗暗意识到，我可能是他可以利用的棋子，因为我什么都缺，我也什么都想要，我的身上处处都是弱点。

他就像一个精明的商人一样渗透进我的生活，用利益诱惑我去调查米朵。以前的我只会埋头工作，做出业绩，自从他给我指出了这条路之后，我开始陷入内心的纠结和痛苦当中，隐约中，我也有一种报复的快感，我告诉自己，总有一天，会让公司里那些看不起我的人后悔。于是我忽视内心的纠结，走上了原本属于米朵的舞台，篡夺她的设计成果，像众人宣布，"柏林之星"是我的作品。我心里那块黑色的领域，被林子良打开了大门，日益滋养。但最让我恐惧的，是他突然的温情和照顾——

和向南在一起以来，我习惯了站在前面阻挡着压力，不管多大的风雨吹打在我的身上，我都不会喊疼。

当一个习惯了坚强的人，突然有一天有人愿意为她遮蔽风雨，告诉她可以放松，甚至给她一块糖吃的时候，她内心坚守的那一份强大，便瞬间土崩瓦解。

在我心旌动摇的时候，向南竟真的像和我承诺的那般，勤奋努力起来，他送快递、送外卖，不再浑浑噩噩的混日子。我一阵欣慰，又一阵后悔，我应该好好的爱向南，不该被林子良所影响的。

我开始和林子良保持距离，我知道我从读书时起就想嫁给的人是向南，但是造化弄人，当我看到那一枚我设计的戒指终于打折，我们可以买得起的时候，向南却不愿意为我掏这个钱。

我虚荣，我自私，可我其实要的并不多，只要他为我买下这个打折的戒指，我愿意用我的余生去爱他，可为什么他连这个心愿都不肯替我完成呢？

那一晚，我强忍着心中的失意，陪林子良去见了客户，我喝醉了酒，阴差阳错地上了林子良的床——

当林子良买了一个昂贵包包送给我的时候，我感受不到向南送我那个旧包包时的快乐，我在浴室里狠狠地搓洗着自己，失声痛哭，悔不当初。

向南似乎是感受到了我的失意，他咬咬牙买下了那个戒指，对我越发好起来。可他越是这样，我就越是憎恶我自己。如今的我，还有什么资格被向南那么纯洁地爱着，呵护着，我已经不配和他在一起了。

我狠狠地伤害着他，他难受的时候，我又何尝可以好过？恋人之间的争执从来没有胜负之分,都是一样的痛彻心扉。可是我必须斩断我们之间的羁绊,我这样的女人,是给不了他幸福的。

在我故意的伤害之下,向南渐渐放弃了。我看清了自己,我或许有心计,有阴暗的世界,可是那个阴暗的世界并没有林子良教唆我的那么巨大。我因为虚荣而得到的满足感远没有内心的悔恨多,我决定和林子良保持距离,可越要逃避,我反而越走进他的世界。

和向南分手后,我陷入财务危机,无处可去,林子良把一套闲置的公寓交给我,作为交换,我得每天为他做晚饭,我没想到,他冷酷疏离的外表下,居然是一颗如此简单的心。

我渐渐地了解了他的过去,原来他的偏执和恶毒,是来自于他从小的家庭阴影。他明明是董事长的儿子,拥有着和萧亮一样的继承人身份,他和他妈妈却一直在萧亮和萧亮母亲的影子下生活着,所有的东西都是萧亮的,不管是父爱,还是公司的权利,他都是被忽视的那一个。萧亮从小厌恶林子良和他妈妈,一再提醒着他们,在这个家,他们母子俩才是多余的人。

这样的仇恨积累到现在,他与萧亮斗得不可开交,他利用叶琪,设局陷害萧亮,但最终水落石出,他因为这件经济案被带进了警局。

我不知道他会被判多少年,如果叶琪醒来指认入室行凶的人就是他,他可能会判得更久。我只知道我会等他,这个把我拽进地狱的人,已经渐渐地侵蚀了我的心。我一直在寻找人生的捷径,他如我所愿地给了我,也让我知道,这世界其实是没有捷径可循的,因为当你迷失了自己之后,你根本不知道你要去哪儿。既然我已经迷失在他的黑暗陷阱了,哪怕后面真的是地狱,我也愿意一直走下去。

在董事长的努力之下,他提前从监狱放了出来。因祸得福,董事长已经向外界承认他是自己的亲生儿子,他正式获得了继承人的身份。但他并没有我以为的那么开心。出狱后的他变得格外的善意,他感恩董事长无声的父爱和宽容,当萧亮面对股东们的刁难的时候,他甚至站出来维护萧亮。他告诉我,他已经拥有了他想拥有的一切,以后只想和我好好过日子。我被他真挚的眼神打动了,或许,我真的要和这个人度过一生一世了吧。

他带我回去见家长,我兴奋又忐忑。董事长待我很亲和,但他妈妈却背着他,对我百般侮辱。我生生忍受着,这是他最在乎的亲人,我不能让他夹在我们两个女人中左右为难。

天不遂人愿,董事长入院,林子良献血的时候暗中发现,他其实不是董事长亲生儿子,他开始再次陷入慌张。当一个人拥有了一切再瞬间抽离,这种感觉是非常可怕的。林子良无法想象自己一贫如洗的样子,那样我们可能就会变成下一个向南和刘思源,对于那样的生活,我已经无所畏惧,可是他却如履薄冰。

他绝望地告诉我,没有这个身份,他连与萧亮争夺的资格都没有。他的眼神充满着恐惧和不甘，我的心突然痛了一下。我是真的爱上这个男人了，所以为了他，我愿意再次忽视掉我内心的纠结，哪怕万劫不复，我也愿意拉着他的手重新下一次地狱。

我们陷害着米朵，利用着叶琪，最后让叶琪在萧亮的婚礼上曝出了米朵整容的真相，却没有想到这会引发董事长的心脏病。董事长去世后，林子良把罪过怪在了萧亮和米朵身上，他疯狂地报复他们。

我看着他的手段越来越恶劣，他激烈报复的同时，也是在怨恨着自己。董事长去世前告诉他，血缘上他早就知道他不是自己的儿子，但是他依然在遗嘱里给了他很大的一笔遗产。董事长的善意让他更加怨恨自己，为了更快速地报复萧亮，他甚至联系了公司里对他早就有了心思的韦雪儿，韦雪儿家世富贵，深得他母亲的喜欢。她的到来，让林子良占有了更多的公司股份，得到了股东们的一致认可，他如愿以偿地将萧亮赶出了公司。

我的每一次规劝，似乎都是给林子良火上浇油，他有几次甚至失手伤到我，他已经在复仇的这条路上越走越远了，再加上韦雪儿以及林子良母亲的一系列手段，我和林子良的感情几乎走向破灭。我想离开已经像魔鬼一样的他，他却将我软禁在他家里，我无法逃脱。

我仿佛看着我好不容易得到的爱情，又一次走向干涸。可是我没想到，当韦雪儿拿着他身世秘密威胁他放弃我的时候，他居然拒绝了，不管我是多么的无能，规劝的话让他多么不爽，他终究没有放弃我。

然而，随着萧亮在米朵的帮助下强势回归，他的真实身份被曝光，他当初一系列暗中操纵的手段被人检举揭发，事态紧急，他慌乱地要逃离这里。

他带着我来到国际机场，试图将我送出国，人来人往的机场里，我哭着告诉他，我怀孕了，我们即将迎来新的生命。他愣住了，我劝告他逃避无法解决问题，不如去赎完以前的罪，我们一家人还可重新开始。

他沉默良久，最后决定自首。

他想当一个干干净净的父亲，敢于负责任的父亲，而我，我也愿意当一个忠贞而勇敢的母亲。

监狱的探访室，我争取到了一个小时的时间。在这一个小时的时间里，我将做一件我人生中最重要的事情——

我披着洁白的婚纱，拿着我设计的"一声一世"的钻戒，它表达着我无声的爱。我静静地等待着我的新郎从监舍出来。没有亲朋好友，没有教堂牧师，甚至没有祝福……可这些又有什么重要呢？我抚摸着渐渐成型的肚子，白色的婚纱下，我隆起的肚子像一朵白色的曼陀罗花。

传说曼陀罗花是自愿堕入地狱的花朵，是地狱里唯一的光景和色彩。

它的花语是——能洗涤一切罪恶的爱。

作者：李 捷

李捷，八五后作家、编剧，热爱幻想和自由的水瓶座，喜欢漫画、魔兽和一切新奇的东西。学生时代出版了两本书，从此走上了讲故事的不归路。当过北漂，经历过心酸，但始终坚持写温暖的故事，希望能给每个生活在现实中的人带来勇气。

主要作品：《窈窕淑男》《我的女孩，别哭》《女人帮妞儿》《克拉恋人》《我不是北京妞》。

图书在版编目（CIP）数据

克拉恋人 / 李捷著 . -- 北京：作家出版社，2015.7
ISBN　978-7-5063-8193-2

Ⅰ.①克… Ⅱ.①李… Ⅲ.①长篇小说－中国－当代 Ⅳ.①I247.5

中国版本图书馆CIP数据核字（2015）第170337号

克拉恋人

作　　　者：李　捷
责任编辑：丁文梅
特约策划：丁元元　马晓婧
特约编辑：马晓婧
封面设计：蒋常鸿
出版发行：作家出版社
社　　　址：北京农展馆南里 10 号　　邮　　编：100125
电话传真：86-10-65930756（出版发行部）
　　　　　86-10-65004079（总编室）
　　　　　86-10-65015116（邮购部）
E-mail:zuojia@zuojia.net.cn
http://www.haozuojia.com（作家在线）
印　　　刷：北京旭丰源印刷技术有限公司
成品尺寸：168×235
字　　　数：350 千
印　　　张：22.25
版　　　次：2015 年 11 月第 1 版
印　　　次：2015 年 11 月第 1 次印刷
ISBN　978-7-5063-8193-2
定　　　价：49.80 元